BLT

Mit der Welt
auf Buchfühlung

Von Alicia Giménez-Bartlett sind bei BLT lieferbar:

92152 Gefährliche Riten
92162 Hundstage
92172 Boten der Finsternis
92180 Tote aus Papier
92205 Piranhas im Paradies

Der Hauptgrund, warum ich eine Inspektorin ins Leben gerufen habe, war, dass mir vertraut ist, wie eine Frau denkt. Außerdem gefällt mir, dass sie die Chefin ist«, sagt Alicia Giménez-Bartlett über ihre Romanfigur Petra Delicado. Die 1951 im spanischen Almansa geborene Schriftstellerin studierte Philologie und lebt seit 1975 in Barcelona. Sie veröffentlichte seit 1987 etwa ein Dutzend Romane und Sachbücher und zählt zu den erfolgreichsten spanischen Autorinnen der Gegenwart. Die größte Popularität verdankt sie jedoch ihren bisher sechs Kriminalromanen um Inspectora Petra Delicado und Subinspector Fermín Garzón, die zum Teil mit Anna Belén und Santiago Segura in den Hauptrollen in einer 13-teiligen Fernsehserie mit großem Erfolg verfilmt wurden.

Alicia Giménez-Bartlett

SAMARITER OHNE *HERZ*

Petra Delicado löst ihren sechsten Fall

Aus dem Spanischen von
Sybille Martin

BLT

BLT
Band 92246

1. Auflage: April 2007

Für Selley Godsland, Stewart King, Jackie Collins, Nancy Vosburg, David Knutson, Giannna Martella und Kate Quinn. Sie alle sind auch bekannt als »die Holloway-Gruppe«, ein Haufen bezaubernder und verrückterProfessoren. In Freundschaft.

Vollständige Taschenbuchausgabe
der in der editionLübbe erschienenen Hardcoverausgabe

BLT und editionLübbe in der Verlagsgruppe Lübbe

Für die Originalausgabe:

Originalverlag: Editorial Planeta, S.A., Barcelona
Titel der Originalausgabe: UN BARCO CARGADO DE ARROZ
Für die deutschsprachige Ausgabe:

Umschlaggestaltung: Gisela Kullowatz
Titelbild: © www.tomriver.de
Autorenfoto: © Horst Friedrichs
Satz: Kremerdruck GmbH, Lindlar
Druck und Verarbeitung: GGP Media GmbH, Pößneck
Printed in Germany
ISBN 978-3-404-92246-8

Sie finden uns im Internet unter
www.luebbe.de

Der Preis dieses Bandes versteht sich einschließlich
der gesetzlichen Mehrwertsteuer.

Eins

Garzón verstand nicht, warum mich diese Leiche so beeindruckte, er konnte sich auch nicht vorstellen, wie aufgewühlt ich war. Seiner Meinung nach hatten wir inzwischen mehr Leichen gesehen als Napoleon und Nelson zusammen, und der Parque de la Ciudadela war auch nicht gerade das Schlachtfeld von Waterloo. Ein Stadtstreicher auf einer Parkbank, das war alles. Es wirkte fast, als würde der Mann schlafen und wäre an diesem Morgen nicht mehr aufgewacht. Aber dem war nicht so, er war zu Tode geprügelt worden, obwohl das nicht die gelassene Würde aus seinem Gesicht hatte vertreiben können. Lange Finger, ein üppiger Vollbart … wie ein König Lear, der in ein Gewitter geraten und von einem ungerechten Blitz niedergestreckt worden war, allein und regungslos erinnerte er in seiner ganzen Pracht daran, dass er auch jetzt noch ein König war.

»Blödsinn, Inspectora.« Garzón holte mich in die Wirklichkeit zurück. »Ein Bettlerkönig vielleicht. Soll ich ihm die Stiefel ausziehen, damit sie seine Füße inspizieren können? So stinkt bestimmt kein König.«

Warum glauben wir alle, dass Hässliches realer ist als Schönes, Gesehenes realer als Geschriebenes, Gelebtes realer als Gedachtes? Absurdes Vorurteil. Ich versuchte, mich Garzón verständlich zu machen, ich hatte zu viel Respekt vor ihm, um es nicht wenigstens zu probieren.

»Mein lieber Subinspector, ein Stadtstreicher hat eine gewisse Grandezza, er ist wie ein Heiliger, einer, der zur Weisheit oder zu einem höheren Stand der Erkenntnis gefunden hat. Er steht über den Erbärmlichkeiten, die andere quälen, er ist frei und überlegen. Er bezahlt zum Beispiel keine Hypotheken, er sieht auch nicht fern, er kauft keine Busfahrkarte … Er steht über den Dingen, er muss nicht buckeln, verstehen Sie?«
Garzón studierte aufmerksam das Gesicht des Mannes und verarbeitete dabei meine Worte. Diese Reaktion animierte mich zum Weitersprechen.
»Das hat etwas Mystisches, verstehen Sie? Es ist wie eine Kathedrale zu betrachten.«
»Ja, ich verstehe Sie. Ich hätte Sie gerne mal vor einem Gericht erlebt, Petra. Sie reden so gut!«
»Vor einem Gericht könnte ich so etwas nicht sagen, Fermín, die würden mich für verrückt erklären.«
»Na, was für ein Glück, dass der Richter schon weg ist … Denn all das mit der Mystik und den Fahrkarten klingt schön, hilft uns aber nicht weiter. Dieser Heilige ist ordentlich verdroschen worden, Tatsachen bleiben Tatsachen, und was die Kathedralen anbelangt, wie wär's mit der von Burgos …«
Musste er nicht nur realistisch, sondern auch noch witzig sein? Musste er unbedingt diese typische spanische Schlagfertigkeit heraushängen lassen? Aber ich konnte ihm nichts vorwerfen, denn er hatte ja Recht. Eine Tracht Prügel und der Tod. Danach der übliche Lärm: Absperrungen, Befragungen der Nachbarschaft, der Richter, der Gerichtsmediziner und wir beide mit den Ermittlungen beauftragt. Trauriges Gefolge für einen toten König.
»Trotz der vielen Schläge ist wenig vertrocknetes Blut zu erkennen«, sagte die Gerichtsmedizinerin und beugte sich

wieder über den Toten. Ich beobachtete sie schweigend. Sie war jung und elegant gekleidet, ihre feine Saffianledertasche hatte sie auf den Gehweg gestellt.

»Ist er schon lange tot?«, fragte ich.

»Ich wage keine genaue Zeit zu bestimmen. Er ist schon steif, aber die Schläge ... Nach der Autopsie weiß ich mehr, Inspectora, ich will kein Risiko eingehen.«

Garzón sah ihr nach, und die Krankenpfleger kamen herbei, um die Leiche wegzuschaffen.

»Diese jungen Leute heutzutage, was, Inspectora? Alles muss korrekt und offiziell sein. Wir sind da etwas flexibler, nicht wahr?«

»Das sagten auch die Dinosaurier über die Gazellen, und Sie sehen ja, was dabei herauskam ...«

Er fand meinen Vergleich nicht witzig. Für ihn waren die jungen Kollegen ein Haufen illoyaler Konkurrenten, die lediglich mit der Mission auf die Welt gekommen waren, ihm seinen Platz wegzunehmen, den er sich mit persönlichem Einsatz und den einzigartigen Tugenden seiner Generation schwer erarbeitet hatte.

Ich sah mich um. Wir standen auf einer Straße, die den Park begrenzte. Entlang der Blumenbeete standen Bänke, auf denen die Polizeifotografen ihre Arbeitswerkzeuge verteilt hatten. Genau gegenüber war ein altes Haus. Es war erst sieben Uhr morgens, aber an den Fenstern hingen schon Schaulustige. Die Polizisten hatten ihre Suche nach Zeugen fast beendet. Einer von ihnen sagte mir, dass es schwer sein würde, unter den Hausbewohnern einen zu finden. Es waren Altbauwohnungen, in denen die Schlafzimmer nach hinten lagen. Alle hatten geschlafen, als der Stadtstreicher angegriffen wurde. Jeder zurückkehrende Kollege gab mir dieselbe negative Antwort. Niemand hatte etwas gehört.

Ich entdeckte einen unserer Schutzpolizisten, der unbeweglich wie eine Schildwache neben einem Mann stand, und fragte Garzón leise, wer das sei. Er schnaubte ziemlich verblüfft:

»Der Müllmann, der die Leiche gefunden hat.«

Ich sah ihn wieder an und begriff die Verblüffung des Subinspectors. Der Müllmann trug die auffällig phosphoreszierende Arbeitskluft seines Berufsstandes.

Ich ging zu ihm. Er wirkt müde, betrübt, starr vor Kälte.

»Sie haben ihn gefunden.«

»Ja, Señora. Wir sind mit dem Müllwagen vorbeigekommen, und da habe ich ihn dort liegen gesehen.«

»Haben Sie nicht gedacht, dass er schläft?«

»Ich hänge hinten am Lastwagen und hieve die Mülleimer hoch, Sie wissen schon. Der Arm dieses Mannes hing runter und der Kopf auch. Das hat mich gewundert. Ich sagte zu meinem Kollegen: Was wettest du drauf, dass dem schlecht war und er dort eingepennt ist? Und mein Kollege antwortete: Ja, der wirkt ganz schön besoffen. Ich bin zu ihm gegangen und habe gleich gemerkt, dass da was nicht stimmt, denn er war grün und blau und atmete nicht. Da dachte ich ...«

Jeder Bürger dieses Landes trägt einen großen Erzähler in sich, so niedrig seine Bildung auch sein mag, er benutzt Vergleiche, gibt Dialoge wieder, flicht Gedanken ein ... eine Stilvielfalt, die bei Befragungen fatal ist. Doch bevor ich ungeduldig werden konnte, wurden wir von einem Streifenpolizisten unterbrochen. Er wirkte zufrieden, fast heiter, wie ein Jäger, der die Jagd mit einem Haufen Rebhühner über der Schulter beendet hat. In seinem Fall war die Beute ein junger Mann, der neben ihm stand und eine Kapuze übergestülpt hatte.

»Inspectora, hier ist ein Zeuge, der sagt, er hätte alles gesehen. Er hatte sich in einem Hauseingang versteckt.«
Ich konnte sein Gesicht nicht erkennen, sein Kopf war nach vorne geneigt.
»Kommen Sie näher und nehmen Sie diese Kapuze ab!«, befahl ich ihm.
»Kommt nicht in Frage. Wenn mich einer von diesen Typen mit Ihnen reden sieht, bin ich der Nächste. Ich will, dass Sie mich unter Zeugenschutz stellen und in einem Hotel unterbringen, bis Sie den haben.«
Garzón fiel ihm mit einem mächtigen, spöttischen Auflachen ins Wort.
»Wo hast du denn das her, aus einem Krimi?«
Er ging auf ihn zu und machte Anstalten, ihm die Kapuze vom Kopf zu ziehen, aber ich hinderte ihn daran.
»Hör mal zu. Wir werden dich in kein Hotel bringen, aber wenn du willst, gehen wir in eine Bar, und du erzählst mir, was du weißt, einverstanden?«
Er rührte sich nicht und dachte darüber nach, ob das der geeignete Zeugenschutz wäre. Sein Schweigen gab mir zu verstehen, dass er den Unterschied zwischen einem amerikanischen Krimi und der nationalen Realität begriff.
»Ist gut«, willigte er schließlich ein.
Der Polizist, der ihn aufgestöbert hatte, wollte uns begleiten, aber Garzón schickte ihn gleich an seine Arbeit zurück. Es war nicht schwer, eine Bar zu finden. Sie war klein, schmierig und voller fettiger Flaschen. Wir waren die ersten Gäste, bestellten Kaffee und setzten uns an den Tisch, der am weitesten außer Hörweite des Wirtes lag. Endlich nahm der geheimnisvolle Mönch den oberen Teil seiner Kutte ab. Vor uns saß ein schmächtiger Junge mit ausgezehrtem Gesicht und einem weiß gefärbten Bürstenschnitt.

In einer Ohrmuschel trug er mindestens zehn Ringe. Auf mich wirkte er schutzlos und traurig, wie ein schwacher, verlassener Straßenköter.
»Fangen wir von vorne an. Was hast du dort gemacht?«
»Ich habe mich in einen Hauseingang gesetzt, um auszuruhen, und bin dann eingenickt, es war drei Uhr morgens.«
Garzón zog rasch seinen Schnurrbart aus dem Kaffee, um zu sagen:
»Du hast was genommen und warst so angetörnt, dass du nicht mehr gehen konntest, deshalb hast du dich hingesetzt. So war es doch, oder?«
Er protestierte nicht einmal. Sein Blick wich dem des Subinspectors aus und irrte über den Tisch.
»Haben Sie eine Zigarette? Meine sind alle.«
Ich holte langsam mein Päckchen heraus, ich wollte ihm Zeit zum Reagieren geben. Wenn Garzón ihn so bedrängte, könnte er sich wie eine Muschel bei Gefahr verschließen. Ich gab ihm Feuer, mein Kollege fuhr unbarmherzig fort:
»Und warum bist du die ganze Nacht in dem Hauseingang geblieben, warst du so voll gedröhnt? Denn wenn du derart zu warst, bist du als Zeuge nicht sehr hilfreich.«
Ich ergriff sanft das Wort.
»Er ist die ganze Nacht dort geblieben, weil er erzählen wollte, was er gesehen hat, stimmt's?«
Die kleine Stadtratte sah mich mit einer Bewunderung an, als wäre ich eine Weise.
»Genau, Inspectora, Sie sagen es. Ich gehe nicht zu den Bullen, ehrlich, das ist nichts für mich. Und nicht nur aus Gründen der Sicherheit, glauben Sie ja nicht, sondern … ich weiß nicht …«
»Aus Prinzip.«
Bei meinen Worten wurde er ausgesprochen lebendig, er

dachte wohl, mit mir könnte man sich verständigen. Sichtlich erleichtert redete er weiter.
»Ich würde nicht mal anrufen, ich war auch gar nicht in der Verfassung. Ich habe nichts genommen, wie Ihr Kollege behauptet, aber ich war müde. Eine schlechte Nacht hat jeder mal, oder? Klar, was ich gesehen habe, war so heavy, und diese Arschlöcher sind wirklich echte Arschlöcher …«
»Was hast du gesehen?«
»Ich saß im Hauseingang und wollte ein wenig ausruhen, denn es nieselte auch noch. Da sehe ich, wie an der Ampel ein Auto hält. Zwei Typen steigen aus, zwei Skins, um genau zu sein, mit Ketten und in Leder und allem. Sie zerren den Kerl, den Sie tot aufgefunden haben, aus dem Wagen und schleppen ihn zu dieser Bank. Dort haben sie ihn fallen lassen und ihm mit einen Stock mehrmals auf den Kopf geschlagen. Dann sind sie abgehauen. Das war's. Der arme Kerl hat sich weder verteidigt noch gestöhnt, ich glaube, die haben den mit Drogen oder Alkohol abgefüllt, denn als sie ihn da hinschleppten, schleiften seine Beine auf dem Boden. Ist echt brutal, so was zu tun, Inspectora, echt brutal. Da habe ich mir gesagt: Wenn die Bullen ihn finden, erzähle ich's, und wenn nicht, auch egal, der Typ ist eh hinüber …«
Garzón und ich wechselten einen viel sagenden Blick.
»Glaubst du, der Mann war bewusstlos, als sie ihn da auf die Bank legten?«
»Ich würde sagen, ja.«
»Hast du die Gesichter der Skins gesehen?«
»Ach was, ich war zu weit weg!«
»Und das Auto, erinnerst du dich, was für ein Auto das war?«
»Nein, von Autos versteh ich nichts. Es war ein kleines Auto, eine dunkle Farbe. Mehr weiß ich nicht.«

Garzón bohrte noch ein wenig nach, er setzte ihn unter Druck, soweit er konnte, er sagte ihm, dass er es zu seinem eigenen Vorteil sagen müsste, wenn er mehr wüsste, aber ohne Erfolg. Ich hätte schwören können, dass dieser arme Kerl alles erzählt hatte, was er gesehen hatte. Wieder mit der Kapuze weit ins Gesicht gezogen, begleitete er uns zu der Stelle im Park, wo der Stock hingeworfen worden war. Die Stadtgärtner hatten den Parque de la Ciudadela bereits geöffnet. Unsere Männer fanden ihn schnell. Es war ein Baseballschläger, der neu aussah und mehrere Blutflecken aufwies.

Schwieriger war es, unseren Zeugen zu überreden, vor einem Richter seine Aussage zu wiederholen. Wir setzten ihn in einen Streifenwagen, wo er den Polizisten erzählte, dass er unter Zeugenschutz gestellt werden wollte und sie ihn in einem Hotelzimmer verstecken sollten.

»Der arme Teufel träumt davon, was Warmes zu essen«, sagte ich zu Garzón. Aber mein Kollege war in seine Gedanken vertieft. Dann kratzte er sich heftig am Kinn und murmelte:

»Bewusstlos hierher geschleppt. Sie schlagen ihn und werfen den Schläger weg. Merkwürdig, nicht wahr?«

»Alles im Leben ist merkwürdig, Garzón.«

»Sagen Sie das nicht so laut.«

»Zuerst müssen wir herausfinden, wer der Tote ist.«

»Nein, Inspectora, zuerst müssen wir Comisario Coronas informieren. Er hat mich dringend darum gebeten.«

»Sehen Sie? Das ist auch merkwürdig.«

Homeless, Obdachloser, Stadtstreicher, Penner, Clochard. Viele Bezeichnungen für eine einzige Realität. Unsere Leiche passte voll ins Bild. Er hatte weder einen Ausweis bei sich noch sonst ein Dokument, das ihn identifizierte. Seine grässliche Aufmachung war wirklich grässlich: mehrere löchrige Pullover übereinander, einen drei Nummern zu großen Mantel, eine zusammengelegte Skimütze in einer Manteltasche und noch etwas, das stark mit dem Rest kontrastierte: ein paar neue Stiefel von ausgezeichneter Qualität, die genau passten. Gut, wenn man noch den billigen leeren Kugelschreiber und mehrere Sicherheitsnadeln hinzufügte, könnte man sagen, er starb mit leichtem Gepäck. Alle seine Besitztümer stanken. Garzón hatte sich Handschuhe übergezogen, um sie zu untersuchen. Sie lagen in einem Haufen auf dem Tisch.

»Seine Nachkommenschaft wird sich kaum um die Erbschaft streiten«, sagte mein Kollege.

»Wenn es stimmt, dass man ihn in den Park gebracht hat, sind seine Sachen woanders. Sie wissen ja, wie das ist, Stadtstreicher schleppen ihre Habseligkeiten immer mit sich herum, einen Einkaufswagen, einen Rucksack ...«

»Glauben Sie, dieser Mann hat etwas besessen?«

»Er trug ein Paar gute Stiefel, vielleicht hat er seine ganzen Ersparnisse da reingesteckt oder vielleicht hat ihm die jemand geschenkt.«

»Armer Kerl! Schauen Sie mal, die sind fast neu, lange hatte er nichts davon. Erstaunlich, dass sie ihm nicht gestohlen wurden, während er dort lag.«

Ich hielt ein Papier mit der ersten knappen Beschreibung der Gerichtsmedizinerin in der Hand. »Etwa sechzigjähriger Mann, weiß, kräftige Statur, eins achtzig groß. Keine besonderen Kennzeichen oder Narben. Gebiss vollständig und gesund.« Mit einer Krankengeschichte konnten wir nicht rechnen. Wir mussten uns an die Sozialdienste der Stadt wenden, was kein Pappenstiel war.

»Wer kümmert sich in Barcelona um die Obdachlosen, Fermín?«
»Die Sozialdienste der Generalitat und ein paar der Stadtverwaltung. Leider gibt es auch Privatinitiativen, was heißen soll ...«
»Dass sich theoretisch alle um sie kümmern, aber sie krepieren auf der verdammten Straße.«
»Nein, ich wollte auf was anderes hinaus. Mich stört die enorme Latscherei, die wir vor uns haben, um herauszufinden, wer der arme Kerl war. Und wozu? Was kann uns das Wissen um die Identität eines Mannes nützen, der ein Niemand war?«
»Vielleicht hat er Familie, Freunde ... Wir können auch die Orte aufsuchen, wo sich Obdachlose zusammenrotten, und fragen ...«
»Das ist eine Scheißarbeit. Im schlimmsten Fall war er allein auf der Welt und hat im Metroeingang geschlafen.«
Ich betrachtete die Stiefel, die sich von den anderen Lumpen abhoben. Sie waren gefüttert und aus feinem Leder, sie wirkten bequem.
»Wir können auch alle Schuhgeschäfte in Barcelona abklappern. Das war bestimmt kein Kunde, den man leicht vergisst.«
»Vor allem für den Verkäufer, der sie ihm anprobieren musste!«
Ich warf meinem Kollegen, der seinen Scherz mit einem kleinen Lachen bedacht hatte, einen tadelnden Blick zu.
»Tut Ihnen dieser Mann nicht ein wenig Leid, Garzón?«
»Also, Inspectora, er täte mir mehr Leid, wenn er ein ehrbarer Familienvater mit drei Kindern gewesen wäre. Ihnen nicht?«
»Nein, mir nicht. Mich interessieren ehrbare Familienväter

einen feuchten Kehricht. Mehr noch, ich glaube, wenn ein paar von denen jedes Jahr draufgingen, wäre diese Gesellschaft besser.«

Mein vehementer Tonfall diente ihm als Warnung für meine Stimmung. Es war besser, nicht zu antworten. Und ich sollte besser aufhören. Mein Mitleid mit diesem Unbekannten durfte den Fall nicht in etwas Besonderes verwandeln. Eine Leiche ist eine Leiche, und einen Polizisten hat ausschließlich zu interessieren, wer der Mörder ist und warum.

»Haben Sie die Akten von den Skins schon angefordert?«

»Das ist noch so ein Papierkram, Inspectora. Wo sollen wir ansetzen? Mit einer Akte in der Hand lässt sich wenig anfangen.«

»Suchen Sie die Banden heraus, die in der Gegend agieren.«

Er nickte wenig begeistert. Es war unübersehbar, dass er nicht sehr motiviert war, der vorliegende Fall war ihm zu gewöhnlich, um wahre Berufsneugier hervorzukitzeln. Tatsächlich wirkte alles so offensichtlich: eine Bande betrunkener oder bekokster Skins vergnügt sich mit einem armen Penner, den sie irgendwo aufgelesen haben. Sie schlagen ihn zusammen und schleppen ihn zum Auto. Dann legen ihn zwei von ihnen auf eine Parkbank, schlagen ihn tot und verschwinden. Brutalität braucht keinen Grund. Fälle wie dieser waren nicht neu. Und trotzdem gab es etwas Organisiertes in der Geschichte, das mir verdächtig erschien. Einen Mann, den man zusammengeschlagen hatte, noch in einem Auto zu transportieren, roch nach Methode, nach einer Art Plan. Auch die Tatsache, den Baseballschläger in Reichweite der Polizei zurückzulassen, war ein wenig absurd. Wie auch immer, wir hatten klare Anweisungen vom Comisario erhalten: Alles, was mit gewalttätigen Straßengangs zu tun hatte, weckte das öffentliche Interesse. Das bedeutete, dass wir uns ausschließlich mit diesem Fall beschäftigen und ihn so schnell wie möglich aufklären mussten. Wäre dem nicht so, hätten wir bald einen Haufen Reporter am Hals, die bereit waren, das Mordopfer mit der Feder zu verteidigen. Garzón hatte keinen Grund, beunruhigt zu sein, wir hatten die offizielle Genehmigung, uns auf der Straße die Füße wund zu latschen, eine nach der anderen die Akten der Skinheads zu studieren und allen Obdachlosen der Stadt das Foto von der Leiche zu zeigen. Wenn es schon keine Wissbegier gab, so doch wenigstens klare Anweisungen, wie wir vorzugehen hatten.

Die Zusammenarbeit verschiedener Ordnungsträger ist in keinem Bezirk vorbildlich, und in Barcelona war es nicht anders. Eher lustlos fuhr ich zur Guardia Urbana, um die Informationen einzuholen. Ich wusste, dass ich mich auf eine gewisse Neigung zur Verzögerung und Zwiespältigkeit einstellen musste. Doch diesmal traf ich auf eine junge Polizistin, die eine echte Ausnahme war. Bei meinem Anblick sagte sie als Erstes:

»Aber hallo, die berühmte Inspectora Petra Delicado!«

Ich erstarrte, sah sie schweigend an und versuchte schnell einzuschätzen, ob in dieser Begrüßung Ironie mitschwang.

»Warum berühmt?«

»Sie wissen schon, so was spricht sich schnell herum.«

»Und was spricht sich herum?«

»Ich weiß nicht, es heißt, Sie seien sehr originell, dass Sie sich häufig anders als Ihre Kollegen verhalten und auch nicht reden wie die.«

Das war das Schlimmste, was sie mir hätte sagen können. Ich versuchte, keinerlei Art von Ruf unter meinen Kollegen zu haben, weder einen guten noch einen schlechten, aber wenn man mich darüber hinaus als originell abstempelte, war es noch schlimmer. Jemand ruft: »Wie originell!« angesichts eines Bildes, das man eigentlich schrecklich findet, oder angesichts von etwas, das man nicht ganz versteht. Na schön, wichtig war, nichts davon zu erfahren, was über mich geredet wurde. Ich betrachtete die junge Frau aufmerksam. Sie hatte das Haar kokett zurückgesteckt, und ihre Augen waren leicht geschminkt. Wahrscheinlich hatte sie einen Freund, der fleißig und anständig war und den sie heiraten wollte.

»Ich brauche ein paar Informationen über Obdachlose von Ihnen.«

»Ich heiße Yolanda.«

»Schön, Yolanda, ich möchte wissen, wie die Welt der Obdachlosen funktioniert. Ob ihr sie in den Akten führt oder sonst wie kontrolliert. Ob ihr wisst, wo sie sich treffen, was sie machen, von welchen Institutionen sie aufgenommen werden. Das, was man so allgemeine Informationen nennt.«

Sie hob den Blick zum Himmel und seufzte resigniert, dann setzte sie sich an ihrem Computer.

»Uff, Inspectora, ich dachte, es handle sich um etwas Interessanteres.«

»Ich stecke in einem Mordfall, finden Sie einen Mord uninteressant?«

»Nein, ein Mord ist sehr gut, aber ich dachte, Sie würden mich um etwas Delikateres bitten.«

»Kommt schon noch. Im Augenblick muss ich einräumen, dass ich keinen blassen Schimmer habe, wie die Welt dieser Leute aussieht.«

»Das weiß niemand so genau. Aber normalerweise begehen die keine Verbrechen, was heißen soll, dass ihre Daten in unseren Archiven eher allgemeiner Natur sind.«

Unübersehbar enttäuscht, tippte sie etwas in ihren Computer und sah auf die Uhr. Ich fragte mich, was zum Teufel ich mir von dieser Mitarbeit erhofft hatte. Plötzlich sah sie auf und knallte mir an den Kopf:

»Stimmt es, dass Sie zweimal geschieden sind, Inspectora?«

In meinem Kopf blinkte hektisch ein rotes Lämpchen.

»Meine liebe Yolanda, ich will aufrichtig sein. Ich verstehe, dass Sie sich langweilen. Das Leben einer Polizistin in welcher Körperschaft auch immer ist nicht so spannend, wie viele glauben. In meinem Fall auch nicht. Wie auch immer, wenn Sie ein wenig Abenteuer haben möchten, empfehle ich Ihnen, es in Ihrem Privatleben zu suchen. Viel Vögeln führt zum Beispiel zu ausgezeichneten Ergebnissen, verstehen Sie?«

Ihr straffes Gesicht färbte sich tiefrot. Sie riss die Augen auf, als könnte sie nicht glauben, was sie gerade gehört hatte, und dann verschanzte sie sich ohne ein weiteres Wort hinter ihrem Computer. Das Warten wurde unerträglich, und ich atmete erleichtert auf, als sie sagte:

»Soll ich Ihnen die Seite ausdrucken?«

»Bitte.«

Ich las die Seite und bemühte mich, mein ungutes Gefühl bei der Sache nicht durchblicken zu lassen.

So genannten Obdachlosen stehen zwei Arten von Diensten zur Verfügung, ambulante und solche zum dauerhaften Aufenthalt. Es kümmern sich sowohl öffentliche als auch private Institutionen um sie, fast immer in Verbindung mit der Kirche. Es gibt Heime und Tagesstätten. Der Aufenthalt in einem Heim darf 15 Tage nicht überschreiten. Sie haben meist keine Dokumente oder Ausweise, und es ist fast immer unmöglich, ihre Familie ausfindig zu machen. Obdachlose zeigen nur geringe Konfliktbereitschaft. Die wenigen Fest-

nahmen haben immer mit ihrem Alkoholpegel zu tun, der zu unangenehmen Situationen führen kann wie Anpöbeln von Bürgern, gefährliches Belagern der Gehwege oder Belästigungen von Anwohnern und Geschäften. Es liegen kaum Anzeigen gegen sie vor. In dem Fall wird eine sofortige Vermittlung in eine Sozialstation empfohlen.

Gut, das reichte mir für den Anfang, aber da wir Polizisten immer eine räumliche Eingrenzung suchen, in der wir die Tatsachen ansiedeln können, musste ich wissen, wo ich diese Bürger dritter Klasse finden konnte. Yolanda reagierte auf meine Anfrage mit wirklich erschrockenem Gesicht.

»Inspectora Delicado, Sie wissen doch, dass diese Typen herumstreunen und oft allein leben. Nach unserer Erfahrung gibt es auch welche, die in Gruppen leben, die sich zum Schlafen auf irgendeinem verlassenen Gelände oder in einem besetzten Haus treffen, auch wenn sie wenig Beziehung zueinander haben. Dort treffen sie sich mit anderen Außenseitern.«

»Kennen Sie ein paar dieser Orte?«

»Ich glaube schon. Ich suche sie heraus und bringe Sie Ihnen gleich. Sie erlauben.«

Sie verließ fluchtartig den Raum, wahrscheinlich wünschte sie, mich endlich nicht mehr sehen zu müssen. Ihr Verhalten und ihre Art zu reden hatten sich völlig verändert. Jetzt redete sie wie eine offizielle Instanz. Das war das Einzige, was ich mit meinem Missmut und meiner Ungeduld erreicht hatte. Und das alles, weil das Mädchen etwas mehr über Petra Delicado erfahren wollte. Was war so schlecht an einer kleinen Mystifizierung meiner Person? Mit ein bisschen Intelligenz hätte ich sie sogar nutzen und genießen können: Petra Delicado, die originelle und etwas andere Polizistin mit einer leidenschaftlichen Vergangenheit. Aber wie sagte Garzón so oft: »Sie haben langsam einen Charakter wie ein General im Ruhestand, Inspectora.« Und er hatte Recht. Da stand ich und versuchte, die Privatsphäre meiner Vergangenheit zu bewahren, als würde sie wirklich jemanden interessieren. Ich betrachtete Yolandas Sachen auf dem Tisch, alles ordentlich und tadellos, bereit für einen Arbeitstag, den ich ihr gerade vermiest hatte. Na schön, jetzt gab es kein Zurück, was sollte ich jetzt noch tun, mich entschuldigen und ihr sagen, dass ich sie ohne böse Absicht so angepflaumt hatte?

Sie kehrte mit einem Blatt zurück und reichte es mir respektvoll.

»Mir wurde gesagt, dass in der alten Kaserne von San Andreu eine feste Kolonie von Außenseitern lebt, die wir hin und wieder auflösen müssen. Sie treffen sich auch auf einem verlassenen Bahngelände am Stadtrand. Da stehen ein paar ausrangierte Eisenbahnwaggons und drei alte Arbeiterwohnwagen, in denen sie übernachten. Auf dem Papier stehen die Adressen und Pläne.«

»Das reicht für den Moment. Behalten Sie das Foto von dem Toten, falls ihn jemand festgenommen oder ihm Hilfe geleistet hat, einverstanden?«

»Ja, Inspectora, ist gut.«

Ich dankte ihr verlegen, als würde es mir schwer fallen, auch nur einen Funken Höflichkeit oder Anstand zu zeigen. Zumindest sollte ich auch dem unseligen Eindruck entsprechen, den ich auf andere machte, und meine unsympathische Seite noch betonen.

Auf der Straße fühlte ich mich zutiefst unwohl mit mir. Ich sah flüchtig auf die Uhr und ging in eine Bar. Seit Langem hatte ich keinen Drink mehr genommen, um meine inneren Gespenster loszuwerden, und das war keine schlechte

Gelegenheit, auf alte Gewohnheiten zurückzugreifen. Ich bestellte einen Gin auf Eis und trank ihn in gewissenhaften Schlucken, so wie Einsame ihren Schmerz schlucken. Ich konnte nicht leugnen, dass meine Reaktion seltsam war. Eine junge Frau stellt mir in komplizenhaftem Tonfall eine Frage, und ich knalle ihr an den Kopf: Vögeln Sie, wenn Sie das Abenteuer suchen. Gewiss sehr passend, vielleicht hatte ich die Medizin empfohlen, die ich selbst brauchte. Oder vielleicht wurde ich einfach nur alt. Ich musste mir eingestehen – und das störte mich –, dass die Jugend und was sie mit sich bringt in den anderen weiterexistiert, während ich auf der Strecke blieb. Neugier und Vergnügen im Gegensatz zu meiner ganzen Skepsis, die immer stärker, wütender, ingrimmiger wurde. Ich erschauderte, als wäre mir eine giftige Spinne über den Handrücken gelaufen, aber ich konnte sie nicht verscheuchen, die Spinne war ich selbst.

Nur das Handyklingeln ersparte mir die Folgen eines zweiten Gins zu dieser Zeit. Der unpassende Retter war Garzón.

»Inspectora, ich bin dabei, aber ich werde erst sehr spät was haben.«

Ohne zu wissen, warum meine Stimme wütend und verächtlich klang, sagte ich:

»Was ist los, Subinspector, Sie reden in Rätseln, handelt es sich um eine philosophische Abstraktion? Was heißt ›dabei‹, was bedeutet ›erst sehr spät‹?«

»Verdammt!«, fluchte Garzón leise, dann sagte er in normalem Tonfall ohne jegliche Emotion: »Ich will damit sagen, dass ich an den Skins dran bin, die in der Gegend agieren, aber dass ich erst am späten Nachmittag Informationen haben werde. Haben Sie mich jetzt verstanden?«

»Viel besser als beim ersten Mal.«

»Ist was passiert, Petra? Haben Sie sich über Coronas geärgert, ist was schief gelaufen?«

»Schief, warum? Habe ich etwa jemals einen Grund gebraucht, um unangenehm zu werden?«

»Nie! Da haben Sie Recht. Also, ich rufe Sie später wieder an, und lassen Sie nicht nach, hören Sie?«

Was war es eigentlich zu diesem Zeitpunkt, das meinen Untergebenen empören oder beunruhigen würde, wenn ich ihn zum Duell forderte? Dass ich mich mitten auf der Plaza Cataluña nackt ausziehen würde? Bah, war auch egal! Am Ende würden alle meine verrückt anmutenden Unverschämtheiten ertragen wie den Regen. Es würde kein guter Tag werden, ich wusste es genau.

In der Tasche hatte ich einen Zettel mit dem Namen des Verantwortlichen eines Sozialdiensts, den ich aufsuchen sollte: Doctor Ricard Crespo. Ein Name mehr. Ich hatte keine Eile, ich würde einen Spaziergang zu seinem Büro machen und ein bisschen Luft schnappen, weil die beklemmende Atmosphäre aller Büros auf der Welt mir das Atmen schwer machte. Ich knöpfte meinen Mantel zu und ging schneller, so wie man es in der Stadt eben tut, wenn man nicht wahrgenommen werden will.

Auf der Höhe der Calle Pelayo wurde ich auf eine Fußgängerin aufmerksam, vermutlich hätte ich sie unter anderen Umständen gar nicht erst gesehen. Es war eine Stadtstreicherin, die einen Wagen vor sich her schob. Intuitiv folgte ich ihr. Sie war ziemlich alt und ging langsam. Über den Schultern trug sie eine Decke und auf dem Kopf eine abgetragene Baskenmütze. Mir war sofort klar, dass sie kein Ziel hatte. Sie blieb stehen, betrachtete die Schaufenster der Kaufhäuser von Weitem, ging schleppend weiter und blieb wieder stehen. Ich ging näher, und in einer unerklärlichen

Anwandlung zeigte ich ihr das Foto von der Leiche. Als ich ihre leeren Augen sah, wusste ich sofort, dass das völlig absurd war.

»Kennen Sie diesen Mann?«, fragte ich in dieser surrealen Situation.

Die Frau sah nicht das Foto, sondern mich an, aber sie sah mich nicht. Sie stammelte etwas Unverständliches und zeigte auf die hohen Gebäude vor uns. Plötzlich stand ein Mann neben mir.

»Bemühen Sie sich nicht, diese Frau ist nicht ganz richtig im Kopf. Ich bin der Portier dieses Wohnhauses und sehe sie immer hier, sie ist nicht bei Verstand, Sie wissen schon. Wollten Sie etwas von ihr?«

Ich schüttelte energisch den Kopf, als wäre ich erwischt worden, es war zu heikel, die Neugier dieses Mannes zu befriedigen und ihm zu sagen, dass ich in einem Fall ermittelte.

Ich verzog mich aus dem Blickfeld des misstrauischen Portiers. Die Stadtstreicherin hatte nichts weiter mitgekriegt, sie hatte sich umgedreht und ihren ziellosen Weg fortgesetzt. Es war gar nicht so sinnlos gewesen, auf sie zuzugehen, jetzt wusste ich etwas, was ich vorher nicht gewusst hatte: Ich hatte in ihre Augen geschaut, und die bodenlose Leere darin erschreckte mich immer noch. Es war ein nebulöses Nichts, kalt wie der Tod, eine dritte Dimension, die man im Laufe eines normalen Lebens nicht wahrnimmt. Die Calle Pelayo, zu dieser Stunde voller Einkaufsbummler, Spaziergänger und Leute, die in Windeseile Besorgungen machten, hatte sich ein paar Sekunden lang in einen fremden, gespenstischen Ort verwandelt. Dort, inmitten dieses Getümmels und der Wirklichkeit, hatte sich für mich eine Eiswüste aufgetan, eine Wüste der

Abwesenheit, der stummen, gesichts- und leblosen Gespenster. Ich hatte Angst, eine schreckliche Angst, denn ich hatte eine furchtbare Ödnis erblickt. War das nicht der Ort, der verborgen hinter den Alltagsdingen in uns allen steckte? Waren wir nicht alle nur einen Schritt entfernt von dieser trostlosen Einöde? Was brauchte es, um dort zu landen, eine Geisteskrankheit, eine enttäuschte Liebe, fehlende Kraft zum Weitermachen? Wie war diese Frau zu dem geworden, was sie jetzt war, was war in ihrem früheren Leben passiert, wie war sie aus einem normalen Leben in diese Trostlosigkeit gerutscht, die aus ihren Augen sprach? Sie war einmal eine junge Frau gewesen, sie hatte geliebt, sie hatte sich ein neues Kleid gekauft, um schön zu sein. Welcher grausame Teufel hatte sie in diese eisige Existenz katapultiert? Wann war das und warum? Mein Herz schlug heftig. Wirklich schockierend war, dass ich diese Welt der Poltergeister wiedererkannt hatte, sie steckte auch irgendwie in mir selbst.

Hätte ich mich von meiner Panik hinreißen lassen, wären mir jede Menge Bilder durch den Kopf geschossen: Ich allein und zerlumpt, verloren in einer verständnislosen Stadt, ohne Familie, ohne Freunde … Zum Glück riss ich mich zusammen, natürlich nur bis zu einem gewissen Grad, denn ich griff zum Handy und rief Garzón an.

»Subinspector, Sie sind doch mein Freund, nicht wahr?«

Er dachte bestimmt, jetzt käme wieder eine ironische Spitze, und wappnete sich.

»Inspectora Delicado, ich muss Ihnen sagen, dass es gar nicht so einfach ist, diese Liste mit Skinheads anzufertigen. Viele sind nie festgenommen worden, andere wieder …«

»Ich spreche von Freundschaft, nicht von der Arbeit.«

Er glaubte mir kein Wort.

»Hören Sie mal, Petra, warum spucken Sie es nicht einfach aus? Dann weiß ich wenigstens, wo's langgeht.«

Na schön, das hatte ich von meinem ätzenden Verhalten den Leuten gegenüber. Nicht einmal jetzt konnte sich mein engster Mitarbeiter vorstellen, dass nichts über ihn hereinbrechen würde. Was soll's, ihn anzurufen war lächerlich gewesen. Ich machte einen verzweifelten letzten Versuch.

»Sagen Sie mir, Garzón, wenn ich alt bin und in einem Altersheim lebe, kommen Sie mich dann mal besuchen?«

Er schnaubte und fasste sich in grenzenlose Geduld.

»Ja, Inspectora, werde ich, aber ich glaube nicht, dass Sie schon so alt sein werden, wenn ich Ihnen die Liste bringe. Ich sitze jetzt ein paar Stunden dran, das ist auch kein Grund, sich so aufzuführen.«

»Werden Sie mich besuchen oder nicht?«

»Ja doch, ich werde Sie besuchen, und außer der Liste von den Skinheads bringe ich Ihnen noch eine Schokoladentorte mit, einverstanden?«

Sein Tonfall klang müde, er hatte meinen Zynismus satt. Er würde mich in keinem Altenheim besuchen, nicht mal im Krankenhaus, wenn ich mir ein Bein brechen würde. Ich hatte es so gewollt. Meine Unabhängigkeit, mein Wunsch nach Einsamkeit, mein Sarkasmus, die Abneigung, die manchmal andere Menschen in mir hervorriefen, würden mir die Rechnung präsentieren. Und ich würde sie bezahlen, natürlich damit, dass ich in Lumpen gehüllt halb verwirrt durch die Stadt irrte.

Ich betrat eine andere Bar und gönnte mir noch einen Gin. Diesmal als direkte Schocktherapie. Dann begab ich mich wieder an die Arbeit, wenn auch ohne Hoffnung, sie besonders konzentriert zu machen.

Die Adresse in meiner Manteltasche führte mich zum Klinikum. Besagter Doctor Crespo arbeitete in der psychiatrischen Abteilung und war zuständig für die Obdachlosen des Sozialdienstes. Dort tauchte er jedoch nur ein paar Tage in der Woche auf, seine restliche Arbeitszeit widmete er seinen Aufgaben in der psychiatrischen Abteilung des Klinikums. Ich muss eingestehen, dass Aussehen und Atmosphäre des Krankenhauses meinen Gemütszustand nicht gerade hoben. Ein altes, baufälliges Gebäude, düster wie ein Armenhaus aus dem letzten Jahrhundert. Studenten, arme Patienten und Menschen in weißen Kitteln liefen mir in den langen, renovierungsbedürftigen Fluren über den Weg. Es war nicht einfach, die psychiatrische Abteilung zu finden, und als ich endlich dort war, war es nicht einfacher, Doctor Crespo ausfindig zu machen. Eine Krankenschwester antwortete mir salopp:

»Doctor Crespo muss hier irgendwo sein. Wenn Sie wollen, können Sie warten. Ich habe keine Ahnung, wie lange es dauern wird.«

»Hat er keine festen Arbeitszeiten?«

»Sie werden sehen, der Doctor ist etwas … außergewöhnlich, aber er wird kommen, ganz bestimmt.«

Sie lächelte mich strahlend an. Ich hatte keine Eile, also setzte ich mich in eine Ecke der belebten Aufnahmehalle und wartete.

Die Zeit verging schnell, vor meinen Augen zogen zunehmend beunruhigende Erscheinungen vorüber. Alte Menschen mit fast völlig abwesendem Ausdruck in Begleitung von Krankenschwestern, Frauen, die wie ich warteten, allerdings mit verlorenem Blick, der auf den Boden gerichtet war. Ein geistig behinderter Junge stieß hin und wieder einen kläglichen Schrei aus, wie der Schluckauf eines jungen Hundes, während seine Mutter schon daran gewöhnt schien und ihn gar nicht weiter beachtete. Verdammt, dachte ich, jedes Verbrecherambiente ist erträglicher als das hier. Ich fürchtete langsam, dass mich das Umfeld dieses Falls in eine tiefe Depression stürzen würde.

Nach einer Stunde des Wartens hatte dieser Doctor Crespo noch immer kein Lebenszeichen von sich gegeben. Ich stand auf und wandte mich noch einmal an die junge Frau an der Rezeption.

»Ja, der Doctor ist heute spät dran, stimmt.«

»Können Sie ihn nicht über Funk anpiepsen oder so etwas?«

Sie lächelte mit seltsamer Selbstgefälligkeit.

»Doctor Crespo weigert sich, einen Piepser bei sich zu tragen. Ich habe Ihnen ja schon gesagt, dass er etwas außergewöhnlich ist.«

Ich setzte mich wieder und schloss die Augen, vielleicht, um mir das groteske Schauspiel der Verrücktheit um mich herum zu ersparen. Dabei schläferte mich der Alkohol zusammen mit dem narkotisierenden Geruch, der in Krankenhäusern vorherrscht, ein. Als ich die Augen wieder öffnete, sah ich, dass die Krankenschwester und ein Mann im weißen Kittel mich anschauten. Ich stand abrupt auf und ging zu ihnen.

»Hier ist der Doctor endlich.«

Ich sah ihn mir genauer an. Er war groß und extrem schlank. Die Schläfen schimmerten silbrig, und sein Blick war stechend. Der weiße Kittel stand offen und war zerknittert, seine Kleidung darunter war leger, ein schwarzer Pulli und Cordhose, beides ebenfalls faltig.

»Guten Tag, Doctor, ich bin Petra Delicado und wollte …«

Er unterbrach mich, ohne den Mund aufzumachen, indem

er die Tür zu seinem Zimmer öffnete. Mit einem Kopfnicken forderte er mich auf einzutreten. Im Raum herrschte Chaos. Überall Aktenberge, in den Regalen, auf dem Schreibtisch, auf dem Boden. Zwei Aschenbecher voller stinkender Zigarettenkippen. Er setzte sich, und nachdem ich einen Stuhl freigeräumt hatte, tat ich es ihm gleich.

»Die Krankenschwester hat mir gesagt, dass Sie Comisaria sind.«

»Inspectora, nur Inspectora.«

»Ist egal, das beeindruckt mich genauso. Zeigen Sie mir Ihre Pistole?«

Ich war sprachlos. Wen hatte ich vor mir, einen verrückten Psychiater, einen ironischen Geist? Ich zögerte.

»Wissen Sie, das ist nicht üblich.«

»Das Übliche ist immer das Langweiligste, aber denken Sie nicht, dass ich Sie um etwas Seltsames bitte. Ich habe noch nie mit jemanden zu tun gehabt, der eine Pistole trägt. Ich bin neugierig.«

Ich hatte kein Drehbuch für diese Situation, sie erwischte mich kalt, und wie eine dumme Gans tat ich, worum er mich gebeten hatte. Ich holte die Glock aus meiner Tasche und zeigte sie ihm. Crespo machte einen langen Hals und betrachtete sie, als wäre sie ein lebendiges Tier, das ihm jeden Moment an die Gurgel springen könnte. Er zog nervös die Augenbrauen hoch und sagte lächelnd:

»Aber hallo! Sie tragen den Tod und das Dynamit in der Handtasche, ein gefährliches Leben, oder?«

Ich fühlte mich absolut lächerlich und verpasste ihm eine erste Breitseite.

»Hören Sie, Doctor Crespo, ich trage kein Dynamit in der Handtasche, und auch wenn Sie mir nicht glauben, ich habe noch nie jemanden erschossen oder sonst wie getötet.

Wenn Ihre Neugier hiermit befriedigt ist, würde ich Ihnen jetzt gerne erklären, warum ich hier bin.«
Er reagierte nicht, sondern beschränkte sich darauf, mich amüsiert anzusehen, als würde ihm diese dämliche Unterhaltung gefallen. Entweder verachtete er die Polizei oder er war einfach verrückt.
»Nein, ich würde Ihnen gerne noch viele Fragen über das Leben einer Polizistin stellen, aber natürlich haben Sie keine Lust, mir die zu beantworten.«
»Mir ist es lieber, wenn Sie antworten.«
»Schießen Sie los. Sie sitzen jetzt schon zehn Minuten in meinem Zimmer und haben mir noch keine einzige Frage gestellt. Ich versichere Ihnen, ich bin ein viel beschäftigter Mann, auch wenn ich keine Pistole trage.«
Ich riss ungläubig den Mund auf und machte ein Zeichen der Verständnislosigkeit und der Resignation. Dann holte ich das Foto von der Leiche heraus und hielt es ihm ziemlich brüsk unter die Nase.
»Kennen Sie diesen Mann, Doctor, war er mal in Ihrer Sprechstunde oder hier in der psychiatrischen Abteilung?«
Er betrachtete es ernst, sein Gesicht zeigte keine Spur von Ironie oder Spiel. Dann zündete er sich eine Zigarette an.
»Wurde er ermordet?«
»Ja, totgeschlagen.«
»Wissen Sie, wer es war?«
»Um das herauszufinden, bin ich hier. Können Sie mir bitte antworten?«
»Nein, ich habe ihn nie gesehen, aber ich bin auch nicht der Einzige, der sich in dieser Stadt um Obdachlose kümmert. Es gibt noch ein paar mehr Psychiater in meiner Organisation. Wenn Sie mir das Foto dalassen, kann ich es einscannen und sofort über E-Mail verschicken.«

»Das wäre das Beste.«
Er stand auf und ging hinaus. Kurz darauf kam er ohne das Foto zurück.
»Es ist gleich fertig.«
»Können Sie mir etwas über diese Menschen erzählen?«
»Sie sind keine ernsthafte Gefahr für niemanden, wenn Sie meine Meinung wissen wollen. Dieser Dienst wurde eher aus offiziellen denn aus praktischen Gründen eingerichtet. So kann man sagen, dass sich auch ein paar Politiker um die Obdachlosen kümmern, wie in New York. Aber niemand tut wirklich etwas für sie, sie bilden kein Kollektiv, sie protestieren nicht ...«
»Erzählen Sie weiter.«
»Viele von ihnen, nicht alle, leiden an schweren geistigen Erkrankungen oder haben große Alkoholprobleme. Aber wie Sie sich bestimmt vorstellen können, ist es sehr schwierig, sie zu behandeln. Sie werden hergebracht, wollen aber nicht wiederkommen, sie nehmen ihre Medikamente nicht ein ... Nur in dringenden Fällen können wir eine Einweisung veranlassen.«
»Sie haben keine Familie?«
»Wenn sie eine haben, haben sie keinen Kontakt mehr zu ihr. Manche wissen nicht einmal mehr ihren Namen oder ihr Alter. Es werden immer mehr, und sie werden immer jünger.«
»Vom System ausgeschlossen.«
»Wenn es Ihr Gewissen beruhigt, können Sie sich einreden, dass sie sich selbst ausgrenzen.«
»Was glauben Sie?«
»Wir Psychiater glauben nicht, Inspectora, wir sind eine weiße Wand, auf die fremder Müll geschmettert wird.«
»Ich weiß nicht, ob ich Sie richtig verstehe.«

»Ist egal, Sie dürften was Ähnliches sein, nicht wahr? Eine Polizistin analysiert nicht die Wurzel des Verbrechens, sie beschränkt sich darauf, daran zu arbeiten.«

»Ich habe meine Vorstellungen.«

»Die bringen nicht viel, glauben Sie mir. Sie können hundert Mordfälle aufklären, aber es werden weitere hundert begangen. Ich kann hundert Außenseiter behandeln, aber sie bleiben Außenseiter. Wir haben einen fruchtlosen Beruf.«

»Das klingt nicht sehr hoffnungsvoll.«

»Ist es auch nicht. Natürlich kann ich das Leid immer dämpfen, aber Sie ...«

»Ich habe nicht vor, die barmherzige Samariterin zu spielen, aber wenn wir den Mörder finden, fühlen sich die Familienangehörigen des Opfers besser.«

»In diesem Fall bezweifle ich das sehr. Es ist fast sicher, dass dieser Mann niemanden hatte, der um ihn weint oder den die Gerechtigkeit tröstet. Es kann sogar sein, dass sich jemand über seinen Tod freut, zumindest der Staat, ein Sozialparasit weniger, den es zu verstecken gilt, wenn sich eine Persönlichkeit zu Besuch anmeldet. Er hat niemanden, seien Sie davon überzeugt.«

»Er hat mich.«

Mit sarkastischem Blick klatschte er in die Hände.

»Gut, Inspectora, gut. Eins zu null für Sie. Die einsame Rächerin der armen Stadtstreicher. Gott wird Sie bestimmt dafür belohnen, vielleicht reserviert er Ihnen sogar ein Plätzchen im Himmel.«

Ich stand auf, denn ich durfte auf seine Provokationen nicht eingehen, ich hatte an dem Tag schon genug Ärger gehabt. Ich lächelte selbstgefällig.

»Ich muss jetzt gehen, Doctor Crespo, kümmern Sie sich

darum, dass alle Ärzte das Foto bekommen, die Krankenschwestern auch, je mehr Leute, desto besser. Und wenn Sie nicht finden, dass es vergebliche Liebesmüh ist, rufen Sie mich an, was auch immer Sie erfahren. Hier ist meine Karte.«

»Kann ich Sie auch anrufen, um Sie zu einem Drink einzuladen?«

Schon im Türrahmen drehte ich mich um und sagte trocken:

»Nein.«

Wie soll man es verstehen, wenn die geistige Gesundheit eines Menschen, so sehr er auch ausgegrenzt sein mochte, in Händen eines solchen Typen lag? Ein Zyniker, selbstherrlich, misstrauisch, unverschämt, zudem halbwegs verrückt, mit einem ausgesprochen chaotischen Zimmer, zerknitterter Kleidung und wirrem Haar … frivol … Ich schnaubte, ich war hell empört. Und das waren die respektablen Bürger dieser Gesellschaft. Ich ging in keine weitere Bar, weil ich fürchtete, dass ich die Kontrolle verlieren könnte, ins Klinikum zurückgehen und diesem Schreckgespenst sagen würde, was ich von ihm hielt. So ist das Leben! Einer reizenden Polizistin der Guardia Urbana hatte ich eine unverschämte Antwort gegeben, aber zu diesem dreisten Kerl hatte ich keinen Pieps gesagt. Ich war keineswegs stolz auf mich, vielleicht konnte ich sogar noch etwas gutmachen, darüber würde ich nachdenken, wenn ich mich wieder beruhigt hatte.

Zwei

Zwei Tage nach der Ermordung des Obdachlosen standen wir mit unseren Ermittlungen noch immer ganz am Anfang. Garzón hatte die Liste der Skinheads noch nicht fertig gestellt, und wir hatten die Leiche noch nicht identifizieren können. Alles, was wir hatten, war ein nichts sagender Laborbericht der Spurensicherung, und auch eine erneute Untersuchung des Tatortes war ohne Ergebnisse geblieben. Die Autopsie war ebenfalls noch nicht abgeschlossen. Trotzdem war es eigentlich noch zu früh, als dass Comisario Coronas Rechenschaft von uns verlangen konnte. Deshalb waren wir überrascht, als er uns »augenblicklich« in seinem Büro zu sprechen wünschte. Garzón, der erfahrene Kommissariatspolitologe, wusste sofort eine plausible Erklärung: die Presse. Wieder einmal hatten die Reporter wegen der unkontrollierbaren Skin-Banden in unserer Stadt die ›soziale Alarmglocke‹ geschlagen. Ich hatte die Artikel zwar gelesen, sie aber nicht weiter wichtig genommen. Garzón hingegen, der auch ein erfahrener Kommunikationsexperte zu sein schien, gab erneut eine komplexe Erklärung zum Besten. Die Wichtigkeit bestimmter Themen hinge sehr stark von der globalen Nachrichtensituation ab. Gab es Bedeutsames zu vermitteln, und darunter waren polemische Nachrichten und Panikmache zu verstehen, rutschte die fortführende Berichterstattung an die zweite Stelle.

Garzón war offenbar ein Weiser, ein Theoretiker, der von der täglichen Praxis ausging, denn alles, was er gesagt hatte, stimmte. Coronas hatte vom obersten Polizeichef in Cataluña höchstpersönlich einen Rüffel erhalten. Die Skinheads waren ein heikles Thema, das sich in eine politische Falle von großem Ausmaß verwandeln konnte. Würden wir nicht bald einen Schuldigen finden, würde der Verdacht über uns schweben, dass wir mit diesen paramilitärischen Banden, die unter den Benachteiligten unserer Gesellschaft Angst und Schrecken verbreiteten, zu sanft umgingen. Von da war der Schritt zu der Anschuldigung, die Polizei stecke mit ihnen unter einer Decke, nicht mehr groß.

Der Comisario war verärgert, wie sollte es auch anders sein, und Schuld daran hatten mehrere Leute. Der oberste Polizeichef, weil er dem Druck der Medien nachgab, die Medien selbst, weil sie immer ihre Nase in alles stecken mussten und die Dinge aufbauschten, und natürlich Garzón und ich, die wir schon seit drei Tagen mit diesem Fall beschäftigt waren, ohne zumindest die Identität des Opfers herausgefunden zu haben.

Etwas übertrieben im Tonfall, aber nicht ganz so schlimm wie bei seinen offiziellen Rügen, befragte er uns mit dröhnender Stimme:

»Was haben Sie die ganze Zeit getan?«

»Listen von Verdächtigen angefertigt und Nachforschungen über Obdachlose angestellt. Aber mit beidem sind wir noch nicht fertig.«

»Und was macht die Autopsie?«

»Ist noch nicht fertig.«

»Hören Sie, Petra, bis jetzt konnte man glauben, es handele sich um einen Routinefall, aber Sie sehen ja, dass das nicht so ist. Sollten Sie also noch mit einem anderen Fall beschäftigt sein, entbinde ich Sie hiermit davon. Geben Sie alles andere an Kollegen ab. Das bedeutet, dass ich in unserem Obdachlosen-Fall Ergebnisse sehen will, spätestens in achtundvierzig Stunden.«

»Ich weiß nicht, ob das so einfach sein wird. Obdachlose lassen sich nur schwer überprüfen. Außerdem, ohne die Autopsieergebnisse ...«

»Ich rede mit dem Richter. Er soll dem Pathologen Dampf machen. Falls das nicht reicht, fahren Sie eben in die Gerichtsmedizin und schlitzen den Toten selbst auf. Ist mir ganz egal.«

»Ich verstehe ja, dass der Tod dieses armen Mannes viel Aufsehen erregt, Chef, aber ...«

»Sie verstehen ...? Was zum Teufel verstehen Sie denn? Glauben Sie wirklich, dass dieser verdammte Abschaum irgendwen interessiert?«

»Mich schon. Es handelt sich um ein menschliches Wesen.«

»Hören Sie schon auf! Und zünden sie keine Kerzen zum Wohle der Menschheit an, das bringt uns auch nicht weiter! Es interessiert niemanden, dass dieser Typ verreckt ist. Weder den obersten Polizeichef noch die Pressefritzen. Und am wenigsten interessiert es die Gesellschaft. Die schon gar nicht. Und Sie beide auch nicht, das vermute ich zumindest. Aber wir müssen vorgehen, als wären wir eine der angesehensten NGOs. Was wir jetzt brauchen, sind Fleiß und Fingerspitzengefühl.«

Wir schwiegen, und er fuhr sich über das Gesicht, so wie er es immer tat, wenn er etwas ermüdend fand oder wenn er eine Pflicht erfüllen musste, an die er selbst nicht sonderlich glaubte.

»Und was ist mit Ihnen, Garzón? Sie geben ja keinen Ton

von sich. Wann wollen Sie denn endlich die Liste fertig stellen? Es handelt sich schließlich nur darum, ein paar Vollidioten ausfindig zu machen, und nicht um eine Auflistung der meistgesuchten Verbrecher von Interpol. Ich will, dass Sie vier Glatzen festnehmen, die wir der Presse präsentieren können, kapiert? Für etwas müssen Ihre vielen Dienstjahre doch gut sein. Habe ich mich deutlich ausgedrückt?«

»Ich habe verstanden, Señor. Ich möchte vorab nur sorgfältig recherchiert haben, denn sonst ziehen sich die Befragungen unendlich in die Länge und sind schließlich nutzlos.«

Coronas strich sich erneut über die Augen. Er war müde und sehr erschöpft. Unser Chef wusste sehr wohl, dass der Fall nicht einfach war, und er wusste auch, dass die Verfolgung der Spur eines Namenlosen ohne Familie oder irgendwelche Sozialkontakte nicht in zwei Tagen geleistet werden konnte. Aber es war seine Pflicht, uns Druck zu machen, also tat er es. Ich unterstellte, dass ohne Überzeugung Autorität auszuüben eines der großen Übel unserer Zeit war, unter dem sogar die Politiker litten. Es waren Zeiten der akzeptierten und institutionalisierten Frustration.

Während wir über den Flur in unsere Büros zurückliefen, bemerkte ich, dass Garzón wortkarg war.

»Was ist mit Ihnen?«, fragte ich. »Sie wollen mir doch nicht weismachen, dass Ihnen ein Anpfiff vom Chef heute noch was ausmacht.«

»Ist Ihnen aufgefallen, was er über meine Dienstjahre gesagt hat?«

»Das war eine positive Anspielung auf Ihre Erfahrung.«

»Blödsinn! Das war eine Anspielung auf mein Alter! Ist Ihnen nicht aufgefallen, dass die Leute auf dem Revier immer jünger werden? Eines schönen Tages werden sie mir nahe legen, in Frühpension zu gehen. Anders ausgedrückt, sie schmeißen mich raus.«

»Sie leiden ja unter Wahnvorstellungen, was Ihr Alter betrifft. Niemand hat darauf angespielt, dass Sie alt seien, Fermín. Im Gegenteil, Ihr Alter ...«

»Lassen Sie's gut sein, Inspectora. Sie meinen es gut, ich weiß, aber es ist nicht die Wahrheit. Ich werde alt, verdammt noch mal, wie jeder von uns. Aber es macht mir gehörig was aus! So ist das. Und am meisten stört mich der Gedanke, dass eines Tages einer dieser hirnlosen Grünschnäbel, die im Internet rumsurfen, meinen Platz einnehmen wird.«

»Dieser Tag ist aber noch weit entfernt. Entspannen Sie sich.«

»Glauben Sie wirklich, was Sie da sagen? Sie sind so ... tadellos! Wie Ihre Worte, als Sie dem Comisario sagten, dass Ihnen der Tod dieses Typen wirklich etwas ausmacht.«

»Aber es macht mir ja auch was aus, Garzón! Ich habe Ihnen doch gesagt, dass ...«

»... Bettler wie Könige sind, dass sie etwas Mystisches an sich haben. Was für ein Glück, dass Sie das nicht vor dem Comisario wiederholt haben. Der wäre die Wände hochgegangen.«

Ich sah ihn schief an und zog die Augenbrauen hoch, eine zynische, überhebliche Geste, von der ich wusste, dass sie ihn auf die Palme brachte.

»Gibt es noch etwas, über das Sie meckern wollen? Oder können wir uns jetzt an die Arbeit machen?«

Er schüttelte selbstmitleidig den Kopf, als ob die Ungerechtigkeiten dieser Welt alle auf ihm lasteten, und verschwand den Gang hinunter wie ein wütender alter Hund. Ich ging in mein Büro, setzte mich an den Schreibtisch, ließ den Computer hochfahren und las die wenigen Zeilen, die ich bisher über den Fall verfasst hatte. Der Vorwurf des Comisario war berechtigt. Es war richtig: All unsere bisherigen Ermittlungen waren planlos und langsam gewesen. Zum Teil lag das an der Tatsache, dass wir noch immer die Identität des Opfers nicht kannten, was leicht zu Verwechslungen führt. Ein Nachteil war auch, dass wir nicht wussten, bis zu welchem Grad er allein stehend war. Bisher gab es keine Familie, die Erklärungen verlangte, niemand, der nach der Leiche fragte ... Die Lebensspuren dieses Mannes waren geringfügig, und wenn es keine Existenz gibt, dann gibt es auch keinen Tod und damit auch keinen Mord. Ich begriff, dass ich die einzige wirkliche Beschützerin war, mit der dieser arme Teufel rechnen konnte. Warum auch nicht? Es machte mir tatsächlich eine Menge aus, dass er ermordet worden war. Mein Glaube an die Menschheit nahm zwar immer mehr ab, aber gerade dieser Mann war aus der erbärmlichen Mittelmäßigkeit, mit der wir uns alle zu schützen suchen, ausgeschlossen worden oder hatte sich selber davon ausgeschlossen. Und genau deshalb verdiente er Respekt. Eine kleine schützende Hommage. Außerdem sind die Don Quijotes dieser Welt immer Männer, während sich die Frauen um die realistischen und praktischen Dinge des Lebens kümmern. Gut, diesmal sollte es anders sein. So sehr dieser arme Mann auch ein menschliches Wrack gewesen sein mochte, ich würde meine ganze Kämpfernatur für ihn mobilisieren und den besten polizeilichen Einsatz meines Lebens leisten.

Ich sah mir aufmerksam die uns vorliegenden Fakten an. Die Orte, die wir von der Guardia Urbana genannt bekommen hatten, sagten mir nicht das Geringste. Ich hätte sie nicht einmal auf einem Stadtplan von Barcelona finden können. Und was der Psychiater gesagt hatte, führte auch zu nichts, möglich, dass es uns später nützen könnte. Im Augenblick waren es nur ein paar seelenlose Statistiken. Ich dachte an den Psychiater. Was für ein komischer Kauz! Vermutlich nehmen wir alle etwas von dem Berufsklima an, in dem wir arbeiten. Zweifellos hatte auch ich inzwischen die Aura eines Bullen. Nichts natürlich, was man auf den ersten Blick erkennen konnte, was aber dennoch existierte. Vielleicht so etwas wie ein harter Ausdruck im Gesicht, ein Anflug von Arroganz und Undurchschaubarkeit.

Ich stand auf. Wenn man seinen Gedanken unkontrolliert freien Lauf lässt, pflegen daraus selten interessante Ideen zu entstehen. Es war besser, aktiv zu werden.

Die Gerichtsmedizin ist nicht gerade ein Ort, den ich gerne aufsuche, aber ich hatte den Eindruck, das Ganze beschleunigen zu können, wenn ich mit dem Pathologen sprach, der die Autopsie durchführen sollte. Im schlimmsten Fall hatte ich Befehl, den Toten selbst aufzuschlitzen. Wieso auch nicht?

Die verantwortliche Pathologin war eine Frau: Doctora Caminal. Sie hatte nichts dagegen, mich zu empfangen, und als ich mich vorstellte, blickte sie mich neugierig an. Keine Ahnung, was sie so interessant fand. Sie aber war wirklich eine Gerichtsmedizinerin der besonderen Art. Sie musste knapp über dreißig sein, war blond, attraktiv, stilvoll gekleidet und natürlich frisiert. Ich fragte mich, was zum Teufel diese Frau in diesem seltsamen Beruf verloren hatte.

»Ich weiß, dass Sie mich nicht angerufen haben, Doctora, aber der Comisario hat so gedrängt, dass mir die Idee kam herzukommen, um Sie zu bitten, die Autopsie zu beschleunigen.«

In ihren Augen spiegelte sich Erstaunen. Dann lächelte sie und schüttelte den Kopf, als könne sie nicht glauben, was sie eben gehört hatte.

»Donnerwetter, Inspectora! Mir wurde erzählt, dass nur Polizisten der alten Schule so ein Verhalten an den Tag legen. Und Sie wirken nicht unbedingt auf mich, als gehörten Sie zur alten Schule.«

Ich lachte ein wenig zu laut auf, denn ich wollte ihr beweisen, dass ich wirklich nicht zur alten Schule gehörte.

»Sie haben ja Recht. Herzukommen und Sie zu bitten, dass Sie unseren Fall vorziehen, ist nicht unbedingt die feine englische Art. Aber die Alternative lautet, dass ich selbst den Toten aufschlitze. Genau das waren die Worte des Comisario.«

»Na so was! Ihr Comisario aber, der scheint wirklich noch der alten Schule anzugehören!«

»Fast mehr noch als Hercules Poirot. So funktioniert das eben bei der Polizei: Du kannst noch so fortschrittlich und modern sein, aber wenn dein Chef ein traditioneller Geist ist, entkommst du seinem Einfluss nicht.«

Sie lächelte erneut und dachte für einen Augenblick schweigend über meine Bitte nach.

»Ich arbeite erst seit Kurzem hier. Wenn ich also die Vorschriften missachte ... Andererseits habe ich auch Lust, mal etwas Außerplanmäßiges zu tun. Könnten Sie etwa eine Stunde warten? Dann arbeite ich heute ein wenig länger, und Sie haben zumindest einen ersten Bericht.«

Ich entschloss mich zu warten. Zum Glück war nicht alle Welt so unfreundlich wie ich. Diese Pathologin war offenbar noch nicht verbraucht genug, um die Bitte um einen Gefallen so ohne Weiteres abzuschlagen. Ich sollte mir ein Beispiel an ihr nehmen und versuchen, diese fürchterliche

Ungeduld, die mich in letzter Zeit so häufig begleitete, loszuwerden.

Als sie so weit war, bot sie mir an, ihr Gesellschaft zu leisten, während sie arbeitete. Obwohl ich nicht eben wild darauf war, bei der Autopsie einer Leiche dabei zu sein, konnte ich das Angebot nicht ausschlagen.

Ich sah, wie die Leiche des Obdachlosen hereingefahren wurde, und erkannte sie fast nicht wieder. Man hatte sie gewaschen und gekämmt, sie sah erhaben und eindrucksvoll aus.

»War ein schöner Mann«, sagte die Pathologin. »Wer ist das?«

»Das wissen wir noch nicht. Er war ein Stadtstreicher und wurde offensichtlich von Skinheads totgeprügelt.«

»Womit?«

»Mit einem Baseballschläger, den wir ins Labor geschickt haben.«

»Was für Hurensöhne! Schnappen Sie sich die, Inspectora. Lassen Sie die nicht laufen. Dieses Gesindel verdient eine Lehre, die aller Welt als Beispiel dient.«

»Das genau ist auch die öffentliche Meinung, deshalb die Eile des Comisarios.«

»Ich bin froh, dass ich Sie vorgezogen habe.«

Sie streifte sich Handschuhe über und betrachtete den nackten Mann vor ihr. Ihr Gesichtsausdruck änderte sich schlagartig. Dieses junge Gesicht, das stets ein Lächeln auf den Lippen zu tragen schien, verwandelte sich nun in eine konzentrierte, angespannte Miene. Sie stülpte sich einen Mundschutz über.

»Wegen Aids müssen wir zu Vorsichtsmaßnahmen greifen«, sagte sie.

Als ich sie beim Arbeiten beobachtete, ihren sicheren Handgriffen, die ohne zu zögern vorgingen, mit den Augen folgte, wurde mir sofort klar, dass diese Frau ihr Handwerk beherrschte. Ihre Jugend war keinesfalls mit Unwissenheit oder Unerfahrenheit gleichzusetzen.

Ich zog mich ein wenig zurück, um nicht alle Einzelheiten der Untersuchung genau sehen zu müssen. Ich hatte noch nie besonders gut mit dem Anblick eines leblosen menschlichen Körpers umgehen können. Sie drehte sich zu mir um und bat mich, näher zu kommen.

»Kommen Sie, Inspectora, ich möchte, dass Sie das hier sehen.«

Als sie merkte, dass ich zögerte, versuchte sie mich ohne eine Spur von Spott oder Selbstgefälligkeit zu beruhigen.

»Keine Sorge, ich habe noch nicht geschnitten. Es gibt nichts außergewöhnlich Unangenehmes zu sehen.«

Sie drehte den Kopf des Mannes zur Seite und zeigte mir eine abgeschürfte und geschwollene Stelle.

»Schauen Sie, hier hat er einen heftigen Schlag mit einem stumpfen Gegenstand abgekriegt. Wahrscheinlich mit dem Baseballschläger, von dem Sie sprachen. Dennoch, wenn wir ihn ein wenig umdrehen …« Sie beugte den rechten Arm der Leiche und drehte sie zur Seite. »Schauen Sie, hier, an der Schädelbasis ist noch eine größere Wunde. Ich würde sagen, das ist eine Schusswunde. Das Blut drumherum und die Ränder der Öffnung zeigen eine Gewebeschrumpfung und langsamere Blutgerinnung als der Schlag vorne.«

»Und was bedeutet das genau?«

»Ich muss es aufschneiden und das Gewebe analysieren, um hundertprozentig sicher zu sein. Aber ich würde sagen, dass diese größere Verletzung ihm vor der anderen beigebracht wurde. Ich wage sogar zu behaupten zwei oder drei Stun-

den vorher. Es ist fast sicher, dass er an der Schusswunde gestorben ist. Schauen Sie, für die Schlagkraft, die bei der ersten Verletzung anzunehmen ist, hat sich zu wenig Blut an der Fläche gestaut. Kann sein, dass er diesen Schlag verpasst bekam, als er schon tot war.«
Ich nickte mehrmals und starrte entsetzt auf den weißen, geschwollenen Schädel, der für die junge Pathologin keine Geheimnisse zu bergen schien.
»Verstehen Sie, was ich meine?«
»Nein, tut mir Leid. Ich bin nicht in der Lage, das wahrzunehmen, was Sie sehen.«
»Aber die Druckspuren, die dieser Mann unter den Armen hat, sehen Sie doch, oder? Beide Achseln sind aufgeschürft.«
Ich sah ganz deutlich die beiden Stellen, von denen sie sprach.
»Ein Zeuge hat ausgesagt, wie ein paar Skins den Mann aus einem Auto zu einer Parkbank schleiften.«
Meine Worte machten sie nachdenklich. Sie untersuchte die Stellen noch einmal.
»Waren Sie am Ort des Geschehens?«
»Ja.«
»Von was für einer Entfernung sprechen wir denn? Hundert, zweihundert Meter?«
»Kaum zwanzig Schritte.«
»Nein, dann ist das unmöglich. Diese Verletzungen können nicht bei einem so kurzen Weg entstehen. Er muss eine viel längere Strecke so getragen worden sein. Es ist schwierig zu sagen, wie weit in etwa.«
»Sie wollen mir damit zu verstehen geben, dass dieser Mann nicht im Park mit einem Baseballschläger ermordet wurde, sondern dass er schon tot war, als er dort ankam.«

»Ja, ich denke so war es. Vielleicht haben sie ihm den Schlag verpasst, um sich zu vergewissern, dass er auch tot ist.«

»Gut möglich, Doctora. Aber es ist auch denkbar, dass sie die Schlägerei nur vorgetäuscht haben, damit irgendjemand, der sich zufällig dort aufhielt, sie beobachtete und als glaubwürdiger Zeuge eindeutig aussagen könnte, dass es Skins waren, die den Penner getötet haben.«

Ihre diskret geschminkten Augen sahen mich über den Mundschutz hinweg an.

»Glauben Sie, dass Sie eine Spur haben?«

»Noch nicht, nein. Aber was Sie mir gesagt haben, ist von großer Bedeutung.«

»Ich gehe davon aus, dass die Kugel und auch andere Dinge bei der Autopsie ans Tageslicht kommen werden. Und auch wenn wir die inneren Organe untersuchen lassen und uns der Bericht des Labors vorliegt, werden wir mehr wissen. Ich mache jetzt weiter.«

Ich hätte mich am liebsten davongeschlichen, aber das schien mir wenig höflich, nachdem sie meine Bitte erfüllt hatte. Also stellte ich mich wieder etwas abseits. Dennoch, obwohl ich nichts sah, hörte ich die Geräusche nur allzu deutlich. Ich hörte, wie die Knochenschere die Rippen öffnete, wie die weichen Organe mit einem sanften ›Flop‹ in die Schalen aus rostfreiem Stahl fielen, wie ein undefinierbares Sprudeln … Als die hübsche Gerichtsmedizinerin fertig war, brauchte ich unbedingt frische Luft und etwas zu trinken.

»Ich bin Ihnen wirklich sehr dankbar, Doctora Caminal.«

»Nennen Sie mich Silvia und sagen Sie ruhig ›Du‹. Hier haben Sie die Kugel. Sie steckte im Gehirn.«

»Scheint eine Neunmillimeter mit kurzem Lauf zu sein.«

»Das werden Sie besser wissen als ich.«

»Warum kommen Sie nicht mit in eine Bar und trinken ein Glas mit mir? Das gehört auch zur alten Schule, wissen Sie.«
»Einverstanden. Bleiben wir bei den alten Traditionen.«
Sie trank keinen Alkohol. Diese Frau, die gerade eben einen der härtesten Jobs vollbracht hatte, trank nur Obstsäfte. Ich konnte die Frage, die ich die ganze Zeit über vermieden hatte zu stellen, nicht länger zurückhalten. Ich duzte sie jetzt.
»Du bist das bestimmt schon zigmal gefragt worden, aber als ich dir heute bei der Arbeit zugeschaut habe ...«
»Ich weiß schon, was du mich fragen willst. Du willst wissen, wie sich eine junge Frau wie ich für so einen schrecklichen Beruf entscheiden konnte, in dem du einen Menschen längs aufschneiden musst. Weißt du, ich bin gut in meinem Beruf. Und ich glaube, eines Tages werde ich die Beste sein. Ich habe das Studium und alle Facharztexamina mit ›Sehr gut‹ abgeschlossen, und ich habe ehrgeizige Berufspläne. Eines Tages werde ich an der Spitze stehen.«
»Du bist dir über deine Zukunft völlig im Klaren.«
»Ja. Ich weiß auch, dass ich keine Kinder haben und auch nicht heiraten werde, wenn die Ehe meine Karriere gefährden könnte. Heutzutage gibt es viele Frauen, die so denken wie ich. Nur, meist drücken sie es nicht so direkt aus, weil das nicht gern gesehen wird.«
Sie sah mich so unschuldig an wie ein Kleinkind.
»Du musstest doch auch ziemlich klare Vorstellungen gehabt haben, als du Polizistin geworden bist.«
»Ich? Nein, ich war mir nicht nur nicht klar darüber, sondern ich zweifle auch heute noch. Und das betrifft nicht nur meinen Beruf, mit meinem restlichen Leben geht es mir genauso. Wenn ich ›A‹ sage, glaube ich sofort, dass ich

doch besser hätte ›B‹ sagen sollen. Aber wenn ich dann einen Rückzieher mache, denke ich sofort, dass ich mich von der öffentlichen Meinung habe beeinflussen lassen. Wenn ich jemanden zu hart behandle, bereue ich es sofort. Bin ich aber zu freundlich, glaube ich, dass ich ausgenutzt werden könnte. Na ja, was soll's! Besser wäre es gewesen, gar nicht geboren worden zu sein.«

Sie sah mich verblüfft an. Ein solches Eingeständnis der eigenen Unsicherheit hatte sie bestimmt nicht erwartet.

»Verstehst du das?«, fragte ich.

»Nein«, antwortete sie aufrichtig. »Ich dachte immer, dass die Frauen deiner Generation hart wie Stein sind. Schließlich habt ihr uns den Weg geebnet.«

Ich trank mit einem großen Schluck mein Bier aus.

»Mach dir nichts vor. Ja, wir sind hart. Aber um Wege zu ebnen, muss man sie erst einmal wählen. Und darin liegt das Problem.«

»Ich habe den Eindruck, dass es heute einfacher ist.«

»Keine Ahnung. Ich würde es auch heute noch schaffen, Chaos in meinem Leben zu verursachen, das ist meine Spezialität.«

Wir mochten uns. Ich hätte nie gedacht, dass mir jemand sympathisch sein könnte, der keinen Alkohol trank und nicht rauchte, aber so war es. Der Lauf der Zeit hinterließ auch in mir seine Spuren.

Garzóns Gesichtsausdruck zu beobachten, als ich ihm von den ersten Enthüllungen der Autopsie berichtete, bereitete mir größtes Vergnügen. Er dachte angestrengt nach und entwickelte in aller Eile Hypothesen. Als ich mit meinen Darstellungen fertig war, breitete ich die Arme aus, um ihm das Wort zu erteilen.

»Was halten Sie von alldem?«
»Also, ordnen wir die Fakten. Wenn ein paar Skins einen Typen umbringen und sich dann die Mühe machen, ihn an einen anderen Ort zu karren, dann handelt es sich wahrscheinlich um eine vorsätzliche Tat. Die kannten ihn, wenn auch nur vom Sehen, und haben beschlossen, ihn umzulegen. Wenn sie ihm nach dem Schuss noch eins mit dem Baseballschläger verpasst haben, dann wohl nur deshalb, weil sie deutlich machen wollten, dass sie Skins sind.«
»Glauben Sie, dass eine frühere Verbindung zwischen ihnen bestand?«
»Da ist zu viel gesagt. Skins und Obdachlose sind natürliche Feinde. Katzen haben auch nur eine einzige Art von Beziehung zu Mäusen. Und Wölfe wollen von Schafen auch nur das eine.«
»Aber wenn es keine Verbindung gibt, warum dann so viel Aufwand?«
»Glauben Sie, diese Hurensöhne töten nur im Affekt? Nein, bestimmt nicht! Ich traue ihnen eher zu, sich aufs Geratewohl ein Opfer auszusuchen und es zu verfolgen. Sogar tagelang, bis sich die Gelegenheit bietet, es umzubringen. Denken Sie daran, dass ihre Lebenseinstellungen auf Slogans basieren wie ›Die Gesellschaft von Parasiten befreien‹ und anderem Schund dieser Art.«
»War es eine organisierte Bande, die sich Obdachlose herauspickt und sie verschwinden lässt?«
»Nicht notwendigerweise, Inspectora. Sie könnten ihn mehrere Tage am selben Ort gesehen haben. Wer weiß? Vielleicht lebt einer von ihnen dort, oder sie gehen dort immer hin, um zu saufen. Bis sie irgendwann beschließen, ihn endgültig von dort zu vertreiben. Unter den Skins gibt's ein paar, die sich mit der paramilitärischen Philosophie nur

spaßeshalber beschäftigen. Aber es gibt auch Scheißkerle, die etliches auf dem Kerbholz haben. Warten Sie, bis Sie die Liste gesehen haben, die ich angefertigt habe. Jeder dieser Typen könnte einen Mord begehen.«

»Und wenn es gar keine Skins waren, Garzón? Wenn sie sich verkleidet haben und sich nur am Parque de la Ciudadela haben blicken lassen, damit sie jemand als etwas identifizierte, was sie gar nicht sind? Das würde die überflüssigen Schläge erklären und auch das Zurücklassen des Baseballschlägers in unmittelbarer Reichweite.«

»Wer sollten sie denn dann sein? Ich kann mir nicht vorstellen, dass man für einen Stadtstreicher so viel Aufwand betreibt. Wenn weder Drogen noch Geld im Spiel sind … Außerdem geschah es im Morgengrauen. Es war kaum vorherzusehen, dass es Zeugen geben könnte.«

»Es gibt immer Zeugen an einem öffentlichen Ort mitten in der Stadt. Wir dürfen die Identifizierung des Opfers nicht vernachlässigen.«

»Nein, natürlich nicht. Soll ich die Vernehmungen der Skins vorbereiten?«

»Ja, morgen Früh nehmen wir sie uns gewissenhaft einen nach dem anderen vor.«

»Inspectora, wie haben Sie es geschafft, dass die Autopsie vorgezogen wurde?«

»Ich habe auf eine der ältesten Polizeimethoden zurückgegriffen.«

»Ich dachte, Sie sind mit solchen Methoden nicht einverstanden.«

»Bin ich auch nicht, aber mir ist klar geworden, dass es die Handlungsfähigkeit behindert, wenn man immer konsequent nach den eigenen Überzeugungen handelt.«

»Ach so!«, erwiderte er trocken. Er traute mir nicht über

den Weg und erwartete, dass mir von einem Augenblick auf den anderen eine Gemeinheit einfiel, dass ich ihn vor ein existenzielles Rätsel stellte, auf das er nicht vorbereitet war. Er schwieg und wartete die Fortsetzung ab. Ich wurde ernst genug, um deutlich klarzustellen, dass ich nicht in der Stimmung war, Scherze zu machen.

»Ich habe gesagt, dass mir der Mord an diesem Mann etwas ausmacht. Und wissen Sie was, Fermín? Das stimmt auch. Also werde ich diesen Fall lösen, und wenn es das Letzte ist, was ich in meinem verfluchten Leben tue. Und wenn ich dazu überholte Vorgehensweisen anwenden muss, werde ich das tun. Mehr noch, wenn es irgendwann nicht anders gehen sollte, als die Grenzen der Legalität zu überschreiten, dann werde ich sie eben überschreiten. Von jetzt an ist es, als würden Sie mich nicht kennen, Garzón. Denn ich versichere Ihnen, Sie werden mich auch nicht wieder erkennen.«

Er war weit davon entfernt, überrascht zu sein. Vielmehr strahlte er Zustimmung aus. Ja, jetzt fand er mein Verhalten wieder normal, denn seiner Meinung nach war von mir nichts Unkompliziertes zu erwarten.

»Ein Doctor Ricard Crespo möchte Sie sprechen, Inspectora. Er sagt, Sie kennen sich bereits.«

Der Wachmann erwartete eine Antwort, aber ich war so überrascht, dass ich ihn wortlos ansah.

»Soll ich ihn hereinbitten oder nicht? Wir haben schon nach seinem Ausweis gefragt.«

Ich erinnerte mich noch genau an ihn, an sein vernachlässigtes Aussehen, die silbergrauen Schläfen … Ihm fehlte nur der weiße Kittel, um dem typischen Bild eines Weisen zu entsprechen. Er sah mich an und reichte mir höflich die Hand wie jemand, der einen Freundschaftsbesuch macht.

»Wie geht es Ihnen, Inspectora?«
Seine Hand war kalt, er wirkte energisch und nervös zugleich.
»Ich darf mich doch setzen, oder?«
Ohne eine Antwort abzuwarten, setzte er sich, nahm eine Zigarette aus der Tasche und zündete sie an. Mir fiel auf, dass ich ihn beobachtete, als sei er ein exotisches Tier, statt ihn zu fragen, was er in meinem Büro machte.
»Ich bin froh, dass ich hergekommen bin, Inspectora Delicado. Als Sie mir Ihre Visitenkarte gaben, dachte ich noch, dass ich sie nicht brauchen würde. Aber dann sagte ich mir: ›Warum eigentlich nicht? Man muss mit der Staatsgewalt zusammenarbeiten!‹, verstehen Sie?«
Seine Art zu reden war hastig und formlos. In keinem Augenblick ließ er erkennen, dass er zu einer ermittlungsbezogenen Aussage hergekommen war.
»Wenn ich aufrichtig sein soll, sind Sie die erste Polizistin, die ich in meinem Leben kennen lerne. Und wenn ich schon mal dabei bin, kann ich Ihnen auch sagen, dass mir diese Rolle, oder die Figur des Polizisten, nie besonders zugesagt hat. Ich frage mich, wie Sie sind. Was Sie für einen Charakter haben. Was für fixe Ideen Sie haben. Wie Sie Ihr Berufsleben meistern. Sie wissen ja, dass die Psychiatrie auf einer grenzenlosen Neugier gründet.«
Ich war mir sicher, schon zu diesem Zeitpunkt mit offenem Mund dazusitzen. Ich konnte einfach nicht fassen, dass dieser irre Typ in meinem Büro auftauchte und ein verwirrendes Gespräch über mich und meine Art zu sein begann. Ich wusste nicht, was ich tun sollte. Er gab mir auch kaum die Möglichkeit dazu, denn er redete ganz selbstverständlich weiter.
»Was hat Sie dazu veranlasst, zur Polizei zu gehen? Sagen

Sie mir, was war es? Brauchten Sie Action? Oder war es ein verdrängter Schuldkomplex?«

Ich musste mich sehr zusammenreißen, um nicht von meinem Stuhl aufzuspringen und augenblicklich loszuschreien. Ich beherrschte mich, denn ich wollte nicht, dass dieser Typ voreilig Hysterie diagnostizierte.

»Einen Augenblick, Doctor, einen Augenblick. Ich darf doch annehmen, dass Sie sich nicht hierher bemüht haben, um mich einem Persönlichkeitstest zu unterziehen, sondern dass Sie Informationen für die Ermittlung haben.«

Er rutschte unruhig auf seinem Stuhl herum, zog dreimal krampfhaft an seiner Zigarette und drückte sie dann so hektisch im Aschenbecher aus, dass Funken flogen.

»Ja und nein. Ich möchte, dass Sie wissen, dass ich sehr ernst genommen habe, was Sie mir erzählt haben. Ich habe dem Krankenhauspersonal in meiner Abteilung, ausnahmslos allen, das Foto des Obdachlosen gezeigt. Leider hat ihn niemand wiedererkannt. Wir glauben, dass dieser Mann noch nie bei uns gewesen ist.«

»In diesem Fall ...«

»Allerdings fehlen noch die Praxen der staatlichen Krankenkasse. Bevor mir ein Allgemeinmediziner einen Patienten überweist, überlegt er sich ganz genau, ob das wirklich nötig ist.«

»Es scheint eher unwahrscheinlich, dass sich jemand von der Krankenkasse bei einem nur einmaligen Besuch an diesen Mann erinnern würde. Die Ärzte der staatlichen Krankenkassen haben viel zu viel zu tun, diesen Ansatz brauchen wir nicht zu verfolgen. Die Erfolgsaussichten sind gering.«

»Ja, das habe ich mir auch schon gedacht. Aber Sie wissen wahrscheinlich nicht, dass es im Barrio del Raval eine kleine medizinische Beratungsstelle gibt, mit der wir sehr eng zusammenarbeiten. Wenn bei denen ein Obdachloser auftaucht, der nur eine leichte Medikation ohne direkte Einweisung braucht, rufen sie bei uns an. Vorher legen sie eine Kartei an und geben ihm ein Rezept. Auf diese Weise haben wir seine Krankengeschichte, sollte sich sein Zustand verschlechtern oder er rückfällig werden.«

»Aha. Und haben die Ihnen irgendeine Information geben können?«

»Um ehrlich zu sein, hatte ich noch keine Zeit, dort vorbeizuschauen.«

Ich spürte wieder, wie Ungläubigkeit in mir hochstieg, und schüttelte den Kopf. Inzwischen hatte ich keine Lust mehr, meine Verblüffung zu verstecken. Er sah mich mit seinem bohrenden Blick an und redete einfach weiter.

»Ich wollte Ihnen das einfach nur mitteilen, damit Sie im Bilde sind. Und damit Sie sehen, dass ich Ihre Fragen keineswegs vergessen habe.«

Ich lachte gekünstelt und wählte meinen schneidendsten Tonfall:

»Es ist furchtbar, Doctor Crespo! Wenn alle, die wir in einem Fall befragen, wie Sie reagieren würden, müsste sich unsere Belegschaft bei der Polizei ganz schön verringern … Natürlich müsste man dann allerdings wiederum eine Menge Leute einstellen, die sich um all die Informanten kümmern. Stellen Sie sich vor, wir reden schon seit zehn Minuten über nichts Konkretes.«

Meine Pfeile prallten an ihm ab. Er kratzte sich am Dreitagebart und fuhr ungerührt fort.

»Klar, das verstehe ich, ich weiß, was Sie meinen. Dann wäre es wohl das Beste, wenn ich Ihnen direkt sage, warum ich hergekommen bin. Wollen Sie heute Abend mit mir essen gehen?«

Er hatte gewonnen. Warum es leugnen? Bisher hatte niemals jemand je die Frechheit besessen, auf dem Kommissariat aufzutauchen und mich unter dem Vorwand der Erfüllung seiner Bürgerpflicht zum Essen einzuladen. Ich erinnerte mich an die Worte der Krankenschwester: ›Doctor Crespo ist ein wenig außergewöhnlich.‹ Wie konnte eine moderne europäische Stadt wie Barcelona die seelische Gesundheit ihrer Bewohner, auch wenn es die der Obdachlosen war, einem solchen Typen anvertrauen? Und was war dieser Typ? Ein Vollidiot? Ein Genie? Ein Großmaul mit intellektuellem Habitus? Und trotzdem, er hatte gewonnen, denn während mir das alles durch den Kopf schoss, war schon zu viel Zeit vergangen, damit ich, ganz Frau von Welt, hätte angemessen reagieren können. So reagierte ich zu spät und dann auch noch falsch.

»Doctor Crespo, ich danke Ihnen, aber die Arbeit einer Polizistin lässt keine Zeit für Frivolitäten oder gar Abendessen mit unbekannten Männern.«

Ich hatte mich ordentlich geirrt. Ich hatte ihn unterschätzt, denn der Psychiater war nicht dumm und antwortete mit unerwarteter Ironie:

»Ach, wie reizend! Es ist witzig, wie wir in Momenten der Spannung und der Verwirrung immer wieder auf Ratschläge aus der Kindheit zurückgreifen: ›Sprich nicht mit fremden Männern!‹ Wirklich reizend! Ich hätte nicht gedacht, dass Sie so sehr an klassischen Verhaltensregeln festhalten, Petra. Ein weiterer Pluspunkt für Sie. Die anderen Pluspunkte sind zu oberflächlich. Aber eigentlich war es auch nur einer: Ich fand Sie schrecklich attraktiv, ehrlich, eine Attraktivität, die man bei einer Polizistin nicht erwartet. Aber natürlich habe ich dafür Verständnis, dass Sie noch die alten Gewohnheiten pflegen. Ich werde wohl beharrlich sein müssen.«

Er stand zufrieden auf, machte eine übertriebene Verbeugung und verschwand, ohne mir Zeit zu einer rettenden Antwort zu lassen. Besser so, denn mir fiel keine ein. Ich saß da wie ein Dummkopf und versuchte zu rekapitulieren. Dann stand ich auf. Ich hatte große Lust zu brüllen. Wahrscheinlich hätte mir das auch sehr gut getan, aber natürlich tat ich es nicht. War ich verärgert? Nein. Gedemütigt? In gewisser Weise, ja. Es war noch nie meine Art gewesen, anderen das letzte Wort zu überlassen. Natürlich hatte ich keine Chance gehabt. Dieser Mann handelte und redete viel zu schnell für mich. Es wäre mit Sicherheit anders für ihn ausgegangen, wären wir woanders gewesen. Aber hier im Kommissariat, in meinem Büro, mit eingeschaltetem Computer und einer Wache vor der Tür ... Mein Gott! Schrecklich attraktiv! Schrecklich attraktiv? Was für ein ausgemachter Blödsinn! Plötzlich bemerkte ich, dass ich ein Lächeln auf den Lippen hatte, und da wurde ich wirklich ärgerlich. Aber ich ärgerte mich über mich selbst. Was hatte ich noch gesagt? Was für eine abgedroschene und billige Ausrede hatte ich benutzt? Ach ja: Frivolitäten. Zum Teufel noch mal, Petra, Frivolitäten! Das war noch viel armseliger als der Grund, nicht mit fremden Männern reden zu dürfen. Letztlich hatte ich Glück, dass der Psychiater nicht weiter auf meine Bemerkung mit der Frivolität eingegangen war. Denn das war wirklich ein Kindheitstrauma.

Drei

Der Bericht aus der Ballistik lag vor. Das Projektil, das verwendet wurde, um unser Opfer zu töten, wies interessante Aspekte auf. Die Hülse war geweitet und der Kolben nach hinten gerutscht. Es waren Kerben und Kratzer zu erkennen. Das Kaliber schien eine kurze Neunmillimeter zu sein, aber es war nicht auszuschließen, dass die Kugel bearbeitet worden war. Es konnte auch eine größere Version einer Neunmillimeter sein, die gekürzt worden war. Dies würde die Ausweitung und die Kolbenverschiebung erklären. Laut dem Bericht kam es bei Waffen vom Schwarzmarkt häufig vor, dass die Munition bearbeitet wurde.

Diese Daten mussten wir hüten wie unseren Augapfel, konnten allerdings im Augenblick noch wenig damit anfangen. Die Aussichten dieses Tages reizten mich in keiner Weise. Sieben Stunden deines Lebens mit der Vernehmung von Skinheads zu verschwenden ist genauso, wie sieben Stunden lang Tee mit ihnen zu trinken: Ekel erregend.

Normalerweise respektiere ich alle Welt, wenn auch manchmal nur zu einem geringen Grad. Außer Skinheads. Schon ihr Anblick nervt mich gehörig. Als Polizistin hätte ich mich mittlerweile daran gewöhnt haben müssen, mit allem möglichen Gesindel konfrontiert zu werden, aber leider habe ich nicht immer die nötige Gelassenheit. Die Skins machen mich wütend, sie regen mich auf, ich verachte sie. Ich bemühte mich erst gar nicht, unparteiisch zu sein. Es stimmt schon, dass ich manchmal arme Schweine vor mir sitzen habe, die ein wenig Abwechslung in ihrem erbärmlichen Leben suchen. Aber auch dieses Wissen verhilft mir nicht dazu, Mitleid für sie zu empfinden. Während sie nacheinander in den Befragungsraum zogen, bekam ich abscheuliche Bilder geboten: Militärstiefel an riesigen Füßen, die Kopfhaut der rasierten Schädel, ausdruckslose und brutale Gesichter.

Am späten Vormittag unterbrachen Garzón und ich die Vernehmungen und gingen einen Kaffee trinken. Mein Kollege machte mich darauf aufmerksam, dass ich nervös und ungeduldig sei.

»Wenn es Sie so sehr aufregt, mit diesen Typen zu reden, hätten Sie das sagen können, und ich hätte es alleine gemacht.«

»Seit wann kann man sich die Arbeit aussuchen?«

»Nun, Inspectora, es wäre ja nicht das erste Mal, dass ich etwas erledige, zu dem Sie keine Lust haben.«

»Meine Güte! Sie opfern sich für mich auf, und ich merke es nicht einmal! Was für ein Glück, dass Sie Gelegenheit hatten, es zumindest loszuwerden.«

»Hören Sie, Petra, wenn Sie schlechte Laune haben, wird es besser sein, wir reden nicht weiter darüber. Aber ich kann Ihnen versichern, dass wir nicht weiterkommen, wenn Sie diese Typen ständig anfahren und unterbrechen.«

»Das ist eine Horde von gehirnlosen Vollidioten, die nicht einmal vernünftig reden können. Ich hab mich zigmal beherrschen müssen, um ihnen keine reinzuhauen.«

Garzón sah mich eindringlich an, während er sein Churro und dann auch seinen Schnurrbart in den Milchkaffee tunkte.

»Sie sind schon merkwürdig, Chefin. In einem Stadtstreicher sehen Sie ein erhabenes Wesen, und diese Glatzköpfe sind die reinen Teufel. Und weder das Eine noch das Andere ist richtig, glauben Sie mir. Die Dinge im Leben sind viel … normaler.«

»Jeder Mensch sieht die Wirklichkeit auf seine Weise, das ist eben so. Zumindest bin ich nicht mittelmäßig. Wie viele Glatzen müssen wir noch befragen?«

»Sieben.«

»Ich glaube nicht, dass ich das durchstehe.«

»Einer ist dabei, der nur mit Ihnen reden möchte.«

»Mit mir?!«

»Na ja, er sagte ›Mit Ihrem Chef‹. Vielleicht weiß er was. Ich habe ihn ans Ende der Verhöre gestellt.«

Wir fuhren mit den immer gleichen Fragen und Antworten fort. Es war eine Folter. Fast alle antworteten lustlos, unhöflich und mit angeborener Unverschämtheit. Als wir bei dem Letzten ankamen, war ich mit meinen Nerven am Ende.

Er sah genauso aus wie die anderen, war knapp über zwanzig, schaute schroff drein und verhielt sich sehr selbstgefällig. Er hieß Matías Sanpedro.

»Subinspector Garzón hat mir gesagt, dass du nur mit seinem Vorgesetzten reden willst. Na schön, dann schieß los. Ich bin die ermittelnde Inspectora. Kennst du diesen Mann? Hast du ihn schon mal gesehen? Hast du eine Ahnung, wer ihn umgelegt hat?«

Er musterte mich angewidert von oben bis unten, und ein spöttisches Lächeln huschte über sein Gesicht.

»Ich hätte nicht gedacht, dass du eine Frau bist, ich dachte, Polizeichefs …«

Ich ließ ihn nicht ausreden und verpasste ihm eine schallende Ohrfeige. Seine Augen funkelten vor Wut.

»Für dich noch immer Sie, du Arschloch!«
»Sie dürfen mich nicht schlagen. Sie dürfen mich nicht mal anrühren.«
Ich schlug ihm weiter ins Gesicht. Schlug ihn auf den Mund, auf die Ohren. Es war kein hysterisches Verhalten, meine Schläge waren gezielt und präzise. Meine Hand begann langsam zu kribbeln, aber ich machte weiter, die Schläge hallten laut im Raum wider. Er verschanzte sich hinter seinen erhobenen Armen.
»Hören Sie auf, ich habe nichts getan!«
Mit großer Mühe hielt ich inne. Ich hatte zwar große Lust, ihn weiter zu schlagen, aber ich musste mich beherrschen.
»Sag mir ganz schnell, was du weißt. Ein Mann wurde ermordet, verstehst du das, du Scheißkerl, er ist tot! Du kannst hier nicht aufkreuzen und glauben, unsere Zeit mit deinen Spielchen verplempern zu können.«
Er hatte Tränen der Wut in den Augen, und sein Gesicht war gerötet.
»Ich habe gar nichts verplempert! Sie haben mich geschlagen, bevor ...«
Ich wühlte hastig in meiner Tasche nach der Pistole. Dann zerrte ich seinen Kopf nach hinten und steckte ihm den Lauf in den Mund, wobei ich hart gegen seine Zähne stieß. Jetzt veränderte sich der Ausdruck in seinen Augen, er hatte Angst. Leise begann er zu wimmern.
»Wirst du mir endlich alles ganz genau sagen, was du weißt?«
Er nickte verzweifelt, Blut tropfte von seinen Lippen. Ich nahm die Pistole aus seinem Mund. Er brach in Tränen aus.
»Rede endlich!«
Ich sah zum ersten Mal zu Garzón hinüber, der regungslos und mit angehaltenem Atem in der Ecke stand.

»Ich weiß nur, dass der Mann nicht aus dem Stadtteil ist. Ich habe ihn mal auf dem verlassenen Gelände am Ende der Avenida Diagonal gesehen. Da sind wir mal nachts hingegangen, und dieser Typ war auch da, er hat auf dem Boden geschlafen.«

»Wozu seid ihr dort hingegangen, he? Habt ihr ein Opfer gesucht?«

»Nein, ich schwöre es! Kann sein, dass wir mal dran gedacht haben, einen dieser Typen zu verprügeln, aber umbringen, nie.«

»Du ekelst mich an. Du ekelst mich wirklich an. Ich bleibe dir auf den Fersen, glaub mir, und wenn du was anstellst, dann bringe ich dich um, verstanden? Ich bring dich um, und dann lassen wir die Beweise verschwinden, damit mir niemand was anhängen kann. Diese Stadt muss vom Abschaum gesäubert werden, da habt ihr verdammt Recht. Subinspector! Was hat dieser Bastard hier für Vorstrafen?«

Garzóns Stimme erklang gleichgültig und gelassen vom anderen Ende des Raumes zu uns herüber.

»Raubüberfall. Er und zwei andere Typen haben einer Señora den Geldbeutel gestohlen und sie mit einem Messer bedroht.«

»Das war keine Señora, das war eine Straßennutte ...«, sagte der Typ, als verstünde er die Beschuldigung noch immer nicht.

Ich verpasste ihm einen letzten Schlag, diesmal mit der Pistole. Aber ich war vorsichtig genug, um ihm nichts zu brechen, es war ein leichter Hieb auf die rechte Wange. Ich sah, dass Garzón einen Schritt auf mich zu machte, und drehte mich langsam um.

»Er soll auf dem Stadtplan markieren, wo sich dieses Ge-

lände befindet, von dem er spricht, Garzón. Und dann soll er seine Aussage unterschreiben.«
Der Junge sagte leise:
»Das waren keine Skins, die diesen menschlichen Abfall umgebracht haben, das hätte ich mitbekommen. Sie sind sehr ungerecht.«

Langsam ging ich in mein Büro zurück, und dort angekommen, atmete ich mehrmals tief durch. Ich fühlte mich gut. Ich atmete nicht stoßweise, hatte kein Herzklopfen und auch keine Spur von Schuldgefühlen.
Nach einer Weile kam Garzón herein. Ich blickte ihn entschlossen und einschüchternd an, ich wollte keine Rede über das Vorgefallene über mich ergehen lassen. Er verstand sofort und zeigte keinerlei Gefühlsregung.
»Hat er den Ort auf dem Stadtplan markiert?«
»Er war sich nicht ganz sicher.«
»Nun, wir uns auch nicht, stimmt's? Machen Sie sich keine Gedanken. Holen Sie den Wagen, ich habe eine Idee.«
»Inspectora, was den Jungen eben anbelangt ...«
»Ich will kein Wort hören, verstanden, Fermín? Kein einziges Wort.«
»Ich wollte Ihnen nur sagen, dass mehrere Kollegen gesehen haben, dass er ziemlich mitgenommen aus dem Verhör herausgekommen ist.«
»Und?«
»Sie wollen Ihnen gratulieren.«
»Sagen Sie denen, ich bin nicht zu Scherzen aufgelegt. Ach was, besser ist, ich sage es ihnen selbst. Sie können schon gehen, warten Sie am Ausgang auf mich.«
Meine Absichten waren eindeutig gewesen, aber ich konnte meinem Schicksal nicht entgehen. An der Tür erwartete

mich schon Inspector Fernández Bernal, einer der unangenehmsten Menschen, die ich kannte. Sein Giftstachel war giftiger als der Biss einer Kobra, und die einzige Rettung vor ihm bestand darin, sich von ihm fern zu halten. Er sah mir mit einem hämischen Lächeln entgegen.

»Was höre ich, Petra! Offenbar ist dir bei einem Verdächtigen die Hand ausgerutscht.«

»Er war kein Verdächtiger.«

»Du gehst aber ganz schön hart ran. Natürlich, er war ein Skin. Und bei denen darf man ja noch zu gewissen Methoden greifen, nicht wahr? Das wirkt beinahe demokratisch, was?«

»Hör mal, Fernández, willst du mir irgendwas Konkretes sagen oder sonst irgendeinen allgemeinen Geistesblitz loswerden?«

»Ich wollte dich beglückwünschen. Letztendlich scheinst du dich doch nicht so sehr von den anderen abzuheben.«

»Hängt davon ab, wer die anderen sind. Wie du bin ich ganz sicher nicht, und ich muss dir nicht sagen, warum.«

»Die göttliche Petra! Die immer über den Dingen steht. Aber auch wenn du es nicht glauben magst, hin und wieder bist auch du recht menschlich.«

»Einer meiner Schwächen, Fernández. Aber ich verspreche dir, sobald ich bemerke, worin das Menschliche besteht, mache ich schnell einen Rückzieher, keine Sorge.«

Ich ging erhobenen Hauptes davon und hörte meinen Kollegen noch lachen. Es war ein Fehler gewesen, mich von ihm reizen zu lassen, denn das hatte er beabsichtigt. Trotzdem erfüllte mich heitere Gelassenheit. Ich brauchte die Zustimmung der anderen nicht, um mich mit dem, was ich tat, sicher zu fühlen. Auch dann nicht, wenn es nicht in

Ordnung war. Hätte ich immer auf dieselbe Weise gehandelt, wäre ich heute eine glückliche Frau. Wie auch immer, mein gewalttätiges Verhalten hatte wenig genützt. Keiner dieser abscheulichen Glatzköpfe hatte was mit dem Mord zu tun, und unserem Zeugen vertraute ich kaum.

Ich rief bei der Guardia Urbana an. Yolanda war ziemlich überrascht, bot mir aber, ohne zu zögern, ihre Mitarbeit an.

»Wenn ich mit Ihnen zusammenarbeiten soll, brauche ich die Erlaubnis von meinem Chef, Inspectora.«

»Natürlich, ich rufe ihn gleich an.«

Als ich Garzón sagte, er solle zur Guardia Urbana fahren, ahnte er den Grund dafür nicht. Ich erklärte es ihm.

»Wir haben keinen blassen Schimmer von den Gewohnheiten der Obdachlosen. Wir wissen nicht einmal, wo sie sich aufhalten. Ich habe jemanden von der Policía Municipal gebeten, uns zu helfen.«

Er reagierte, als hätte ihn eine Wespe gestochen.

»Wie? Also bitte, Inspectora! Das ist wirklich der Gipfel! Sie wissen genau, dass diese Art Hilfe zu nichts führt.«

»Ich wüsste nicht, warum.«

»Das Letzte, was wir brauchen, ist ein blutiger Anfänger, der uns auf die Nerven geht. Er wird mehr wissen wollen, wird ständig nachfragen und sich am Ende einbilden, dass wir ohne Unterstützung nichts aufklären.«

Ich sah ihn verstohlen von der Seite an. Es war unbegreiflich, so wenig hielt er also von Zusammenarbeit? Ich stellte ihn auf die Probe.

»Der ›blutige Anfänger‹ ist eine junge Frau und heißt Yolanda.«

Wieder sah ich ihn an. Im Nu hatte sein Gesichtsausdruck jegliche Aggression verloren. Er protestierte nicht einmal mehr. Er sträubte sich nicht nur gegen eine revierübergreifende Zusammenarbeit, es war noch viel schlimmer. Männer und ihr Herdenverhalten. Ein junger Mann wäre nicht willkommen gewesen, denn für den älteren Macho wäre er eine Bedrohung. ›Es gibt nichts Primitiveres als die Reaktionen eines Mannes‹, dachte ich. Die Männer lebten noch mit einem Fuß in der Höhle. Aber ich hatte nicht vor, etwas zu sagen, denn er hätte das zum Anlass genommen, mir meine gewalttätige und irrationale Vorgehensweise bei dem Skin vorzuhalten. Gelegentlich war es heilsam, sich wie ein Mann zu verhalten.

Die Polizistin Yolanda Santos wusste ganz genau, was sie tat. Sie kletterte auf die Rückbank und zwitscherte unbekümmert und lebhaft drauflos.

»Die beiden Orte, die ich Ihnen aufgeschrieben habe, liegen auf dem Weg. Aber wenn Sie schon einen Zeugen haben ... Außerdem weiß ich, welches Gelände am Ende der Avenida Diagonal Sie meinen. Dort wird bald gebaut, aber der Baubeginn hat sich verzögert, und inzwischen schlagen dort die verschiedensten Randgruppen ihr Lager auf.«

Selbst wenn sie keine direkte Konkurrenz war, so redete sie doch genug, um Garzón aus dem Häuschen zu bringen. Er unterbrach sie mürrisch.

»Hören Sie, sind wir hier richtig? Ich frage das nur, weil wir sonst vielleicht vor lauter Geplapper den richtigen Weg aus den Augen verlieren.«

»Aber nein, ich kann auch mehrere Dinge gleichzeitig bewältigen. Wo war ich gerade? Ja, genau! Glauben Sie bloß nicht, dass wir dort nur auf Obdachlose treffen werden. Dort tummeln sich auch illegale Einwanderer, Drogensüchtige, Arbeitslose ... Und, ich will Sie ja nicht entmutigen, aber es dürfte ziemlich schwierig werden, von denen Antworten auf Ihre Fragen über den Mann zu bekommen. Für gewöhnlich geben die nichts preis. Da sie nichts zu verlieren haben, ziehen sie es vor, nicht in Schwierigkeiten zu geraten. Und schon eine Kleinigkeit stellt für sie eine Schwierigkeit dar.«

Sie redete munter weiter, und Garzón verdrehte entnervt die Augen gen Himmel. Zu Unrecht, denn was sie zu sagen hatte, war für den Fall interessant. Vielleicht hatte ich aber auch nur in einem Anfall von Edelmut beschlossen, alles zu tun, damit mir diese junge Frau mein peinliches Verhalten bei unserem ersten Treffen verzieh.

Als wir auf dem Gelände am Ende der Avenida Diagonal ankamen, wurde es schon dunkel. Yolanda ließ uns um die Ecke biegen, und vor unseren Augen tat sich ein unglaubliches Szenario auf. Auf einer großen Fläche brannten einige Lagerfeuer, und mehrere in Decken und Mäntel gehüllte Männer und Frauen liefen ziellos herum.

»In diesen verlassenen Bauwagen sind noch mehr Leute«, sagte die Polizistin.

Wir gingen näher heran, riefen aber nur mäßige Neugier hervor. Es war, als würden alle schlafen oder seien tief darin versunken, nichts zu tun. Yolanda öffnete die Tür eines Bauwagens, und wir konnten in seinem Inneren vier oder fünf Personen auf dem Boden liegen sehen. Es roch nach Alkohol und feuchter Kleidung.

»Wenn Sie wollen, Subinspector, fangen Sie hier an, und ich übernehme den anderen Bauwagen. Inspectora Delicado kann die im Freien befragen, die riechen nicht so streng.«

Wir gaben ihr ein Foto von der Leiche und folgten ihrem Vorschlag. Als Garzón sich an die Arbeit machte, hörte ich ihn brummeln:

»Na prima! Jetzt sagt uns diese Rotznase auch noch, was wir zu tun haben!«

Als ich auf eines der Lagerfeuer zuging, hatte ich das Gefühl, in eine längst vergangene Zeit zu reisen. Als gäbe es keine Zivilisation, als wärmten sich die primitiven Menschen am Feuer unter freiem Himmel. In dem Augenblick hätte es mich auch nicht gewundert, wenn sie auf die Jagd gezogen wären. Ich traf auf drei Männer und eine Frau. Sie wichen vor mir zurück und sahen mich an, als hätten sie noch nie jemanden wie mich gesehen. Ich wusste nicht, wie ich anfangen sollte. Ich wusste nicht einmal, ob ich einen Guten Abend wünschen sollte oder ob das unpassend wirkte. Ich holte das Foto heraus und hielt es ihnen hin.

»Kennt jemand diesen Mann? Mir wurde gesagt, dass er sich hier aufgehalten hat.«

Keiner von ihnen schien zu verstehen, was ich sagte. Es wehte ein eisiger Wind. Die Frau war jung und blond, sie wirkte wie eine Skandinavierin. Die drei Männer schienen Pakistani zu sein.

»Verstehen Sie Spanisch?«, fragte ich, aber sie antworteten mir noch immer nicht.

»Ich bitte Sie, antworten Sie mir. Ich will nur wissen, ob dieser Mann hier die Nächte verbracht hat. Ob ihn jemand kennt.«

»Warum sieht er so merkwürdig aus?«, fragte das Mädchen mit ausländischem Akzent.

»Er wurde ermordet. Das Foto wurde gemacht, als er bereits tot war, deshalb sieht er so merkwürdig aus. Kennen Sie ihn?«

Sie nickte kaum wahrnehmbar. Sie hatte zarte Gesichtszüge und blonde Wimpern. Ich fragte mich, was eine junge hübsche Frau wie sie an diesem Ort verloren hatte.

»Vor zwei Monaten hat er hier gelebt, aber dann ist er weg-

gegangen. Ein paar Männer kamen in einem Auto und haben ihn mitgenommen.«
»Was für Männer?«
»Weiß ich nicht.«
»Sind die häufiger hier gewesen?«
»Vielleicht. Vielleicht aber auch nicht.«
»Haben sie miteinander gesprochen? Glauben Sie, dass sie sich kannten?«
»Sie haben nur kurz miteinander gesprochen. Ich glaube, dass sie sich kannten. Sie gingen wie Freunde miteinander um. Er hat seine Sachen mitgenommen.«
»Waren sie jung?«
Sie zuckte die Achseln, lächelte verloren und zuckte wieder die Achseln.
»Kennen Sie seinen Namen? Wissen Sie, wie dieser Mann hieß?«
»Nein, ich kenne seinen Namen nicht.«
»Haben Sie mit ihm gesprochen?«
»Nein, wenn ich an ihm vorbeigegangen bin, hat er mir Zigaretten gegeben, eine oder zwei. Er hatte immer Zigaretten. Er nannte mich ›Sonnenhaar‹.« Sie zeigte auf ihr glattes, golden schimmerndes Haar.
Ich sah sie an und wusste nicht, was ich sagen sollte. Ich verspürte eine mir bisher unbekannte Neugier.
»Was tun Sie hier? Haben sie kein Zuhause? Woher kommen Sie?«
»Ich bin aus Litauen. Er ist mein Mann«, sagte sie und zeigte auf einen der Männer. Der Mann sah mich mürrisch an. Ihr Mann? Ich verstand gar nichts mehr. Nichts im Leben dieser Menschen schien leicht nachvollziehbar zu sein. Es war offensichtlich, dass sie anderen Mustern folgten. Eine Litauerin mit einem zehn Jahre älteren Pakistani, die sich

an einem Lagerfeuer auf einem verlassenen Baugelände die Hände wärmten. Ich ging davon aus, dass sie selbst dann nicht einfach zu verstehen wären, wenn sie mir alle Unwägbarkeiten erzählen würden, die sie hierher geführt hatten. Das Problem dieser Leute lag nicht nur in der Armut ihrer Heimatländer und auch nicht in den Gegebenheiten, die ihnen im Laufe ihres Lebens widerfahren waren, sondern es lag auch in ihrer Persönlichkeit. Ich blickte in ihre schönen Augen.

»Glauben Sie, dass er Spanier war? Hat er spanisch ohne Akzent gesprochen?«

Sie lächelte breit, und ich sah, dass ihr einige Zähne fehlten, was ihre Schönheit völlig zerstörte und ihr einen trostlosen Ausdruck verlieh.

»Ja, er sprach gut spanisch. Er war Spanier.«

Ich dankte ihr, drehte mich um und ging. Ich hatte das Gefühl, sie am Rande eines Abgrunds zurückzulassen. Dass sie im Begriff war, von einem riesigen Monstrum verschlungen zu werden, sich in großer Gefahr befand. Dennoch bot ich ihr keinerlei Hilfe an, ich ließ sie dort zurück. So war die Realität. Wir alle lebten an der Seite dieser verlorenen Seelen, aber dennoch, es kam ihnen niemand zu Hilfe und brachte sie an einen sicheren Ort. So war es, und es würde sich nur schwerlich ändern.

Die Polizistin Yolanda bemerkte, was in mir vorging.

»Sie sind erschüttert, nicht wahr, Inspectora? Sie haben noch nie Menschen so leben sehen.«

»Man weiß es, aber man sieht es nicht.«

»Genau darin besteht der Unterschied, Sie haben Recht. Haben Sie bei Ihren Ermittlungen mehr Glück gehabt als wir?«

»Eine Frau hat ihn erkannt. Er hat wirklich hier gelebt,

wurde aber vor ein paar Monaten von einigen Männern abgeholt. Sie haben ihn nicht mehr gesehen.«

»Merkwürdig«, sagte Garzón.

»Ja, sehr merkwürdig. Was lässt sich daraus schließen? Wurde er entführt? Haben sie ihn ein paar Monate in ihrer Gewalt gehabt und ihn dann umgebracht?«

»Das ist schwer zu glauben. Was für ein Wert kann schon ein Obdachloser bei einer Entführung haben?«

»Keine Ahnung. Vielleicht wusste er etwas oder ist Zeuge von etwas geworden, was er besser nicht hätte sehen sollen.«

»In so einem Fall wird er sofort umgelegt und fertig. Das klingt unwahrscheinlich. Vielleicht waren es einfach nur irgendwelche Typen, denen er zufällig über den Weg gelaufen ist. Was für ein Verhalten ist für so einen Mann schon normal? Sie haben ein wenig geplaudert, haben ihn auf ein paar Bierchen eingeladen, und dann ist er weg und hat sich einen anderen Ort gesucht.«

»Das klingt auch unwahrscheinlich. Jede Hypothese klingt irgendwie merkwürdig. Wir müssen der Spur dieses Mannes folgen, wie auch immer wir das anstellen.«

»Soll ich Sie noch an andere Obdachlosen-Treffpunkte führen, die ich kenne? Wenn er jemand war, der gerne seinen Aufenthaltsort gewechselt hat, wäre es doch logisch, dass er sich etwas Ähnliches gesucht hat«, sagte Yolanda.

»Gute Schlussfolgerung. Wir haben noch Zeit, führen Sie uns zu einem anderen Treffpunkt.«

»Einverstanden, dann fahren wir zu der leer stehenden Kaserne von San Andreu.«

Eine leer stehende Kaserne voller Obdachloser war nicht unbedingt meine Vorstellung von einem gemütlichen Abend. Zum ersten Mal seit wir den Fall übernommen hatten, zweifelte ich an meiner Fähigkeit, ihn zu lösen. Ich kannte das Milieu, in dem wir uns bewegten, überhaupt nicht, und auch die Art Mensch, der wir folgten, war mir fremd. Und darüber hinaus deprimierte mich diese Welt sehr. Meine anfängliche Entschlossenheit, mit der ich diesen Fall angegangen war, schwand. Es würde kein einfacher und schnell zu lösender Fall werden. Schon alleine den Toten zu identifizieren, konnte Wochen, wenn nicht Monate dauern. Und in was für Abgründe würde ich dabei noch sehen?

Die Kaserne von San Andreu war nur was für hartgesottene Mägen. Alle möglichen Hausbesetzer unterschiedlichster Herkunft hatten diesen Ort für sich vereinnahmt. Es gab weder Wasser noch Strom, aber jeder dieser Verstoßenen schien darauf erpicht zu sein, ein Eckchen zu seinem Zuhause zu machen. Ich sah Räume, in denen sogar Blumenvasen standen. Es erschien unlogisch und auch nicht normal, dass diese Menschen, für die es kein Alltagsleben mit dem Nötigsten gab, wünschten, das Elend, das sie umgab, in etwas Heimeliges zu verwandeln. Aber so war es. Die sozialen Gewohnheiten hatten mehr Macht, als man glauben mochte.

Bewaffnet mit den Fotos unseres Mannes, begaben wir uns auf eine ungewisse Suche. Einer nach dem anderen wurde befragt: Immigranten, entwurzelte junge Menschen, Obdachlose, alte kranke Menschen ... Die Reaktionen ähnelten sich: Angst, Unverständnis, Gleichgültigkeit oder Befremden. Keiner von ihnen zeigte sich wütend oder empört darüber, dass wir in seine Privatsphäre eindrangen. Sie hatten jeden Willen, Widerstand zu leisten, verloren. Am schwierigsten war es, an die herkömmlichen Stadtstreicher heranzukommen. Sie hörten zu, ohne wirklich zu begreifen, und redeten völlig zusammenhangloses Zeug. Man hätte meinen können, sie gehörten einer anderen Spezies an.

Drei Stunden später verließen wir die Kaserne mit leeren Händen. Niemand hatte den ermordeten Mann je gesehen. Ich fragte mich, ob diese Aussagen verlässlich waren. Für sie machte es keinen Unterschied. Er wäre nur ein weiterer Schatten gewesen, über den sie bei ihrem sinnlosen Umherirren stolperten.

»Woher haben sie das Geld zum Leben?«, fragte ich Yolanda, als wir wieder im Auto saßen.

»Sie betteln, machen Straßenmusik, erhalten kleine Spenden. Sie kommen mit wenig aus, besonders die Obdachlosen. Die gehen am häufigsten in die Suppenküchen, und viel mehr brauchen sie auch nicht ... Sie haben weder Frau noch Kinder ... Sie vegetieren einfach nur vor sich hin.«

»Erklären Sie uns, was die Wohlfahrtsorganisationen für diese Menschen tun.«

»Es gibt Heime, wo sie schlafen können, städtische und private. Wenn man glaubt, dass es eine Möglichkeit der Resozialisierung gibt, müssen sie auch Sozialstunden leisten. Ich glaube, sie dürfen nicht länger als fünfzehn Tage in so einem Heim übernachten.«

»Na toll!«, entfuhr es Garzón. »Und wenn man sie dann rauswirft, glauben die ernsthaft, dass man sie wieder eingliedern kann?«

»Es wird ihnen nicht einfach gemacht, das stimmt. Außerdem, wenn die Obdachlosen gehen, müssen sie sie fürs Erste nicht mehr sehen, und das ist das Wichtigste. Sie werden aus dem Weg geräumt. Ich habe schon mehrfach festgestellt, dass es immer, wenn sie die Guardia Urbana um irgendeinen Dienst bitten, darum geht, die Außenseiter verschwinden zu lassen. Wenn es im Winter zu kalt ist, wenn die Stadt einen wichtigen Besucher erwartet oder ein öffentliches Ereignis ansteht ... Manchmal zahlt ihnen die

Stadtverwaltung die Hälfte der Zugfahrkarte, damit sie in eine andere Stadt verschwinden.«

»Das ist ja bezeichnend. Hören Sie mal, Yolanda, ich fürchte, ich werde noch einmal mit Ihrem Chef reden müssen. Ich dachte, es würde nicht nötig sein, alle Sozialeinrichtungen in Barcelona aufzusuchen, aber ich sehe, dass uns nichts anderes übrig bleiben wird. Wir brauchen Sie noch eine Weile. Sie wissen eine Menge über diese Leute.«

Sie lächelte stolz und sah den Subinspector an, um herauszufinden, ob auch er mit ihrer Mitarbeit zufrieden war.

Aber meine elende Schindmähre schaute so ernst und mürrisch drein wie immer.

»Ich freue mich riesig darüber, mit Ihnen in diesem Fall ermitteln zu können, Inspectora. Das macht mir viel mehr Spaß als die Arbeit, die ich sonst immer mache.«

Und wie ich es vorausgesehen hatte, meckerte Garzón, kaum dass wir alleine waren.

»Es macht mir mehr Spaß? Was heißt das, ›Es macht mir mehr Spaß‹? Seit wann muss die Arbeit denn Spaß machen? Reden wir von der Arbeit oder von einem Freizeitvergnügen?«

»Jetzt hören Sie auf, Fermín! Sie sollten den Boden küssen, den dieses Mädchen betritt! Sie hat bisher ganz normal ihre Arbeit gemacht und sich ohne aufzumucken erboten, uns zu helfen.«

»Weil ihr das Ermitteln so viel Spaß macht. Das klingt so banal, als ob wir nur ein Spiel spielen würden.«

»Glauben Sie wirklich, es macht ihr so viel Spaß, mit ein paar griesgrämigen und altmodischen Veteranen wie uns zusammenzuarbeiten?«

»Verdammt, Inspectora! Das ist aber eine sehr deprimierende Beschreibung.«

»Aber zutreffend. Denken Sie mal einen Augenblick darüber nach, wie so eine junge Frau uns wahrnehmen muss. Unsere Freude an der Arbeit nimmt immer mehr ab, Fermín, und unsere gute Laune lässt auch immer mehr nach.«

»Es war mir nicht in den Sinn gekommen, dass wir für unsere Ermittlungen Begeisterungsfähigkeit brauchen. Oh, welch Freude! Nun wollen wir mal schauen, wer diesem Typen den Schädel eingeschlagen hat! Das macht mir so viel Spaß! Schon der Gedanke, dass wir bald die Autopsieergebnisse vorliegen haben werden, macht mir gute Laune!«, rief Garzón ironisch.

»Sie sind unmöglich, werter Kollege. Und es macht mir Sorgen, dass Sie offensichtlich nicht bemerken, dass wir zu zwei missmutigen Alten mutieren.«

»So ein Quatsch! Wahr ist nur, dass wir in einer verweichlichten und dämlichen Gesellschaft leben. In einer sehr verlogenen Gesellschaft. Die Arbeit hat Spaß zu machen, und wichtig ist nur, es sich gut gehen zu lassen und den Dingen im Leben mit Freude und Begeisterung entgegenzutreten. Lächeln, immer lächeln! In meiner Jugend ist es uns nicht einmal in den Sinn gekommen, dass Arbeit Spaß machen sollte. Du hast gearbeitet, weil dir nichts anderes übrig blieb. Wenn's dir gefiel, gut, wenn nicht, hattest du eben Pech.«

»Ach bitte, Fermín, nun kommen Sie mir nicht mit der Leier. Warum laden Sie mich nicht zu einem Bier ein, oder ist das schon zu festlich für Sie?«

Wir gingen in eine der typischen Arbeiterkneipen und tranken unser Bier. Nach dem, was wir gesehen hatten, wirkte die Atmosphäre dieser Männer, die nach Feierabend genüsslich ihr Bierchen tranken, beruhigend auf mich. Es waren einfache Leute. Familienväter, die eine Wohnung und einen Arbeitsplatz hatten. Das war kein Vergleich zu dieser steinzeitlichen Atmosphäre, in die wir geraten waren, wo sich die Menschen an Lagerfeuern wärmten und aßen, was sie finden konnten.

»Was denken Sie über den Fall, Fermín? Was haben Sie für einen Eindruck?«

»Keinen guten, ehrlich gesagt. Wir haben keinen festen Boden unter den Füßen, und es ist auch keine Spur in Sicht, der wir folgen könnten. Wenn die Presse keinen Druck mehr ausübt, wird Comisario Coronas den Fall bestimmt zu den Akten legen lassen.«

»Ist es möglich, dass dieser Mann in etwas Hässliches, etwas Illegales verwickelt war?«

»Würde es sich nicht um einen Stadtstreicher handeln, würde ich sofort Ja sagen. Die Tatsache, dass ein paar Typen ihn dort tot ablegen und auf ihn einschlagen, falls es Zeugen geben sollte, wirkt typisch für das Begleichen einer offenen Rechnung. Diese Männer, mit denen er vor zwei Monaten gesprochen hat … Ich würde an Drogen denken, an einen kleinen Dealer, ich würde sogar an illegale Einwanderung denken, eine Kontaktperson … Aber da es sich um einen Toten handelt, der so heruntergekommen war …«

»Nehmen wir an, es waren keine Skins, die ihn umgebracht haben. Könnten wir dann nicht auch vermuten, dass er gar kein Obdachloser war?«

»Sie haben doch gesehen, wie er aussah, wie er angezogen war, wie er roch. Das glaube ich nicht, Inspectora, ehrlich nicht. Sie hätten ihn verkleiden können, ihm schmutzige Klamotten anziehen und sein Haar wachsen lassen können. Aber Sie haben ja gesehen, wie sich den Menschen mit diesem Leben das Elend ins Gesicht prägt. Die Leiche trug auch diese Züge, das lässt sich schwer vortäuschen.«

Er hatte Recht. Stadtstreicher trugen etwas mehr im Gesicht als die Armut. Man erkannte auf den ersten Blick die Vernachlässigung, den Wahnsinn, das endgültige Wegdriften. Wie kommt man dahin? Welche Ereignisse braucht es in einer Biographie, damit ein Mensch an dem Punkt anlangt, wo er sagt: Ich bin mir selbst absolut unwichtig?

»Soll ich Ihnen was sagen, Garzón? Ich weiß nicht, was stärker ist, mein Mitleid mit diesen Menschen oder meine Neugier.«

»Ich glaube nicht, dass einer von denen in jungen Jahren ein reizender Prinz war, wenn Sie das denken sollten.«

»Das lässt man uns als junge Menschen immer glauben, es stimmt nur nicht.«

Garzón schüttelte philosophisch den Kopf, rief den Kellner und bestellte uns noch ein Bier.

»Trinken wir noch eins, Petra, ich merke schon, dieser Fall stimmt Sie melancholisch.«

Es fiel mir nicht ein, ihm zu widersprechen. Bisher hatte ich mir immer eingebildet, dass meine Arbeit wenig Einfluss auf mein Gefühlsleben hatte, aber dieser Fall enthüllte mir, dass das nicht stimmte. Selbst ein brummiger Kerl wie mein Kollege sorgte sich um eine nahende Depression und lud mich zum Bier ein. Meine Entmutigung war wohl unübersehbar.

Eine halbe Stunde später verabschiedeten wir uns, und während Garzón nach Hause fuhr, ging ich noch einmal ins Kommissariat. Der Autopsiebericht über den Toten musste inzwischen auf meinem Tisch liegen.

Kaum hatte ich das Gebäude betreten, kam der Wachmann auf mich zu.

»Inspectora, dieser Arzt von neulich war vor einer Weile

wieder da. Er wollte Sie sprechen. Er hat mir seine Telefonnummer dagelassen, damit Sie ihn zurückrufen können.« Ich nickte mehrmals mit einem Gesichtsausdruck, als wäre ich mit einem schwierigen Problem beschäftigt. Warum? Weil ich mir sicher war, dass Doctor Crespo mich nicht aus beruflichen Gründen sprechen wollte. Dieser Typ war närrisch. Wem fällt schon ein, im Kommissariat anzubändeln? Der Gedanke ließ mich lächeln. Ich ging in mein Büro, schaute in die Mailbox, sah die Unterlagen durch ... Plötzlich wurde mir bewusst, dass ich nicht mitkriegte, was ich da las. War der Autopsiebericht da? Ich schaute noch einmal nach. Ja, da war er. Ich war zerstreut, ohne Zweifel. Und das nicht vor lauter Erschöpfung nach einem anstrengenden Tag, sondern wegen der Nachricht, die ich eben erhalten hatte. Ich sah auf den Zettel, den mir der Polizist gegeben hatte. Seine private Telefonnummer. Dann lebte er also allein. Ein verschrobener Psychiater, der mich schrecklich attraktiv fand. Ich fühlte mich geschmeichelt. So hatte mich schon lange niemand mehr bedrängt. Natürlich handelte es sich auch um keinen normalen Mann. Vielleicht war er ein Bekloppter, der versuchte, mit allen Frauen anzubändeln, die er zum ersten Mal sah. Es konnte sich auch um wissenschaftliche Neugier handeln. Jemanden, der sich mit der menschlichen Psyche beschäftigt, dürfte es reizen, sich mit den Wesenszügen eines Berufsstandes vertraut zu machen, der ihm noch nicht untergekommen war. War auch egal, ich bildete mir lieber ein, dass ich ihm sehr gefiel, dass er mich faszinierend, schön, interessant fand, dass ich für ihn ein Traum von einer Frau war. Warum nicht? Jedenfalls hatte ich nicht vor, ihn anzurufen, und es entsprach meinem depressiven Zustand, dass ich mir einbildete, mit meinem einmaligen Auftreten eine Eroberung gemacht zu haben.

Ich sah mir die Ergebnisse der Analyse an. Gut, offensichtlich hatte unser Mann keine Drogen genommen, was die Möglichkeit, dass er ein kleiner Dealer gewesen war, in weite Ferne rücken ließ. Seine inneren Organe waren in Ordnung, alle außer der Leber. Eine fortschreitende Leberzirrhose ließ die Pathologin an einen schweren Alkoholiker denken. Das passte zu den Merkmalen eines Obdachlosen. Auch mein Verehrer, der Psychiater, hatte gesagt, dass viele von ihnen an schwerem Alkoholismus litten. War er in einer medizinischen Beratungsstelle behandelt worden? Diese hartnäckige Anonymität des Toten war langsam eine Schande. Wie war es möglich, dass ein Mann in einer Stadt lebte und nirgendwo gemeldet war? Alle Vorsichtsmaßnahmen, die heutzutage von den Bürgern ergriffen werden, um sich gegen die übertriebene Kontrolle zu wehren, die Institutionen auf uns ausüben, zählten für ihn nicht. Unser Mann stand in keiner Liste, hatte keinen festen Wohnsitz, zahlte keine Steuern und hatte bestimmt auch keinen Ausweis mehr besessen. Erlaubt das die Obrigkeit? Offenbar interessiert sich der Staat nur dann für dich, wenn er einen Nutzen aus dir ziehen kann. Wenn du kein Geld hast, bist du nichts. Selbst Hunde stehen von dem Augenblick an in einem Register, wenn ihnen ein Mikrochip ins Ohr gesetzt wird. Natürlich gehört der Hund zu jemandem, der ihn liebt, ihn versorgt und ihn zum Tierarzt bringt, wenn er krank ist. Nicht so bei einem Obdachlosen. Obwohl ich nicht wusste, ob ich nicht einfach neidisch auf ihn war. Ein Mann, frei wie ein Vogel.

Ich suchte meine Sachen zusammen und verließ das Büro. Früher nach Hause zu kommen, würde mir gut tun. Ich gewöhnte mich langsam daran, nur noch zu arbeiten und mich zu wenig um den Zeitvertreib einer zivilisierten Person kümmern. Wenn ich so weitermachte, würde ich wie einer dieser Bullen enden, die keinerlei Privatleben mehr haben und ihr Leben nur genießen, wenn sie ihre Nase in einen Fall stecken können. Ich hatte einige von denen kennen gelernt und glaube, sie alle flohen vor der traurigen Realität, die beim Heimkommen über sie hereinbrach. Aber mir würde das nicht passieren, ich kam gerne nach Hause, ich hatte immer etwas zu tun. Viele erfreuliche, bildende, angenehme Aufgaben.

So beabsichtigte ich etwa an jenem Abend, mir eine gute Zwiebelsuppe zu kochen und eine Flasche Somontano zu köpfen, die ich für besondere Gelegenheiten aufgehoben hatte. Welche besondere Gelegenheit feierte ich? Um mich daran zu erinnern, dass ich meine Wachsamkeit nicht nachlassen durfte und dass man für sein persönliches Glück immer selbst verantwortlich war.

Als ich mich umgezogen hatte, schenkte ich mir ein Glas ein und begann zu kochen. Im Rhythmus einer Mozart-Symphonie schnitt ich rasch die Zwiebeln. Alles war nach meinem Geschmack. Schlecht wäre nur, wenn ich nach dem Essen lesen und darüber einschlafen würde. Ich war die letzten Tage immer sehr früh aufgestanden. Ja, ich war nachlässig mit meinem Privatleben, das durfte ich mir nicht erlauben. Ich hätte einen meiner Freunde zum Essen einladen sollen. Aber natürlich arbeiteten alle unter der Woche, und niemand würde spontan zu einem schlichten Freundschaftsessen kommen. Was anderes wäre es, wenn es sich um ein romantisches Rendezvous handeln würde. Ich hätte ein solches Abendessen mit dem verrückten Psychiater arrangieren können, wenn ich gewollt hätte. Ein romantisches Abendessen ist zu viel gesagt, aber es wäre einfach gewesen, ein Treffen zu organisieren. Vielleicht war es am Ende sogar interessant, mit ihm zu plaudern. Zudem war es schmeichelhaft, dass er so hartnäckig bemüht war, mit mir essen zu gehen. Ich gab die geschnittenen Zwiebeln in den Topf und rekapitulierte. Es war noch Zeit, ihn anzurufen und ihn zum Essen einzuladen. Ich wusch mir die Hände. Es könnte gefährlich sein, so etwas zu tun, einem nicht sehr ausgeglichenen Typen wie Crespo würde vielleicht der Erfolg zu Kopf steigen, wenn er eine solche Einladung erhielt. Die Zwiebeln nahmen langsam eine goldgelbe Farbe an. Seit wann war ich denn eine zaghafte Frau, die Vorkehrungen trifft gegen Männer, damit sie »nicht falsch denken«? Ich hatte noch nie auf männliche Gesellschaft verzichtet, um Missverständnissen vorzubeugen. Wenn sich diese ergaben, pflegte ich sie aufzulösen, indem ich dem Betroffenen die Situation erklärte. Und wenn der Betroffene nervig würde, musste er verschwinden und Schluss. Außerdem konnte ich im Notfall immer noch meine Dienstpistole einsetzen. Mir wurde bewusst, dass ich lächelte. Ich stellte mir das Gesicht des verrückten Psychiaters vor, wenn ich mit meiner Glock auf ihn zielte. Fast wünschte ich mir, dass so etwas geschehen würde. Ich lachte auf, armer Doctor Crespo! Eigentlich wirkte er reizend, chaotisch, aber reizend. Es hatte eine Zeit in meinem Leben gegeben, in der mir solche Männer sehr gefallen hatten: zerstreute Männer, die schlecht organisiert und ein wenig verrückt waren. Welche gefielen mir jetzt? Nicht einmal das konnte ich mir beantworten! Seit langer Zeit war ich mit niemandem mehr zusammen gewesen oder hatte gar daran gedacht, mit jemandem anzubändeln. Ich war zu sehr in meine Routine und in meine berufliche Verantwortung verstrickt. Von da zum absoluten Niedergang war es nur ein Schritt, dachte ich. Es bestand auch die Möglichkeit, dass es meinen Neuronen gut bekommen würde, wenn ich einen abenteuerlustigen Verehrer in mein Alltagsleben einlassen würde. Mehr Ansporn, mehr Kreativität ... Das würde sich bestimmt positiv auf meine Arbeit auswirken. Ich goss die Zwiebeln mit Wasser auf. Das war der Gipfel, nie in meinem ganzen Leben hatte ich so viele Rechtfertigungen benötigt, um einen Mann anzurufen. Ich stellte die Flamme kleiner und ging entschlossen ins Wohnzimmer.

»Doctor Crespo? Hier ist Petra Delicado, die Inspectora, mit der Sie gesprochen haben.«

»Hallo, was für eine Überraschung!«

»Überraschung? Sie haben auf dem Kommissariat eine Nachricht hinterlassen, dass ich Sie anrufen soll.«

»Ja, stimmt, aber ich habe nicht geglaubt, dass Sie es tun würden.«

»Ich wüsste nicht, warum. Etwas Neues in dem Fall?«

»Nichts Wichtiges.«

»Was dann?«

»Na ja, ich dachte, dass wir unser Gespräch über die Psychologie von Obdachlosen nicht zu Ende geführt haben und wir das eigentlich tun könnten.«

»Jede Unterhaltung lässt sich verbessern. Warum kommen Sie nicht zum Abendessen zu mir? Ich koche gerade eine Suppe, die nicht schlecht ist.«

»Wunderbar, ich habe gerade gegessen.«

»In dem Fall ...«

»Ach was. Wenn ich sage, ich habe gegessen, heißt das, ich habe dem Hunger noch ein bisschen Frustration hinzugefügt. Kochen ist nicht mein Ding. Mein heutiges Menü bestand aus einer Dose Thunfisch.«

»Gut, dann erwarte ich Sie. Notieren Sie sich meine Adresse.«

Während er das tat, spürte ich die typische Reue in mir auf-

steigen, die sich einstellt, wenn man einem inneren Impuls gefolgt ist.
»Petra, sind Sie noch dran?«
»Ja.«
»Denken Sie nicht, dass ich Ihre Einladung nur aus kulinarischen Gründen annehme. Selbst wenn ich einen Fasan gegessen hätte, würde ich kommen. So werden Sie also nie erfahren, ob ich nicht doch einen Fasan statt einer Dose Thunfisch gegessen habe.«
All meine Zweifel lösten sich auf, er hatte Sinn für Humor, und wenn jemand Sinn für Humor hat, nimmt er es dir nicht so übel, wenn du mit einer Pistole auf ihn zielst.

Er hatte bestimmt keinen Fasan gegessen, so wie er alles verschlang, was ich ihm vorsetzte, stimmte wohl eher die Version mit der Dose Thunfisch. Er war ein würdiger Ersatz für Subinspector Garzón, auch wenn Crespo keine Bemerkungen über die Köstlichkeit des Essens machte, weil er zwischen den einzelnen Bissen rauchte. Er war amüsant, spöttisch, mit einer Skepsis, die ihn nichts ernst nehmen ließ. Er gefiel mir, warum sollte ich es leugnen, er gefiel mir sogar sehr. Als wir mit dem Essen fertig waren, duzten wir uns, aber wir wussten noch immer nicht viel voneinander. Bei einer Tasse Kaffee begannen die persönlichen Nachforschungen.
»Ich frage mich noch immer, wie eine Frau wie du Polizistin werden konnte.«
»Ich werde keine einzige Frage beantworten.«
»Fragen ist meine Berufskrankheit.«
»Meine auch.«
»Ja, aber dich interessieren nur die Obdachlosen. Du hast mir noch keine persönliche Frage gestellt.«

»Was willst du mir erzählen?«
»Nichts, was du nicht wissen willst.«
»Ich habe schon das eine oder andere an dir entdeckt. Das ist meine zweite Berufskrankheit.«
»Und meine zweite auch.«
»Mit anderen Worten, ich bin auch halbwegs enthüllt.«
»Ich sehe schon, es gibt viele Gemeinsamkeiten zwischen Polizisten und Psychiatern. Wer fängt an mit den Schlussfolgerungen, du oder ich?«
»Fang du an, du wirst von deinen Zuhörern dafür bezahlt, meine mögen nicht hören, was ich über sie herausgefunden habe.«
»Gut, ich fange an. Du bist keine Junggesellin, das ist unübersehbar bei deinem Charakter und deinem Verhalten. Also bist du geschieden. Außerdem sind heutzutage alle geschieden, die auch nur ein bisschen von Interesse sind. Du bist nach außen eiskalt, aber du verbirgst eine leidenschaftliche Seite. Du bist sehr widersprüchlich, ungeduldig, manchmal cholerisch, sensibel, und du liebst die Einsamkeit. Jetzt bist du dran.«
»Also gut: Hinter deinem heiteren Auftreten steckt ein Mann, der die Bitterkeit des Lebens kennt. Ich vermute, du bist geschieden, ansonsten würden dich Geschiedene nicht so interessieren. Du magst Menschen, aber du hasst es, wenn sie zu viel reden. Du bist nervös, intelligent, du verachtest die Art der meisten Menschen zu leben … Ich weiß nicht, du hast etwas von einem Außenseiter.«
Wir sahen uns mit breitem, sinnlichem Lächeln an, das eine gewisse Koketterie barg.
»Petra, wenn wir schon dabei sind, nach Parallelen zu suchen. Darf ich annehmen, dass du mich aus demselben Grund eingeladen hast, aus dem ich gekommen bin?«

Er war schnell, zu schnell vielleicht, ich war noch nicht bereit, ich war es nicht mehr gewöhnt, ich brauchte noch eine Verabredung, noch ein Gespräch. Ich wollte mich in dem Augenblick in Luft auflösen, mich ausruhen, nachdenken. Ich brachte kaum einen Ton heraus, aber ich zwang mich, meine Stimme fest und entschlossen klingen zu lassen.

»Ricard, ich glaube nicht, dass wir so weit gehen sollten. Wir haben gut gegessen, uns angeregt unterhalten ...«

Er unterbrach mich sehr ernst, entschlossen.

»Ich wirke manchmal wie ein Spinner und kindisch, bin es aber nicht. Ich bin nicht hergekommen, um mit dir ins Bett zu gehen, und du hast mich auch nicht dazu eingeladen. Aber jetzt ist es genau das, wozu wir Lust haben, und es wäre blödsinnig, den Moment verstreichen zu lassen.«

Er stand auf, ging um den Tisch herum auf mich zu, ergriff meine Hand und zog mich hoch. Als wir beide standen, sah er mir tief in die Augen und küsste mich dann so hungrig und gierig, wie es noch nie jemand getan hatte.

»Wenn du mich nicht in dein Schlafzimmer führst, bleibt mir nichts anderes übrig, als dich zum Sofa zu schleppen.«

Ich führte ihn in mein Schlafzimmer, aber wir kamen nur mühsam an. Er hatte einen hageren, agilen Körper wie ein Zwanzigjähriger, handelte aber mit dem erotischen Können eines Fünfzigjährigen. Ich hingegen war nicht im Stande, Schätzungen über mein Alter anzustellen, ich verlor das Bewusstsein für mein Ich, ich verschmolz mit seiner Haut, seinem Mund. Für eine Zeit lang war ich nichts anderes als Bestandteil einer großen, feurigen Lust.

Nach der Aufsehen erregenden Schlacht, aus der wir beide siegreich hervorgingen, legte ich mich neben ihn und roch das angenehme Aroma seiner Zigarette. Ja, ich hatte zu lange nicht mehr mit einem Mann geschlafen, entweder war es das, oder dieser Mann gefiel mir sehr. Ich betrachtete ihn von der Seite, ich war etwas beunruhigt, denn normalerweise ergreife ich in Sachen Sex die Initiative, und diesmal war es nicht so gewesen. Wenn so etwas geschah, hatte ich immer das Gefühl, überrumpelt worden zu sein, und fiel in mich zusammen. Als hätte er meine Gedanken erraten, sagte Crespo:

»Ein Eindringling in deinem Bett?«

»Wirkt es so?«

»Ja, du schaust mich an, als würdest du dich fragen, wer ich bin.«

»Das stimmt, ich weiß nicht, wer du bist.«

»Ich bin ein Mann deiner Generation.«

»Vögelst du immer gleich mit allen Frauen deiner Generation, die du kennen lernst?«

Er lachte leise auf.

»Ach, meine liebe Inspectora! Einen Moment lang habe ich gedacht, du bist anders als die anderen, aber nein, bist du nicht. Warum solltest du es auch sein? Und es ist natürlich auch viel besser, dass du es nicht bist.«

Alle Fasern meines Körpers, die gerade noch entspannt und voller Lust gewesen waren, spannten sich an. Ich rückte ein wenig ab, um ihm ins Gesicht sehen zu können.

»Kannst du das etwas näher erklären?«

»Alle wollen einzigartig und besonders sein. Wir lieben uns wie wilde Tiere, aber hinterher fragen wir uns, ob wir zur Herde gehören oder das Ergebnis einer sorgfältigen Auswahl sind.«

Ich setzte mich auf, die Empörung, die in mir aufstieg, gab mir genug Zeit, um zu überlegen, was ich sagen wollte.

»Schreibst du an einer psychologischen Studie, oder findest

du den Gedanken so genial, dass du ihn unbedingt aussprechen musst?«
»Stört es dich, dass ich das gesagt habe, stört dich das wirklich?«
Er lachte laut auf und stürzte sich auf mich, rang mich nieder im Versuch, mich zu küssen und mich zu kitzeln.
»Komm schon, Petra, sei nicht so empfindlich! Du willst doch nicht behaupten, dass du zu denen gehörst, die das Liebesgeflüster danach schätzen: ›Oh, es war wunderbar, ich habe gedacht, ich bin im Himmel!‹«
»Ich schätze gutes Benehmen in jeder Situation.«
»Ah, du bist wunderbar, so ernsthaft! Die starke, erfahrene Frau, die immer die Form wahrt. Du gefällst mir, wirklich, du gefällst mir.«
Er hatte mich in der Zange. Ich war voller Wut, aber gleichzeitig konnte ich mich nicht dem wilden Reiz seines Lachens entziehen, dem Reiz des Spiels, zu dem seine Ironie einlud, des süßen Geruchs nach Tabak und der Lebensenergie, die sein Körper verströmte.
»Lass mich los! Bist du verrückt geworden? Du liegst mit einer Polizistin im Bett, ich kann Karate!«
Sein Lachen musste man bis auf die Straße gehört haben. Ich fing auch an zu lachen, und mein Widerstand ließ nach. Da küsste er mich zart auf die Lippen und flüsterte:
»Nein, Petra, ich gehe nicht mit aller Welt ins Bett. Es würde dich überraschen zu erfahren, wie wenige Frauen mich in meinem Leben bisher interessiert haben. Aber du hast mir gleich gefallen. Du bist wirklich etwas Besonderes.«
»Ich habe Lust, dich zur Hölle zu schicken, aber ich glaube, ich verschiebe das auf später.«
Wir schliefen erneut miteinander, diesmal gelassener und sinnlicher, ohne Eile, ohne andere Absicht, als die Inten-

sität zu spüren, die innere Kraft von etwas, das nicht nach außen drang, das nur aus sich selbst spross.
Ich hatte keine Ahnung, wie spät es war, als ich wieder ein Bewusstsein für die Umgebung hatte. Ricard kuschelte sich an mich wie jemand, der die ideale Position zum Schlafen sucht. Ich versuchte ihn nicht aufzuschrecken, als ich sagte:
»Ricard, ich muss dir etwas sagen, und ich hoffe, du nimmst es mir nicht übel.«
Er blieb ganz ruhig liegen, schwieg, und als er antwortete, merkte ich, dass er plötzlich hellwach war.
»Schieß los, was ist?«
»Nichts weiter, es ist eine Lappalie. Ich ertrage es nicht, neben der Person aufzuwachen, mit der ich … Nun ja, du weißt schon, das ›Guten Morgen‹, das Frühstück … Es ist eine fixe Idee, aber …«
Schweigen. Ich dachte an die Möglichkeit, dass er es als Scherz auffasste, aber dem war nicht so. In absolut neutralem Tonfall antwortete er:
»Sei unbesorgt, ich schlafe ein Weilchen und gehe dann.«
So geschah es. Als ich am nächsten Morgen aufwachte, war er verschwunden. Er musste sehr leise gewesen sein, denn ich hatte nichts gehört. Ich hatte tief und fest geschlafen. Ich sprang aus dem Bett und streckte mich. Mein Körper schmerzte angenehm. Die Dusche kam mir vor wie ein warmer Wasserfall, und ich genoss den Kaffeegeruch und die intensive Farbe des Orangensafts, als ich ihn zubereitete. Ich hatte sogar Lust, ins Kommissariat zu fahren! Es bestand kein Zweifel, ich war ausgezeichneter Stimmung.

Vier

Subinspector Garzón saß andächtig, wie es sonst nur ein Geistlicher vermag, am Tisch und beugte sich über die Papiere.

»Guten Morgen, Fermín. Wie beginnt der Tag heute?«

»Der Tag hat unglücklicherweise schon vor einer ganzen Weile begonnen.«

»Ach ja, bin ich so spät? Kann nicht sein, ich muss mich wohl etwas zusammenreißen.«

»Freut mich, dass Sie so zufrieden wirken heute Morgen, so hab ich wenigstens einen Grund zur Freude.«

»Ist was passiert?«

»Inspectora, es klingt nicht gut, wenn eine Polizistin so etwas fragt.«

Meine morgendliche gute Laune vertrug nicht allzu viele Dämpfer, und die schlechte Laune meines Untergebenen war doch zu massiv. Ich zog eine Schnute und sagte:

»Wissen Sie, warum ich mir vorgenommen habe, für immer zölibatär zu leben?«

Garzón sah mich neugierig und irgendwie triumphierend an, ich glaube, er wollte nur, dass ich es endlich ausspuckte.

»Nun, um gerade morgens nicht die miese Laune von anderen ertragen zu müssen.«

»Das ist leicht gesagt, aber wenn Sie in den letzten zwei Stunden das gemacht hätten, was ich gerade tue, würden

Sie verstehen, dass ich allen Grund zu schlechter Laune habe.«

»Schießen Sie schon los, und wir machen dem ein Ende.«

»Wenn Sie mir nur aus reiner Höflichkeit zuhören ...«

»Ach was! Ich werde absolut aufmerksam sein, das Büro schalldicht isolieren und die Tür verriegeln, damit uns niemand stören kann. Wollen Sie mir endlich sagen, was passiert ist?«

»Nein, so erzähle ich gar nichts.«

Mit einem kindischen Anflug von Verdruss konzentrierte er sich wieder auf seine Unterlagen. Meine Wahl, allein zu bleiben, nützte nichts, denn mit Garzón als Kollegen war es, als hätte ich Ehemann, Vater, Großvater und Kleinkind in einem. Ich fasste mich in die Geduld, die es braucht, um sich einem solchen Kreis an Verwandten entgegenzustellen.

»Subinspector, fangen wir noch einmal von vorne an?«

»Wie Sie wollen, von mir aus ...«

»Guten Morgen, Fermín, wie geht es Ihnen heute? Wir waren die letzten beiden Dienststunden?«

»Schrecklich, sie waren schrecklich. Der Comisario hat angerufen und uns Druck gemacht. Da gibt's eine Journalistin, die täglich von den Übergriffen der Skins auf die armen Penner und über die Unfähigkeit der Polizei, sie zu schnappen, berichtet. Der Typ Frau, die sich mangels etwas Besserem in diese Meldung verbissen hat und nicht lockerlässt, aber dem Chef gefällt ihre Hartnäckigkeit überhaupt nicht. Er sagt, entweder schicken wir ihr eine Briefbombe, oder wir geben ihr was zu beißen. Ich habe mich nicht getraut, ihm zu sagen, was ich tun würde. Danach hat mich diese Kollegin von der Guardia Urbana angerufen, die Sie für so unentbehrlich halten, und hat mir zwei Stunden lang erzählt, was sie mir per E-Mail schicken wird. Zwei Stunden, ehrlich. Wie kann man nur so schwatzhaft sein! Die quasselt mehr als eine Friseuse, ein sehr weiblicher Defekt, gewiss. Haben Sie mal auf diese Damenkränzchen beim Kaffee geachtet? Ich habe das nie verstanden, aber sie reden alle auf einmal, alle gleichzeitig. Verblüffend, aber es stimmt, nicht wahr? Na schön, die polyglotte Yolanda schickt mir also eine Liste per E-Mail, und auf dieser unseligen Liste stehen mindestens fünfzig Adressen, wo Obdachlose betreut werden. Fünfzig! Hätte sie nicht eine Auswahl treffen können?«

»Also, Garzón, die Dinge, die Sie stören, sind so viele und so vielfältig, dass Sie die besser an der Klagemauer loswerden, damit sich Gott Ihrer erbarmt. Bei allem, was Sie mir erzählt haben, kann ich nur für die Liste der Sozialdienste mit einer Lösung aufwarten.«

»Ach ja, und welche Lösung schwebt Ihnen da vor?«

»Einen nach dem anderen aufzusuchen.«

»Tolle Lösung, die ist selbst mir eingefallen.«

»Na endlich eine Übereinstimmung! Machen wir uns also an die Arbeit.«

»Das sind doch alles stupide Anfangsermittlungen, Inspectora, obwohl wir zu diesem Zeitpunkt bereits Beweise koordinieren sollten.«

»Stimmt, aber was sollen wir tun, verdammt noch mal, wenn diese Beweise noch keinen logischen Weg aufgezeigt haben? Wir müssen weitermachen, oder? Durchhalten ist das Motto. Machen Sie sich fertig, wir fahren gleich. Ich geh nur noch kurz in mein Büro.«

Der morgendliche Besuch bei meinem Kollegen hatte mich so erschöpft wie zehn Stunden konzentrierter Arbeit. Würden wir alle unsere Gefühle vor der Bürotür zurücklas-

sen, könnten wir viel Zeit gewinnen. Natürlich waren aber auch Gefühle der Grund, warum ich an diesem Tag gut gelaunt zur Arbeit erschienen war. Ich erinnerte mich an die vergangene Nacht und bekam eine Gänsehaut. Nein, Gefühle waren gar nicht so schlecht, sie konnten als Ansporn dienen und den langen Arbeitstag enorm bereichern.
Ich setzte mich an den Computer und schaute in meine Mailbox, aber in dem Moment trat ein Streifenpolizist ein.
»Inspectora, vor einer Weile wurde etwas für Sie abgegeben.«
»Gut, sehr gut, und wo ist es?«
»Es ist ... Na ja, ich habe es aus Gründen der Diskretion in die Toilette gestellt, bis Sie mir neue Anordnungen geben.«
An diesem Morgen schien alle Welt extrem umständlich zu sein.
Der Polizist druckste herum und wagte nicht weiterzureden.
»Mein Gott, Domínguez! Was wurde denn für mich abgegeben, das so großer Diskretion bedarf, eine Leiche, oder was?«
»Mir wäre es lieber, wenn Sie es sich selbst ansehen.«
Ich schnaubte wie ein Büffel und folgte ihm auf die Toilette. Er öffnete die Tür und zeigte auf das ungehörige Geschenk. Meine Güte, dieser Junge hatte guten Grund, so umsichtig zu sein. In dem Waschbecken lag ein riesiger Strauß roter Rosen, mit einem bunten Band verziert. Ich spürte, wie ich rot wurde.
»Verdammt!«, entfuhr es mir.
»Ich dachte, das sei sehr privat, Inspectora, und weil im Kommissariat immer so viel getratscht wird, dachte ich ...«
»Das haben Sie ganz richtig gemacht, Domínguez, wirklich. Wissen Sie, was wir tun werden? Sind Sie verheiratet?«
»Ich habe eine Freundin.«

»Dann nehmen Sie die Ihrer Freundin mit.«
»O nein, kommt nicht in Frage, wenn man mich damit rausgehen sieht, hab ich das Getratsche am Hals!«
»Verstehe. Gibt es in der Nähe eine Kirche?«
»Na, die Kathedrale.«
»Dann soll sie jemand dorthin tragen und der Jungfrau darbringen. Schicken Sie den Wachmann vom Eingang her. Und wenn Sie jemand fragt, das ist eine Spende des Kommissariats, wir verehren die Jungfrau sehr.«
Er nickte ein wenig verdattert angesichts meiner unverfrorenen Lüge. Ich zog die Karte aus dem Strauß und sah, wie er sich verlegen und in eine lebende Blumenvase verwandelt auf den Weg machte. Dann eilte ich in mein Büro zurück. Ich ahnte zwar, von wem die Rosen waren, öffnete aber trotzdem neugierig den Umschlag.
»Liebe Petra: Rosen der Leidenschaft für eine wunderbare Frau. Irgendwann werde ich auch bei dir übernachten, du wirst schon sehen. Dein Ricard.«
Das war die Höhe! Was glaubte dieser unverschämte Kerl eigentlich, dass ein Kommissariat so etwas wie ein Separee ist? Nicht mal meinem ärgsten Feind wäre in den Sinn gekommen, mir Rosen ins Büro zu schicken. Domínguez hatte entschlossen und mit gesundem Menschenverstand reagiert, was ich ihm gar nicht zugetraut hätte, aber auch so noch konnte ich nicht wissen, wer alles diesen peinlichen Strauß gesehen hatte. Die Kommentare meiner Kollegen waren mir eher egal, aber bei der Vorstellung, dass Garzón die Rosen gesehen hatte, oder gar Coronas höchstpersönlich, bekam ich eine Gänsehaut! Ich stellte mir die Spötteleien vor, die mir das einhandeln würde, die ironischen Giftpfeile des Subinspectors! Es gab zwei Möglichkeiten, dieses übertriebene Präsent zu interpre-

tieren: Entweder hatte Ricard es aus reiner Provokation geschickt, um auszuprobieren, wie weit er bei mir gehen konnte, oder es war ihm gar nicht in den Sinn gekommen, dass es schlicht unpassend war. Sollte es sich um Ersteres handeln, war der Typ ein echter Scheißkerl, bei der zweiten Möglichkeit kam er auch nicht so gut weg. Unbedachtes Handeln bedeutete ein schwer zu kontrollierendes Risiko. Ich ging in meinem Büro auf und ab und versuchte, einen klaren Kopf zu bekommen. Ich musste aufpassen, ich wollte unbedingt vermeiden, dass auch nur die geringste Komplikation mein Leben durcheinander brachte, und Ricard Crespo war eine solche Komplikation. Einem Mann, den eine enge Mitarbeiterin als »etwas außergewöhnlich« charakterisierte, war auf keinen Fall zu trauen. Zu impulsiv und viel zu selbstsicher. Außerdem stand er in Bezug zu dem Fall, wenn auch nur flüchtig, und das bedeutete, auf einem Pulverfass zu sitzen. ›Irgendwann werde ich auch bei dir übernachten, du wirst schon sehen.‹ Eine Unverschämtheit! Und was für eine Arroganz! Ja, ja, er würde bestimmt bei mir übernachten, aber höchstens auf dem Fußabtreter vor der Tür. Mir blieb nichts anderes übrig, als diese beginnende Liebesgeschichte zu beenden. Bah, da hatte ich einmal einen interessanten Mann kennen gelernt …! Denn interessant war er, und das Vögeln mit ihm war mehr als gut gewesen, aber wie klagten alle meine Freundinnen unisono: Die Männer sind eine Katastrophe in letzter Zeit. Wenn einer nicht seine Frustrationen loswerden will, muss er mit seinen Eroberungen öffentlich angeben, oder er will dich zu seiner Mutter machen oder deinen Vater spielen … Nein, der Mann als guter Partner ist eine Erinnerung an andere Zeiten.

Ich griff zum Telefon. Schade, schließlich nennt dich nicht

jeden Tag ein Mann ›wunderbare Frau‹. Hätte er mir diesen Rosenstrauß doch nach Hause geschickt statt ins Kommissariat … Aber was sage ich da? Seit wann rühren mich denn rote Rosen? Ich finde das Zuschicken von Geschenken altmodisch, und wenn es rote Rosen sind, ist das der Gipfel. Ich lasse mir lieber zweihundert Gramm Schinken schicken.

»Klinikum.«

»Können Sie mich bitte mit Doctor Ricard Crespo verbinden? Hier ist Inspectora Delicado.«

Ich wartete und sah nervös zur Tür. Jetzt fehlte nur noch, dass mich Garzón in flagranti beim Beenden einer Liebesgeschichte erwischte. Am anderen Ende ertönte Ricards beschwingte Stimme.

»Petra, was für eine Freude! Wie geht es dir?«

»Ein wenig überrascht über dein Geschenk.«

»Ach, ist nicht weiter wichtig!«

»Mehr als du denkst, Ricard.«

»In dem Fall schicke ich dir jeden Tag Rosen.«

»Kannst du mich ausreden lassen?«

»Schieß los, meine Liebe, ich bin ganz Ohr.«

»Aber merkst du denn gar nichts? Du kannst mir doch keine Rosen ins Kommissariat schicken, als wäre das ein ganz normaler Ort.«

»Ist er das nicht?«

»Nein, ist er nicht. Ich bin Polizistin, falls du dich erinnerst, und das ist eine sehr ernste Arbeit, und ziemlich außergewöhnlich.«

»Das Sprechzimmer eines Psychiaters auch. Ich sehe keinen Zusammenhang.«

»Genau! Wie würdest du es denn finden, wenn ich dir … sagen wir, ein paar Unterhosen an die Arbeit schicke?«

»Gut, ich fände es gut, ich würde es sogar für eine persönliche und reizende Aufmerksamkeit halten. Hast du es getan?«
»Wie? Hör mal, Ricard, ich schätze deinen Sinn für Humor, aber mir ist nicht zum Scherzen. Wenn jemand versucht, mein Berufsleben mit dem Privatleben zu vermischen, ist das für mich ein Mangel an Respekt.«
»Das ist deine Interpretation.«
»Das ist es.«
»Eigentlich sollte ich es sein, der interpretiert, was hinter ganz normalen Handlungen steckt. Und weißt du, was ich interpretiere? Du lässt dich von absurden Konventionen hinreißen, ohne auch nur einen Augenblick daran zu denken, dass es mir einfach nicht in den Sinn gekommen ist, dass ein Kommissariat ein so ... offizieller Ort sein könnte.«
»Es gibt nichts Offizielleres als ein Kommissariat.«
»Ist ja gut, ist ja gut, es war ein Fehler, das ist alles. Weißt du, was ich tun werde, damit du mir verzeihst? Dich heute Abend zum Essen einladen.«
»Oh nein, unmöglich!«
»Warum ist das unmöglich?«
»Ich habe Spätdienst, zusammen mit meinem Kollegen Subinspector Garzón.«
»Na schön, dann eben morgen.«
Garzón steckte den Kopf zur Tür herein. Ich verspannte mich.
»Ich muss auflegen.«
»Ich rufe dich später an.«
»Nein, ruf nicht an, ich rufe dich an.«
Er konnte nichts weiter sagen. Garzóns Gesicht war säuerlich wie eine Zitrone.

»Inspectora, wenn wir nicht sofort losfahren, übernehme ich keinerlei Verantwortung für meine Taten.«

»Was ist los?«

»Diese Yolanda ist in meinem Büro, sie wirkt eher wie ein Springbrunnen und nicht wie eine Polizistin.«

»Warum?«

»Weil sie so übersprudelnd ist.«

»Wenn Sie noch Witzchen machen können, ist es wohl noch nicht so schlimm.«

»Fahren wir schon, Petra, dieses Mädchen macht mich wahnsinnig. Ich bin doch älter als sie, oder? Und deshalb habe ich auch mehr Erfahrung. Also gut, sie hat mir zwei Stunden lang von Fällen erzählt, die sie in ihrer Abteilung gelöst haben. Einmal haben sie sogar einen Hund aus dem Hochwasser gerettet, hat sie mir erzählt!«

»Das ist gut, das können Sie sich als Beispiel nehmen, sollten Sie mal in die Situation kommen.«

»Sehr witzig. Fahren wir?«

»Fahren wir.«

Ohne mich noch einmal umzudrehen, zog ich meinen Mantel über und hoffte, mit genug Schwung arbeiten zu können, um nicht mehr an den Rosenstrauß und das Telefongespräch zu denken.

Es stimmte schon, Yolanda redete gerne, aber das störte mich nicht, ich würde sogar sagen, dass ihre junge, fröhliche Stimme etwas Beruhigendes hatte. Wahrscheinlich wäre die Stille beim Besuch der Sozialdienste unerträglich für mich gewesen. Der Anblick dieser Speisesäle voller Menschen ohne Zukunft, dieser verwahrlosten Schlafräume der Obdachlosen und Einwanderer wirkte auf Garzón und mich bedrückender als auf unsere freiwillige Helferin. Ich glaube, in unserem Alter sahen wir etwas von uns in diesen schrecklichen Sälen. Niemand wird unbeschadet vierzig, in jeder Frau und in jedem Mann mit einem halben Leben auf dem Buckel steigt die zweifelhafte Erkenntnis auf: ›Das hätte auch mir passieren können.‹ Es steckte etwas von einem selbst im Scheitern dieser ausgegrenzten Menschen, etwas, das wir gemeinsam hatten: Die Träume waren verflogen, die Frustrationen häuften sich, Gleichgültigkeit bemächtigte sich unseres Geistes, damit wir ohne unerträglichen Schmerz weiterleben konnten.

In den städtischen Aufnahmestellen arbeitete ein freundliches und engagiertes Personal, das uns hilfsbereit empfing, aber die Arbeit war kompliziert. Es reichte nicht, ihnen das Foto des Toten zu zeigen, wir mussten es allen zeigen, die sich in dem Augenblick dort aufhielten, und mit diesen Menschen zu reden, war wirklich entmutigend. Diejenigen, die ich befragte, sahen mich abwesend an, als würden sie mich nicht verstehen, als wäre es in Wirklichkeit egal, ob sie antworteten oder nicht. Sie wurden nie etwas gefragt, ihre Meinung und ihr Leben waren nicht von Interesse. Sie waren nicht daran gewöhnt, dass es irgendwem wichtig sein könnte, was sie zu sagen hatten. Sie lebten auf einem anderen Planeten, sprachen eine andere Sprache, ihre Realität war eine andere.

Ich fand es beschämend, auf sie zuzugehen, es war eine Art Schuldgefühl, wie es in einem sensiblen Touristen aufsteigt, wenn er die Dritte Welt bereist. Es gab keine Bettwäsche, nur Decken, die wie Militärdecken aussahen. Neben jedem Schlafgast lagen seine Habseligkeiten. Eine der Sozialarbeiterinnen erklärte uns, dass keiner dieser Männer sich von seinen Sachen trennen wollte.

»In diesen Tüten steckt alles, was sie besitzen. Es ist sinnlos, sie aufzufordern, die Sachen in die Schränke oder in eine Ecke zu legen. Sie wollen ihre Sachen ständig im Auge behalten, und sie haben auch allen Grund dazu, denn sie bestehlen sich gegenseitig, aber sagen Sie mir mal, wer sich für diese Lumpen interessiert.«

Mir schoss der Anblick der Penner auf der Straße durch den Kopf, sie hatten in der Tat immer einen Karren, Kartons oder Plastiktüten bei sich. So arm einer auch sein mochte, es gab immer einen Schatz zu hüten.

Bei diesen Besuchen stellten wir fest, dass von allen Benachteiligten unserer Gesellschaft die Obdachlosen auf der untersten Stufe standen. Die jungen Einwanderer hegten die Hoffnung auf Arbeit, auf soziale Akzeptanz, aber die alten alkoholkranken Bettler schienen auf nichts zu hoffen, sie bildeten den Rattenschwanz unserer Gesellschaft und wiesen auch wohltätige Gaben zurück, wie uns die Sozialarbeiter berichteten.

»Es ist ihnen egal, wenn wir sie auf die Straße setzen, sie finden einen anderen Ort. Und wenn wir ihnen anbieten, ihnen eine dauerhafte Bleibe zu besorgen, lehnen sie das ab. Sie wollen keine Verpflichtungen.«

»Wie stolze Prinzen«, entfuhr es mir.

Die junge Frau sah mich gleichgültig an.

»So was in der Art.«

Damit handelte ich mir natürlich einen ironischen Kommentar meines Kollegen ein.

»Fangen Sie schon wieder mit ihren mystischen Geschichten an, Inspectora?«

»Die Geschichten von unbarmherzigen Menschen überlasse ich Ihnen.«

Die arme Yolanda verstand unser Säbelrasseln nicht, aber sie war klug genug, den Mund zu halten. Besser so, es wäre schwierig gewesen, ihr zu erklären, dass dies auch eine Art der Verständigung war.

Nach sechs Stunden Arbeit war unser Toter noch immer ein Gespenst, das sich immer mehr aufzulösen schien. Auf unserer Liste waren Namen gestrichen, aber es blieben noch viele übrig.

»Und das, obwohl wir erst die städtischen Unterkünfte aufgesucht haben, es fehlen noch die privaten Einrichtungen.«

»Soll uns das aufmuntern, Yolanda?«

»Keine Sorge, Subinspector, ich habe das Gefühl, dass wir diesmal ins Schwarze treffen, Sie werden schon sehen. Folgen Sie bei Ihrer Arbeit nie ihrer Intuition?«

»Ja, ich habe das Gefühl, dass …«

Mein intuitives Wissen über Garzón ließ mich ihn sofort unterbrechen.

»Wie auch immer, es ist schon sehr spät. Besser, wir machen morgen weiter.«

»Wunderbar, ich bin hier in der Nähe mit meinem Freund verabredet. Sehen Sie, wie schnell ich mich daran gewöhne, mit Ihnen zusammenzuarbeiten, Inspectora?«

»Ja, Yolanda, du machst das sehr gut.«

»Habe ich Ihnen schon erzählt, was mein Freund macht, Subinspector? Morgen erzähle ich es Ihnen, wird Ihnen gefallen.«

»Ja, wird mir sicher gefallen«, brummelte Garzón leise.

Wir sahen ihr nach, sie verschwand wie ein Windhauch. Wohl wissend, was jetzt kommen würde, sah ich meinen Kollegen an. Ich irrte mich nicht.

»Haben Sie das gehört? Mein Kopf platzt gleich! Und sie hebt sich ihre Hiebe ganz allein für mich auf. Sie werden von ihr respektiert. Warum, zum Teufel, will sie mir erzählen, was ihr Freund macht? Können Sie mir das sagen?«

»Sie werden sie an ihren Vater erinnern.«
»Eher an ihre Großmutter, das hat mir gerade noch gefehlt! Schließen Sie sie von den Ermittlungen aus, Inspectora, wir brauchen sie nicht.«
»Sie führt uns zielsicher zu den Sozialeinrichtungen, und sie verfügt über Informationen der Landes- und Stadtverwaltung, die weder Sie noch ich haben.«
»Ja, sie ist wie eine junge Forscherin!«
»Denken Sie einfach, sie sei ein Sherpa vom Himalaja, wenn Ihnen das besser gefällt, aber solange wir ganz Barcelona absuchen müssen, wird sie uns begleiten.«
Ich holte mein Handy heraus, das ich wohlweislich ausgeschaltet hatte, und sah nach, ob es Nachrichten gab. Tatsächlich, das Abschalten war keine übertriebene Vorsichtsmaßnahme gewesen. Ich hatte sieben Nachrichten, alle von Ricard. Immer dasselbe Thema: Er bestand darauf, dass wir am Abend zusammen essen gingen. Ich schaltete das Handy wieder aus, und meiner rigorosen Klugheit folgend sagte ich zu Garzón:
»Damit Sie endlich aufhören zu protestieren, lade ich Sie heute Abend zum Essen ein.«
Er war verblüfft, sah auf die Uhr und dann mich an, und fragte dann zögerlich:
»Heute?«
»Natürlich, was du heute kannst besorgen, verschiebe nicht auf morgen. Haben Sie eine Verabredung?«
»Verabredung? Nein, ich wollte mir ein Fußballspiel im Fernsehen ansehen.«
»Ich fass es nicht! Wenn ich Ihnen früher vorgeschlagen habe, zusammen zu essen, haben Sie freudig akzeptiert und mich erst gar nicht ausreden lassen. Jetzt ziehen Sie ein verdammtes Fußballspiel vor ...«

»Sie lassen mich nie ausreden! Ich wollte sagen, dass es ein interessantes Fußballspiel gibt, aber dass ich große Lust habe, mit Ihnen zu Abend zu essen.«

»Nein, machen Sie sich keine Sorgen um mich, ich gehe alleine essen und fertig.«

»Petra, hören Sie auf, wir verhalten uns ja wie Frischverliebte.«

»Eher wie ein Ehepaar, was viel schlimmer ist.«

»Deshalb gehen wir zusammen essen und Schluss. Und ich lade ein.«

Ich hätte mich schuldig fühlen müssen, denn eigentlich benutzte ich Garzón. Ich mochte nicht nach Hause und mich dem Ansturm von Ricards Anrufen aussetzen, aber ich mochte auch nicht allein ins Restaurant gehen. Auch dafür ist Freundschaft gut, dass dir der andere ein Opfer bringt, selbst wenn er es gar nicht weiß.

Wir gingen in ein feines französisches Restaurant. Mein Schuldgefühl zwang mich zu dieser Wahl. Es war vorherzusehen gewesen: Kaum saß der Subinspector an einem Tisch voller guter Speisen, hatte er sein verpasstes Fußballspiel vergessen. Seine gastronomische Anpassungsfähigkeit war bewundernswert, mit einem Teller Salat vor sich verwandelte er sich in einen gemütlichen Wiederkäuer, und bei einem gegrillten Stück Fleisch wurde er zum wilden Raubtier. Eigentlich hätte ich ihn ständig zum Abendessen einladen müssen, weil es ein einmaliges Schauspiel war, ihm dabei zuzusehen. Als der erste Hunger gestillt war, sah er mich neugierig an, als hätte er plötzlich entdeckt, dass auch ich am Tisch saß.

»Feiern wir etwas, Inspectora?«

»Nicht unbedingt, aber wenn Ihnen etwas einfällt …«

»Mir ist im Augeblick wirklich nicht nach Feiern.«

»Darf ich fragen, warum?«

Er warf mir Blicke zu, die eines Geheimagenten würdig gewesen wären, aß konzentriert seinen Teller leer und seufzte mehrmals, bevor er antwortete.

»Wäre dieses Essen nicht gewesen, hätte ich es Ihnen gar nicht erzählt. Mein Sohn kommt für ein paar Tage aus New York.«

»Wunderbar, wie schön!«

»Er kommt in Begleitung, die ich noch nicht kenne.«

»Noch besser, eine gute Gelegenheit, sie kennen zu lernen.«

Er starrte auf seine Serviette und faltete sie sorgfältig zusammen, dann legte er sie brüsk zur Seite und rief:

»Petra, die Begleitung ist ein Mann. Mein Sohn ist schwul!«

Jetzt sah er mich an, als erwarte er eine Antwort, die der Größe seiner Vertraulichkeit würdig war.

»Ich nehme an, das wussten Sie schon.«

»Ich? Was soll ich schon wissen! Er hat hier ganz normal Medizin studiert, dann in den Vereinigten Staaten seinen Doktor gemacht und ist dort geblieben. Stimmt schon, er hat nicht geheiratet, aber das habe ich normal gefunden. Ich dachte, in New York macht man so was Altmodisches nicht. Ich habe mich geirrt. Die Leute in New York heiraten auch, zumindest, wenn sie nicht homosexuell sind.«

Das Gespräch nahm eine unerwartete Wendung, die mich unruhig werden ließ. Was erwartete der Subinspector von mir, eines dieser tröstlichen Gespräche über unterschiedliche sexuelle Orientierungen? Dieser Mann besaß eine Fähigkeit, mich in sein Leben zu involvieren, und immer in den absurdesten Rollen für mich, die nichts mit mir zu tun hatten. Aber ich saß in der Falle, also ließ ich mich ein, bereit, mich als Meisterin therapeutischer Phrasendrescherei zu beweisen.

»Ist das ein Problem für Sie? Denn Sie müssen wissen, dass es das heutzutage für niemanden mehr ist.«

»Ich bin zu dem Schluss gekommen, dass man nicht alle Gipfel erklimmen kann, Petra.«

»Was wollen Sie damit sagen?«

»Ich habe irgendwann einmal akzeptiert, dass der Polizistenberuf nicht mehr heilig ist, dass ich in diesen modernen Zeiten ein verdammtes Handy haben und meine Berichte in den Computer schreiben muss. Ich habe sogar die absolute Gleichberechtigung der Frau akzeptiert, Sie mögen mir meine Eindringlichkeit verzeihen. Aber dass mein Sohn mit einem Kerl zusammenlebt, ist zu viel für mich. Ich weigere mich, das zu verstehen.«

»Na schön, dann akzeptieren Sie es eben, ohne es zu verstehen, mehr ist doch nicht nötig.«

»Kommt nicht in Frage! Mein Sohn will, dass ich sie beide bei mir unterbringe.«

Meine Absicht, mich korrekt und verständnisvoll zu zeigen, war plötzlich verflogen.

»Verdammt, Garzón, Sie werden doch nicht so hartherzig sein und sie ins Hotel schicken!«

»Nein, das kann ich auch nicht. Schließlich ist er mein Sohn. Ich werde mich verziehen.«

»Und wohin?«

»Ich weiß nicht, in eine Pension. Ich sage ihnen, dass ich ihnen meine Wohnung zur Verfügung stelle, weil sie für drei zu klein ist, und Schluss.«

»Das werden sie Ihnen übel nehmen, Fermín.«

»Nein, ich werde mit ihnen ein paarmal zu Abend essen, ich werde eine Stadtrundfahrt mit ihnen machen, aber unter demselben Dach wohnen kommt nicht in Frage.«

»Aber das ist ein lächerliches Vorurteil!«

»Glauben Sie das nicht, Inspectora. Ich bin ja bereit, sie aufzunehmen, keine Szene zu machen noch sonst irgendwie belästigt zu wirken. Mein Sohn ist schwul, na gut, ich werde den Mund halten. Aber es ist eine Sache, es zu wissen, und eine ganz andere, ihm mit einem Mann im Schlafanzug am Frühstückstisch Guten Morgen zu wünschen und sie über ihre Angelegenheiten reden zu hören, diese Blicke aufzufangen, die sich Paare so zuwerfen oder gar … es fällt mir schwer, es auszusprechen, dass sie sich einen Kuss geben, wenn sie sich unbeobachtet fühlen.«
Ich hatte schreckliche Lust, laut aufzulachen, aber ich beherrschte mich. Eigentlich verstand ich ihn, ich begriff, was er meinte, ich empfand ein bisschen Mitleid mit ihm. Garzón versuchte, die Situation zu meistern, ohne die Vorstellung von der eigenen Würde in Gefahr zu bringen.
»Machen Sie keine Tragödie daraus, Fermín.«
»Das versuche ich ja. Als mein Sohn es mir am Telefon mitteilte, als wäre es das Natürlichste auf der Welt, nahm ich es so hin. Und ich schwöre Ihnen, dass mir das schwer gefallen ist. Er sagte die ganze Zeit ›meine bessere Hälfte‹, und als ich neugierig nachfragte, wie seine Freundin heiße, sagte er ›Alfred‹. Ich erstarrte, Inspectora. Sagen Sie mir, ist das eine Art und Weise, eine solche Nachricht zu übermitteln? Man schlendert doch nicht einfach so durchs Leben und sagt den Eltern, dass man mit ›Alfred‹ zusammenlebt, als wäre das nichts.«
»Manchmal bewirkt der Respekt Angst, und dann ist es immer schwerer, so etwas mitzuteilen. Aber er hat einen Weg gefunden, es Ihnen zu sagen, wenn auch spät. Sie werden sehen, wenn er erst mal da ist, wird er es besser erklären. Das Telefon ist auch nicht das beste Medium für solche Gespräche.«

»Nun ja, er kommt also mit diesem … Ami, und ich verziehe mich.«
»Und wo werden Sie wohnen?«
»Ich ziehe in meine frühere Pension. Es stinkt mir schon, weil ich mich so an meine Privatsphäre gewöhnt habe, und eine Pension ist deprimierend. Außerdem ist da noch das Geld, dieser Besuch wird mich teuer zu stehen kommen. Ich werde Coronas um einen Vorschuss bitten müssen, die Miete, die Pension und die Einladungen …«
»Wie lange bleiben sie denn?«
»Eine Woche.«
Ich griff zu meinem Glas und betrachtete den schillernden, tröstlichen Rotwein. Dann spürte ich ihn prickelnd durch meine Adern fließen. Wein ist das einzige Getränk, das das Gefühl von Freundschaft, von Aufgehobensein, von Zugehörigkeit zur selben Gruppe oder zur selben Spezies, zum selben Herzen, verstärkt. Hochprozentiger Alkohol macht spontanes Empfinden zunichte. Wein nicht. Wein gleicht die Seelen rhythmisch aneinander an, er verbindet sie.
»Warum kommen Sie nicht zu mir, Garzón?«
Er hob den Kopf und heftete seine runden Augen auf mich. In einer einzigen Sekunde konnte ich darin seine Überraschung, seine Freude und seine Dankbarkeit lesen.
»Das kann ich nicht, Inspectora, aber ich danke Ihnen aufrichtig für das Angebot.«
»Warum können Sie das nicht?«
»Weil es nicht richtig ist, irgendwie unschicklich. Sie sind meine Vorgesetzte und darüber hinaus eine Frau.«
»Haben Sie die zweifelhafte Absicht, über mich herzufallen, wenn Sie mich im Nachthemd sehen?«
»Mein Gott, Sie sagen aber auch Sachen, Inspectora!«
»Dann sehe ich keinen Grund, warum Sie mein Angebot

nicht annehmen können. Sie sparen Geld, Sie werden Ihre Ruhe haben und gut vor Ihrem Sohn dastehen. Sagen Sie ihm, Sie zögen zu mir, um intensiver und konzentrierter an dem Fall zu arbeiten.«

»Aber Sie sind so unabhängig, ich werde Sie stören.«

»Es ist doch nur eine Woche. Mein Haus ist zweistöckig, wie Sie wissen. Unten gibt es ein Gästezimmer mit Bad, ich schlafe oben. Ich werde gar nicht merken, dass Sie da sind.«

»Aber ich ...«

»Es reicht, ich werde Sie nicht auf den Knien darum bitten!«

»Ist ja gut, Inspectora, einverstanden, ich ziehe zu Ihnen. Sollten Sie Ihre Meinung ändern, Sie wissen ja ...«

Ich bemühte mich, seinen komplizierten Sinn für Höflichkeit abzuschwächen. Jetzt war es abgemacht, manche fahren als Freiwillige einer Menschenrechtsorganisation in ein armes Land, um die Bevölkerung zu impfen, und ich brachte eine Woche lang meinen Untergebenen bei mir unter. Etwas musste man tun in einer Welt, in der die Walfische vom Aussterben bedroht sind. Zum Abschied küsste er mich so schmatzend auf beide Wangen, dass es ganz Barcelona hören konnte. Ich hoffte, dass das nicht zu einem seiner Gute-Nacht-Rituale gehörte.

Ich parkte direkt vor meinem Haus. Die Nacht war feucht und schwarz. Poblenou war wie ausgestorben. Ich ging rasch zur Tür, mir war kalt, und ich wollte endlich heim. Als ich den Schlüssel ins Schloss steckte, spürte ich eine Hand auf meiner Schulter. Ich reagierte, wie ich es für solche Gelegenheiten gelernt hatte: Ich zog meine Pistole aus der Tasche, drehte mich um und schubste den Mann hinter mir an die Wand, drückte ihm den Lauf auf die Brust und hielt ihn mit meinem Körper in Schach. Ricards Augen schimmerten überrascht in der Dunkelheit.

»Petra, was tust du?«

Mein Herz klopfte mir bis zum Hals, ich konnte kaum atmen.

»Aber Petra, ich habe auf dich gewartet. Ich wollte dich nur überraschen.«

Ich drehte mich wortlos um, schloss die Tür auf und forderte ihn mit einer Kopfbewegung zum Eintreten auf. Dann schaltete ich das Licht an, zog den Mantel aus und warf meine Tasche auf das Sofa.

»Hör mir gut zu, Ricard, damit du es ein für alle Mal begreifst. Diese Art Überraschungen macht man einer Polizistin nicht, man schickt ihr auch keine Blumen ins Kommissariat. Eine Polizistin ist kein normaler Mensch, verstehst du? Sie mag so wirken, ist es aber nicht. Hast du verstanden?«

»Ja«, antwortete er ernst.

Dann drehte er sich um und wollte gehen. Ich hielt ihn am Arm fest.

»Geh nicht, verzeih mir. Tut mir Leid. Ich habe mich erschrocken, das ist alles. Andererseits eine ganz normale Reaktion, oder darf ich mich etwa nicht erschrecken?«

»Du hast gerade gesagt, dass eine Polizistin kein normaler Mensch ist.«

»Na ja, wenn es sich um Angst handelt, ist sie schon normal. Geh nicht, ich freue mich, dich zu sehen, ehrlich.«

»Du hast eine merkwürdige Art, das zu zeigen.«

»Ich habe noch etwas Besseres.«

Ich ging zu ihm und küsste ihn auf den Mund. Er roch gut, nach Medizin und Zigaretten, nach Mann, nach Haut, nach

Leidenschaft. Wir ließen uns auf das Sofa fallen, und er flüsterte verzweifelt:
»Petra, ich musste dich sehen, ich brauche dich, ich wollte dich neben mir spüren, dich sehen, anfassen, riechen, ich konnte nicht mehr ...«
Sein Atem und seine Worte machten mich verrückt, und zum zweiten Mal in dieser Nacht bedrängte ich ihn mit meinem Körper. Dann zog er mich die Treppe hinauf, wir erklommen sie Stufe für Stufe, wobei wir uns gegenseitig die Seele aus dem Leib küssten. Das Bett war der dringlichste Ort der Welt. Wir rissen uns die Kleider vom Leib, als würden sie brennen. Keine Sekunde länger, keinen Augenblick länger ohne ihn, er war mein einziger Gedanke. Der Augenblick war kurz, und ich nahm ihn endlich in mir auf wie die Erde den lang ersehnten Regen.
Um fünf Uhr morgens, nachdem wir gerungen und geschlafen und wieder gerungen hatten, fragte er mich leise:
»Soll ich bleiben oder gehen?«
Nur der verdammte Wille, meinen Prinzipien treu zu bleiben, ließ mich sagen, er solle gehen. Er war nicht böse. Ich sah, wie er sich im Halbdunkel anzog. Er warf mir eine Kusshand zu und sagte lächelnd:
»Adiós, Inspectora.«

Am nächsten Morgen sah mich Garzón neugierig an, als ich ihm sagte, dass ich müde sei. Er meinte wohl, unser gemeinsames Abendessen könne nicht der Grund dafür sein, dass ich mich schon frühmorgens mit mehreren Litern Kaffee zu wecken versuchte. Als Yolanda eintraf, hatte ich bereits vier Tassen getrunken. Ich betrachtete sie neiderfüllt. Sie war frisch und strahlte, als wäre sie gerade neugeboren. Vielleicht hatte auch sie eine Liebesnacht mit ihrem Freund verbracht, aber in ihrem Alter erholte man sich eben schneller. Ich fragte mich, ob es angebracht war, einen so stürmischen Geliebten zu haben, ob mir nicht eher eine liebevolle, gemäßigte und sogar keusche Freundschaft besser bekäme. Aber nicht ich hatte dieser Beziehung so viel Leidenschaft und Dringlichkeit eingehaucht. Ricard wirkte nicht wie ein gemäßigter Typ, der für Kontrolle empfänglich war. Das kleine Chaos, das er hinterließ, machte es mir unmöglich, ein ernsthaftes Gespräch darüber zu führen, wie sich unsere Treffen organisieren ließen. Der Gedanke erschreckte mich, denn ich spiele nicht gerne Spiele, deren Regeln ich vorher nicht abgesprochen habe. Mit größter Mühe holte ich mich auf den Boden der Tatsachen zurück, denn ich merkte, dass Yolanda schon eine ganze Weile auf mich einredete. Ich hatte keine Ahnung, wovon sie sprach, aber es schien wichtig, denn ab und zu las sie etwas von einem Blatt vor, das sie in der Hand hielt. Wie heißt es doch so zutreffend: Liebesgeschichten halten die Krieger vom Krieg ab. Das ist sogar Marc Anton passiert, der noch nicht mal ein einfacher Polizist, sondern ein Kaiser gewesen war. Ich versuchte mich zu konzentrieren.

»Perfekt, es wird besser sein, wenn du uns eine Zusammenfassung gibst, wo wir anfangen sollen.«

»Wo Sie wollen, die städtischen Suppenküchen sind ganz in der Nähe. Dann können wir mit der Caritas beginnen, wenn es Ihnen recht ist.«

»Also los, fahren wir zur Caritas.«

Ich glaube nicht, dass mein vorgetäuschter Enthusiasmus mein kleines Team überzeugte, aber zumindest brachte er uns in Bewegung. Unsere aktive Polizistin redete den ganzen Weg über ununterbrochen über die Probleme jeder Zone, durch die wir fuhren. Mir bekam ihr Schwatzen gut, ich konnte meinen Gedanken nachhängen, mir die feurigsten Momente der vergangenen Nacht in Erinnerung rufen. Trotzdem entging mir nicht, wie Garzón verhalten schnaubte. Schlecht für ihn, nachdem ich ihm versprochen hatte, ihn bei mir einzuquartieren, hatte ich ihn in der Hand, ich war davon überzeugt, dass er mich nicht mit seinen Maulereien nerven würde.

Und wieder drehten wir die höllische Runde durch diese desolaten Orte. Wir suchten zwei Suppenküchen auf, ohne jedes Resultat, aber in der dritten geschah etwas. Es war Zeit fürs Mittagessen, die Tische waren gedeckt, und die Frauen und Männer strömten gerade herein. Ich betrachtete mit einem seltsamen Gefühl die schmucklosen Tische, die metallenen Wasserkrüge, jeder in einer anderen Farbe, die Brotstücke in den Brotkörben. Es roch nach Suppe und Kaffee, ein vertrauter Geruch, der mich an meine Schulzeit erinnerte. Die neue Zeit war hier noch nicht angekommen. Garzón und Yolanda zeigten den Tischgästen nacheinander das Foto, und ich redete aus Höflichkeit mit der zuständigen Sozialarbeiterin. Plötzlich kam der Subinspector mit freudig erregtem Gesicht auf mich zu.

»Inspectora, kommen Sie bitte einen Augenblick her. Dort sitzt jemand, der unseren Mann auf dem Foto wieder erkannt hat.«

Die Sozialarbeiterin fragte, wer es sei, und Garzón zeigte auf ein älteres Männlein, das uns lächelnd ansah. Die Frau verzog das Gesicht.

»Ach Anselmo! Der ist immer hier. Er säuft wie ein Kosak und ist völlig übergeschnappt. Ich weiß nicht, ob Sie seinen Worten trauen können. Wie auch immer, bitte befragen Sie ihn nicht hier, kommen Sie mit in mein Büro.«

Anselmo hatte einen einleuchtenden Einwand.
»Ich will jetzt aber essen. Wenn ich mit Ihnen rede, verpasse ich das Mittagessen. Außerdem will ich nicht ins Büro der Direktorin. Da geht man nur rein, wenn es Krach gibt.«
»Und wenn wir Sie zum Mittagessen einladen?«
»Mit Bier und Kaffee und mit Schnaps hinterher?«
»Selbstverständlich.«
»Das klingt schon viel besser.«
Als er aufstand, sah ich ihn mir genau an. Er war klein und hager und trug einen abgewetzten Anorak, Cordhosen und Turnschuhe. Seine kleinen Augen blickten spitzbübisch und heiter, seine großen Ohren standen weit ab. Er wirkte wie eine schlaue Labormaus, die immer den Ausgang fand. Wir brachten ihn in ein nahe gelegenes Lokal, wo Mittagstisch angeboten wurde. Ich glaubte, es sei wichtig, dass er sich wohl fühlte und Vertrauen fasste, bevor wir anfingen, ihn zu befragen. Er bestellte das Essen. Ich hatte erwartet, dass er sich wie in alten Geschichten über Arme auf das Essen stürzen und es verschlingen würde, aber er stocherte nur lustlos darin herum und ließ den Teller fast unberührt, die typische Appetitlosigkeit des Alkoholikers. Beim Bierverzehr war das anders. Das erste Glas trank er in einem Zug, und sein Gesichtsausdruck veränderte sich, es bekam einen Anflug von Lebendigkeit. Zufrieden lächelte er uns mit seinem zahnlosen Mund an.
»Ah, wie gut. In diesen verdammten Suppenküchen geben sie einem nur Wasser zu trinken. Hat man so was schon gesehen? Ein Mann braucht ein bisschen Sprit, besonders im Winter. Später gehst du raus und musst deinem Körper natürlich was geben. Aber wenn man mir ein Gläschen Wein oder ein Bierchen zum Essen reicht, brauche ich den

ganzen Tag über keinen Tropfen mehr. Kann ich noch eins haben?«

Ich nickte, aber mir war klar, dass sein Körper an Alkohol gewöhnt war und er auch mit ein paar Bieren betrunken wurde. Wir mussten ihn schnell befragen.

»Anselmo, wie heißt der Mann auf dem Foto, wer war er, wo lebte er? Erzählen Sie uns alles, was Sie über ihn wissen, selbst die kleinste Kleinigkeit.«

»Das ist Tomás der Weise. Armes Schwein! Ich dachte mir schon, dass er tot ist, weil ich ihn seit Tagen nicht mehr gesehen habe. Aber ich finde es schlecht, dass er ermordet wurde, verstehen Sie, denn ich bin ein Mann der Ordnung.«

»Tomás der Weise?«

»Er wurde so genannt, weil er klug war, ein sehr gebildeter Mann, der mathematische Aufgaben lösen konnte, er konnte sogar Latein.«

»Wo wohnte er?«

»Hier und da.«

»Wo haben Sie ihn gesehen?«

»Wir haben einmal am selben Ort übernachtet, ich erinnere mich aber nicht mehr, wo.«

»Wie, Sie erinnern sich nicht mehr? Treffen Sie sich nicht mehr oder weniger immer am selben Ort?«

»Doch, wir trafen uns immer auf einem Gelände im Viertel La Sagrera. Hören Sie, dieses Bier kommt ja nie.«

Wir fragten beim Kellner nach. Ich beobachtete, wie dem armen Mann die Hände zitterten. Er stürzte das Bier hinunter, als wäre es seine Rettung. Dann konnte er weiterreden.

»Das Einzige, um das ich in diesem Leben bitte, ich meine, wenn mir jemand sagen würde ›Wünsch Dir, was Du willst!‹, dann würde ich um eine Schiffsladung Reis bitten.«

Wir drei sahen uns verständnislos an. Garzón fragte mit dem Blick, ob er sich einmischen könnte.

»Also noch mal, Anselmo, wir waren bei Tomás dem Weisen, dem armen Mann, der ermordet wurde. Du musst uns helfen, damit wir den finden, der ihn umgebracht hat, und deshalb musst du alles erzählen, alles was du über ihn weißt.«

»Tomás der Weise hat mir was geschenkt. Er war ein Mann, der gerne schenkte. Und er hat mich auch ab und zu auf ein Bier eingeladen.«

»Hatte er Geld?«

»Er trug neue Stiefel, aber er hat mir gesagt, dass ihm das Geld egal sei, weil Geld nicht glücklich mache. Meine Mutter, auch wenn Sie es mir nicht glauben, konnte sehr gut kegeln und spielte immer in einer Kegelbahn in Barcelona, die sehr fein war, sie war sogar mal Kegelmeisterin von Frankreich. Nicht von Spanien, Frankreich!«

Er sah uns stolz und mit erhobenem Zeigefinger an, seine Augen funkelten spöttisch.

»Tomás, wir reden von Tomás.«

»Tomás war ein Weiser wie der König, der Alfons der Weise hieß, und eines Tages wollten sie ihm die Stiefel klauen, und er sagte: ›Lass sie, denn sie wissen nicht, was sie tun.‹ Das hat auch Jesus Christus gesagt. Jesus Christus habe ich einmal mit eigenen Augen gesehen, er trug ein gelbes Gewand und hatte lockiges Haar und …«

Unmöglich, dass er so schnell betrunken war. Dieser zusammenhanglose, wirre Stil war wohl seine übliche Art zu reden. Garzón versuchte es noch einmal.

»Hat sich Tomás mit jemandem getroffen, mit Männern, die ihn abgeholt haben?«

»Ein Freund von mir hat sich ein Badezimmer für sich allein gebaut, mit Wasserhähnen in Form von Schlangen.«

Er entfernte sich immer weiter von unserem Thema und wirkte völlig abwesend in seinem zunehmend halluzinatorischen Gerede. Ich dachte, wenn wir ihn eine Weile weiterreden ließen, würde er vielleicht erwähnen, was uns interessierte.
»Ach, wie interessant! Ein Freund, der so was Schwieriges bauen kann?«
»Ich werde Ihnen zeigen, was mir Tomás der Weise geschenkt hat. Ich habe es bei mir.«
Wir warteten schweigend und mit angehaltenem Atem, während der Alte in seinem Rucksack wühlte. Er holte absurde Dinge heraus und legte sie auf den Tisch: eine Muschel, ein Nadelkissen, bunte Knöpfe … Ich begann schon zu glauben, dass wir wieder einmal unsere Zeit verschwendeten, aber plötzlich fuchtelte er mit einem zusammengefalteten Zettel herum, den er seinem Aussehen nach schon lange in dem Rucksack herumschleppte. Er faltete ihn sorgsam auseinander und hielt ihn mir hin. Darauf stand eine Rechenaufgabe, per Hand geschrieben, vielleicht eine Gleichung, ich konnte es mit meinen geringen Mathematikkenntnissen nicht genau sagen.
»Schauen Sie, wie wunderbar. Das konnte Tomás, und eines Tages sagte er zu mir: ›Das ist ein wenig Weisheit, die ich dir schenke, denn Wissen ist das Wichtigste auf der Welt.‹ Wie finden Sie das?«
Ich wusste nicht, was ich davon halten sollte. Das waren zweifelsohne die Zahlen eines gebildeten Menschen. Ich sah Garzón an. Der Subinspector griff nach dem Arm des Mannes.
»Hör zu, Anselmo, jetzt wirst du uns dort hinführen, wo Tomás lebte. Wir nehmen dich im Auto mit, einverstanden?«

»Und was kriege ich dafür? Eine Schiffsladung Reis?«
»Noch ein Bier, wir spendieren dir noch ein Bier, und du leihst uns ein Weilchen diesen Zettel.«
»Gut, ich kann einen Handel schließen, und wenn mich jemand fragt ›Wie geht's dir?‹, lüge ich nie, denn wenn ich an dem Tag schlecht drauf bin, sage ich es auch. Ich bin ein Mann, der sein Wort hält. Ich möchte, dass mich dieses Mädchen nach Hause begleitet, denn dieses Mädchen ist wie eine wunderschöne Tochter, die manche Leute haben und von der sie zu Hause Fotos aufstellen.«
Er zeigte auf Yolanda, und dann ergriff er sie am Arm, offensichtlich ziemlich heftig. Ich schaute, ob sie erschrocken reagierte oder es ihr ungemütlich wurde, aber ich sah, dass sie die Situation gut beherrschte, man merkte, dass sie Erfahrung im Umgang mit Pennern hatte. Sie klopfte dem Mann herzlich auf die Hand.
»Natürlich begleite ich dich wie eine richtige Tochter, und du kannst auch ein Foto von mir aufstellen, wenn du willst.«
Ich ging zur Theke, um zu zahlen, und bat Garzón, mich zu begleiten, um unsere Eindrücke auszutauschen.
»Was halten Sie von dem Typen?«
»Verdammt, Inspectora, der ist wie ein Mondkalb! Glauben Sie, dass wir tatsächlich etwas aus diesem Kauderwelsch herausfiltern können?«
»Ja, es klingt, als wäre das eine oder andere wahr.«
»Kann sein, kann aber auch nicht sein.«
»Und der Zettel, was halten Sie von dem Zettel? Ich würde sagen, das ist wirklich eine Rechenaufgabe, bin mir aber nicht sicher.«
»Im Kommissariat wird es schon jemand wissen. Trotzdem, zu welchem Schluss führt uns das alles?«

»Wir können daraus schließen, dass Tomás der Weise etwas von Mathematik verstand.«

»Eine eher unbedeutende Schlussfolgerung. Wer ist Tomás der Weise?«

»Tomás ist kein allzu geläufiger Name. Wir müssten noch einmal alle städtischen Krankenhäuser, alle Sozialdienste, einschließlich der Suppenküchen aufsuchen und nach allen Männern mit Namen Tomás fragen.«

Der Subinspector verdrehte die Augen, schluckte übertrieben und sagte mit Märtyrergesicht:

»Ist Ihnen klar, dass Tomás der Weise ein Spitzname sein kann?«

»Ja, und mir ist auch klar, dass sich unser guter Freund Anselmo den ausgedacht haben könnte, aber ich erinnere Sie daran, dass wir nur das haben.«

Er seufzte resigniert, Ermittlungen, bei denen es zunächst notwendig war, eine erschöpfende Anzahl an Daten auszuschließen, machten ihn krank, aber ich wollte nicht das Geringste offen lassen, sodass ich ihm die Hand auf die Schulter legte und dummerweise sagte:

»Nur Mut, Fermín! Sie wissen doch, dass das Leben eines Polizisten gefährlich ist.«

»Gefährlich? Eher ein Scheiß, würde ich sagen. Schauen Sie, da kommt Yolanda mit dem Alten. Der Kerl hört nicht auf zu quatschen, der bringt als Einziger das Mädchen zum Schweigen. Warum schließen Sie ihn nicht auch in die Ermittlungen ein? Dann könnte ich ein Weilchen ausruhen.«

Der arme Mann taumelte beim Gehen. Ich begann langsam zu zweifeln, ob er sich daran erinnern würde, wo er für gewöhnlich wohnte. Das würde ein denkwürdiger Ausflug werden.

Im Auto setzte er sich nach hinten zu Yolanda und redete weiter zusammenhanglos vor sich hin. Dennoch erwähnte er hin und wieder Tomás den Weisen. Yolanda entlockte ihm geschickt den Namen des Ortes, zu dem wir fuhren. Nicht einmal das sagte er deutlich, aber sie konnte es verstehen. Es handelte sich um ein Gelände im Stadtteil La Sagrera, wo halb verfallene Gebäude der Eisenbahngesellschaft RENFE standen.

Und wieder erlebten wir das ungewöhnliche Schauspiel der Außenseiter, die wie wilde Ureinwohner mitten in der Stadt lebten. Als er ausstieg, verhielt sich Anselmo nicht mehr so zögerlich, sondern ging zielstrebig auf ein Gebäude zu. Unter einer Treppe hatte er sein Domizil. Ein Haufen alter Plastiktüten und unförmiger Bündel bildeten seinen Hausrat. Unter den Lumpen kroch ein schwarzer Hund hervor, ein Mischling, der uns bedrohlich anknurrte. Anselmo kraulte ihn am Kopf, und der Hund zeigte sich friedfertig.

»Das ist Tristán, mein Hund. Dank ihm fasst niemand meine Sachen an. An solchen Orten lauert viel Gesindel, wissen Sie? Man kann niemandem trauen, und ich habe hier sehr wertvolle Sachen. Tristán hat immer etwas zu fressen. Ich mache ihm Suppen aus Fleischresten. Manchmal esse ich nur eine Dose Kichererbsen, aber Tristán frisst jeden Tag warm. Tristán geht es gut. Der Hund ist der beste Freund des Menschen. Meine Mutter sagte immer zu mir, dass ein Mensch, der Tiere nicht liebt, von Grund auf schlecht ist, denn wir Menschen sind wie die Tiere Kinder Gottes. Vögel sind keine Kinder Gottes, aber alle anderen schon.«

»Zeigen Sie uns, wo Tomás gelebt hat, Anselmo.«

»Ach, der arme Tomás! Er ist tot, ich habe auf einem Foto

gesehen, dass er tot ist. Er wohnte schon lange nicht mehr hier, aber er hat mich besucht und hat mir schöne Geschenke gemacht.«

»Ja, aber wenn er hier war, wo hat er dann geschlafen?«

»Dort auf der Steinbank.«

Er zeigte auf die Säulen, welche die Vorderfront des Gebäudes schmückten. Die Bank, die er meinte, war leer.

»Sie wissen nicht, wo seine Sachen sein könnten? Vielleicht hat er Ihnen etwas zum Aufbewahren gegeben?«

»Jeder hat seine eigenen Sachen, aber Tomás hat mir Geschenke gemacht. In Frankreich bringt Papa Noël die Geschenke, aber in Spanien bringt sie der Lumpenkönig.«

»Gibt es noch einen Freund von Tomás, jemand, mit dem er gesprochen hat, jemand, der ihn gekannt hat?«

»Freunde sind das Salz des Lebens.«

Er suchte geistesabwesend etwas in seinen Taschen, als wären wir gar nicht mehr da. Garzón flüsterte mir ins Ohr:

»Es ist sinnlos, Inspectora. Sehen Sie nicht, dass er geistig völlig verwirrt ist? Lassen Sie uns noch alle befragen, die wir hier treffen.«

»Fangen Sie und Yolanda schon mal an. Ich bleibe bei ihm.«

Sie zogen ab. Ich hatte noch Hoffnung, dass Anselmo plötzlich einen lichten Moment hätte. Seine Worte waren nicht so zusammenhangslos, dass man meinen konnte, nichts davon würde stimmen. Ich beobachtete ihn, wie er in seinen Sachen herumwühlte. Der Hund trottete zu ihm hin und leckte ihm übers Ohr, aber er war so in seine Aufgabe vertieft, dass er es gar nicht merkte. Mir ging durch den Kopf, dass er glücklich war, ganz in seiner Welt, so geschützt, so weit entfernt von jeglichem Wünschen und Streben. Was er wohl als junger Mann gemacht hatte, ob er je verheiratet gewesen war, ob er einmal zur normalen Welt

gehört hatte? Plötzlich lächelte er triumphierend, hielt eine Metallschachtel hoch und rief:
»Ja, jetzt habe ich es gefunden. Schauen Sie, schauen Sie nur, wie wunderbar.«
Er öffnete die Schachtel und zeigte mir ihren Inhalt. Ich schaute hinein und sah einen Haufen billiger Blechplaketten. Sie wirkten wie Schlüsselanhänger. Anselmo löste einen aus dem Wirrwarr und legte ihn mir ganz vorsichtig in die Hand. Ja, es waren Schlüsselanhänger, hässliche vergoldete Schlüsselanhänger mit Prägung.
»Lesen Sie, lesen Sie, was draufsteht.«
Ich las laut:
»Die Barmherzigkeit ist die Freude der Seele.«
»Schön, nicht wahr?«
»Ja, sehr schön.«
»Das hat mir Tomás auch geschenkt. Er war ein guter Mensch, Tomás, er hat mir immer Geschenke gemacht. Jetzt schenke ich Ihnen einen, weil Sie auch ein guter Mensch sind. Dieses junge Mädchen wäre wie meine Tochter, aber wenn ich geheiratet hätte, wäre meine Frau wie Sie.«
Ich wusste nicht, was ich darauf antworten sollte. Es war ein nettes Kompliment, das mir dieser verrückte Mann machte, der nicht mal einen Ort zum Sterben hatte, aber ich schätzte es.
»Das ist ein sehr schönes Geschenk, Anselmo, ich werde es immer bei mir tragen, vielleicht bringt es mir Glück.«
»Es wird Ihnen das Glück der Engel bringen, Sie werden schon sehen.«
»Wissen Sie, woher Ihr Freund diese wertvollen Schlüsselanhänger hatte?«
»Einen Freund braucht jeder, und einen Hund auch. Und wenn es schlimm steht, eine Kobra. Im Ausland werden die

Frauen braun, wenn sie sich nachts auf die Dächer legen, so nackt, wie ihre Mütter sie zur Welt brachten.«

Ich begriff, dass wir am Ende jeder Verständigung angekommen waren.

»Ich muss gehen, Anselmo, vermutlich können wir Sie immer hier oder in der Suppenküche finden.«

»Hier, denn ich warte darauf, dass ich eines Tages eine Schiffsladung Reis haben werde.«

Ich ließ Anselmo in seinen wirren Gedankengängen zurück, hörte ihn aber beim Weggehen ganz vernünftig sagen:

»Inspectora, finden Sie heraus, wer Tomás umgebracht hat! Diese Männer sind schlecht.«

Ich drehte mich auf dem Absatz um, packte ihn energisch an den Schultern und zwang ihn, mir in die Augen zu schauen.

»Welche Männer, Anselmo? Sie wissen etwas, stimmt's? Sagen Sie es mir, sagen Sie mir, was Sie wissen, und ich schnappe die Mörder von Tomás.«

Die kleinen lebendigen Augen sprangen fast aus den Höhlen. Das Gesicht verlor jeglichen Ausdruck.

»Gehen Sie, ich bin müde, ich will schlafen.«

Es war sinnlos, es war unmöglich, ihn beim Thema zu halten. Ich machte mich auf die Suche nach Garzón und Yolanda. Sie waren nicht sehr zufrieden, als ich sie endlich fand.

»Nichts, Inspectora, entweder sind sie verrückt, oder sie wollen nicht reden.«

»Ich würde sagen, dass einige ihn wieder erkannt haben, aber wie soll man diesen armen Schweinen vermitteln, dass sie zugeben können, ein Mordopfer zu erkennen? Einige haben keine Papiere, um sich in diesem Land aufzuhalten, andere zittern vor Angst, wenn sie nur einen Polizisten sehen. Es gibt keinen Weg, Inspectora, glauben Sie mir.«

Wir stiegen ins Auto, unsere Frustration war schwer zu unterdrücken. Garzón schlug heftig aufs Lenkrad.
»Dieser Fall ist zum Ausflippen! Wir kommen keinen Millimeter weiter. Und das ist auch kein Wunder, wir bewegen uns schließlich nicht unter normalen Menschen, mit diesen Typen zu reden ist wie auf dem Mars zu sein. Was hat Ihnen denn Ihr wunderbarer Spinner erzählt?«
»Dass er gerne mit mir verheiratet wäre. Er hat mir das hier geschenkt, schauen Sie. Er hatte einen ganzen Haufen davon in einer Schachtel. Er sagt, die hätte ihm Tomás der Weise geschenkt. Glauben Sie, das könnte eine Spur sein?«
»Allerhöchstens eine sehr wage, denn wir liegen ständig falsch. Natürlich nicht, Inspectora, ein Schlüsselanhänger, ein Werbemittel in Händen eines Bekloppten ist eine Spur zu nichts.«
»Werbemittel? Es gibt keinerlei Hinweis auf einen Markenartikel.«
»Dann stammt er von einer Wohltätigkeitsorganisation, von einer Tombola, was weiß denn ich! Nichts, was uns weiterhelfen würde.«
»Und trotzdem, dieser Mann ... sagt sinnlose Dinge, aber plötzlich gibt er was von sich, das vernünftig klingt.«
»Der ist völlig ausgeflippt, das ist die einzige Wahrheit.«
Yolanda sagte respektvoll zu Garzón, wobei sie ihm die Hand auf die Schulter legte:
»Entspannen Sie sich, Subinspector, Sie müssen nicht so negativ sein. Uns wird immer gesagt, dass es zu Problemen führt, wenn wir unsere negative Einstellung auf die Arbeit projizieren. Soll ich Ihnen ein wenig den Nacken massieren? Ich habe in meiner Freizeit Massagekurse gemacht, und der Lehrer sagt uns immer ...«

Sie war schon dabei, meinem Kollegen sanft die Schultern zu massieren, als der wie ein Tiger auffuhr und schrie:
»Ich will nicht, dass mir jemand den Nacken oder sonst was massiert! Und ich will auch nicht, dass mir jemand was von meiner negativen Haltung erzählt, ich bin sehr stolz auf meine negative Haltung. Aber vor allem will ich nicht, meine Liebe, dass Sie mir erzählen, was Ihr Lehrer gesagt hat, verstanden? Kein Wort mehr!«
Ich sah Yolanda aus dem Augenwinkel an, aber sie zuckte nur erschrocken die Achseln. Ich dachte, dass vielleicht eine höfliche Einlenkung angebracht sei, obwohl ich eigentlich Lust verspürte, laut aufzulachen. Ich beschloss, den Mund zu halten, sollten sie doch alleine klarkommen, endlich galten Garzóns Klagen nicht mir …
In meinem Büro angelangt, stellte ich mich darauf ein, den Bericht über unsere erfolglosen Ermittlungen zu schreiben. Ich holte den Schlüsselanhänger heraus und legte ihn auf den Tisch. Einen Augenblick später trat Fernández Bernal ein und überreichte mir ein paar Unterlagen. Es wunderte mich, dass er sie persönlich vorbeibrachte, begriff aber schnell, warum.
»Ich wusste gar nicht, dass du die Jungfrau Maria so verehrst, Petra. Kürzlich sah ich unseren Wachmann mit einem Rosenstrauß aus deinem Büro kommen und fragte ihn, ob er Hilfe bräuchte. Er sagte mir, dass er ihn in deinem Namen der Gemeinde überbringen sollte.«
Ich sah ihn mit einem kalten Lächeln an.
»Du siehst ja, eine Verehrung wie jede andere.«
»Ja, das sehe ich.«
Mit höhnischem Gesicht nahm er den Schlüsselanhänger und betrachtete ihn.
»Wie kitschig, Petra!«

»Ist ein Geschenk.«
»Den kannst du auch der Jungfrau darbringen, wenn sie ihn denn akzeptiert.«
»Fernández, wolltest du was von mir?«
»Nein, nein, ich gehe schon. Bis später, liebe Kollegin.«
Als er endlich verschwunden war, schnaubte ich erleichtert auf. Hatte der Typ was gegen mich? Und wenn ja, wieso? Nur, weil ich war, wie ich war? Wie sollte man mit der Ablehnung, die man in anderen hervorrief, umgehen, wenn man überhaupt nichts davon ahnte? Diese Art Problem hätte mir gleichgültig sein sollen, aber dem war leider nicht so, es störte mich, es bewirkte eine leichte Paranoia in mir. Brauchte ich einen Psychiater? Ja, ich brauchte einen, wenn auch aus anderen Gründen. Ich wählte Ricards Nummer.
»Petra, was für eine Überraschung, endlich rufst du mich mal an.«
»Ich musste unbedingt mit einem freundlichen Menschen sprechen.«
»Ist was schief gelaufen?«
»Dienstsache. Du weißt ja, dass die Arbeit nicht immer so zufrieden stellend verläuft, wie man das möchte. Und trotzdem rufe ich dich aus beruflichen Gründen an.«
»Du hast es verdorben!«
»Wieso?«
»Weil ich dachte, dass du mit mir zu Abend essen möchtest.«
»Das eine schließt das andere nicht aus.«
»Kann ich dann nach dem Essen auch mit zu dir kommen?«
»Ja, Ricard, einverstanden, aber du weißt ja . . .«
»Ich weiß, ich weiß. Wenn der Moment gekommen ist,

nimmt Aschenputtel ihren Schuh und geht dahin, wo sie hergekommen ist. Okay?«

»Willst du nicht wissen, wofür ich deine berufliche Hilfe brauche?«

»Natürlich will ich das, aber vorher wollte ich meine Befürchtungen aus der Welt schaffen. Jetzt bin ich schon viel konzentrierter. Leg los, du bist nicht umsonst eine Vertreterin des Gesetzes, immer zu Diensten der Gesellschaft. Erzittert, ihr Verbrecher!«

So wie sich mein Tag gestaltet hatte, wusste ich nicht, ob ich den Scherz witzig finden sollte oder nicht.

Fünf

Anselmo in Ricards Praxis zu locken war einfacher, als ich geglaubt hatte. Ihm ein paar Bierchen zu versprechen wirkte Wunder. Ich fand es zwar moralisch ausgesprochen schäbig, jemanden mit einem Essen und ein wenig Alkohol zu bestechen, aber das war nicht der Moment für Skrupel, schließlich hatte ich schon Schlimmeres getan, und was ich in der Zukunft noch alles tun könnte, wollte ich gar nicht wissen.

Auf der Fahrt zum Klinikum war er so in seinen verwirrten Gedanken verstrickt, dass mir Zweifel kamen, ob dieser Termin etwas bringen würde. Trotzdem fand ich es wichtig, dass Ricard mit ihm sprach. Wenn jemand herausfinden konnte, ob das, was dieser Mann erzählte, ernst zu nehmen war, dann ein Fachmann. Schließlich hatte Anselmo als Einziger zugegeben, Tomás den Weisen zu kennen. Ich konnte ihn nicht einfach so ziehen lassen.

Ricard erwartete uns in seinem chaotischen Büro. So ganz offiziell im weißen Kittel fand ich ihn sehr attraktiv. Die Aschenbecher quollen über, und die Bücherstapel und Papiere schienen seit dem letzten Mal noch gewachsen zu sein. Mir ging durch den Kopf, dass Anselmo sich zu Hause fühlen musste in diesem Chaos. Ich irrte mich nicht, als er sich an den Tisch setzte, verlangte er unverblümt ein Bier. Ich erklärte ihm, dass wir später essen gehen würden, und zum Glück gab er sich damit zufrieden. Ricard legte uns seinen Plan dar.

»Zuerst unterhalten Anselmo und ich uns alleine, und dann kommt die Inspectora herein und stellt ihre Fragen. Einverstanden?«

Er zeigte keinerlei Reaktion, er lächelte nur einfältig und rieb sich mehrmals die Augen. Ich verließ den Raum und setzte mich zum Warten in den Flur. Die aufmerksame Krankenschwester vom letzten Mal brachte mir eine Frauenzeitschrift zur Unterhaltung.

»Wir legen keine Zeitschriften für das Publikum aus, weil die Leute sie sofort zerfleddern. Hier kommen so viele Leute vorbei. Das ist meine eigene.«

»Vielen Dank.«

»Ist doch klar! Wenn es sich um die Freundin von unserem Doctor …«

»Verzeihung, ich glaube, das ist ein Irrtum. Ich bin Polizistin.«

»Ja, ich weiß.«

»Hat Ihnen der Doctor gesagt, ich sei seine Freundin?«

»Er hat gesagt, ich soll sie freundlich behandeln und mir dann zugezwinkert.«

»Na, dann fassen Sie das als Scherz auf.«

Sie nickte lächelnd, allerdings schien sie nicht sehr überzeugt zu sein, und kehrte an ihren Arbeitsplatz zurück, während in mir plötzlich Zorn auf Ricard hochstieg. Dieser Typ war ein bedauerlicher Exhibitionist, und dazu indiskret. Das war eine gute Gelegenheit herauszufinden, wie weit seine Unverschämtheit ging. Ich ging auf die Schwester zu.

»Kann ich Sie was fragen?«

»Ja, natürlich, wieso nicht?«

»Hat der Doctor viele Freundinnen?«
»Na ja, ich weiß nicht, ob ich …«
»Unter uns Frauen können Sie es mir ruhig sagen.«
Sie senkte die Stimme und bemühte sich um Vertraulichkeit. Dann sah sie mich amüsiert an.
»Ich kann Ihnen nicht sagen, wie viele Freundinnen der Doctor hatte, aber dass Frauen ihn mögen, das kann ich Ihnen sagen. Es ist komisch, nicht wahr? Ich glaube, mit seiner zerstreuten und schlampigen Art lässt er uns alle glauben, dass wir uns um ihn kümmern müssen.«
»Er weckt unseren Mutterinstinkt.«
»Genau! Sie wirken auch wie eine Psychiaterin. Ich weiß, dass mehr als eine Ärztin wegen ihm den Kopf verloren hat, aber was erzähle ich Ihnen! Dann heißt es noch, er sei ein Weiberheld, aber eigentlich sind es die Frauen, die hinter ihm her sind.«
»Verstehe.«
»Aber ich habe ihn noch nie mit so viel Begeisterung für eine Frau erlebt wie für Sie. Also, meine Liebe, lassen Sie ihn nicht entwischen.«
Jetzt war sie es, die mir verschwörerisch zuzwinkerte. Es war sinnlos, eine engere Beziehung zu leugnen. Ich setzte mich wieder, versteckte mich hinter der Zeitschrift und machte dabei geistige Übungen, um meine Empörung zu bekämpfen.
Eine Stunde später ging die Tür auf und dieser Schmalspur-Casanova im Kittel bat mich herein. Ich schloss die Augen und zwang mich, daran zu denken, dass ich arbeitete, dabei durfte mich nichts Persönliches beeinflussen. Ich sah Ricard unverbindlich an. Er wirkte nicht sonderlich zufrieden, machte ein zögerliches Zeichen, das ich als Fehlen konkreter Ergebnisse interpretierte.

»Also, Petra, Anselmo ist bereit, deine Fragen zu beantworten.«

»Ich habe sie ihm eigentlich schon gestellt, nicht wahr, Anselmo? Aber heute erinnern Sie sich vielleicht besser. Also noch einmal, Sie sagten mir, dass Tomás einmal mit Männern gesprochen hätte. Wer waren sie, woher kamen sie? Erinnern Sie sich daran, wie sie aussahen oder ob er sie mal erwähnt hat?«

»Die Männer waren überall, aber die Frauen auch. Ich bin sehr liberal, ich hoffe, Sie verstehen das, das heißt, ich bin ein Freund von Männern und Frauen.«

Ricard mischte sich ein, stellte sich vor ihn und sagte leise zu ihm:

»Das ist gut, das ist nur gerecht. Tomás war dein Freund, ein Mann, und es gab andere Freunde, die vielleicht nicht gut für ihn waren. Hast du daran gedacht, dass sie ihn vielleicht umgebracht haben?«

»Um glücklich zu sein, brauche ich nur eine Schiffsladung Reis. Das würde mir reichen, aber diesen Monat gibt's wenig Reis.«

»Anselmo, versuchen Sie sich daran zu erinnern, wie der vollständige Name von Tomás dem Weisen lautete. Das würde schon reichen, wirklich, das würde uns sehr helfen.«

»Mich haben sie Anselmo genannt und meinen Bruder Antón, wie der König von Rom. Ich hatte einen Bruder, der ist gestorben, aber den hat niemand umgebracht. Andere schon, sie werfen sich vor den Zug, böse Geschichte, Inspectora. Gehen wir jetzt essen? Ich habe Hunger, ich könnte eine ganze Kuh verschlingen.«

Ich sah Ricard mutlos an, er schüttelte den Kopf, stand auf und öffnete die Tür.

»Warte draußen, Anselmo, die Inspectora und ich müssen etwas besprechen.«
Er gehorchte, und wir blieben allein zurück.
»Du siehst ja, das ist alles, was er sagen kann.«
»Ist er verrückt?«
»Ich weiß nicht, in welchem Maß, aber er ist offensichtlich nicht normal. Vermutlich sind das die Folgeschäden des Alkohols und der gesellschaftlichen Ausgrenzung.«
»Nichts von dem, was er sagt, ist also glaubwürdig.«
»Das würde ich so nicht sagen, du hattest Recht, plötzlich kann er ganz klar sein. Er hat Angst, das ist unübersehbar, denn als du hereingekommen bist, hat er sich verspannt und redete wirrer als zuvor.«
»Verheimlicht er etwas?«
»Wer kann das schon wissen. Wir können noch monatelang so weitermachen mit ihm, ohne etwas herauszufinden.«
»Ich frage mich, ob er wenigstens die wahre Identität des Opfers kannte.«
»Das ist schwer zu erfahren.«
»Na schön, dann muss ich es lassen. Wir können unsere Zeit nicht mit einem armen Irren verschwenden. Ich gehe jetzt.«
»Wir sehen uns heute Abend.«
»Ich glaube nicht, dass das eine gute Idee ist.«
»Wie? Warum?«
»Ich habe gerade von deinem großen Erfolg bei Frauen erfahren. Was bin ich, ein weiteres Exemplar einer exotischen Berufsgruppe auf der Liste deiner Geliebten? Ach, und mach das arme Mädchen da draußen nicht gleich zur Schnecke. Ich habe sie zum Reden gebracht. Mit solchen Sachen habe ich Erfahrung, reine Berufskrankheit. Bis dann, es war mir ein Vergnügen.«

Ich verschwand eiligst, ohne ihm Zeit zu einer Reaktion zu lassen. Im Flur schnappte ich Anselmo am Arm und zog ihn leichten Schrittes nach draußen.

»He, was ist los, Inspectora?«

»Wir haben es eilig, es ist schon spät.«

»Wo werden wir essen? Ich habe Hunger.«

Ich holte dreißig Euro aus meiner Tasche und gab sie ihm.

»Ich kann Sie nicht begleiten. Hier haben Sie Geld, zahlen Sie ihr Essen selbst.«

Er starrte auf das Geld.

»Ich weiß aber nicht, ob das reicht, denn ich wollte zwei Bierchen trinken und danach ...«

Ich holte weitere zehn Euro heraus und legte sie ihm in die Hand.

»Das ist das Einzige, was Sie interessiert, stimmt's, Anselmo? Das verdammte Geld. Dafür sind Sie nicht verrückt genug. Hier, nehmen Sie, guten Appetit.«

Ich drehte mich um und eilte schnellen Schritts davon. Ich war wütend, frustriert, voller Groll gegen die Menschheit im Allgemeinen und die Männer im Besonderen. Er hatte mich also wunderbar gefunden und sich deshalb an mich rangemacht. Klar, wie bei zweihundert anderen Frauen auch. Ich verachtete den typischen Verführer, aber wenn er sich mit allen Wassern der Verführungskunst gewaschen darstellte, galant, mit honigsüßer Stimme, gepflegtem Äußeren und so weiter, gestand ich ihm noch eine gewisse Anerkennung zu. Was ich nicht ertrug, war ein Typ mit nachlässigem Äußeren, schutzlos und kindisch, der damit angibt, der Mädchenschwarm zu sein. Aber jetzt war es genug, ich wollte keinen einzigen Gedanken mehr an diesen eitlen Seelenklempner verschwenden. Es war nett mit ihm gewesen, das war alles. Eigentlich bedauerte ich nur, in meinem Ärger den armen Stadtstreicher als Sündenbock benutzt zu haben, er war nicht bei Verstand und hatte keine Schuld.

Zu Hause fand ich im Kühlschrank ein Steak, das ich am Tag zuvor gekauft hatte. Wunderbar! Ich würde es mit feinen Kräutern zubereiten und eine gute Flasche Wein öffnen. Danach ein wenig lesen, entspannende Hintergrundmusik und anschließend in tiefen Schlaf fallen. Wenn das in den letzten Jahren perfekt funktioniert hatte, warum nicht auch jetzt? Ich bereitete den Salat vor, als das Telefon klingelte. Es war natürlich Ricard.
»Petra, dein Handy ist ausgeschaltet.«
»Weiß ich. Ich habe es selbst ausgeschaltet.«
»Und wenn du aus dienstlichen Gründen dringend erreichbar sein musst?«
»Du brauchst dich nicht um meine beruflichen Angelegenheiten zu kümmern. Dafür und auch für alles andere kann ich prima selber sorgen.«
»Ich sorge mich nur um die Mitbürger. Darf man erfahren, warum du so sauer bist?«
»Ich bin nicht sauer, ich will nur, dass du begreifst, dass es aus ist. Ich will nicht zu deinem Harem gehören.«
»Zu meinem Harem? Aber wovon redest du eigentlich, verdammt noch mal? Aus vier anzüglichen Bemerkungen einer Kollegin ziehst du solche Schlüsse?«
»Ricard, lass es gut sein, ist unwichtig. Wir haben es uns ein paar Tage gut gehen lassen und Schluss.«
»Aber was für ein Typ Frau bist du eigentlich? Ich hätte nicht gedacht, dass ich einen perfekten Lebenslauf vorlegen muss, um mit dir zusammen zu sein. Andererseits hast du mir nicht einmal die geringste Gelegenheit gegeben, mich

dazu zu äußern. Du hast von Anfang an keinen Zweifel daran gelassen, dass das etwas Vorübergehendes ist. Sich ein paarmal miteinander im Bett vergnügen und adiós.«

»Wir waren in der Kennenlernphase.«

»Verdammt! Und wie viele Prüfungen muss man bestehen, bis man zum Schatz durchdringt?«

»Ich lasse meine Lover zumindest nur gegen sich selbst kämpfen, und nicht gegen ein ganzes Heer.«

»Petra, weißt du, wie dein Verhalten in der Psychiatrie genannt wird? Verletzte Eitelkeit und kindische Eifersucht.«

»Eifersucht? Ich und eifersüchtig? Wie kannst du es wagen ... geh zum Teufel!«

»Das ist ordinär.«

»Wir Polizisten sind ordinär, gewalttätig und korrupt, schaust du kein Fernsehen? Adiós, Ricard, ich werde dieses absurde Gespräch jetzt beenden.«

Und dann legte ich auf. War ich noch bei Verstand, hatte ich mich tatsächlich auf diesen Schlagabtausch eingelassen? Ich überraschte mich immer wieder selbst, und in diesem Fall nicht gerade positiv. Verletzte Eitelkeit. Vielleicht. Aber eifersüchtig? So weit musste es kommen! Das Telefon klingelte wieder, ich versuchte mich zusammenzureißen, und räusperte mich vor dem Abnehmen.

»Ja?«

»Petra, wenn du mir nicht zuhören willst und auch nicht zugeben möchtest, dass du eifersüchtig bist ... Wie soll ich mich dann mit dir verständigen?«

»Du brauchst dich nicht mit mir zu verständigen, du wirst mich nicht wiedersehen!«

»Petra!«

Ich legte wieder auf, diesmal unbeherrscht heftig, und atmete dreimal tief durch. Was hatte ich vor diesem Aufstand gerade gemacht? Ich erinnerte mich an das Steak mit den feinen Kräutern und kehrte in die Küche zurück, wobei ich mir selbst gut zuredete. Da klingelte das verdammte Telefon zum dritten Mal. Ich stürzte mich auf den Apparat neben dem Herd und riss den Hörer herunter. Dann schrie ich:

»Ich will ein wenig Ruhe, ist das klar? Nur ein wenig Ruhe zum Erholen. Ich denke, das ist nicht zu viel verlangt.«

Es folgte ein langes Schweigen, und einen Augenblick später vernahm ich eine vertraute Stimme.

»Verdammt, Inspectora, was ist passiert?«

»Entschuldigen Sie, Garzón, das galt nicht Ihnen.«

»Was für ein Glück! Ich glaube Ihnen das mal, haben Sie etwa kein Telefon mit Display, das Ihnen die Nummer des Anrufers anzeigt?«

»Nein, habe ich nicht, ich bin schlecht gelaunt. Rufen Sie aus beruflichen Gründen an?«

»Nein, es ist privat.«

»In dem Fall reden wir besser morgen, wenn es Ihnen nichts ausmacht. Ich sagte ja schon, heute ist nicht mein Tag.«

»Ja, das scheint mir auch so ... Gute Nacht.«

»Adiós.«

Na fein, jetzt hatte ich es mir mit allen verscherzt. Unnötiges Beleidigen eines armen Irren, lautstarke Streiterei mit einem Liebhaber, den ich kaum kannte, sowie unterlassene Hilfeleistung in einer Privatangelegenheit meines Kollegen. Klasse! Was fehlte noch? Einem Hund einen Tritt verpassen, eine alte Frau schubsen, ein Baby anspucken? Ich betrachtete das Stück Fleisch, das geduldig auf dem Brett wartete. Es wirkte wie ein kläglicher blutiger Lappen auf mich, den ich nicht anfassen mochte. Zum Teufel mit den gastronomischen Köstlichkeiten! Ich

würde zum zweiten Teil übergehen: Whisky, Musik und Lektüre auf dem Sofa.
Ich schenkte mir den Whisky ein und legte die Siebte von Beethoven auf. Eine große Symphonie, die mir den erbärmlichen Alltag vergessen half. Ich ließ mich treiben und versuchte mich zu beruhigen. Ob Beethoven ähnliche Schwindel erregende Probleme in seinem Leben gehabt hatte? Ein Mann, der etwas so Erhabenes komponieren konnte wie das, was ich gerade hörte? Hatte er auch mit den alltäglichen Bagatellen wie Geld, sozialen Beziehungen oder Erschöpfung gekämpft? Hatte er seine nicht wieder gutzumachenden Fehler bereut? Hatte er manchmal auch eher zum Glas gegriffen, statt sich ein vernünftiges Abendessen zuzubereiten? War auch egal, er war jedenfalls tot, und ich würde nie etwas komponieren, nicht mal ein lustiges Liedchen für den Karneval. Ich vertiefte mich in die Lektüre. Anfangs musste ich jede Zeile dreimal lesen, um etwas zu begreifen. Dann ging ich zum mechanischen Lesen über. Ich kam voran und schlief ein.
Das Klingeln an der Tür schreckte mich auf. Ich stellte Überlegungen an, wer das sein könnte, kam aber zu keinem Ergebnis. Dann holte ich die Pistole aus der Tasche und ging zur Tür. Vorher sah ich durch den Spion. Es war Ricard. Als er vor mir stand, hob er die Arme.
»Nicht schießen, Inspectora Delicado, bitte nicht schießen.«
»Wenn Sie mir keine Diagnosen stellen, Doctor Crespo, verhalte ich mich auch nicht wie eine Polizistin.«
»Abgemacht.«
Wir lachten auf. Er umarmte mich und ich ihn. Er trat ein, und ich würde lügen, wenn ich behaupten würde, dass wir reden wollten. Wir wussten sehr wohl, was geschehen würde, und machten uns gleich auf den Weg ins Schlafzim-

mer. Trotzdem zog sich Ricard um drei Uhr morgens rücksichtsvoll an und ging. Diesmal protestierte er nicht, und ich war ihm dankbar dafür.

Am nächsten Morgen verließ ich müde das Haus und fuhr schleunigst ins Kommissariat, aber ich war glücklich. Eine Besserung meiner Fehltritte schien möglich. Ich hatte mit Ricard Frieden geschlossen und die unhöflichen Schreiereien vergessen. Ein bisschen später würde ich mich auf die Suche nach Garzón machen, ihn um Verzeihung bitten und fragen, was er mir Persönliches erzählen wollte. Was den unglückseligen Anselmo anbelangte ... diese Wiedergutmachung war schwieriger, ich konnte nur hoffen, dass er genug getrunken hatte, um meinen Mangel an Einfühlungsvermögen zu vergessen. Trotzdem, mein Gott, sollte es dich wirklich geben und du bist wirklich freundlich und großzügig, solltest du mir die Möglichkeit einräumen, diesen Fehltritt auch zu korrigieren. Um zehn Uhr morgens, als ich ganz vertieft einen der mir so verhassten Berichte abfasste, kam einer unserer Streifenpolizisten in mein Büro.

»Inspectora, ein Mann will Sie sprechen.«

Ich muss zugeben, dass ich erschrak, denn es war derselbe Polizist, der den Rosenstrauß entgegengenommen hatte. Einen Augenblick lang dachte ich an einen Überraschungsbesuch meines Liebhabers und fragte daher so beiläufig wie möglich:

»Ach ja? Wer ist es?«

»Er sagt, er heiße Anselmo, was weiß ich, und dass Sie ihn kennen. Aber ich warne Sie, er wirkt wie ein Penner, der um ein Almosen bitten will. Ich meine, ein Obdachloser.«

»Lassen Sie ihn sofort herein.«

War so viel Glück möglich? Er wollte mir bestimmt noch mehr Bierchen abschwatzen, aber heute würde ich ihn in die Kneipe begleiten, auch wenn ich nach der verrückten Nacht keine Lust dazu hatte. Ich würde mit ihm trinken und versuchen, ihn nicht zu demütigen, und ich würde mir geduldig seine Spinnereien von der Schiffsladung Reis anhören. Als sein Gesicht, das mich an das eines mittelalterlichen Bauern erinnerte, im Türrahmen auftauchte, freute ich mich aufrichtig.

»Kommen Sie doch bitte herein, Anselmo! Wie geht's Ihnen?«

»Nun, ich werde Ihnen ganz ehrlich sagen, was ich dachte, als Sie verschwunden waren. Ich dachte: ›Anselmo, du bist verrückt, denn diese Frau ist besser als die Wellen des Meeres, du hast sie verärgert.‹ Weil Sie gedacht haben, dass ich Geld wollte, und mir ist Geld, ich schwöre es beim Gott auf den Wolken, ziemlich egal. Für Geld gehe ich nicht von hier bis zur nächsten Ecke, verstehen Sie? Denn mein Vater, der angeblich ein Notar war, hat mir alles Geld hinterlassen, das ich ausgeben konnte, und ich habe es ausgegeben.«

Ich konnte nicht anders und musste lachen. Ich dachte, er wäre bestimmt erfolgreich, wenn er mit seinen Monologen in einer Show aufträte.

»Ist ja gut, Anselmo, ich bin nicht böse, wirklich nicht. Wenn Sie möchten, gehen wir hier nebenan frühstücken und trinken ein Bier.«

Er reagierte wie ein beleidigter Edelmann.

»Nein, kommt nicht in Frage. Morgens wird nicht getrunken. Wenn Sie es allerdings wie gestern machen … ich meine, ein bisschen Geld zum Essen käme mir sehr gelegen. Wenn ich schon hier bin, um mich zu entschuldigen … Finden Sie nicht auch?«

Ich nickte nachsichtig und holte meine Tasche vom Garderobenständer. Dann holte ich dreißig Euro aus dem Portmonnee und reichte sie ihm.
»Wird das genug sein?«
»Genug? Damit könnte man die gesamte Bettwäsche vom Hospiz kaufen. Damit würde Gott die Welt noch einmal erschaffen.«
»Lassen Sie Gott aus dem Spiel, aber sagen Sie mir eins, ich bin neugierig. Warum sagen Sie ständig, dass Sie mit einer Schiffsladung Reis glücklich wären? Was würden Sie damit machen?«
Sein Gesichtsausdruck verklärte sich, er lächelte selig, als würde ihn ein seltsames Licht erleuchten.
»Ach, Señora Inspectora, wenn Sie wüssten, was ich damit machen würde! Wissen Sie was? Ich würde in den Süden fahren und eine Insel voller wilder Eingeborener suchen, die keine Lust zum Kämpfen haben. Dann würde ich ihnen Paella und Reis mit Speck und schwarzen Reis kochen. Und sie würden ihn essen und wären glücklich, und ich auch, wenn ich ihnen zuschauen würde, und dann würden wir zufrieden und satt die ganze Nacht aufs Meer schauen.«
Manchmal überrumpeln uns unsere Gefühle und spielen mit uns Katz und Maus. Meine Augen füllten sich mit Tränen, und der Knoten im Hals ließ mich nicht reden. Anselmo merkte es und begann, wie von einem elektrischen Schlag getroffen, erschrocken zu gestikulieren.
»Weinen Sie bitte nicht, bitte, weinen Sie nicht. Ich sage Ihnen, was Sie wissen wollen, aber weinen Sie nicht. Er hieß Tomás Calatrava Villalba, und er hat oft bei den Jesuiten in Sarriá gegessen, dort müssten sie mehr über ihn wissen. Ich schwöre Ihnen, mehr weiß ich nicht, Inspectora, wirklich nicht. Aber weinen Sie nicht, bitte, weinen Sie nicht.«

Der Rührung folgte die Verblüffung. Ich sah ihn aufmerksam an und wusste sofort, dass er in dem Augenblick ganz klar war, dass er die Wahrheit sagte. Ich schnappte meine Sachen und lief ohne einen Gruß hinaus. Im Flur wandte ich mich an den Wachmann.

»In meinem Büro sitzt noch der Mann, Domínguez. Lassen Sie ihn nicht gehen.«

Ich suchte Garzón und fand ihn im Gespräch mit Yolanda, die gerade eingetroffen war.

»Los, ich warte im Auto auf Sie beide, fahren wir. Ich berichte Ihnen gleich.«

Yolanda klärte uns darüber auf, dass die Jesuiten, wie jeder andere Orden auch, den Armen ein Sandwich und einen Apfel gaben, wenn sie zu einer bestimmten Zeit an ihrer Tür klopften.

»Aber ich bezweifle sehr, dass die eine Liste führen«, fügte sie hinzu.

»In Ordnung, aber sie könnten ihn gekannt haben, könnten etwas mehr über diesen Typen wissen, seine Anschrift ... Weißt du die genaue Adresse dieses Klosters, Yolanda?«

»Natürlich.«

Sie gab Garzón, der am Steuer saß, präzise und genaue Anweisungen, und wie ich befürchtet hatte, war Garzón anderer Meinung, und sie begannen sich über die unterschiedlichen Wege zu streiten, auf denen man zu unserem Ziel gelangte. Schließlich hatte ich genug.

»Herrschaften, werden Sie sich endlich mal einig! Es geht nicht darum, eine Rallye zu gewinnen, sondern so schnell wie möglich anzukommen.«

Garzón schüttelte in seiner typischen missmutigen Manier den Kopf, und Yolanda sah mich betrübt an. Zu dem Zeitpunkt hatte die Arme schon begriffen, dass es kein

Kinderspiel war, mit der Policía Nacional zusammenzuarbeiten.
Hierarchisch strukturierte Organisationen bieten Vor- und Nachteile bei einer Ermittlung. Der übelste Nachteil ist, dass du immer zuerst einen Vorgesetzten konsultieren musst, bevor du mit jemandem reden kannst. Im Falle des Ordens war es der Prior des Klosters. Der Vorteil wird dann erst deutlich, denn der Oberste auf der Hierarchieebene weiß genau, mit wem du reden musst, wenn seine Gemeinschaft auch nur ein wenig organisiert ist. Bei den Mönchen war es Bruder Antón, der den Bettlern das Vesper ausgab, genau um sechs Uhr. Er war ein sympathisches altes Männlein, dessen Aufgaben offensichtlich nicht so wichtig waren. Er betrachtete entsetzt das Foto und bekreuzigte sich.
»Gott befreie uns von allem Übel. Ist Ihnen aufgefallen, wie geschützt wir hier sind, Inspectora? Gott gewährt uns Mönchen ein einfaches Leben, aber gleichzeitig verhindert er, dass wir so schlimme Dinge sehen.«
Seine Art zu reden erinnerte mich an die des armen Anselmo.
»Erinnern Sie sich an ihn, Vater?«
»Nennen Sie mich bitte ›Bruder‹.«
Als alles seine Ordnung hatte, nickte er.
»Natürlich erkenne ich ihn, Inspectora, natürlich. Er kam fast jeden Nachmittag zum Vesper. Und das Merkwürdigste war, dass es ihm egal war, ob er etwas aß oder nicht. Manchmal vergaß er sogar seinen Beutel. Ich glaube, er kam eher, um mit Bruder Salvador zu plaudern.«
»Wer ist Bruder Salvador?«
»Er arbeitet in der Bibliothek.«
»Könnten Sie ihn rufen? Wir würden gerne mit ihm sprechen.«

»Dazu brauche ich die Erlaubnis des Priors.«

»Na schön, Sie wissen schon am besten, wie Sie da vorzugehen haben.«

»Warten Sie, ich bin gleich zurück.«

Er ging mit hastigen Schritten wie eine Maus davon. Yolanda betrachtete die nackten Wände des Raumes, in dem wir uns befanden. Es war kalt.

»Muss eine Strafe sein, hier zu leben, nicht wahr?«

»Sie zahlen wenigstens keine Miete«, erwiderte Garzón. Ich schaltete mich ein, bevor sie wieder ihren sinnlosen Streit aufnehmen konnten.

»Es ist viel mehr, als keine Miete zahlen zu müssen. Sie müssen keine Entscheidungen treffen, wissen immer, wie sie sich zu verhalten haben, leiden nicht an Liebeskummer, sie erscheinen nie in einer Arbeitslosenstatistik, und wenn sie alt werden, wissen sie, wer sie versorgt. Ich finde so ein Leben gar nicht schlecht.«

Yolanda zog ein unübersehbar verächtliches Gesicht und sagte unverfroren:

»Ja, aber sie können auch nicht vögeln. Stellen Sie sich das mal vor, wo doch der Sex so toll ist.«

Ich sah, wie Garzóns Kopf heftig herumflog und wie seine Augen sich weiteten. Zum Glück trat in dem Moment ein großer, schlanker Mönch ein und sah uns besorgt an.

»Herrschaften, ich glaube, Sie möchten mit mir sprechen. Ich bin Bruder Salvador.«

»Bruder, ich bin Petra Delicado, Inspectora der Policía Nacional, Sie wissen ja ...«

»Es wurde mir gesagt, ich bin entsetzt, wirklich. Wissen Sie, warum man diesen Mann ermordet hat?«

»Wir wissen weder warum, noch wer es war, deshalb kann uns alles, woran Sie sich erinnern, weiterhelfen.«

»Ich habe manchmal mit ihm geredet. Nicht oft, aber hin und wieder hat er nach mir gefragt. Wir haben uns kennen gelernt, als Bruder Antón krank war und ich ihn vertrat, und ich muss sagen, dass er mich zutiefst beeindruckte.«
»Aus einem bestimmten Grund?«
»Es war keiner der typischen Obdachlosen, die hier vorbeikommen. Er war ein gebildeter, intelligenter Mann. Er hat mir erzählt, dass er Betriebswirtschaft studiert und viele Jahre in einer Firma gearbeitet hat.«
»Welche Firma?«
»Das weiß ich nicht, er hat sie nie genauer beschrieben oder Namen genannt.«
»Hat er Ihnen gesagt, wie er in seine bedauerliche Lage gekommen ist?«
»Einmal erwähnte er, dass ihn seine Frau verlassen hätte. Das hat ihn so umgeworfen, dass er sein normales Leben aufgegeben hat.«
»Was hat er Ihnen noch erzählt?«
»Mein Gott, ich erinnere mich nicht mehr daran. Wir haben über Allgemeines geredet, über das Unglück des Menschen ... Ich hatte immer den Eindruck, dass er besonders gerne mit mir sprach, weil er das auf einem gewissen Niveau tun konnte. Ich kann Ihnen versichern, dass sein Umfeld nicht auf seinem Niveau war. Ich versuchte ihn davon zu überzeugen, seinen Trost in Gott zu suchen, sein Leben wieder in die Hand zu nehmen ... Aber es war sinnlos, er trank zu viel und sagte immer wieder, dass er nicht daran dächte, mit dem Trinken aufzuhören. Komisch war, dass er immer Geld hatte.«
»Wie?«
»Ich hatte immer den Eindruck, dass er dieses Leben führte, weil er es sich aus freien Stücken ausgesucht hatte oder weil

er geistig krank war, obwohl er wie ein vernünftiger Mensch redete. Ab und zu kam er hierher und gab uns Geld, um es unter den Armen zu verteilen.«

»Wie viel Geld?«, fragte der Subinspector, der nicht an sich halten konnte.

»Keine großen Beträge, vierzig-, fünfzigtausend Peseten.«

»Das ist viel Geld für jemanden, der auf der Straße lebt. Hat er Ihnen gesagt, woher es stammt?«

»Nein, ich habe ihn auch nicht danach gefragt. Ich dachte, das seien noch Ersparnisse aus seinem früheren Leben.«

»Glauben Sie, dass Tomás Calatrava Villalba sein wirklicher Name war?«

»Er hat nie einen anderen genannt.«

»Hat er Ihnen gesagt, wo er lebte oder wo er sich zeitweilig aufhielt?«

»Ich meine mich zu erinnern, dass er einmal … Einmal habe ich ihm angeboten, ihn für eine Weile in einer Herberge der Caritas unterzubringen. Er lehnte ab, er wollte lieber auf der Straße leben. Er erwähnte ein leer stehendes Haus, aber nicht, wo das ist.«

»Ein Gebäude in La Sagrera oder vielleicht die Kaserne von Sant Andreu?«

»Es nutzt nichts, ich kann mich nicht erinnern, keiner der beiden Orte sagt mir etwas.«

»Hat er einmal erwähnt, was er macht oder mit welchen Leuten er zu tun hat?«

»Nein, nie. Er war ein sehr zurückhaltender Mann.«

»Würden Sie sagen, er war verrückt?«

»Verrückt? Wer weiß. Ich bin mir nicht mal sicher, was das ist, verrückt.«

»Ich auch nicht, um ehrlich zu sein. Ich lasse Ihnen unsere Telefonnummer hier. Denken Sie nach, und falls Ihnen etwas einfällt, was auch immer, selbst wenn es Ihnen anfangs unwichtig erscheint …«

»Dann rufe ich Sie an, keine Sorge, ich werde anrufen. Werden Sie den Täter schnappen?«

Keiner von uns dreien antwortete. Das Schweigen wurde unerträglich. Schließlich sagte ich:

»Wir werden ihn schnappen, ganz bestimmt.«

Mir schien, dass Yolanda bei meiner Antwort stolz lächelte. Ja, sie war in dem Alter, in dem man an den Chef glaubt, in dem man sich von der Gruppendynamik anstecken lässt. Ich sah Garzón an, der hingegen mit ausdruckslosem Gesicht zur Decke starrte. Als wir das Kloster verließen, erlaubte ich Yolanda, nach Hause zu gehen, und blieb mit meinem Kollegen allein. Er platzte sofort heraus:

»Haben Sie das gehört? Diese Mädchen von heute! Reden einfach so vom Vögeln! Und obendrein an so einem Ort!«

»Ach kommen Sie, Fermín, als würde Ihnen das was ausmachen, wenn man an einem heiligen Ort so redet.«

»Natürlich nicht, Inspectora, aber es schockiert mich, wenn ein junges Mädchen so redet!«

»Sie ist aufgeweckt. Sie haben es nur auf sie abgesehen, und ich verstehe nicht, warum. Zuerst redet sie Ihnen zu viel, nun redet sie nicht mehr zu viel, drückt sich aber schlecht aus. Also, wir wollten sie auch nicht zu unserer Pressesprecherin machen!«

»Sie ist naseweis! Manchmal wirkt es, als leite sie uns.«

»Aha, das männliche Hoheitsgebiet!«

»Wie, was haben Sie gesagt? Mein Gott! Ich kann es nicht glauben, dass Sie dem Ganzen einen feministischen Anstrich geben!«

»Es war eine Äußerung, das mit dem feministischen Anstrich haben Sie gesagt.«

»Nerven Sie mich nicht, Inspectora, ich bitte Sie!«

»Belassen wir es dabei, mir reicht schon, dass Sie ständig mit Yolanda streiten müssen. Was halten Sie davon, wenn wir eine gewisse Professionalität an den Tag legen und von unserem Fall reden?«

»Wie Sie meinen.«

»Was sagen Sie über die Persönlichkeit, die wir an unserem Freund Tomás entdeckt haben?«

»Überraschend. Einem wohltätigen Bettler, der Betriebswirtschaft studiert hat, begegnet man nicht alle Tage. Es schockiert mich, dass er Geld zum Verschenken hatte. Vielleicht war er in etwas Hässliches verwickelt.«

»Das habe ich auch gedacht, obwohl andererseits von einem so ungewöhnlichen Mann alles zu erwarten ist. Was der Mönch gesagt hat, ist gar nicht so abwegig, er könnte noch Ersparnisse gehabt und aus freien Stücken so gelebt haben ...«

Wir waren im Kommissariat angekommen. Bevor ich in meinem Büro verschwand, sagte ich zu Garzón:

»Überprüfen Sie, ob wir eine Akte über das Opfer führen. Ich werde sehen, ob ich etwas mehr aus dem guten Anselmo herauskitzeln kann.«

»Zu Befehl, Inspectora.«

Wie immer, wenn wir ein Geplänkel über den Geschlechterkampf hatten, ließ Garzón heraushängen, dass er mich nur ertrug, weil ich seine Vorgesetzte war. Es war ungeschickt von mir gewesen, das zu provozieren. Ich ging auf die Toilette. Ich musste darüber nachdenken, was ich mit Anselmo machen sollte. Da er so empfindlich auf meine Tränen reagiert hatte, konnte ich noch ein wenig auf die Tränendrüse drücken, um herauszufinden, ob er noch etwas verschwieg. Wenn er allerdings wirklich sensibel war,

dann hätte er in einen Anfall von Aufrichtigkeit alles gesagt, was er wusste. Na schön, ich würde ja sehen.
Zu meiner Überraschung war Anselmo nicht mehr da, wo ich ihn zurückgelassen hatte. Ich suchte den Wachmann, der auf ihn aufpassen sollte. Er stand vor Coronas Büro und kam eiligst auf mich zugelaufen.
»Inspectora, endlich sind Sie zurück! Dieser Mann ist weg.«
»Aber bitte, habe ich Ihnen nicht gesagt, Sie sollen ihn nicht gehen lassen!«
»Ja, aber kurz nachdem Sie weg waren, hat mich der Comisario zu sich gerufen, und als ich zurückkam und Ihr Büro betrat, um diesem Mann zu sagen, er solle im Gang warten, war er verschwunden. Ich habe ihn gesucht, aber er hatte sich davongemacht.«
»Ist egal, war auch nicht so wichtig. Wir wissen ja, wo wir ihn finden können.«
Nun ja, das ist wohl gemeint, wenn die Leute von der geringen Effizienz der Polizei reden. Aber es war auch nicht weiter schlimm, denn ich hatte keine Lust zu weinen und glaubte auch nicht, dass es viel nützen würde.
Ich rief Inspector Sangüesa an.
»Petra, ich bin begeistert von dem Zettelchen mit der Aufgabe, die du mir zu Auflösung geschickt hast.«
»Warum?«
»Ich habe komplexe wirtschaftliche Ermittlungen satt. Das hier war viel einfacher. Es ist eine schlichte Gleichung.«
»Ach ja, und ist sie richtig gelöst?«
»Das ist sie. Ich finde es witzig, dass du das nicht als schlichte Gleichung erkannt hast.«
»Kannst du mal sehen.«
»Ihr Frauen seid schlecht in Mathematik.«
»Mach mich nicht an, Sangüesa.«

Er lachte fröhlich. Ich legte auf. Es schmeckte mir nicht, es mit gleicher Münze heimgezahlt zu bekommen. Vielleicht sollte ich mich bei Garzón entschuldigen, ohne dass es sonderlich auffiel. Ich dem Moment erinnerte ich mich daran, dass ich ihn nicht gefragt hatte, weswegen er mich am Abend zuvor angerufen hatte. Heute Nachmittag würde ich das nachholen, vielleicht diente das ja als Entschuldigung.

Gut, Tomás der Weise hatte seinem Kumpel eine Gleichung geschenkt. Das war das, was er offensichtlich gut konnte. Hätte er gut dichten können, wäre das Geschenk nicht ganz so ungewöhnlich erschienen. Aber Sangüesas Information kam zu spät, jetzt wussten wir schon, welchen beruflichen Werdegang der Tote hatte. Alles war merkwürdig, gut situierte Männer, die ins Abseits geraten und etwas von ihrem Wissen verschenken, Penner, die eine Frau nicht weinen sehen können. Vielleicht bewegten wir uns gar nicht in einer moralisch so degenerierten Welt, man könnte auch denken, dass uns die Obdachlosen zeigten, mit einer gewissen Freiheit zu leben, mit einer Nonchalance, die uns fehlte.

Ich schrieb meinen Bericht über die Ermittlungen des Tages, denn ich hatte festgestellt, dass Coronas bei regelmäßiger Berichterstattung stillhielt und nicht nervte. Während ich das Geschehene darlegte und sah, was wir in dem Fall hatten, wurde mir klar, dass wir trotz des großen Arbeitsaufwands nur sehr langsam vorangekommen waren, und am auffälligsten war, dass wir nie eine Hypothese formuliert hatten. Normalerweise war es andersherum, jedes Indiz, das wir fanden, bot uns eine große Anzahl an Möglichkeiten, sodass wir uns zusammenreißen mussten, um nicht voreilige Schlussfolgerungen zu ziehen und die echten Beweise für sich sprechen zu lassen. Hier nicht, im

Fall Tomás des Weisen hatten wir gerade erst seine Identität festgestellt, und das war auch nicht gerade viel versprechend. Wir konnten weder von Drogen noch von Leidenschaft als Motiv für diese Tat ausgehen, kein traditionelles Motiv. Trotzdem war er nicht so harmlos, um bei unserer anfänglichen Erklärung bleiben zu können, dass ein paar Skins in einem spontanen Anfall von Brutalität einen Obdachlosen aus dem Weg geräumt hatten. Aus Mangel an Verdachtsmomenten hatten wir diese Hypothese nicht einmal für gut befunden. Sie hörte sich an, als sei sie aus einem Lehrbuch entsprungen, sodass sie schlicht unwahrscheinlich wirkte.

Ich war müde, und die Frustration hinterließ ihre Spuren in mir, so dass ich den Computer ausschaltete und mich zum Heimgehen fertig machte. Vorher ging ich noch bei Garzón vorbei, um meinen Freundschaftsdienst einzulösen, aber er war schon weg. Der Wunsch zu schlafen wurde immer dringlicher, und ich beeilte mich, nach Hause zu kommen.

Als ich aus dem Auto stieg, hatte ich das merkwürdige Gefühl, beobachtet zu werden. Ich sah nach rechts und nach links, aber die Straße war leer. Auf dem kurzen Weg zur Haustür hatte ich das Gefühl wieder. Ein innere Freude überkam mich. Mein verrückter Psychiater missachtete meine Vorgaben und würde gleich aus dem Schatten treten. Ich steckte den Schlüssel ins Schloss und spürte tatsächlich eine Hand auf meiner Schulter. Ich drehte mich lächelnd um und spürte gleichzeitig einen heftigen Schlag, der mich niederstreckte. Zwei Gestalten traten auf mich ein, während ich versuchte, mein Gesicht zu schützen. Ich konnte weder aufstehen noch mich wehren, die Schläge prasselten nur so auf mich nieder. Ich spürte, wie meine Kräfte mich verließen, mir war schlecht, aber ich machte einen letzten Versuch, ihre Gesichter zu erkennen. Es war zwecklos, ich konnte nur zwei Silhouetten in Lumpen mit langen Haaren und Mützen auf dem Kopf erkennen. Ich kauerte mich auf dem Boden zusammen und erwartete die erlösende Dunkelheit. Da merkte ich, dass die Schläge aufgehört hatten. Die beiden Gestalten entfernten sich. Unter großen Anstrengungen öffnete ich meine Tasche und holte meine Pistole heraus. Ich zielte, so gut ich konnte, und drückte ab. Ein Schrei. Die beiden Männer rannten weiter, einer von ihnen hinkte nun. Ich sah mich um. Niemand da, ich war allein. Ich hatte einen bitteren Geschmack im Mund, es fiel mir schwer, richtig zu sehen. Ich dachte, ich würde dort sterben und mir schoss die absurde Idee durch den Kopf, dass es schade war, zwei Schritte weiter, und ich hätte in meinem eigenen Haus sterben können und nicht allein in der Nacht wie ein herrenloser Hund.

Sechs

Ich kam auf einer Bahre wieder zu Bewusstsein. Unter dem Krankhaushemd war ich nackt. Ich blickte um mich, es war niemand da. Plötzlich kam eine Krankenschwester herein und bemerkte, dass ich aufgewacht war.

»Na endlich! Wie geht es Ihnen?«

»Gut.«

Meine Stimme war kaum zu vernehmen, mein Mund war trocken.

»Natürlich geht's Ihnen gut, weil wir Ihnen eine Spritze mit Nolotil gegeben haben, aber es wird schon noch wehtun. Man hat Sie grün und blau geschlagen. Erinnern Sie sich?«

»Wo bin ich, was hat man mit mir gemacht? Ich muss sofort los.«

»Nein, Sie müssen noch warten. Sie sind in der Notaufnahme im Hospital del Mar. Ich gebe der Doctora Bescheid, sie wird Ihnen alles erklären. Aber machen Sie sich keine Sorgen, draußen warten schon Ihre Kollegen auf Sie. Wenn die Doctora es ihnen erlaubt, können sie reinkommen.«

»Was für Kollegen, wie heißen sie?«

»Ach, mein Kind, Sie stellen aber auch Fragen! Eben zwei Polizisten wie Sie. Mir wurde nämlich gesagt, dass Sie Polizistin sind. Was für ein Beruf, nicht wahr? Sie sehen ständig Katastrophen.«

»Na ja, Sie sehen auch nicht gerade Liebesfilme.«

Sie lachte, schüttelte den Kopf und streichelte mir mütterlich übers Gesicht. Ich dankte es ihr sehr.

»Sie sehen schon viel besser aus. Wenn Sie Ihr Gesicht bei der Einlieferung gesehen hätten! Ich hole jetzt die Ärztin.«

Ich entspannte mich und sah zum Fenster. Die Sonne schien. Ich erinnerte mich genau an das, was passiert war: die Schläge, die beiden Männer, die wegliefen … Ich musste sofort mit jemanden reden, ich hatte einen Mann angeschossen, was wahrscheinlich noch niemand wusste. Er musste gesucht werden. Ich rutschte unruhig auf der Bahre hin und her und suchte mit dem Blick meine Kleidung, aber sie war nicht da. Da trat eine junge Ärztin ein, die mich anblickte, ohne zu lächeln.

»Hallo, wie fühlen Sie sich?«

»Mit geht's gut. Die Schwester hat mir gesagt, dass meine Kollegen da sind. Ich muss sie sofort sprechen.«

»Ja, können Sie gleich. Möchten Sie gar nicht Ihre Diagnose wissen?«

»Später, jetzt rufen Sie sie bitte herein. Ich bin Polizistin.«

Sie zuckte die Achseln und verschwand mit skeptischem Gesichtsausdruck. Einen Augenblick später tauchten Garzón und Coronas auf. Coronas breitete väterlich die Arme aus.

»Verdammt, Petra, Sie haben uns vielleicht einen Schrecken eingejagt! Wie geht es Ihnen?«

»Comisario, ich habe einen der Männer, die mich überfallen haben, angeschossen, ich glaube ins Bein. Es waren zwei.«

»Wissen wir, wissen wir, keine Sorge. Sie hatten die Pistole noch in der Hand, als man Sie fand. Außerdem haben Sie es ständig vor sich hin gemurmelt. Ein Nachbar hat die Polizei gerufen. Alle Krankenhäuser sind bereits informiert.«

»Und?«

»Im Augenblick noch nichts. Wir haben die Kugel am Bordstein vor Ihrem Haus gefunden. Sie hat ihn wahrscheinlich nur gestreift, kann gut sein, dass er aus Angst gar nicht erst zum Arzt geht. Wir müssen noch ein bisschen warten.«
»Es waren zwei, sie wirkten wie Stadtstreicher.«
»Stadtstreicher?«
»Ich bin mir ziemlich sicher, dass sie Lumpen oder ganz alte Klamotten trugen.«
Garzón, der den Mund bisher noch nicht aufgemacht hatte, fragte schließlich besorgt:
»Ist ja gut, Petra, aber wie geht es Ihnen? Jetzt ist erst mal Ihre Gesundheit wichtig.«
»Lassen Sie den Scheiß. Wissen Sie, womit ich geschlagen wurde?«
»Dafür müsste der Pathologe herkommen und Sie untersuchen.«
»Dann weiß ich nicht, worauf Sie noch warten.«
»Dass Sie entlassen werden, zum Beispiel«, sagte Coronas.
»Comisario, mir geht's gut. Ich habe weder Brüche noch Wunden, ich weiß wirklich nicht, was wir hier noch verloren haben.«
»Ohne ärztliche Genehmigung können Sie das Krankenhaus nicht verlassen.«
»Sagen Sie denen, dass ich gehen muss, dass Sie mich dringend brauchen.«
Er lachte geschmeichelt auf.
»Glauben Sie, meine Autorität reicht so weit?«
»Es wirkt meist so.«
»Das haben Sie nun davon! Ich werde mit der Ärztin sprechen, wenn Sie wirklich in Ordnung sind …«
Er verschwand, und der Subinspector warf mir einen wütenden Blick zu.

»Die Ärztin hat gesagt, dass Sie mindestens vierundzwanzig Stunden unter Beobachtung bleiben müssen. Ich finde es nicht klug, wenn Sie jetzt gehen. Dem Comisario ist das wurscht, mehr noch, er wünscht sich sogar, dass Sie wieder einsatzbereit sind. Aber ich wiederhole, Sie sollten hier bleiben, zumindest noch eine Nacht.«
»Bleiben Sie bei mir und trösten mich wie ein Vater? Denn ich muss Ihnen sagen, ist gar nicht so übel, Waise zu sein.«
»Sie sind wie eine störrische Eselin, Inspectora, wenn man einen Augenblick nicht aufpasst, schlagen Sie aus.«
»Ich bin eine erfahrene Stute. Seien Sie nicht beleidigt.«
»Was meinen Sie, wer hat Sie verprügelt?«
»Ich weiß es nicht, Fermín, aber es fällt mir schwer zu glauben, dass es wirklich Stadtstreicher waren. Sie rannten, als ob sie für die Olympischen Spiele qualifiziert seien, das pflegt man in diesen Kreisen nicht zu finden.«
Coronas kehrte mit einem Lächeln auf den Lippen zurück.
»Alles klar. Die Ärztin sagt, Sie müssten ein Formular unterschreiben, dass Sie auf eigene Verantwortung gehen. Sie verschreibt Ihnen noch ein entzündungshemmendes Mittel.«
»Bestens. Wenn Sie dann so freundlich wären.«
Sie sahen mich mit dümmlichen Gesichtern an.
»Wenn wir so freundlich wären …?«
»Wenn Sie so freundlich wären und hinausgehen. Polizeiliche Kameradschaft heißt nicht, dass Sie mich nackt sehen.«
»Sie sind aber auch direkt, Petra!«, rief Coronas auf dem Weg zur Tür, und Garzón dicht hinter ihm fügte ganz ernst und gut hörbar hinzu:
»Sie wissen gar nicht, wie direkt, Señor.«

Die Gerichtsmedizinerin sah mich mitfühlend an, als sie mir den Verband vom linken Oberschenkel nahm.
»Das muss sehr wehtun, oder?«
»Ich spüre es langsam, ja.«
»Trotzdem freue ich mich, dich zu sehen, Petra, von allen meinen Aufgaben heute ist das die angenehmste.«
»Vielleicht kannst du in den nächsten Tagen auch meine Autopsie machen, wenn ich erst mal alle Tabletten eingenommen habe, die mir das Krankenhaus verschrieben hat.«
Sie lachte auf und richtete eine starke Lampe auf den Bluterguss. Dann untersuchte sie ihn schweigend. Schließlich stieß sie einen Pfiff aus und erklärte mir, ohne aufzusehen:
»Wenn ich mich nicht irre ... nein, ich glaube nicht, ich bin mir eigentlich ziemlich sicher ... ganz sicher.« Sie sah mich an. »Alles ist noch ein wenig geschwollen, aber ich kann dir versichern, dass dieser Bluterguss mit einem Gegenstand mit glatter Oberfläche verursacht wurde. Wenn du genau hinsiehst, erkennst du trotz der Rötung deutlich ein Gebilde, ein Muster.«
»Ein Muster, das zu einer sehr harten Stiefelsohle passt, stimmt's?«
»Ja, das meine ich.«
»Das reicht schon, Silvia, mehr brauche ich nicht.«
Garzón wartete im Flur, die Müdigkeit und die Heizungsluft hatten ihn einnicken lassen.
»Wer hat leichten Zugang zu Ihrem Computer, Fermín?«
»Na, Coronas persönlich kann rein, wenn ich ihm das Passwort sage.«
»Dann werden wir ihn bitten, an Ihren Computer zu gehen und uns per Telefon eine Adresse durchzugeben. So verlieren wir keine Zeit.«
Ein einfacher, direkter Auftrag, der nicht länger als ein paar

Minuten dauern würde. Der Subinspector hatte die Information bereits, als wir in aller Eile das gerichtsmedizinische Institut verließen und gerade ins Auto stiegen. Ich wusste genau, was ich tat.

Ich klingelte und war auch diejenige, die auf die Frage einer Frau mit ›Polizei!‹ antwortete. Als sie öffnete, dachte ich, dass sie die Mutter sein müsste, eine Frau in den Fünfzigern, normales Aussehen … eine typische Hausfrau aus einem Arbeiterviertel. Als wir sie nach Matías Sanpedro fragten, schüttelte sie den Kopf.

»Der ist nicht da. Eigentlich ist er schon da, aber er liegt im Bett, er ist krank. Er hat heute nicht zur Arbeit gehen können.«

»Aha. Er ist am Bein verletzt, nicht wahr?«

In ihren Augen standen Angst, Ablehnung, Zweifel. Sie ging sofort zum Angriff über.

»Hören Sie, mein Junge arbeitet hart und ist krank, wie Sie verstehen werden …«

Ich unterbrach sie so barsch ich konnte, aber ohne die Fassung zu verlieren.

»Señora, es ist sehr ernst. Wenn Sie uns nicht mit ihrem Sohn sprechen lassen, wird es noch schlimmer für ihn. Ihre Entscheidung. Wenn wir erst mit Streifenwagen, Polizisten und dem ganzen Zirkus hier auftauchen, weiß es jeder im Viertel.«

»Mein Sohn hat nichts Schlimmes getan, er hat sich kurz vor Feierabend den Fuß verstaucht.«

Ich setzte einen Fuß in den Flur und ging langsam weiter. Als ich merkte, dass sich die Frau nicht offen widersetzte, ging ich entschlossener. Garzón folgte mir, und die Mutter meines reizenden Skinheads redete ohne Punkt und

Komma. Ich öffnete eine Tür, hinter der elektronische Musik zu hören war, und da lag er mit verbundenem Bein auf dem Bett. Er sah mich eher ängstlich als hasserfüllt an.

»So sieht man sich wieder«, sagte ich.

»Was wollen Sie?«

Die Mutter stürzte ins Zimmer, sie wurde immer nervöser.

»Mati, das sind Polizisten. Ich habe ihnen gesagt, dass du einen Unfall hattest, ich habe ihnen …«

»Geh schon, Mama, ist nichts weiter.«

»Aber sie haben gesagt …«

»Raus!«

Ich sah, wie Garzón alle seine Bewegungen aufmerksam verfolgte, falls er eine Waffe versteckt haben sollte, aber der Typ lag einfach nur auf dem Bett. Die Bettwäsche war mit kleinen Hunden bedruckt.

»Du hattest also einen Unfall.«

»Ja.«

»In welchem Krankenhaus wurdest du behandelt?«

»In keinem, ist nur eine kleine Wunde.«

»Und du hast bestimmt auch keinen Arzt kommen lassen.«

Er antwortete nicht. Seine Lippen zitterten.

»Zieh dich an, du kommst mit. Und vergiss nicht, deine Stiefel anzuziehen.«

»Wo gehen wir hin?«

»Ins Kommissariat. Du bist verhaftet.«

»Warum? Was habe ich getan?«

»Steh auf, du Milchbubi, du wolltest mir heimzahlen, was ich dir angetan habe, aber wir werden ja sehen, wer wem den letzten Schlag versetzt.«

»Ich habe dich nicht geschlagen, das war der andere, ich habe dich nicht geschlagen!«

Garzón griff brutal nach seinem Arm und zwang ihn aufzustehen.

»Los, geh schon, kannst du doch noch! Und im Auto sagst du uns, wer der andere ist.«

Unser Abgang war Aufsehen erregend. Meine Drohung der Mutter gegenüber, keinerlei Diskretion walten zu lassen, war sinnlos gewesen. Das Geschrei ihres Sohnes hätte das ganze Viertel aufmerksam machen können.

Wir setzten ihn mit Handschellen ins Auto und fuhren zum Kommissariat. Gut, er hatte sich an mir gerächt, aber so tölpelhaft, dass er jetzt dafür bezahlen würde. Dieser Dummkopf jammerte von seinem Sitz hinten:

»Ich habe das nur gemacht, damit Sie sehen, dass nicht alle, die sich wie Skins kleiden, auch Skins sind. Und damit Sie aufhören, uns alle Verbrechen und Morde anzuhängen.«

»Ja, du bist ein Märtyrer. Halt den Mund, ich habe Kopfschmerzen.«

»Das war nicht aus Rache, ich schwöre es ...«

Garzón fuhr heftig herum und schrie ihn so an, dass selbst ich zusammenzuckte.

»Halt's Maul, du Scheißkerl! Hast du nicht gehört, die Inspectora hat Kopfschmerzen!«

Ich stellte wieder einmal fest, dass der Stil meines Kollegen den meinen immer übertraf, so sehr ich mich auch um aggressives Vorgehen bemühte.

Kaum waren wir in die Straße eingebogen, in der das Kommissariat lag, wurden wir von einem Haufen Leute umringt. Es waren Reporter, die sich sofort auf uns stürzten. Die Streifenpolizisten schirmten uns ab, damit uns der Haufen Fotografen nicht überrollte. Unser Häftling hatte sich die Jacke über das Gesicht gezogen und kam nur schwer voran, während Garzón uns im typischen Tonfall eines Polizisten den Weg bahnte. Ich verstand nicht ganz, was los war, und als wir drinnen unvermutet mit Coronas zusammenstießen, der neben Yolanda stand, verstand ich noch immer nichts. Die Kollegen führten Matías ab, und der Comisario machte uns Zeichen, ihm in sein Büro zu folgen.

Kaum hatten wir die Tür hinter uns geschlossen, legte er wutschnaubend los.

»Wissen Sie, dass Sie auf Ihrem Handy nicht erreichbar waren?«

»Es ist schon eine Weile ausgeschaltet, stimmt. Wir waren mitten in einem Einsatz ... Was wollen diese ganzen Reporter, Señor?«

»Antworten Sie, bevor Sie Fragen stellen. Wer ist dieser Typ, den Sie festgenommen haben?«

»Es ist einer von denen, die mich überfallen haben.«

»Hat er was mit dem Fall zu tun?«

»Ich fürchte nein.«

»Wie haben Sie ihn dann erwischt?«

»Doctora Caminal hat mich untersucht und dabei einen Stiefelabdruck in den Blutergüssen erkannt.«

»Und das hat Sie zu dem Schuldigen geführt?«

Ich sah Garzón an, der ein Pokerface zog, und dann Yolanda, die völlig zerknirscht in einer Ecke stand. Ich zögerte einen Moment.

»Eigentlich habe ich ihn auch gerochen.«

»Wie?!«

»Ich habe diesen Typen einmal befragt, und als ich überfallen wurde, habe ich sein Rasierwasser wiedererkannt. Der typische Stiefelabdruck eines Skinheads hat es mir bestätigt.«

Coronas sah mich mit einer Mischung aus Ungläubigkeit und Interesse an.

»Gut, Petra, Glückwunsch. Dann lassen Sie uns mal sehen, was Ihre Spürnase zu dem sagt, was passiert ist.«

Er nickte Yolanda zu. Ich spürte, dass sie Angst hatte, und hörte, wie ihre Stimme zitterte.

»Die Guardia Urbana hat Anselmo tot aufgefunden, Inspectora. Er wurde ermordet.«

Garzón und ich machten gleichzeitig einen Schritt vor.

»Ermordet? Wo?«

»Dort, wo er lebte. Sie haben ihm eine Plastiktüte über den Kopf gezogen und ihm dann in den Kopf geschossen. Die Spurensicherung ist gerade dort. Natürlich hat niemand etwas gesehen, Sie wissen ja, wie die Leute dort sind. Alle seine Habseligkeiten sind durchwühlt worden.«

Coronas ergriff ganz im Stil eines ehrenwerten Polizeichefs wieder das Wort.

»Wenn ich es richtig verstanden habe, war dieser Mann gestern hier.«

»So ist es.«

»Na, dann haben wir jetzt den Salat, Inspectora.«

»Manchmal berauben sich die Armen untereinander und gehen sogar so weit, sich gegenseitig umzubringen«, warf der Subinspector nicht sehr überzeugend ein.

»Verarschen Sie mich nicht, Garzón! Wenn das nichts mit Ihrem Fall zu tun hat, fresse ich einen Besen! Also, machen Sie sich ein Bild von den Umständen. Beschissen, nicht wahr? Mit all diesen Scheißkerlen von Reportern, die nur nerven. Stellen Sie sich vor, was jetzt kommt: ›Serienmorde an Obdachlosen‹, ›Polizei kümmert sich nicht um Obdachlose, weil sie keine Steuerzahler sind‹ ... Ich könnte die Artikel auch selbst schreiben. Machen Sie sich sofort an die Arbeit, und kommen Sie mir nicht mehr unter die Augen, bis Sie den Mörder haben. Verstanden?«

Unter anderen Umständen hätte ich eine ironische Bemerkung fallen lassen und mich damit gegen diesen typischen autoritären Tonfall eines Chefs zur Wehr gesetzt, aber ich war zu schockiert von dem, was ich gerade erfahren hatte. Der arme Anselmo tot, warum? Was hatten wir ungewollt in Bewegung gesetzt? In was war er verwickelt, was wusste er? So wertvoll war die schlichte Information, die er uns gegeben hatte, dass er aus dem Weg geräumt werden musste? Was machte aus Tomás dem Weisen einen strategisch so wichtigen Mann? Wusste Anselmo, wer sein Mörder war? Mir schwirrte der Kopf, und ich konnte keinen Ansatzpunkt finden. Yolanda kam zu mir.

»Ich habe von dem Überfall auf Sie erfahren, Inspectora, wie geht es Ihnen?«

»Überfall? Ach ja, der Überfall! Mir geht's gut, danke.«

In dem Moment spürte ich, dass mein ganzer Körper schmerzte. Ich ging wie ein Roboter in mein Büro, gefolgt von Yolanda und Garzón. Domínguez trat mir in den Weg.

»Inspectora, es tut mir Leid. Es ist meine Schuld, dass dieser Mann tot ist, nicht wahr? Ich hätte ihn besser bewachen müssen.«

»Nein, ich hätte ihn sowieso wenig später gehen lassen. Tun Sie mir einen Gefallen, Domínguez, bringen Sie mir ein Glas Wasser.«

Ich setzte mich und versuchte zu denken. Garzón lächelte.

»Stimmt das, was Sie gesagt haben, Inspectora? Haben Sie wirklich das Rasierwasser von dem Kerl wiedererkannt?«

Ich sah ihn an, als hätte ich ihn noch nie gesehen, ich begriff nicht wirklich, was er gesagt hatte. Domínguez brachte mir das Glas Wasser, und ich trank es. Dann kehrte ich in die Wirklichkeit zurück.

»Können Sie mir sagen, was wir hier verloren haben? Wir fahren sofort zum Tatort.«

Domínguez drehte sich um.

»Inspectora Delicado, ein Mann namens Crespo hat schon mehrmals angerufen und nach Ihnen gefragt.«

»Ja, kann ich mir vorstellen.«

Wir rannten los. Ich schaltete das Handy ein. Es waren mehrere Anrufe von Coronas und auch von Ricard drauf. Ich war so in Gedanken versunken, dass Yolanda sich bereits um mich zu sorgen begann.

»Keine Angst, Inspectora, ich habe mitbekommen, dass sich Inspector Fernández Bernal und Subinspector Sabater um die Angelegenheit kümmern, solange Sie nicht auffindbar waren.«

›Ausgerechnet Fernández Bernal‹, fluchte ich innerlich. Yolanda sah mich mit dem Ausdruck einer besorgten Mutter an. Ich explodierte.

»Ich soll mir keine Sorgen machen? Wer hat Ihnen denn gesagt, dass ich mir Sorgen mache? Bei der Arbeit dulde ich keinerlei persönliche Einschätzungen, verstanden!«

Sie war sprachlos. Um Garzóns Lippen spielte ein zufriedenes Grinsen. Ich sah aus dem Augenwinkel, wie er beim Einsteigen Yolanda ansah, die Augenbrauen hochzog und die Achseln zuckte, als wollte er sagen: ›Im Garten Delicado gibt es eben nicht nur Rosen, Mädchen.‹ Ich hasste ihn, ich hasste auch dieses unerfahrene und viel zu einfühlsame Mädchen, aber vor allem hasste ich mich selbst, weil ich zugelassen hatte, dass dieser hilflose verrückte Mann ermordet worden war.

Das Gelände mit den verlassenen Gebäuden war von der Polizei abgesperrt. Fernández Bernal konnte bei meinem Anblick seine Schadenfreude kaum verbergen.

»Hallo Petra, wir dachten, du bist von der Erde verschluckt worden.«

»Komm zur Sache, Fernández, ich bin nicht in der Stimmung. Erzähl mir, was passiert ist.«

»Die Inspectora ist überfallen worden. Sie war im Krankenhaus«, bellte Garzón, um dem anderen Schuldgefühle zu machen. Und das gelang ihm, der Gesichtsausdruck von Fernández änderte sich sofort.

»Verdammt, Petra, tut mir Leid, ich hatte keine Ahnung. Entschuldige den blöden Scherz.«

»Vergiss es.«

Garzón war ein Psychologiegenie, denn das Schuldgefühl meines Kollegen bewirkte, dass er uns alles haarklein berichtete, statt wie üblich dämliche Spitzen zu verteilen.

»Die Leiche wurde schon weggebracht. Wir werden sehen, was die Autopsie sagt, aber auf den ersten Blick wirkt er übel zugerichtet. Der Schuss hat seinen Kopf zerfetzt. Die haben ihm eine Plastiktüte übergestülpt, bestimmt, um sich nicht mit Blut zu bespritzen.«

»Hat jemand was gesehen?«

»Machst du Witze? Hier spuckt niemand was aus. Wer keine Vorstrafen hat, ist illegal im Land, und die anderen sind ein Haufen Besoffene und Bekloppte. Was soll ich dir sagen.«

»Ist die Spurensicherung schon fertig?«

»Nein, sie suchen noch Haare. Aber auf einem offenen Gelände wie diesem voller Menschen glaube ich nicht, dass das was bringt.«

»Und die Sachen des Toten?«

»Die nehmen wir jetzt mit. All der Müll von ihm war überall verstreut, der ihn umgelegt hat, hat auch alles durchwühlt, ich vermute nicht, dass man ihm einen Schatz klauen wollte.«

»Zeig sie mir.«
»Die von der Spurensicherung haben sie schon untersucht, wir können sie also anfassen.«
Neben der Öffnung unter der Treppe stand ein Polizist. Er hütete den Haufen von Klamotten, Tüten und Kartons, die auf dem Boden verstreut herumlagen. Da entdeckte ich Anselmos Hund, der angeleint worden war. Er lag regungslos da. Ich ging zu ihm und kraulte ihm den Kopf.
»Inzwischen hat er aufgehört zu jaulen, der Arme. Es war schlimm«, sagte der Polizist.
»Er hat seinem Herrchen auch nichts genützt«, sagte Garzón.
»Er hat um ihn geweint, das ist schon eine ganze Menge«, erwiderte ich. »Was wird aus ihm?«
»Er wird ins städtische Tierheim gebracht.«
»Möchtest du ihn haben, Petra?«, fragte Fernández.
»Nein danke, ich verdiene so treue Freunde nicht.«
Ich begann, Anselmos Habseligkeiten zu durchwühlen, ein echter Bazar der absurdesten Gegenstände: alte Klamotten, abgelaufene Kalender, leere Kugelschreiber, Brillengestelle ohne Gläser, Gürtel ohne Schnallen … Dinge, die mal zu etwas nützlich gewesen waren, es aber jetzt nicht mehr waren. Genau, wie es auch dem Eigentümer ergangen war. Plötzlich fiel mir auf, dass eines der wenigen Besitztümer fehlte, das ich kannte: Die Dose mit den Schlüsselanhängern aus Blech, die ihm Tomás der Weise geschenkt hatte.
»Hat jemand was mitgenommen, die Spurensicherung vielleicht?«
»Nein, sie haben alles untersucht, aber nichts mitgenommen.«
Ich bat Yolanda und Garzón, mir bei der Suche zu helfen, denn ich fand mich in dem Haufen unterschiedlicher

Dinge kaum zurecht. Ich beschrieb ihnen die Dose, und wir gingen alles noch einmal durch.

»Was sucht ihr eigentlich?«, fragte Fernández Bernal neugierig.

»Nichts Besonderes, eine Dose, die er uns gezeigt hat, als wir hier waren.«

Er wusste, dass er keine weiteren Fragen stellen sollte, wenn er daran interessiert war, dass unser Zusammentreffen gut ausging. Um weiteren neugierigen Fragen vorzubeugen, sagte ich:

»Vielen Dank für alles, Fernández. Ihr könnt schon gehen. Wir warten, bis die Spurensicherung fertig ist.«

Als wir allein waren, wandte ich mich sofort an den Subinspector:

»Es fehlt die Dose mit den Schlüsselanhängern.«

»Er könnte sie weggeworfen haben.«

»Glaube ich nicht, das war einer seiner größten Schätze.«

»Ich weiß nicht, Inspectora, bei so einem heruntergekommenen Typen ist alles möglich.«

»Ich erinnere Sie daran, dass der einzige Gegenstand fehlt, der Tomás dem Weisen gehört hat.«

»Was stand da drauf? Ich erinnere mich nicht.«

Ich suchte in meiner Tasche nach dem Schlüsselanhänger, den mir Anselmo geschenkt hatte. Er tauchte zwischen Tabakkrümeln und Papiertaschentüchern auf.

»Die Barmherzigkeit ist die Freude der Seele«, las ich laut.

»Wie viele karitative Einrichtungen gibt es in Barcelona, Fermín?«

»Keine Ahnung.«

»Ich glaube, wir haben im Büro eine Liste, die kann ich morgen mitbringen ... Wenn Sie wollen, dass ich weiter mitarbeite, Inspectora.«

»Ja, das will ich.«

Yolanda lächelte. Ich begriff nicht, was sie so motivierte, sich unserem kleinen Team anzuschließen, das sie so schlecht behandelte. Ich starrte auf den Schlüsselanhänger in meiner Hand.

»Ja, das ist es, wir werden morgen noch eine Befragung hier durchführen und das dann auch bei allen karitativen Einrichtungen machen.«

Aber ich dachte nicht über das nach, was ich sagte, meine Gedanken waren bei Anselmo. Der arme Irre würde nie mehr seine Schiffsladung Reis kriegen, und ich bedauerte ihn und den Hund, den einzigen Hüter seiner Erinnerung.

Als ich nach Hause kam, war ich erledigt, ich wusste nicht, ob wegen der Prügel oder der Anspannung. Meine Arme schmerzten so sehr beim Einparken, dass ich Sternchen sah. Als ich auf die Haustür zuging, entdeckte ich den Mann, der auf der Stufe saß. Er zog ein weißes Taschentuch heraus und winkte mir damit zu.

»Nicht schießen, Petra, ich bin's!«

Ricard sah mich besorgt an. Ich lächelte ihn matt an.

»Was ist passiert? Ich habe den ganzen Tag versucht, dich zu erreichen, aber es war unmöglich. Und in deinem Kommissariat wollte mir niemand Auskunft geben. Ich habe mir große Sorgen gemacht.«

Mir wurde bewusst, dass einer der Gründe, warum ich gerne alleine lebte, war, keine Erklärungen abgeben zu müssen. Ich versuchte erst gar nicht, freundlich zu sein.

»Es war ein schlimmer Tag, Ricard. Gestern wurde ich von Skins überfallen, und mein Körper ist voller blauer Flecken. Also, heute keinerlei Ausschweifungen. Vielleicht geht's mir morgen schon besser.«

Sein Gesicht wurde ausgesprochen hart. Er nahm seine Hand von meiner Schulter und sagte zu mir in einem Tonfall, den ich nicht an ihm kannte:
»Du glaubst, ich komme nur zum Vögeln zu dir, das glaubst du wirklich? Du hast wirklich eine armselige Vorstellung von mir, Petra. So armselig, dass ich nicht begreife, wie du meine Gesellschaft auch nur einmal akzeptieren konntest. Gute Nacht.«
Er drehte sich um und ging davon. Ich folgte ihm.
»Ricard, komm zurück. Zwing mich nicht, dich um Verzeihung zu bitten. Ich bitte dich nur, bei mir zu bleiben, bitte.«
Ich ergriff seinen Arm, und er ließ sich in das Haus führen. Ich zog meinen Mantel aus und sah erschöpft zu Boden. Er umarmte mich.
»Ich bin erledigt, weil sie den verrückten Alten ermordet haben, der nur eine Schiffsladung Reis wollte. Verstehst du das?«
»Ja.«
»Und mir tut sein Hund Leid, verstehst du das auch?«
»Ja.«
Diese Nacht schliefen wir ganz friedlich in einem Bett. Er stand nicht im Morgengrauen auf, und ich bat ihn auch nicht darum.

Sieben

Um sieben Uhr früh klingelte das Telefon. ›Glück ist von kurzer Dauer‹, dachte ich. Es war Subinspector Garzón.
»Petra, entschuldigen Sie, dass ich so früh anrufe, aber ich habe gedacht, dass Sie schon wach sein würden.«
»Natürlich«, log ich und zog mein Bein zwischen Ricards Schenkeln hervor.
»Ich wollte Ihnen doch etwas Persönliches sagen, erinnern Sie sich? Aber dann hatten wir zu tun, und es fand sich keine Gelegenheit.«
»Stimmt. Schießen Sie los.«
»Heute trifft mein Sohn aus New York ein, in Begleitung, wie ich Ihnen schon sagte ... Und weil Sie mir angeboten haben ... Ich schwöre Ihnen, dass ich es mir überlegt habe, aber es wird besser sein, wenn ich in die Pension ziehe.«
»Nein, Fermín, kommt nicht in Frage. Ich erinnere mich sehr gut an mein Angebot, und das steht auch. Ich lege meiner Putzfrau einen Zettel hin, dass sie das Gästezimmer herrichten soll.«
»Ich weiß nicht, wie ich Ihnen danken soll, ehrlich.«
»Vergessen Sie 's. Wir sehen uns gleich.«
Ricard reckte sich neben mir. Er sah auf den Wecker und fuhr hoch.
»Verdammt, es ist schon spät, ich muss sofort aufstehen. Willst du zuerst duschen oder soll ich?«

»Dusch du zuerst. Ich mache inzwischen Frühstück. Du weißt ja sowieso nicht, wo die Sachen stehen.«
Während der Kaffee kochte, wurde mir klar, wie lächerlich die Situation war. Endlich hatte ich einen Geliebten, dem ich erlaubte, bei mir zu schlafen, just in dem Moment, wo ich den Subinspector einquartieren wollte. ›Na fein‹, dachte ich, ›möglich, dass die Vorsehung über uns wacht, aber sie tut es ohne Sinn für den richtigen Moment.‹

Der Bericht der Ballistik war eindeutig. Es handelte sich wieder um eine Kugel voller Kerben, die mit erhöhtem Druck abgefeuert wurde. Die Kerben stimmten überein. Anselmo war mit derselben Waffe erschossen worden wie Tomás der Weise. Jetzt konnte niemand mehr behaupten, dass diese beiden Fälle nicht miteinander in Verbindung standen.
Wir kehrten zum Tatort zurück. Die Befragung möglicher Zeugen und dazu die Möglichkeit, dass noch Familienangehörige von Tomás dem Weisen auftauchen könnten, waren das Einzige, was wir hatten. Yolanda begleitete uns nicht. Sie suchte die Daten über die karitativen Einrichtungen heraus, aber sie informierte uns darüber, dass die Guardia Urbana Befehl vom Bürgermeister erhalten hatte, das Haus von Besetzern und Obdachlosen zu räumen, also hatten wir keine Zeit zu verlieren.
Unsere Kollegen von der Spurensicherung hatten die möglichen Beweisstücke schon mitgenommen. So erschöpfend ihre Arbeit auch sein mochte, sie war nicht zu vergleichen mit der ungeheuren Niedergeschlagenheit, die durch diese unsicheren Befragungsergebnisse hervorgerufen wurde. Vor allem dann, wenn die Befragungen zum zweiten Mal durchgeführt wurden.
Das Leben dort hatte sich nicht verändert, vielleicht waren

es etwas weniger Leute als beim letzten Mal. Wir begannen von vorne. Wieder hatten wir hauptsächlich blinde Augen, taube Ohren und stumme Zungen vor uns. Zwei Stunden später waren der Täter und die Umstände von Anselmos Tod ein ebenso großes Geheimnis wie vorher.

»Suchen wir uns eine Bar und trinken einen Kaffee, Inspectora. Ich kann nicht mehr.«

Wir gingen in eine schäbige Bar ganz in der Nähe. Der Kaffee war bitter und stark, ließ sich aber trinken. Um diese Zeit waren wenig Gäste da, und als ein junger Farbiger eintrat und sich neben uns an den Tresen setzte, merkten wir sofort, dass sein Verhalten ungewöhnlich war. Er sah Garzón an, dann mich, rutschte unruhig auf dem Barhocker hin und her und bestellte ein Mineralwasser. Der Subinspector und ich wechselten einen Blick des gegenseitigen Einverständnisses. Ich wandte mich an ihn und sagte lächelnd:

»Bestellen Sie sich auch einen Kaffee, wir laden Sie ein.«

Der Barbesitzer begriff nicht ganz, was geschah, aber er stellte dem Mann misstrauisch den Kaffee hin.

»Danke, der Kaffee hier ist gut«, sagte er in passablem Spanisch. »Setzten wir uns dort rüber?«, fügte er hinzu und zeigte auf einen ruhigen Tisch in einer Ecke. Gut, wir waren auf dem richtigen Weg. Ich versuchte, ihn noch ein wenig zu ebnen.

»Sie sind uns gefolgt, nicht wahr?«

»Ihr seid von der Polizei.«

»Ja.«

»Ich weiß. Ich habe gesehen und will reden, aber hier, nicht auf Straße mit so viel Polizisten.«

»In Ordnung, schießen Sie los.«

»Ich will einen Handel, eine Hand wäscht die andere. Ich

sage euch, und ihr gebt mir Papiere für Spanien, einverstanden?«

Er war sehr dunkel und hatte fesselnde, scheue Augen. Garzón reagierte sofort.

»Aber bitte, bist du bescheuert, oder was? Einen Scheiß, von wegen Handel. Ist dir nicht klar, dass wir dich festnehmen können für das, was du gesagt hast?«

Der Junge schien nicht sonderlich beeindruckt zu sein. Er schüttelte energisch den Kopf.

»Wenn ich ausgewiesen werde, komme ich zurück, aber ihr wisst nicht, was ich gesehen habe.«

»Scheißkerl, sei so gut und spuck sofort aus, wenn du nicht willst, dass …«

Weder Angst noch eine Reaktion auf meinen Kollegen. Ich wollte die Taktik ändern.

»Schauen Sie, es ist so … Wie heißen Sie?«

»Mein Name ist egal.«

»Wir können Ihnen keine Papiere besorgen. Das ist Sache der Richter und der Einwanderungsbehörde und hängt von vielen Dingen ab, auf die wir keinen Einfluss haben. Was wir allerdings tun können, ist, Ihnen eine Bescheinigung ausstellen, die bestätigt, dass Sie guten Willen gezeigt und der spanischen Polizei bei der Aufklärung eines Verbrechens geholfen haben. Wenn Ihr Antrag für eine Aufenthaltsgenehmigung geprüft wird, spricht das immer für Sie.«

Er dachte eine ganze Weile nach und fand das besser als gar nichts. Dann kam noch eine Forderung.

»Ja, aber ich will noch etwas.«

»Was?«

»Weiß nicht, etwas.«

Plötzlich begriff ich.

»Wir können Ihnen zwanzig Euro geben, als kleine Belohnung.«
»Nein, hundert.«
»Hundert ist zu viel.«
Garzón war ziemlich außer sich.
»Aber Inspectora, ist Ihnen nicht klar, dass dieser Typ von Rechts wegen aussagen muss? Überlassen Sie ihn mir, ich werde es schon aus ihm rauslocken.«
»Dreißig Euro, keinen Cent mehr«, sagte ich.
»Fünfzig.«
»Einverstanden.«
Er nickte zustimmend und wartete darauf, das Geld zu erhalten. Ich gab es ihm. Garzón kochte vor Wut.
»Ich habe zwei Männer gesehen, die den Alten erschossen haben. Dann haben sie in seinen Sachen gesucht und etwas mitgenommen.«
»Erzähl uns mehr über diese Männer. Hast du sie erkannt?«
»Nein, es war dunkel, sie trugen Motorradhelme.«
»Waren sie jung, groß, kräftig?«
»Normal, groß.«
»Haben sie mit ihm gesprochen?«
»Nein, nur der Schuss, ohne sprechen.«
»Kamen sie mit dem Motorrad?«
»Weiß ich nicht. Sie sind zu Fuß weg, ohne zu laufen.«
»Hat sie noch jemand gesehen?«
»Nein. Ich war hinter dem Führerhaus vom Lastwagen. Ich hatte Angst.«
»Kann es sein, dass sie eine Dose mitgenommen haben?«
»Kann sein, es war klein.«
»Hast du sie sprechen gehört?«
»Wenig. Ich habe nur gehört: ›Da ist er.‹«
»Haben sie spanisch gesprochen?«

»Nur ›Da ist er‹, dann in einer seltsamen Sprache.«
»Ist gut, ich gebe dir unsere Adresse, damit du dir die Bescheinigung für deine Mithilfe abholen kannst.«
»Nein, ist egal, ich gehe.«
Er verließ eilig die Bar. Ich fand es witzig, dass ihm das versprochene Papier egal war, und sagte es Garzón, aber der schien nichts von dem eben Geschehenen witzig zu finden.
»So groß ist die Lust, sich anzupassen.«
»Verdammt, Garzón, was wollen Sie denn? Soll er die Nationalhymne singen? Das ist ein armes Schwein, das seit seiner Geburt beschissen wird. Außerdem ist er nicht dumm und weiß, dass dieses Papier nichts wert ist.«
»Ja, richtig, aber Geld anzunehmen ist in Ordnung, nicht wahr?«
»Ich staune über Ihre Einfältigkeit, wirklich.«
»Einfältig sind Sie, die an alle Unglücklichen Geld verteilen, und Sie sind im Stande, das nicht mal mit Coronas als Ermittlungskosten abzurechnen.«
»Das ist mein karitativer Beitrag, wenn ich schon keiner NGO angehöre … Gut, reden wir von was Interessantem, oder plaudern wir weiter?«
»In Ordnung. Glauben Sie, die Information, die Sie gekauft haben, ist ihren Preis wert?«
»Als objektiver Beweis möglicherweise nicht, aber als subjektiver ist sie unbezahlbar.«
»Können Sie sich deutlicher ausdrücken?«
»Mit dem größten Vergnügen. Ich erkläre hiermit feierlich, dass ich jetzt davon überzeugt bin, dass Tomás der Weise in etwas Schmutziges verwickelt war, das mit dem Schlüsselanhänger hier zu tun hat. Eine falsche karitative Einrichtung, eine Betrügerbande? Wir wissen es noch nicht, aber

zum ersten Mal, seit wir an dem Fall dran sind, glaube ich, dass wir eine Richtung einschlagen können.«

»Kann sein, aber wenn ein so heruntergekommener Typ wie Tomás in was Schmutziges verwickelt war, warum ist er dann nicht aus dem Elend rausgekommen?«

»Er wollte nicht raus, aber das gab ihm eine winzige Möglichkeit, weiterzumachen, und darüber hinaus konnte er noch den Kapuzinermönchen weitere Spenden machen.«

»Wie Sie, die auch allen Ausgegrenzten was schenkt.«

»Es kann auch sein, dass er sich gezwungen sah, einer Art Erpressung nachzugeben.«

»Und wer sollte so einen Typen erpressen?«

»Ich erinnere Sie dran, dass er weise war. Ein Betriebswirtschaftler kann einem illegalen Geschäft gute Dienste erweisen.«

»Das alles klingt mir nach Halluzinationen, Inspectora. Penner, die Almosen verteilen, angeblich karitative Einrichtungen, die stehlen. Die Welt steht auf dem Kopf.«

»Die Welt steht immer auf dem Kopf, Fermín. Nur im Verstand des Menschen steht sie gerade.«

»Ist ja auch schon was.«

Die Presse erfand unterhaltsame und Besorgnis erregende Geschichten für ihre Leser. Eine Gruppe Skinheads säuberte im Sinne der Selbstjustiz die Stadt von Pennern. Wegen Mangel an offiziellen Informationen füllten sie ihre Seiten mit der Charakterisierung der Ideologien europäischer Neonazigruppen. Hin und wieder gab Coronas persönlich ein inhaltsloses Statement voller Klischees ab: ›Wir haben ein paar Spuren, es werden mehrere Ermittlungswege geprüft, wir geben keine weiteren Informationen preis, um die Arbeit der Ermittler nicht zu stören.‹ Trotzdem wurde dem

Fall weder Priorität eingeräumt, noch wurde uns Hilfe von außen zugeteilt. Es wurde offensichtlich, dass die Tatsache, dass Obdachlose ermordet wurden, bei der Bevölkerung den vagen Wunsch nach sozialer Gerechtigkeit hervorrief, aber keinerlei Gefühl der Bedrohung. Die Leute konnten gelassen spazieren gehen oder zur Arbeit fahren. Ihre Kinder liefen keine Gefahr, alles war unter Kontrolle. Unter solchen Umständen war es unnötig, ordentlich auf den Putz zu hauen. Solange die Berichterstattung ohne konkrete Fakten blieb, übte Coronas einen erträglichen Druck auf uns aus. Am späten Nachmittag tauchte er in meinem Büro auf.

»Was meinen Sie, Petra, soll ich der Presse sagen, dass wir einen Skin im Kittchen haben?«

»Der hat nichts mit dem Fall zu tun, Comisario.«

»Das weiß ich schon, aber wenn wir den Jungs von der Presse einen Knochen hinwerfen, haben sie was zu kauen.«

»Das ist wirklich ein bisschen übertrieben, einem armen Schwein zwei Morde anzuhängen …«

»Sorgen Sie sich um den guten Ruf des Scheißkerls, der Sie verprügelt hat?«

»Er hat Familie.«

»Kanonenfutter, genau wie die Penner, alles dasselbe …«

»Machen Sie, was Sie wollen, aber das macht es vielleicht noch schlimmer. Dann beschuldigen sie uns der falschen Verdächtigungen.«

»Ich weiß nicht, ich werde mir überlegen, was angebracht ist. Im Augenblick belasse ich es dabei. Glauben Sie, dass Sie den Fall bald abschließen können?«

Er sah mir fest in die Augen, aber augenscheinlich ohne die Absicht, mich einzuschüchtern, sondern einfach neugierig. Ich machte ihm Mut und antwortete mit verhaltener Furcht.

»Ganz bestimmt. Eine Frage von Tagen.«

»Je weniger, desto besser. Abgesehen von der verdammten öffentlichen Meinung stinkt es mir, Sie und Garzón nur in diesem Obdachlosenfall ermitteln zu sehen. Und Llorente ist krankgeschrieben ... Na ja, scheint, als stecke der Teufel in diesem Kommissariat.«

Vor sich hin murmelnd zog er mit gesenktem Blick ab. Er war müde, vielleicht hatte er genug vom Kämpfen. Er schien in einer schlechten Phase zu stecken, deshalb war er bestimmt weniger autoritär in seinem Auftreten als sonst.

Es war Zeit, nach Hause zu gehen. Ich schaltete den Computer aus und nahm meine Sachen. Plötzlich erinnerte ich mich an Garzón. Er wollte doch diesen Abend bei mir einziehen. Ich machte mich auf die Suche nach ihm und fand ihn noch bei der Arbeit.

»Sie sind noch hier?«

»Ich schlage gerade die Zeit tot. Ich gehe mit meinem Sohn und seinem ...«

»Freund.«

»Genau, seinem Freund essen.«

»Ich muss es Ihnen eigentlich nicht sagen, Fermín, Sie können nicht nur zum Übernachten zu mir kommen. Hier haben Sie den Schlüssel. Gehen Sie, ruhen Sie sich aus, schauen Sie fern, gehen Sie in die Küche und plündern den Kühlschrank ... Nutzen Sie das Haus eine Woche lang wie Ihr eigenes, ohne sich um mich zu kümmern, einverstanden?«

»Sie sind eine außergewöhnliche Chefin.«

»Das ist die einzige Alternative mit einem Untergebenen wie Ihnen.«

»Ich will lieber nicht so genau wissen, was Sie damit meinen.«

Ich verließ lachend sein Büro. Armer Garzón, so traditionell und konservativ wie er war, würde er lange brauchen, bis er begriff, dass die sexuelle Neigung seines Sohnes kein Grund zur Schande war. Auf der Straße rief ich Ricard an.

»Was hältst du davon, wenn wir heute Abend essen gehen?«

»Eine ganze Menge.«

»Ich hole dich ab und lade dich ein. Was kannst du mehr verlangen?«

»Danach, zu dir zu fahren.«

»Das war eine rhetorische Frage.«

»Auf die ich geantwortet habe.«

Ich lachte albern auf, dieser Mann war was Besonderes, er gefiel mir, ein wenig chaotisch, aber das Chaos hat auch immer eine amüsante Note.

Wir speisten fürstlich in einem libanesischen Restaurant, und danach wollte ich mein Versprechen einhalten. Auf der Heimfahrt sah ich mich genötigt, ihn aufzuklären.

»Heute kannst du nicht bei mir übernachten.«

Aus dem Augenwinkel sah ich, wie sein Gesicht sich verhärtete und Verstimmung ausdrückte.

»Aber hallo, ich habe meine Privilegien ja schnell verloren!«

»Ich habe einen Gast und will nicht, dass er dich morgen Früh sieht.«

»Ich dachte, du hättest gewisse Vorurteile überwunden.«

»Es ist Subinspector Garzón, mein engster Mitarbeiter. Er wird eine Woche bei mir wohnen, und ich möchte ihm keine Erklärungen geben müssen.«

»Ist in Ordnung.«

»Verstehst du das, oder findest du dich nur damit ab?«

»Ist dir der Unterschied so wichtig?«

»Ricard, lass uns bitte keine Probleme schaffen, wo es keine gibt.«
»Es überrascht mich, dass eine so liberale Frau wie du …«
»Ich will meine Entscheidungen dir gegenüber nicht rechtfertigen müssen.«
»Stimmt, dazu bist du nicht verpflichtet.«
Es entstand ein ungemütliches Schweigen zwischen uns. Ich dachte daran, wie schwierig es ist, eine Paarbeziehung ohne Spannungen zu führen. Ricard musste meine Gedanken gelesen haben.
»Es würde mir nicht behagen, wenn meine Anwesenheit dir lästig ist, verzeih mir.«
»Vergessen wir's, einverstanden?«
»Das alles würde nicht passieren, wenn wir zusammenleben würden.«
»Es würde viel Schlimmeres passieren.«
»Ach was! Ich würde dir jeden Morgen die Pistole reinigen, als wäre ich Gefreiter einer Artillerie.«
Unser Lachen verscheuchte sowohl die Spannung als auch die Frage, die Ricard in den Raum gestellt hatte. Es war noch zu früh, um ans Zusammenleben zu denken.
Um ein Uhr nachts, nach einem intensiven amourösen Intermezzo, hörten wir, wie sich die Haustür öffnete und wieder schloss.
»Ist das dein Kollege?«, flüsterte Ricard.
»Ja.«
»Ich hoffe, er kommt nicht rauf, um dich militärisch zu begrüßen oder so was in der Art.«
»Das tut er eigentlich nicht.«
Wir umarmten uns lachend und vermieden jedes Geräusch. Danach fiel ich in einen tiefen, angenehm sorglosen Schlaf. Irgendwann später spürte ich, dass Ricard aufstand, doch

ich war nicht wach genug, um es zu bedauern. Aber kurz darauf war ich schlagartig wach. Ein erstickter Schrei weckte mich, und mir war, als würde ich aus meinem eigenen Körper herausgerissen. Ich sprang aus dem Bett und lief hinaus. Beim Hinuntersehen war alles still und dunkel. Ich agierte eher impulsiv.

»Wer ist da?«

Ich schaltete das Licht ein, und vor meinen Augen tat sich ein Szenario auf, das ich im Leben nicht vergessen würde. Ricard stand mit erhobenen Händen mitten im Raum, und Garzón zielte mit der Pistole auf ihn. Ich begriff sofort das Missverständnis, was allerdings nicht verhinderte, dass meine Wut gegen diese beiden Eindringlinge in meinem Haus in mir aufstieg.

»Meine Herren, bitte, was machen Sie denn da?«

Sie stotterten wie zwei ertappte Schüler.

»Ich bin die Treppe runtergegangen, und weil von der Straße ein Lichtstrahl hereinfiel, habe ich das Licht nicht angemacht, aber als ich unten ankam ...«

»Tut mir Leid, tut mir so Leid. Ich hatte mich noch einen Augenblick ins Wohnzimmer gesetzt und bin eingenickt. Dann habe ich einen Mann im Dunkeln durchs Wohnzimmer schleichen sehen ... und meine erste Reaktion war der Griff zur Waffe.«

»Ist gut, Herrschaften, ist ja gut, das war alles ein bedauerliches Missverständnis. Sie werden verstehen, dass jetzt nicht der Zeitpunkt ist, Sie einander vorzustellen. Wir sind alle friedliche Menschen, das ist das Wichtigste. Komm, Ricard, ich begleite dich zur Tür.«

»Ich gehe in mein Zimmer, Inspectora. Tut mir Leid, was passiert ist, es war nicht meine Absicht, den Herrn zu erschrecken ...«

Ich ergriff Ricard am Arm und zog ihn zur Tür. Mir wurde bewusst, dass ich im Pyjama, barfuß und ungekämmt war und bestimmt auch Schatten unter den Augen hatte. Ich war zu keiner weiteren Höflichkeit bereit. Ricard zeigte mit dem Finger auf mich und flüsterte:

»Es wäre wunderbar, wenn ich zu dir kommen könnte, ohne dass jemand mit einer Pistole auf mich zielt.«

»Ist ja bekannt, dass das Leben eines Geliebten elend ist.«

»Meines verwandelt sich langsam in eine Horrorstory.«

»Ich würde sagen, eher in einen billigen Schwank. Komm, geh jetzt, ich ruf dich morgen an.«

Ich küsste ihn flüchtig auf die nervösen, zarten Lippen und schob ihn dann zur Tür hinaus. Dann wartete ich eine Minute, bis Garzón auch wirklich verschwunden war. Ich warf einen Blick ins Wohnzimmer ... niemand. Ich legte mich wieder ins Bett und löschte das Licht. Plötzlich überkam mich unbezwingbares Lachen. Ich musste es unter dem Kopfkissen ersticken.

Am nächsten Morgen war mir jegliches Lachen vergangen. Garzón erwartete mich frisch geduscht und vollständig angezogen in der Küche, als hätte er die ganze Nacht über ohne jegliche Störung tief durchgeschlafen. Morgens mit jemandem reden zu müssen, und dazu in meiner eigenen Küche, war für mich einfach eine Zumutung. Der Subinspector vermied jeglichen Kommentar über das nächtens Vorgefallene, aber auch so hatte ich nach der höflichen Begrüßung und dem Zubereiten des Kaffees noch das Gefühl, ihm eine Erklärung schuldig zu sein. Ein weiterer Grund, warum ich lieber alleine lebte. Die einsamen, ruhigen Frühstücke, Kaffeeduft vermischt mit ungeordneten Gedanken, die üblichen Geräusche: Tassen und Teller, das Brotschneiden

… und alles ohne die Notwendigkeit zu fragen: ›Wie hast du heute geschlafen?‹ Ah, welch Genuss, den ich heute in Gesellschaft meines Kollegen vermisste. Mit einem Fremden zu frühstücken hilft außerdem festzustellen, wie sehr wir Erwachsene uns bedeutungslose Ticks aneignen: Ich trinke sehr schwarzen Kaffee, ich tunke meine Kekse ein, ich kann nichts essen, bevor ich ein Glas Wasser getrunken habe … Ticks, die ich mit größter Selbstgefälligkeit pflege. Ekelhaft. Garzón war diesbezüglich nicht exzessiv. Er setzte sich fröhlich mir gegenüber an den Tisch und fing wie üblich genussvoll an zu essen.

»Wie war das Essen gestern Abend, Fermín?«

»Ach, ich weiß nicht, was ich davon halten soll.«

»Wieso?«

»Er trägt einen Ohrring.«

»Ihr Sohn?«

»Nein, der andere.«

»Wenn Sie nicht darüber reden wollen, lassen wir's.«

»Warum?«

»Weil es wie das Verhör eines Verdächtigen klingt. Viele Fragen und wenig Information.«

»Es gibt nicht viel zu erzählen. Der andere heißt Alfred und arbeitet als Werbefachmann für eine Firma. Er spricht ziemlich gut spanisch.«

»Ist er sympathisch?«

»Er lacht zu viel.«

»Amerikaner sind fröhliche, gutgläubige Menschen.«

»So sagt man. Aber der lacht zu viel und trägt einen Ohrring. Zum Glück war er diskret, er hat keine Nummer abgezogen.«

Ich hatte mir vorgenommen, nicht zu explodieren, aber ich tat es doch.

»Hören Sie schon auf, Garzón! Ich hoffe, Sie sind nicht einer von denen, die glauben, alle Schwulen sind Tunten und Dragqueens.«
»Mir ist es schnurzegal, was sie sind oder nicht. Ich habe nur gesagt, dass dieser Alfred einen Ohrring trägt. Und es schockiert mich, dass mein Sohn, ein richtiger Mann und darüber hinaus Chirurg, mit einem Señor zusammenlebt, der einen Ohrring trägt und ununterbrochen lacht. Was soll ich Ihnen sagen?«
»Das ist ein Vorurteil.«
»Und Sie haben keine Vorurteile, Inspectora?«
»Ich? Wie Sie sehen, nein. Mein Haus ist nachts voller Männer, wie an der Puerta del Sol.«
Er setzte ein unverbindliches Gesicht auf, wie jemand, der auf den Bus wartet, und säuberte sich den Mund mit der Serviette wie ein höflicher Pensionsgast.
»Das war ein bedauerlicher Zwischenfall«, sagte er lakonisch.
Mir wurde klar, dass ich ihm eine Erklärung geben wollte, also hielt ich mich sofort zurück und stand auf.
»Gehen wir, es ist spät.«
»Ich werde die Tassen abspülen.«
»Lassen Sie das, das macht meine Putzfrau.«
Der Arme wollte sich nützlich machen, vielleicht, um seinen misslungenen Einstand wieder gutzumachen. Als ich meinen Mantel holte, kam ich am Gästezimmer vorbei und sah, dass er sorgfältig sein Bett gemacht hatte. Ich musste mich bemühen, freundlich und entgegenkommend zu sein, schließlich hatte ich ihn eingeladen.

Auf dem Kommissariat erwartete uns eine angenehme Überraschung. Die Schwester von Tomás dem Weisen war aufgetaucht: Teresa Calatrava Villalba. Sie lebte in Sarriá und war mit einem angesehenen Straßenbauingenieur verheiratet. Eine Freundin hatte ihr mitgeteilt, dass der erste tot aufgefundene Obdachlose ihr Bruder war. Sie hatte ihre Anschrift hinterlassen, damit ich sie befragen konnte. Ich rief sie an und bestellte sie in das Kommissariat. Sie war pünktlich und ich bat Garzón zu dem Gespräch dazu.

Teresa war eine zurückhaltende, elegante Dame um die fünfzig, die mit erschrockenem Gesicht mein Büro betrat. Ich bot ihr einen Kaffee an, damit sie sich entspannte, und sie nahm ihn dankbar an. Sie war unübersehbar nervös, und ich begann nach dem offiziellen Drehbuch.

»Tut uns sehr Leid, das mit Ihrem Bruder.«

»Danke«, hauchte sie.

»Wie lange haben Sie sich nicht mehr gesehen?«

»Zwei oder drei Jahre.«

»Was ist mit Ihrem Bruder passiert, Señora Calatrava?«

»Nennen Sie mich bitte Teresa.« Dann brach sie völlig unerwartet in stilles Weinen aus.

»Mein Gott, ich ... Entschuldigen Sie, ich ...«

»Lassen Sie sich Zeit.«

Wie wir es in Fällen familiärer Gefühlsausbrüche zu tun pflegten, blickten Garzón und ich zur Decke hoch, bis sie sich wieder gefangen hatte und leise schnäuzte.

»Tut mir Leid, aber ich weiß es erst seit ein paar Stunden, ich konnte noch nicht einmal meinen Mann informieren. Meine Freundin glaubte, ich wüsste es schon, und erwähnte es in dem Gespräch ...«

»Sollen wir später weitermachen? Fühlen Sie sich nicht wohl?«

»Nein, nein, es ist schon besser. Aber verstehen Sie doch, mein Bruder wurde wie ein Hund auf der Straße ermordet. Er war so intelligent, so brillant!«

»Was hat diese Veränderung in seinem Leben verursacht?«
»Es ging ihm schlecht. Der Arzt hatte eine beginnende Schizophrenie diagnostiziert, und von da an ... tat er seltsame Dinge, er vernachlässigte seine Arbeit. Später hat ihn Magda, seine Frau, verlassen. Er hat das Zerbrechen dieser Beziehung nicht verkraftet und ist völlig abgerutscht, bis zu dem Extrem, das Sie ja kennen. Anfangs versuchten mein Mann und ich ihm zu helfen, aber es war sinnlos, er hat es abgelehnt. Irgendwann traf ich mich noch einmal mit ihm und gab ihm ein wenig Geld. Ich sah, wie er immer mehr herunterkam, wie er sich in einen Vagabunden verwandelte. Einmal sagte er zu mir, dass er mein Geld nicht bräuchte, dass er als Buchhalter in einer kleinen Firma arbeitete. Stellen Sie sich das mal vor! Ich habe versucht, ihn in eine psychiatrische Klinik einweisen zu lassen, was für ihn besser gewesen wäre, aber er weigerte sich, und nicht nur das, eines Tages reagierte er gewalttätig. Er sagte zu mir, ich wolle ihn wie einen Irren einsperren, dass ich ihn nie wiedersehen würde. Und so war es, er verschwand.«
»Haben Sie etwas unternommen, um ihn ausfindig zu machen?«
Sie schüttelte bedrückt den Kopf, und ihre Augen füllten sich wieder mit Tränen.
»Nein, mein Gott! Ich habe mich nicht mehr um ihn gekümmert, das war ja bequemer, und jetzt wurde er umgebracht, einfach so auf der Straße.«
»Geben Sie sich nicht die Schuld, Señora, ihm war nicht mehr zu helfen«, sagte Garzón ausgesprochen fürsorglich.
»Erzählen Sie mir von seiner Frau.«
»Von Magda? Sie ist eine gute Frau. Ihr kann man keine Vorwürfe machen. Manche ertragen das Leid eben und andere nicht. Sie hielt einen Mann, der den Kopf verloren hatte,

nicht aus. Sie stand vor einem unüberwindbaren Hindernis.«

»Wo ist sie jetzt?«

»Sie hat einen Franzosen, einen Arzt, kennen gelernt und lebt mit ihm zusammen, sie hat nicht mal eine offizielle Scheidung von meinem Bruder erwirkt. Sie leben in Lyon.«

»Teresa, hatte Ihr Bruder Eigentum, Geld?«

»Sie haben die gemeinsame Wohnung verkauft, ich vermute, davon hat mein Bruder gelebt. Aber mehr nicht, das Geld auf den Konten hat er Magda gegeben, und da sie keine Kinder hatten …«

»Dann können wir die Möglichkeit ausschließen, dass jemand aus Interesse …«

»Wollen Sie sagen, dass jemand aus seinen Tod Nutzen ziehen kann? Nein, auf keinen Fall.«

»Ich meine … Wie soll ich sagen, aber glauben Sie, dass Ihr Bruder seine Exfrau um Geld gebeten hat oder sie sonst wie belästigt haben könnte?«

»Nein, das ist absurd! Sie haben sich nie wiedergesehen, soweit ich weiß.«

»Haben Sie ihre Anschrift in Frankreich?«

»Natürlich, lassen Sie sie herkommen?«

»Ich weiß noch nicht, wir haben noch nichts entschieden.«

»Haben Sie schon eine Spur?«

»Wir verfolgen mehrere Ermittlungswege.«

»Ich hätte nie gedacht, dass der Mann, von dem die Zeitungen berichten, mein Bruder sein könnte. Oder vielleicht wollte ich es nicht wahrhaben. Sein Name tauchte erst später auf.«

Zum dritten Mal flossen die Tränen.

»Sie werden ihn identifizieren müssen. Das Foto reicht aus juristischen Gesichtspunkten nicht aus.«

»Ich weiß. Dann können wir ihn beerdigen, nicht wahr?«
Ich nickte und begleitete sie zur Tür. Sie war sehr mitgenommen, obwohl der Tod ihres Bruders vermutlich auch eine Art Erleichterung sein musste. Sie hatte in kalten Nächten bestimmt an ihn gedacht oder irgendwann einmal gefürchtet, ihm beim Einkaufen oder beim Verlassen eines Kinos über den Weg zu laufen. Garzón schüttelte ernst den Kopf.
»Ich hätte nie gedacht, dass eine so distinguierte Señora einen obdachlosen Bruder haben könnte.«
»Sie sehen ja, lieber Kollege, in allen Familien gibt es schwarze Schafe.«
»Wem sagen Sie das.«
Ich hörte die Botschaft heraus, sein familiärer Schandfleck war die Homosexualität seines Sohnes. Ich sollte wohl mit ihm darüber reden und versuchen, ihn zur Vernunft zu bringen, aber diese Dramatik, die er dem Ganzen gab, war nicht zu tolerieren. Sein Sohn hatte mehr Grund zum Klagen über einen so verbohrten alten Knacker wie seinen Vater. Ich war nie sehr nachsichtig mit Schwächen gewesen, aber mit Vorurteilen bin ich es noch weniger. Also war es angesichts der Probleme, mit denen ich mich konfrontiert sah, vorzuziehen, dass Garzón seine eigene Therapie machte.
»Begleiten Sie die Señora ins Leichenschauhaus, Fermín. Ich glaube, Sie werden sie beruhigen.«
Er überlegte einen Augenblick und suchte nach der verborgenen Spitze in meinen Worten, aber als er nichts fand, stand er auf und befolgte den Befehl mit einer gewissen Resignation. Der Besuch dieser sensiblen Dame hatte uns die Vermutung bestätigt, dass Tomás der Weise an Schizophrenie gelitten hatte, also konnten wir nicht davon aus-

gehen, dass alle seine Schritte logisch gewesen waren. Sie hatte uns eine wichtige Information geliefert: ›Er arbeitete als Buchhalter in einer kleinen Firma.‹ Einbildung, wie sie behauptete, oder war da was dran?

Yolanda erwartete mich frisch und schön wie immer mit einer Liste der karikativen Einrichtungen in der Tasche ihrer tadellosen Uniform.
»Alles erledigt«, sagte sie wie eine fleißige Schülerin zur Begrüßung. »Es gibt mehrere Einrichtungen in der Stadt, Inspectora, aber wer die meisten allgemeinen Informationen hat und den Ton angibt, ist die Caritas. Ich habe den Direktor angerufen, und er hat mir gesagt, dass er den ganzen Vormittag in seinem Büro sein wird, er kann uns jederzeit empfangen.«
Ich sah sie aufmerksam an und lächelte.
»Sie machen Ihre Arbeit gerne, stimmt's?«
»In der Guardia Urbana war es nicht so abwechslungsreich.«
»Warum gehen Sie nicht zur Policía Nacional?«
»Ich denke, ich werde es mir überlegen. Kann ich dann mit Ihnen zusammenarbeiten?«
Dieses Kompliment traf mich unvorbereitet. Ich will nicht leugnen, dass es mir schmeichelte, aber gleichzeitig fühlte ich mich älter und mütterlich, und keine der beiden Optionen gefiel mir. Ich reagierte relativ brüsk.
»Ja, Sie werden mit mir zusammenarbeiten, und wir werden dafür ausgezeichnet. Das wird wunderbar.«
Sie zuckte sorglos die Achseln. Was dachte sie wohl von Garzón und mir? Dass wir zwei eingerostete Maschinen waren, die unbarmherzig knarrten? Ihr war das gleich, sie war voller Tatendrang und Lust, sich ganz ernsthaft auf das

Spiel des Lebens einzulassen. Ich fragte mich, ob ich auch einmal so gewesen war, so direkt, so frei von Zweifeln, so voller Erwartungen. Ich vermute nicht.

Der Direktor der Caritas Barcelona war ein Mann in den Sechzigern, hatte dunkles Haar und ein rassiges Gesicht wie ein Herrscher der Vereinigten Emirate. Er vermittelte den Eindruck, als würde er sich mit allem auskennen, und verstärkte diesen noch, weil in seinen Worten eine große Abgeklärtheit mitschwang. Stoisch vernahm er, dass zwei Obdachlose ermordet worden waren, er fand das fast normal, denn er hatte in seinem Leben bestimmt schon Schlimmeres gesehen. Trotzdem ließ er sich zehn Minuten lang empört über das moderne Leben aus, was mir schon tausendfach vorgetragen klang. Auch normal, doch mir schoss durch den Kopf, dass wir bei Beschäftigungen wie der Wohltätigkeit immer erwarten, dort müsse alles menschlicher und aufrichtiger zugehen. Ein Irrtum. Ich schaffte es tatsächlich kaum, ihn aus dieser Art Gleichgültigkeit herauszulocken, als ich ihn fragte, ob er einen Schlüsselanhänger wie den meinen schon einmal gesehen hätte. So eine profane Frage hatte er nicht erwartet.

»Nein.«

»Könnte es sich um eine Kampagne handeln, um Mittel für irgendeine karitative Einrichtung zusammenzutragen?«

»Es kann sich um alles handeln. Wohltätige Menschenrechtssorganisationen verkaufen hin und wieder solche Gegenstände, auch Gemeinden, Gruppen junger Christen ... So ein Schlüsselanhänger kann sonst woher stammen: Studenten, die sich was für die Ferien verdienen wollen, Hausfrauenverbände ... Was weiß ich! Es kann auch schlichter Betrug sein.«

»Gibt es in der karitativen Welt Gauner?«

»Ja, die gibt's, die hat es immer gegeben. Bettler mit falschen körperlichen Behinderungen, vorgetäuschte Blindheit ist ein Klassiker. Jetzt hat die wachsende Bedeutung von Werten wie Solidarität, diese Praktiken wieder belebt. Sie sind natürlich moderner: Typen, die im Namen von nicht existenten Einrichtungen Altkleider abholen und sie dann verkaufen, aufgeweckte Geister, die falsche Wohltätigkeitstombolas veranstalten.«

»Wird diese Art Gaunerei verfolgt? Das wissen Sie bestimmt besser als wir.«

»Ich vermute nicht, die sind eine Nummer zu klein und erledigen sich von selbst. Wir haben nur einmal eine Anzeige bei der Polizei erstattet, als ein paar Kerle im Namen der Caritas hausieren gingen. Es handelte sich um widerrechtliche Inanspruchnahme des Namens, und ich meine, da wurde ermittelt.«

»Was ist daraus geworden?«

»Ich erinnere mich nicht genau, keine große Sache. Das waren ein paar Pechvögel und die Angelegenheit kam nicht mal vor Gericht.«

»Können Sie mir das Datum nennen, wann das war?«

»Ich sehe in unseren Akten nach.«

Er stand träge auf und rief eine ebenso wenig aufgeweckte Sekretärin. Sie redeten so verschwörerisch miteinander, dass wir nichts verstehen konnten, und die verblühte Sekretärin verschwand, ohne uns auch nur einen neugierigen Blick zugeworfen zu haben. Wahrscheinlich ist man, wenn man täglich das schäbige Gesicht der Welt sieht, gegen leidenschaftliche Reaktionen gefeit. Dann fragte ich mich erneut, wie man etwas wie Wohltätigkeit praktizieren konnte, wenn nicht mit einem gewissen starken Bedürfnis nach Gerechtigkeit oder Nächstenliebe oder ...

»Die Wohltätigkeit ist ein Scheiß«, sagte ich zu Yolanda, als wir nur mit dem Datum in der Tasche gingen. Sie sah mich überrascht an.

»Wieso?«

»Sie ist keine gute Lösung.«

»Aber ich sehe nicht, warum nicht. Wenn wir alle ein wenig wohltätig wären, gäbe es nicht so viele arme Menschen.«

Sie meinte es ernst, und ich mochte ihr nicht widersprechen. Wozu auch. Sie ging von einer Welt aus, die ist, wie sie ist, und ich war nach der langen Zeit, in der ich geglaubt hatte, dass sich was ändern könnte, zu demselben Schluss gekommen. Uns trennte eigentlich nur die Ungläubigkeit, die aus der Frustration entsteht, nichts, woraus man eine überzeugende Theorie entwickeln könnte.

»Vielleicht haben Sie Recht«, sagte ich abschließend und vermisste augenblicklich Garzón, von dem mich vielleicht ein Ozean der Überzeugungen und Beweggründe trennte, mit dem mich aber die Erfahrung verband, das eindeutigste Verbindungsglied, das zwei Menschen haben können.

»Was machen wir jetzt, Inspectora?«

»Ich fahre ins Kommissariat, ich will diese kleinen Gauner finden, vielleicht können die uns mehr Infos geben.«

»Aber wenn der Direktor von der Caritas Recht hat und der Schlüsselanhänger von ein paar Studenten gemacht wurde, um sich die Ferien zu verdienen?«

»Die Männer, die Anselmo ermordet haben, hätten keine Schlüsselanhänger von Studenten mitgenommen, Yolanda. Außerdem kann nur ein Idiot glauben, dass den Jugendlichen heutzutage nichts Besseres einfällt, als zum Zwecke der Wohltätigkeit Schlüsselanhänger zu vertreiben.«

»Stimmt, daran habe ich nicht gedacht. Ich sehe schon, Ermittlungsarbeit heißt, den Blick nur auf die wichtigen Dinge zu konzentrieren und andere Möglichkeiten beiseite zu lassen.«

»Das mit der Ermittlungsarbeit ist ein Kuddelmuddel, glauben Sie mir, Yolanda. Los, suchen Sie die anderen Einrichtungen auf. Ich gebe Ihnen den Schlüsselanhänger, aber Sie wissen ja, geben Sie ihn nicht aus den Händen. Im Augenblick ist er eines der wenigen soliden Beweisstücke, die wir haben.«

Ich trug dem Subinspector die spärlichen Ergebnisse unserer Nachforschungen vor.

»Kleine Gauner, Inspectora? Ich glaube nicht, dass kleine Gauner in einem so schäbigen Umfeld wie diesem einfach so zwei Männer umbringen.«

»Je schäbiger die Angelegenheit, desto ungebildeter ist das Milieu, in dem es stattfindet, und je ungebildeter das Milieu, desto mehr Gewalt.«

»Dann haben die Reporter ja Recht, und wir sind hinter einem Kerl her, der grundlos mordet, ein Serienkiller, der es auf Obdachlose abgesehen hat.«

»Nichts mit Serienkiller oder eingelegten Schwänzen! Das ist eine Geschäftsaffäre, wenn auch eine ganz kleine, es gibt immer Gründe zum Töten, und ich wette sonst was, dass wir es mit einem geschäftlichen Motiv zu tun haben.«

»Wäre es nicht ehrlicher, Inspectora, einzuräumen, dass wir keinen blassen Schimmer haben?«

»Tomás der Weise war in eine hässliche Sache verwickelt,

und den armen Anselmo hat man umgebracht, weil er etwas wusste, und man hat ihm die Dose mit den Schlüsselanhängern gestohlen, die Tomás ihm geschenkt hatte. Wir folgen einer Spur.«

»Einer Spur der Toten.«

»Die Toten reden, Fermín, und ein Polizist ist verpflichtet, ihnen zuzuhören.«

»Sehr hübsch, aber diesen Toten kann man nichts aus dem Bauch leiern.«

»Sie werden schon noch reden.«

»Ich schau mal, was ich mit diesen vagen Daten von der Caritas anfangen kann. Ich hoffe, der Betrug fand schon im Zeitalter des Computers statt, sonst gehe ich während der Suche in den Ruhestand.«

Ich konnte auf einen Kilometer Garzóns persönliche Probleme an seinem Unmut im Dienst riechen, das war immer so. Ich wünschte mir, dass sein Sohn bald in die Vereinigten Staaten zurückkehrte und ihm die Ruhe seiner Routine wiedergab. Kurze Zeit später kehrte er in mein Büro zurück, missmutig und brummig.

»Sie haben angefangen zu suchen, aber ich weiß nicht, ob ...«

»Wenn Sie hergekommen sind, um mich zu demoralisieren, Garzón, verschwinden Sie, Sie wissen, dass es mir dafür nicht an Stimulanz fehlt.«

»Nein, ich wollte Sie zu einem Kaffee einladen.«

Wir gingen rüber ins ›La Jarra de Oro‹. Ich war davon überzeugt, dass Garzón reden wollte, aber ich konnte es nicht verhindern. Über mir würden bestimmt weitere Klagen über den forschen, schwulen Amerikaner niedergehen oder Schlimmeres. Ich täuschte mich nicht.

»Verdammt, Inspectora, ich bin verzweifelt! Heute Abend

wollen mein Sohn und … der Amerikaner, dass ich sie zu einem Flamencoauftritt begleite.«

»Das kann doch nett werden.«

»Ja, spitze! Ich muss nicht nur den Schwiegervater dieses …, na ja, für einen Kerl spielen, darüber hinaus auch noch den Touristen in meiner eigenen Stadt. Warum kommen Sie nicht mit?«

»O nein, kommt nicht in Frage!«

»Sehen Sie?«

»Was soll ich denn sehen?«

»Ich weiß ja, dass Sie nicht verpflichtet sind, mitzukommen, aber Sie hätten es bestimmt getan, wenn ich vorgeschlagen hätte, nur mit meinem Sohn zu gehen.«

»Sie sehen Gespenster, Fermín. Ich habe heute Abend schon eine Verabredung.«

»Mit diesem Herrn, der …«

Ich unterbrach ihn mit einem wilden Blick.

»Ja, mit diesem Herrn.«

»Er wirkte sehr sympathisch auf mich.«

»Als Sie mit Ihrer Pistole auf ihn zielten, stimmt's?«

»Das war ein Versehen. Es geht Ihnen also gut, nicht wahr, Petra?«

Ich machte ein dümmliches Gesicht, obwohl ich genau wusste, worauf er anspielte.

»Finden Sie, dass ich plötzlich strahle?«

»Nein, ich wollte sagen … Na ja, ich wusste nicht, das Sie einen Freund haben, Inspectora.«

Ich hätte fuchsteufelswild werden und auf ihn losgehen können, aber ich beherrschte mich und lächelte, wenn auch mein Lächeln wahrscheinlich eher dem einer psychopathischen Mörderin ähnelte.

»Lieber Subinspector, mir geht's gut, Ihnen geht's gut, uns

allen geht's gut. Aber ich möchte Sie daran erinnern, dass die Tatsache, dass Sie bei mir übernachten, Ihnen nicht das Recht gibt, Ihren Rüssel in mein Leben zu stecken, verstanden?«

»Wie Sie sich immer aufführen! Wegen so einer lächerlichen Bemerkung.«

»Ich meine mich daran zu erinnern, dass der Kaffee eine Einladung war.«

Ich konnte noch das Lächeln um seine Lippen spielen sehen, als er zahlte. Ja, er kannte mein privates Geheimnis, und das bereitete ihm ein schwer zu erklärendes Vergnügen. Es war wie der Beweis, dass ich tatsächlich eine menschliche Seite hatte, was ein Stratege wohl als Achillesferse bezeichnet hätte.

Damit meine Behauptung gegenüber Garzón keine Lüge war, dachte ich daran, für Ricard ein Abendessen zu improvisieren, aber noch bevor ich ihn anrufen konnte, tat er es selbst. Ich sagte ihm, wenn er an dem Abend mit mir schlafen wollte, dann in seiner Wohnung. Ich wollte keine weiteren Einmischungen seitens meines Kollegen.

»Schön, nichts dagegen einzuwenden. Was für ein Tag ist heute?«

»Dienstag.«

»Scheiße, heute kommt meine Putzfrau nicht! Vielleicht findest du alles ein wenig unordentlich, Petra. Außerdem wohne ich nicht in einem renovierten hübschen Häuschen wie du, sondern in einer Altbauwohnung in Ensanche.«

»Ich will deine Wohnung nicht kaufen, sondern dich nur besuchen.«

»Ist gut, es wird mir ein Vergnügen sein, und ich werde Blumen kaufen. Mehr noch, ich glaube, wir können sogar zu Hause essen. Ich werde den Koch spielen.«

Mir gefiel seine Reaktion. Vielleicht verbarg sich hinter der zynischen Fassade Ricards das, was wir Frauen einen »zärtlichen Mann« nennen. Vielleicht würde mich das auch ein bisschen enttäuschen, denn ich muss zugeben, dass mir sein Auftreten als zerstreuter, zynischer Professor ziemlich gut gefiel.

Als ich mich zum Ausgehen fertig machte, wurde ich unruhig. Ich hatte das Kommissariat überstürzt verlassen und vergessen, nach den Fortschritten in unseren Fall zu fragen. Ich hatte nicht einmal Yolanda angerufen und sie nach ihren Ergebnissen gefragt.

Außerdem war mein Kopf voller Fragen wie ›Was ziehe ich an?‹, sodass ich dem polizeilichen Kontext völlig fern war. Ich war doch nicht im Begriff, mich in Ricard zu verlieben? Denn das Verlieben ist erst der Anfang eines Haufens unvorhersehbarer Komplikationen, die den gut eingespielten Rhythmus meines Lebens durcheinander bringen konnten, und das gehörte nicht zu meinen Plänen. Obwohl, ganz ruhig, nach meiner Erfahrung verliebt man sich nur dann, wenn man dazu bereit ist, und in meinem aktuellen Zustand mitten in einem komplizierten Fall, der nur zögerlich vorwärts kam, war das Risiko gering.

Ricard wohnte in der Calle de Mallorca, in einem Altbau mit einem alten, eleganten Treppenhaus. Er öffnete mir mit einer Schürze, die den Aufdruck trug: ›Frauen ins Büro, Männer in die Küche.‹ Schlechtes Zeichen. Kein Junggeselle, wenn er nicht eine Art professioneller Schürzenjäger war, hatte so eine Schürze im Hause. Ich sah mich neugierig um.

»Ach! Ist deine Putzfrau eine Bergsteigerin?«

Das war kein simpler ätzender Kommentar, sondern eher eine flüchtige Beobachtung. Ricards Wohnung, groß, dunkel und altmodisch, war eine barocke Kopie seines Sprechzimmers. Stapelweise Patientenakten, alte Zeitungen und medizinische Fachzeitschriften in allen Ecken. Alle Aschenbecher quollen über wie buddhistische Opfergabenschalen. In dieser Höhle gab es das eine oder andere Anzeichen von Leben: Apfelreste, leere Jogurtbecher ... Dazwischen vervollständigte irgendein Kleidungsstück das Bild der Requisitenkammer eines Theaters, in der eine Bombenexplosion nachgestellt worden war.

Ricard merkte, dass mein Blick unbarmherzig über das Chaos seines Heimes wanderte.

»Ich bin sehr unordentlich, du siehst es ja, aber so lebe ich eben. Eigentlich weiß ich nur, dass ich unordentlich bin, weil es mir die anderen sagen, ich selbst merke es gar nicht. Aber wenn wir zusammenziehen sollten, werde ich mich ändern, alles eine Frage des Willens.«

»Soweit ich sehe, brauchst du etwas mehr als Willen. Eine Gehirnwäsche wäre vielleicht gut, obwohl ich mir nicht sicher bin.«

»Ich kann nicht glauben, dass die Inspectora Delicado so konventionell ist. Wie soll ich mit einer Frau zusammenleben, die so viel Wert auf Äußerlichkeiten legt? Du müsstest dich auch ein wenig ändern.«

»Ich glaube, dafür habe ich schon eine Lösung, ich mache ein Praktikum bei meinen obdachlosen Freunden, jetzt wo ich schon eine Beziehung zu ihnen aufgebaut habe.«

Er sah mich lächelnd an, nahm meine Hand und führte mich durch die verwüstete Wohnung.

»Diese Antwort bedeutet, dass du ein Zusammenleben ernsthaft in Betracht ziehst?«

»Es ist nur eine geistreiche Antwort. Einer meiner Fehler, wenn mir was Originelles einfällt, muss ich es loswerden, auch wenn ich nicht wirklich glaube, was ich sage.«

Nachdem wir mehrere Patientenakten weggeräumt hatten, setzten wir uns aufs Sofa. Er holte mir ein Bier, öffnete es und setzte sich mit zurückhaltendem Gesichtsausdruck mir gegenüber. Seine Stimme klang plötzlich ernst.

»Petra, du glaubst bestimmt, ich meine es nicht ernst, aber du täuschst dich. Wir gefallen uns, wir verstehen uns, wir sind beide allein. Wir sind nicht mehr in dem Alter, sich allzu romantische Vorstellungen zu machen, das macht es aber nicht uninteressanter. Ich glaube, wir würden gut zusammenleben, wir würden uns schnell aneinander anpassen. Du machst deine Arbeit, ich die meine, und dann hätten wir noch ein gemütliches gemeinsames Leben ohne Spannungen, ohne abrupte Veränderungen: Liebe und Frieden.«

»Das klingt wie der Weihnachtsgruß eines Kaufhauses.«

»Ist das auch so eine deiner geistreichen Antworten, die du nicht für dich behalten kannst?«

»Verzeih mir, aber ich verstehe nicht, warum es plötzlich so notwendig ist, unserer Beziehung einen anderen Status zu geben. Geht es uns so nicht gut?«

»Nein. Ich will dich mehr sehen. Ich denke an dich, ich will mit dir zusammen sein, wenn ich nach Hause komme, gemeinsam Pläne machen …«

»Aber wir kennen uns doch erst vier Tage!«

»Meine Erfahrung als Psychiater und die daraus folgende Kenntnis der menschlichen Natur haben mich gelehrt, dass es nicht nötig ist, sich sehr gut zu kennen, um als Paar zusammenzuleben.«

»Unglücklicherweise hat mich meine berufliche Erfahrung zu dem Schluss gebracht, dass es nicht viel braucht, um sich zu verachten und sogar umzubringen.«

Er stand brüsk auf und warf dabei fast das Bier um.

»Jetzt reicht's mit den geistreichen Antworten! Du benimmst dich wie eine verwöhnte Göre, die nichts ernst nehmen kann. Ich habe unreife Menschen satt! Wenn ich meine Praxis schließe, habe ich mich den ganzen Tag lang mit Menschen unterhalten, die unfähig sind, sich realistisch dem Leben zu stellen, ich will danach einfach mit vernünftigen Menschen zu tun haben.«

Ich stand auf und suchte mit dem Blick meinen Mantel.

»Petra, wo willst du hin?«

»Nach Hause. Heute haben wir falsch angefangen, ein andermal gelingt es uns besser.«

»Geh nicht, tut mir Leid, dich angeschrien zu haben.«

»Ist nicht weiter wichtig. Adiós.«

Ich ging in den Flur und hörte hinter mir ›Scheiße!‹ und wie etwas auf den Boden geworfen wurde. Ich war weder unruhig noch nervös, nur traurig und müde. Er hatte Recht, ich hatte mich unmöglich verhalten: witzige Bemerkungen und theatralisches Gebaren. Aber warum eine Beziehung, die gerade angefangen hatte, so beschleunigen? Na schön, war auch egal, vielleicht war ich eine dieser unreifen Personen, von denen Ricard gesprochen hatte, unfähig zu sehen, wo eine Chance bestand, glücklich zu sein.

In meinem Haus brannte Licht. Ich ging in die Küche und überraschte den Subinspector dabei, wie er ein paar Eier schlug. Er war ebenso überrascht, mich zu sehen, wie ich ihn.

»Guten Abend, Inspectora. Mit Ihrer Erlaubnis, ich wollte mir gerade eine Tortilla zubereiten.«

»Machen Sie weiter, Fermín. Aber wollten Sie nicht ausgehen?«

»Ich habe einen Aperitif mit ihnen getrunken, aber als der Auftritt begann, habe ich gesagt, ich hätte Kopfschmerzen, und bin gegangen. Flamenco war noch nie meine Sache, ich hab's eher mit der aragonesischen Jota.«

»Aha.«

»Und Sie?«

»Ich hasse Folklore.«

»Nein, ich meine, Sie essen auch nicht außer Haus?«

»Ich hatte eine Verabredung, aber ich habe sie abgesagt.«

»Ach, dann mache ich Ihnen auch eine Tortilla! Die kann ich nämlich ziemlich gut.«

»Bemühen Sie sich nicht.«

»Im Gegenteil, so esse ich nicht allein.«

Ich setzte mich an den Tisch und sah zu, wie Garzón mir die Tortilla zubereitete. Er hatte was von einer guten Hausfrau und wusste genau, wo alles stand in meiner Küche. Gut für ihn, denn ich war so müde, dass ich ein wenig Umsorgen gut gebrauchen konnte. Er würzte ein paar Tomaten, schnitt Käse klein und stellte mir eine duftende Tortilla und ein kühles Bier vor die Nase.

»Gott ist gnädig«, sagte ich.

»Gott hat damit nichts zu tun. Ist alles menschliche Weisheit.«

Ich lachte auf. Es war wirklich nicht schlecht, traurig nach Hause zu kommen und jemanden vorzufinden, der dir eine Tortilla zubereitet. Natürlich wäre es nicht dazu gekommen, hätte ich nicht mit meinem Geliebten eine Meinungsverschiedenheit gehabt. Ich nahm einen großen Schluck Bier und probierte Garzóns Werk.

»Verdammt, Subinspector! Das ist mit Abstand die beste Tortilla, die ich je gegessen habe.«

Sein sardonischer, gutmütiger Blick durchbohrte mich.

»Wissen Sie, was mir mit Ihnen immer passiert, Petra? Ich habe immer Angst, dass hinter Ihren Worten Ironie lauert.«

»So schlecht bin ich?«

»Sagen wir, Sie sind nicht einfach.«

»Ich kann Ihnen versichern, dass ich es gerne wäre. Kompliziert zu sein, stört mich immer mehr. Wissen Sie, was mein Ideal vom Glücklichsein wäre? Auf dem Land zu leben, in einer kleinen Hütte, umgeben von Hunden und Katzen und Büchern, und hin und wieder eine Flasche Wein.«

»Das ist Ihre Schiffsladung Reis.«

»Die ich nie haben werde.«

»Weil es das nicht gibt. Die Realität, die wir uns vorstellen, existiert nicht. Denn wenn Sie sich wirklich in eine Hütte zurückziehen würden, würde dieses Ideal zerbrechen: Die Hunde und Katzen würden miteinander kämpfen, oder es gäbe Mücken, oder Sie würden sich schrecklich langweilen.«

»Kann sein.«

»Was hätte der arme Anselmo mit seiner Schiffsladung Reis gemacht?«

»Ich weiß es nicht. Er wurde ermordet, jetzt ist das egal. Es ist alles eine Scheiße, Fermín.«

»Verdammt, ich glaube, bei dem Flamencoauftritt wäre es lustiger gewesen!«

Es klingelte. Wir fuhren auf und sahen uns an.

»Erwarten Sie jemanden, Inspectora?«

Ich dachte kurz nach.

»Ich glaube, ich weiß, wer das ist. Ziehen Sie bitte nicht Ihre Pistole.«

Tatsächlich, Ricard stand im Türrahmen und sah mich an wie ein Hund, der um Aufnahme bettelt.

»Tut mir Leid, Petra, meine Gastfreundschaft war heute nicht gerade herausragend.«

»Komm rein. Und meine Gastfreundschaft geht sogar so weit, dass ich schon einen Gast habe, aber ich glaube, du kommst rechtzeitig zum Abendessen.«

Ich stellte sie nun endlich einander vor. Garzón erbot sich sofort, noch eine Tortilla zu machen, aber Ricard versteifte sich darauf, sie selbst zuzubereiten, vielleicht, um den Nachgeschmack seines häuslichen Desasters zu vertreiben. Ich versuchte, mich zurückzuhalten, und setzte mich, um amüsiert diesem ziemlich verschrobenen Schauspiel beizuwohnen. Ricard begann die gastronomische Zeremonie unter Assistenz von Garzón, der freundlich, aber bestimmt erläuterte, was zu tun war und was nicht. »Sind Sie sicher, dass das genug Öl ist?«, »Haben Sie die Eier gut geschlagen?«, »Warten Sie, wenn Sie einen Teller benutzen, beklekkern Sie sich nicht ...« Ricard ließ die Anweisungen über sich ergehen, ohne sie zu befolgen. »Ja, ich mag die Tortilla nicht so fettig«, »Ja, sie sind gut geschlagen«, »Lassen Sie nur, wenn ich kleckere, mache ich es hinterher sauber.« Mir wurde klar, dass ich Zeugin einer Revierverteidigung wurde. Meine Müdigkeit verfünffachte sich.

Wir aßen und plauderten höflich, und als beide Herren im Begriff waren, sich darüber zu streiten, wer die Küche putzen würde, griff ich entschlossen ein.

»Kommt nicht in Frage, meine Herren, Sie lassen alles liegen. Morgen kommt meine Putzfrau, und die mag es gar nicht, wenn sich jemand in ihre Arbeit einmischt.«

Der Subinspector zog sich nicht ohne passiven Widerstand zurück.

»Es ist Zeit zum Schlafen, morgen müssen wir früh aufstehen. Sie auch, Ricard?«

»Ja, ich werde auch gleich gehen.«

Als wir alleine waren, sagte mein Liebhaber halblaut:

»Wie lange bleibt denn dieser Daniel Boom mit seinem Karabiner?«
»Er ist mein Freund.«
»Er wirkt wie dein Vater oder dein großer Bruder.«
»Er sorgt für mich, er glaubt, wenn er eine andere Chefin hätte, ginge es ihm schlechter. Außerdem ist er mir dankbar, dass ich ihn für eine Weile aufgenommen habe.«
»Selbstverständlich, bei einer Frau, die so eifrig ihre Privatsphäre hütet wie du, ist das auch ein Grund zur Dankbarkeit. Tut mir Leid, ich wollte das nicht sagen. Ich wollte fragen, ob ich hier schlafen kann?«
»Ja, was soll's. Du kannst hier schlafen. Morgen Früh mache ich das Frühstück, damit ihr euch nicht darum streitet, wer die Milch warm macht.«
Es war schön, dass er zum Schlafen blieb, auch seine Entschuldigungen, seine Zärtlichkeiten und seine Küsse. Und es war rührend, als er sagte, dass er mit einem Entrümpler gesprochen hätte, der die nutzlosen Dinge aus seiner Wohnung abholen sollte.

Acht

Unser Kontaktmann von der Caritas hatte Recht, fast niemand zeigte ein Vergehen an, das mit Wohltätigkeit zu tun hatte, und wenn es wirklich Betrüger gab, wurden sie selten verfolgt. Deshalb hatten wir einen der Männer, der in den Caritasfall verwickelt war, wirklich erfasst, und es erwies sich glücklicherweise als einfach, ihn ausfindig zu machen. Es handelte sich um Juan de Dios Llorens, einen kleinen Betrüger, der mehr als einmal wegen Diebstahl und anderen Bagatelldelikten verhaftet worden war. Garzón fuhr zu seiner Wohnung, die Adresse hatten wir im Computer gefunden. Ich dachte, ich wäre eine Weile allein und könnte in Ruhe nachdenken, den Fall noch einmal durchgehen. Doch meine Gedanken wanderten ständig zu Ricard. War es wirklich so absurd, zusammenzuleben? Hätte dieses Zusammenleben Aussicht auf Erfolg? Gefiel mir dieser Mann wirklich so sehr, um so einen Schritt zu wagen? War es wirklich so wichtig, mit einem Mann die Wohnung zu teilen? Die Stimmen meines Gewissens, die ich in der Vergangenheit so oft herbeigerufen und gepflegt hatte, fielen unerwartet über mich her: ›Versuch es nicht noch einmal, Petra, allein wird es dir immer besser gehen.‹ Zwei gescheiterte Ehen waren Grund genug für die Annahme, dass ich, was die Liebe betraf, ein Talent zum Scheitern hatte. Außerdem konnte man zu dem Schluss kommen, dass es nicht einfach war, mit mir zusammenzuleben, denn auch ich fand es schwierig, mit anderen zusammenzuleben. Natürlich riss mich diesmal nicht die Leidenschaft hin, sondern zum ersten Mal wog ich kühlen Kopfes das Für und Wider einer Neuorganisation meines Lebens gegeneinander ab. Die Liebe pflegt über Hindernisse hinwegzusehen, auch wenn man sie ganz deutlich erkennt. Man glaubt immer, dass der eigene Wille ausreicht, damit alles gut geht und dass die Meinungsverschiedenheiten zu klären sind. Die Theorie ist gut, aber wenn die Stunde der Wahrheit gekommen ist, entdeckt man, dass der eigene Wille schwach ist, dass man nicht weiß, woher man die Kraft nehmen soll, damit die Beziehung weiterhin wie ein starker Motor funktioniert.

Ich war nicht leidenschaftlich in Ricard verliebt. Er gefiel mir, er schmeichelte mir mit seiner Aufmerksamkeit, und ich sah, dass ein Zusammenleben mit ihm auch seine Vorteile haben könnte: die Tatsache, mit jemandem reden zu können, die Tatsache, mit jemandem schlafen zu können, die Tatsache, eine Schulter zum Anlehnen zu haben, wenn es mir mal schlecht ging. Einfach jemanden zu haben. Menschen heiraten mit allem Brimborium aus viel weniger triftigen Gründen. Doch wenn wir die Probe aufs Exempel machen würden und ich ihn eine Weile bei mir wohnen ließe, würde ich diese wunderbaren Augenblicke der Einsamkeit verlieren, an die ich so gewöhnt war, und schlecht daran war auch, dass ich sie für immer verlieren würde, wenn es einigermaßen funktionierte. Die Gründe gegen den Versuch erschienen mir gefühlsmäßig erbärmlich, wie die einer eingefleischten Junggesellin mittleren Alters, die niemandem ihre gemütlichen Lese- und Mußestunden opfern möchte. Aber die Gründe, die dafür sprachen, waren ähnlich prosaisch wie die einer Witwe, die ihre Jugend hinter sich gelassen hat und sich nicht damit zufrieden geben will, ihre ganze Liebe der Katze zu schenken. Ich dachte noch ein wenig darüber nach, und beide Beispiele kamen mir wie kleinkarierte Klischees vor, denen ich nicht erliegen durfte. Ich musste vernünftig nachdenken. Glücklicherweise verhinderte Yolandas Eintreffen, dass ich so etwas Langweiliges tat. Sie trug ihr Haar zu einem Pferdeschwanz zurückgebunden und kein Make-up. Ich beneidete sie, weil sie einen Freund hatte, bestimmt der Erste in ihrem Leben, und weil sie wahrscheinlich nicht daran zweifelte, ihn zu heiraten.

»Inspectora, ich habe etwas. Vielleicht ist es nicht weiter wichtig, Sie werden das schon wissen.«

»Setzen Sie sich, Yolanda. Sie haben doch den Schlüsselanhänger nicht verloren ...«

»Nein, hier ist er. Wie wenig Sie mir vertrauen! Also, was den Schlüsselanhänger anbelangt, ein Angestellter von Cristianos Unidos hat ihn wieder erkannt. Er sagte mir, vor zwei Monaten wären zwei Jungs bei ihm gewesen und hätten ihm ein paar Hundert Stück davon verkaufen wollen, damit er sie in seiner Einrichtung verteile.«

»Wie bitte?«

»Ja, sie behaupteten, sie würden zu einem Wohlfahrtsverein ohne Mittel oder Infrastruktur gehören, aber der Angestellte konnte sich nicht mehr an den Namen erinnern. Er sagt, es gibt so viele. Sie haben ihm eine Telefonnummer gegeben, falls er ihnen helfen wollte.«

»Aber die hat er nicht mehr.«

»Doch, hier ist sie, er hatte sie aufgehoben.«

»Verflixt, Yolanda! Warum haben Sie mir das nicht gleich gesagt?«

Ich riss ihr den Zettel fast aus der Hand. Das Mädchen sah mich verständnislos an.

»Ich hätte Ihnen das Drumherum trotzdem erklären müssen.«

Ich bat darum, Namen und Adresse des Telefonteilnehmers herauszufinden, und rief Garzón an, er sollte so schnell wie möglich ins Kommissariat kommen. So wurden wir alle drei von der Nachricht überrascht: die Telefonnummer gehörte Tomás Calatrava Villalba. Die Adresse im Telefonbuch lautete Calle de la Princesa.

Ich schickte Yolanda los, um herauszufinden, ob es sich um eine Miet- oder Eigentumswohnung handelte. Dann schlüpfte ich in meinen Mantel und sah Garzón an, der sitzen geblieben war.

»Los, setzen Sie sich in Bewegung.«

»Ich habe Juan de Dios Llorens draußen sitzen, was machen wir mit ihm?«

»Er soll warten. Wir kümmern uns später um ihn. Und sagen Sie den Kollegen, sie sollen ihn nicht gehen lassen, es gibt keinen Ort, der weniger unter Bewachung steht als ein Kommissariat.«

Die Wohnung von Tomás dem Weisen befand sich in einem gepflegten Altbau. Die Nachbarschaft wirkte nicht sozial schwach. Eine alte Dame, die auf derselben Etage wohnte, ließ uns freundlich ein und führte uns ins Wohnzimmer. Sie hatte zwei Katzen, die uns misstrauisch anstarrten.

»Möchten Sie einen Kaffee? Der ist schnell gemacht.«

Als ich sah, wie langsam sie sich bewegte, bereute ich es, angenommen zu haben, wir würden den ganzen Vormittag hier verplempern. Garzón ließ die Katzen nicht aus den Augen.

»Sie starren einen so an, dass man nervös wird.«

»Reden Sie mit ihnen, Katzen reagieren sehr auf Stimmen.«

»Ich weiß nicht, was ich zu ihnen sagen soll.«

»Verdammt, Fermín, sie müssen keine Unterhaltung führen!«

Er stand auf und ging zu einem der Tiere, hielt aber vorsichtig Abstand. Er versuchte die Katze zu streicheln, aber sie sprang unvermittelt auf, wobei sie eine schreckliche Vase umstieß. Sie zersprang in drei Teile.

»Verdammte Scheiße! Und was machen wir jetzt?«

»Keine Sorge, ich werde der Señora sagen, dass Sie ein stürmisches Temperament haben, dass man Sie nirgendwohin mitnehmen kann.«

»Sehr witzig, aber ...«

»Ertrinken Sie nicht in einem Glas Wasser, warten Sie ab.«

Ich stand auf, suchte die Scherben zusammen und versteckte sie hinter einem Sessel.

»Schon erledigt.«

»Inspectora, Sie sind aber auch eine!«

»Was ist?«

»Ich weiß nicht, aber ich finde das nicht ... ethisch. Die arme Señora lässt uns herein und bietet uns Kaffee an ... Und Sie behaupten, dass Sie Mitleid mit den Schwachen haben, aber ...«

»Stimmt, ich bemitleide alle Welt, aber etwas für sie zu tun, geht einen Schritt weiter. Ich möchte sie nicht um Verzeihung bitten und eine halbe Stunde von einer Vase reden. Die Leute können ziemlich anstrengend sein.«

Die alte Frau kehrte mit einem Tablett und vorzüglich duftendem Kaffee zurück.

»Ich freue mich sehr über Ihren Besuch. Ich lebe allein und

bekomme nicht oft Besuch. Es ist immer ein Vergnügen, ein wenig plaudern zu können.«
Garzón warf mir schuldbewusste Blicke zu, als ich sagte:
»Leider haben wir nicht viel Zeit, Señora. Möchten Sie unsere Fragen beantworten?«
»Es ist eine Bürgerpflicht, mit der Polizei zusammenzuarbeiten.«
Mehr Blicke von Garzón.
»Dann fangen wir mal an. Was können Sie uns über Ihren Nachbarn nebenan erzählen?«
»Mein Nachbar? Ich habe nie genau durchschaut, ob es einer oder zwei oder eine ganze Gruppe ist. Es kamen und gingen immer mehrere. Manchmal schleppten sie Pakete an, aber sie schliefen nie in der Wohnung. Irgendwann dachte ich, es sei eine Art Büro oder Lager.«
»Haben Sie einmal mit einem von denen gesprochen?«
»Ich meine ja, einmal. Ich kam von der Messe und traf einen jungen Mann auf dem Treppenabsatz. Ich fragte ihn, wie es ihm ginge, ob er gerne hier lebe, aber ich glaube, er wollte nicht mit mir reden, denn er hat mich mit ein paar flapsigen Sätzen abgefertigt. Was man eben so zu alten Leuten sagt. Ich habe schon gemerkt, dass er nicht plaudern wollte, denn ich bin zwar alt, aber nicht blöd. Die Leute denken, wenn du alt bist, können sie dich auch täuschen, aber ich versichere Ihnen, dass ich alles mitkriege.«
Die Blicke meines Kollegen erreichten den Gipfel des Schuldbewusstseins und Tadels. Ich zeigte ihr das Foto von Tomás den Weisen.
»Haben Sie diesen Mann einmal in die Wohnung gehen sehen?«
»Mein Gott! Ist er tot?«
»Ich fürchte, ja.«

»Ich kann Ihnen wirklich nicht sagen, wer hierher kam, ich weiß, das klingt vielleicht nicht gut, aber … Ich schaue manchmal durch den Spion. Denken Sie nicht, dass ich eine Schnüfflerin bin, aber wenn ich im Korridor war und Geräusche hörte, habe ich hinausgeschaut.«

»Kamen Ihnen die Männer merkwürdig oder verdächtig vor?«

»Ich weiß nicht, was ich sagen soll, wenn ich rausgehe, finde ich alles merkwürdig: Wie die Leute gekleidet sind, wie sie reden … Aber es waren immer nur Männer, das war seltsam. Ich meine, dass drüben keine normale Familie wohnte.«

»Verstehe. Erinnern Sie sich an etwas Besonderes, irgendeine Kleinigkeit, etwas, das Ihnen außergewöhnlich erschien?«

Ihre vom Alter getrübten Augen machten sich auf die Suche nach Erinnerungen. Sie wirkte, als würde sie ihrem eigenen Gedächtnis misstrauen. Plötzlich bekam ihr Gesicht einen trotzigen Ausdruck.

»Ach ja, ich erinnere mich … oder doch nicht? Warten Sie. Ja, an dem Tag, als ich mit dem Jungen sprach, hat er mir was gegeben. Er hat mir was geschenkt, ja, das hatte er in der Jackentasche. Er hat es mir gegeben, damit ich den Mund halte und ihn in Frieden lasse, daran erinnere ich mich genau, ich habe Ihnen ja gesagt, ich bin nicht blöd, aber … Ich weiß nicht mehr, was es war.«

Garzón und ich sahen uns gespannt an. Ich holte den Schlüsselanhänger aus meiner Tasche.

»War es so etwas, Señora?«

Sie nahm ihn mit ihrer faltigen zarten Hand und betrachtete ihn.

»Mein Gott, ja, so etwas war es. Hab ich etwa mit einem Mörder gesprochen, Inspectora? Sagen Sie es mir bitte, ich lebe allein.«

»Nein, erschrecken Sie bitte nicht. Es ist sicher nur ein Zufall. Haben Sie den Schlüsselanhänger noch?«

»Ich werfe nichts weg, also muss er noch irgendwo sein, die Frage ist nur … Warten Sie, mit ein wenig Glück im Schlafzimmer …«

Sie ging hinaus. Garzón rutschte nervös auf seinem Sessel herum.

»Inspectora, ich glaube, wir sollten der guten Frau das mit der Vase sagen. Sie ist so eine nette Dame.«

»Hören Sie mit der Vase auf! Hier gegenüber wurde was ausgeheckt, mehrere Männer schleppten Kartons an und wieder weg. Gut, wir sind auf dem richtigen Weg. Ich denke, es wird hochinteressant werden, die Wohnung zu sehen. Wir müssen einen richterlichen Beschluss einholen, um die Wohnung zu durchsuchen. Ich werde einen Streifenwagen anfordern.«

»Ich hab ihn gefunden! Er war in dem Perlmuttkästchen in meinem Schlafzimmer. Wenn mich mein Sohn besucht, sagt er immer, ich sollte nicht so viel Zeugs aufbewahren. Jetzt kann ich ihm sagen, dass das Zeug einer polizeilichen Ermittlung dienlich war.«

Sie gab uns einen Schlüsselanhänger, der genauso aussah wie der, den wir hatten. Ich wickelte ihn in ein Papiertaschentuch, um ihn auf Fingerabdrücke untersuchen zu lassen.

Gut gelaunt stand ich auf, wir waren auf dem Weg zur Auflösung des Falles, daran bestand kein Zweifel. Die Señora begleitete uns in den Flur, sie fühlte sich wichtig und wie eine beispielhafte Mitbürgerin. Ich versteinerte, als ich den Subinspector sagen hörte:

»Ach, wir haben ganz vergessen, Ihnen zu sagen, als wir warteten, hat Ihre Katze …«

Ich wusste, was jetzt kommen würde, und klopfte Garzón auf die Schulter.
»Ich warte unten auf Sie, Subinspector. Ich muss dringend einen Anruf erledigen.«
Ich öffnete die Tür und ging, ohne meinen Kollegen eines weiteren Blickes zu würdigen. Sollte er doch allein klarkommen mit seiner karitativen Ethik. Unten rief ich im Kommissariat an und bat um einen Streifenwagen, der vor dem Haus postiert werden sollte, aber zu meiner Verblüffung wurde mir gesagt, das sei unmöglich.
»Wir haben kein Personal, Inspectora. Der Comisario sagt, dass es vor ein Uhr nicht möglich ist.«
Ich fluchte und rief Yolanda an.
»Kommen Sie in die Calle de la Princesa 10, Sie müssen eine Weile Wache schieben. Was haben Sie herausgefunden?«
»Alles, aber das ist leider wenig. Die Wohnung wurde von der Immobilienfirma Hispania an Tomás Calatrava Villalba vermietet. Er hat den Vertrag unterschrieben und persönlich die ersten Mieten bezahlt, aber niemand erinnert sich an ihn. Später wurde die Miete immer rechtzeitig angewiesen, aber nicht von einem bestimmten Konto, sondern immer in einer Filiale der Caixa Catalunya eingezahlt, sodass es unmöglich ist herauszufinden, wer die Einzahlungen gemacht hat.«
»Gut, das reicht, kommen Sie sofort her.«
Garzón kam zehn Minuten später herunter. Als ich bemerkte, dass er ein wenig durcheinander war, lächelte ich ihn an.
»Und, haben Sie Ihr gutes Werk für heute getan? So lange, wie es gedauert hat, wird das für einen ganzen Monat genug sein.«
»Mit allem Respekt sage ich Ihnen, Inspectora, dass Sie barbarischer sind als Spartakus.«

»Da sind Sie aber falsch informiert, Spartakus war ein Lämmchen verglichen mit mir.«
»Kommen Sie mir bloß nicht mehr mit Geschichten über Ihr Mitleid und Ihre Wohltätigkeit, weil ich Ihnen das nicht mehr abnehmen werde.«
»Mein lieber Garzón, das Mitleid steckt in unserem Kopf, aber um wohltätig zu sein, muss man handeln, sich mit den Menschen auseinander setzen, reden und ertragen, dass sie einem danken. Das ist mir zu viel, vor allem, wenn man mir dankt, das halte ich nicht aus. Was hat die Señora denn nun gesagt?«
»Was soll sie schon sagen, dass das mit der Vase nicht so schlimm sei.«
»Und was haben Sie ihr geantwortet?«
Er knöpfte seinen Mantel auf und zeigte mir den Inhalt seiner Taschen: die Scherben der Vase.
»Ich habe ihr gesagt, dass ich ihr eine andere kaufe, aber es ist ein Einzelstück, ein Geschenk ihres Mannes. Also werde ich sie kleben.«
Ich lachte auf.
»Ach Fermín, Sie sind wirklich ein Menschenfreund!«
»Das Kleben ist nicht so schlimm, sondern eine weitere Stunde auszuhalten, wenn ich sie ihr zurückbringe.«
Ich lachte noch mehr. Der Subinspector sah mich mit gespieltem Groll an, aber um seinen Schnurrbart spielte ebenfalls ein Lächeln.
»Freut mich, dass Sie wieder gut gelaunt sind, lieber Kollege, Sie waren ziemlich unerträglich, ehrlich.«
»Ich denke, es gibt nicht viel Grund zum Glücklichsein. Es ist komisch, aber der Besuch meines Sohnes wirft immer neue Probleme auf.«
»Was ist denn jetzt schon wieder?«

»Gestern haben wir uns allein unterhalten. Er sagt, er habe den Eindruck, dass ich mich seiner schäme, dass ich seiner Gesellschaft aus dem Weg gehe, dass ich sie beide niemandem vorgestellt habe, dass er nicht mal Sie gesehen hat, Sie sind die Einzige aus meinem Umfeld, die er kennt. Also, die ganzen Umstände, zu Ihnen zu ziehen, alles war umsonst.«

»Ich denke, Ihr Sohn hat Recht. Warum machen wir kein Fest bei mir zu Hause? Die Amerikaner mögen so was, ein Empfang zu Ehren von Alfred.«

»Ich weiß nicht, Inspectora, das finde ich etwas übertrieben, es ist, als würde ich öffentlich anerkennen, dass ...«

»Irgendwann müssen Sie die Tatsachen akzeptieren, Fermín. Ihr Sohn hat eine Beziehung, und Ihnen sollte es egal sein, ob mit einem Mann, einer Frau oder einer Ziege.«

»Ziegen tragen aber keine Ohrringe.«

»Ich hätte nie gedacht, dass Ihnen Äußerlichkeiten so wichtig sind!«

»Wenn sie diskret sind, stören sie mich nicht, aber ich mag es nicht, wenn sich jemand so von anderen abhebt.«

»Dann sollten Sie auch einen Ohrring tragen.«

»Verarschen Sie mich nicht, Inspectora.«

In dem Moment sahen wir Yolanda aus einem Taxi steigen. Sie kam auf uns zu, gerade in dem Augenblick, als ich zum Subinspector sagte:

»Keine Sorge, wir machen die Party bei mir zu Hause, und alles wird gut gehen.«

»Eine Party? Da will ich auch dabei sein!«, sagte das Mädchen begeistert. Garzón sah sie an, als wollte er sie an die Wand klatschen.

»Warum nicht? Ein paar junge Leute werden der Party Glanz geben, nicht wahr, Garzón? Ich freue mich, wenn Sie auch kommen.«

»Ja, das wird bestimmt ein tolles Fest ... Aber könnten wir jetzt vielleicht weiterarbeiten? Yolanda, Sie müssen hier bleiben und den zweiten Stock links bewachen, bis ein Streifenwagen eintrifft und Sie ablöst. Okay?«

»Ich werde die Augen offen halten, keine Sorge.«

Garzón und ich gingen, und er schimpfte boshaft:

»Mit offenen Augen und geschlossenem Mund wäre es noch viel besser. Zu meiner Zeit mussten wir jungen Leute uns anständig verhalten. Wir haben uns nicht einfach so selbst zu Festen eingeladen.«

»Wenn Sie sich weiter weigern, in der Gegenwart zu leben, werden Sie sich in einen alten Dinosaurier verwandeln, Garzón.«

»Niemand würde meinen Knochen so viel Aufmerksamkeit schenken wie denen eines Dinosauriers.«

»Das wäre der einzige Unterschied, glauben Sie mir.«

Er murrte etwas Unverständliches vor sich hin, es klang nicht gut. Schrecklich, das zugeben zu müssen, aber ich hörte ihn gerne maulen. Es war witzig, dass er sich selbst zum Kritiker der neuen Generationen erkoren hatte, auch wenn ich ihm das nie gesagt hätte.

»Besorgen Sie den richterlichen Durchsuchungsbeschluss, Fermín. Ich fahre im Kommissariat vorbei und schaue, ob ich etwas mehr über die Vermietung dieser Wohnung herausfinde. Hinterher treffen wir uns in der Calle de la Princesa, okay?«

»›Okay‹ klingt lächerlich und ist zudem amerikanisch.«

Ich zwinkerte ihm zu und stieg ins Auto.

»Adiós, mein lieber Brontosaurus. Ich hoffe, Sie kriegen im Museum einen Saal für sich allein.«

Er flehte irgendeinen Gott um Geduld an, und ich sah ihn zwischen den Passanten verschwinden. Im Grunde hatte er

Recht, in einem gewissen Alter entfernen wir uns schrittweise von den sozialen Gewohnheiten. Aber es gibt zwei Möglichkeiten, darauf zu reagieren: Entweder glaubt man, dass die Welt ihre Orientierung verloren hat, oder man glaubt, dass das eigene Lebensmodell wohl langsam eine Reform benötigt.

Als ich im Kommissariat eintraf, stürzte Domínguez auf mich zu.
»Inspectora Delicado, heute ist mir der Verdächtige nicht entwischt.«
»Einen Pluspunkt für Sie, Domínguez, ich werde Sie für eine Beförderung empfehlen.«
Er zeigte mit dem Kopf auf einen heruntergekommenen Mann, der im Gang auf einer Bank saß. In ersten Moment hatte ich keine Ahnung, um wen es sich handelte. Ich rekapitulierte. Juan de Dios Llorens, der Betrüger der Caritas. Mich an seinen Namen zu erinnern, brachte mich auch nicht weiter. Was hatte ich den Mann eigentlich fragen wollen, warum war er da? Ich glaube, ich bat ihn nur in mein Büro, um Domínguez' Heldentat zu honorieren, und nicht aus echtem polizeilichem Interesse. Als er vor mir saß, sah ich ihn wortlos an. Er sah ziemlich schäbig aus: dürr, blond gefärbtes Haar und Ohrring, zum Glück war Garzón nicht da. Ich war mir sicher, dass es nicht notwendig war, mit dem Reden anzufangen, er würde schon von selbst loslegen. Und so war es.
»Dazu haben Sie kein Recht, Inspectora. Immer das Gleiche mit der Polizei, hast du einmal was angestellt, bist du immer gleich im Visier. Ich bin schon lange sauber. Ich bin anständig und arbeite für mein Geld als Bote einer Firma, ich bin Kurierfahrer mit eigenem Kleinlader, nicht mit dem

Motorrad. Seit ich damals erwischt wurde, habe ich mir die Hände nicht mehr schmutzig gemacht, ehrlich.«

Ich zog in einer inquisitorischen Geste eine Augenbraue hoch und sagte so etwas wie:

»Ach ja?«

»Jawohl! Aber wenn Sie jetzt in meiner Firma auftauchen und Ihre Nase da reinstecken, werde ich was von meinem Chef zu hören bekommen. Ich schwöre Ihnen bei Gott, dass ich in nichts verstrickt bin, ehrlich. Und wenn Sie mir nicht glauben, sage ich Ihnen, dass ich aus reiner Notwendigkeit ehrbar geworden bin. Ich will ja nicht behaupten, dass ich ein Heiliger bin, das war ich nie. Aber mit der Wohlfahrt macht man keine Scherze. Jetzt nicht mehr. Jetzt gibt es ein paar Banden, dass du dich anscheißt, mit Verlaub. Da wurde mir klar, dass das nicht richtig war. Ein bisschen auf eigene Faust was verdienen ist ja in Ordnung, aber dass so ein Typ daherkommt und dir sagt, was du zu tun hast ...«

»Wovon redest du eigentlich?«

»Von organisierten Betrügerbanden, Inspectora. Geldeintreiber für angebliche Menschenrechtsorganisationen und so. Jetzt sind das Profis, Banden, habe ich ja schon gesagt.«

»Gib mir Informationen.«

»Ich habe keine, aber ein paar Kollegen haben mich gewarnt: ›Pass auf, worauf du dich einlässt, mein Junge, das ist vermintes Gelände.‹ Und fragen Sie mich jetzt nicht, ob es die russische Mafia ist oder die von Villapalos, ich weiß es nicht. Ich habe nur gedacht, ›Verdammt, für das bisschen Kohle, und dann musst du jetzt noch einer Organisation angehören, und wenn du versagst, prügeln die dich zusammen ...‹ Also hab ich es gelassen.«

»Wer sagt, dass es Banden gibt?«

»Ich weiß nicht, ob Banden oder was, aber ich wurde hier und da gewarnt. So was weiß man, Inspectora.«

»Wer hat dich konkret gewarnt?«

»Keiner, ich schwöre es, so was hört man eben. Jetzt fahre ich nur noch mit meinem Pritschenwagen die Pakete aus und lebe ruhiger.«

»Juan de Dios, also gut, du hast damit nichts mehr zu tun, das habe ich verstanden und akzeptiert. Aber genau deshalb wird dich niemand um Erklärungen bitten, wenn du mir eine kleine Orientierungshilfe gibst, einen Tipp, an wen ich mich wenden kann, einen Kontakt, eine Spur.«

Er schwieg einen Augenblick, starrte auf seine Hände, streckte die Finger aus und inspizierte seine Fingernägel. Ich begriff, dass er einzuschätzen versuchte, ob er mir den wichtigen Hinweis geben sollte oder nicht. Ich hielt die Luft an.

»Es sind schon zwei Männer tot, arme Penner, die fast nichts zu beißen hatten. Wie kann man nur so ein Scheißkerl sein und diese armen Schweine umbringen? Sag's mir.«

»Und ich, soll ich etwa der Polizei vertrauen?«

»Was willst du an Garantien?«

»Dass niemand erfährt, dass ich mit Ihnen gesprochen habe.«

»Gebongt.«

»Gehen Sie in die Bar ›La Gàbia‹. Die Besitzerin weiß bestimmt was, da gehen auch diese Leute hin. Aber ich habe das hinter mir gelassen, Inspectora, wenn ich jetzt wieder in der Scheiße lande, sind Sie dran schuld.«

»Ich habe dir versprochen, dass ich den Mund halte, und dabei bleibt's. Frag doch mal herum, ob man Petra Delicado vertrauen kann oder nicht.«

»Ja, ich mache jetzt gleich eine Umfrage, verdammt noch

mal. Das Risiko gehe ich ein, weil ich Gefühle habe. Je mehr Gefühle, desto schlechter.«
Darin waren wir einer Meinung, aber es machte mir nichts aus, mit einem Verbrecher derselben Meinung zu sein, diese menschlichen Zufälle ergeben sich mit einer gewissen Erfahrung.

Ich wollte mein Büro schon eiligst verlassen, als ich dringend zu Coronas bestellt wurde. ›Das gibt Ärger‹, dachte ich bei seinem Anblick.
»Also, Petra, mal sehen, ob wir uns mal entscheiden, denn das ist alles Korinthenkacke. Ich wurde gerade von der Exfrau von Tomás Calatrava Villalba aus Frankreich angerufen. Sie fragte mich, ob sie nun nach Barcelona kommen müsste oder nicht. Sie war sehr aufgeregt, ihre Schwägerin hat ihr gesagt, dass sie vielleicht zur Aussage vorgeladen wird.«
»Ja schon.«
»Wie, ja schon? Ich habe über meinen Computer in Ihre Berichte reingelesen und nirgendwo darüber ein Wort gefunden.«
»Ich weiß, Señor, das ist ein noch offener Ermittlungsweg, den wir wahrscheinlich nicht weiterverfolgen.«
»Wenn Sie so eine Entscheidung treffen, muss das im Bericht festgehalten werden, sonst stehe ich blöd da, und ein Chef muss immer wissen, was läuft.«
»Das hängt alles von der Art des Berichts ab, Comisario, wir haben noch viele offene Ermittlungswege, die in letzter Instanz wieder aufgenommen werden können.«
»Das habe ich gesehen, Ihr Bericht ist wie ein Eisenbahnnetz, bei dem niemand durchblickt. Und wissen Sie, was dann passiert? Die Züge stoßen zusammen. Sie leiten diese Ermittlungen ohne Methode, Petra.«

»Das finde ich nicht, Comisario. Was Sie fehlende Methode nennen, ist lediglich ein anderes System, das nicht so konventionell ist.«

»Schluss, bringen Sie mich nicht durcheinander! Sie sind ja streitlustiger als ein Kampfhahn. Ich sage Ihnen, dass der Bericht ...«

Mein Handy klingelte. Coronas gab mir ein Zeichen, dranzugehen. Es war Garzón. Ich nickte mehrmals, trennte die Verbindung und sah den Comisario ernst an.

»Ich fürchte, ich muss gehen, Señor. Es ist was Unerwartetes passiert, ziemlich unangenehm.«

»Ist es zu viel verlangt, wenn Sie mir sagen, worum es geht?«

»Yolanda Santos ist angegriffen worden, die Polizistin von der Guardia Urbana, die uns in dem Fall hilft.«

»Das hat gerade noch gefehlt! Gleich werde ich den Chef der Guardia Urbana an der Strippe haben, der Erklärungen von mir verlangt.«

»Entschuldigen Sie mich, Comisario.«

»Wenn Sie zurück sind, will ich einen detaillierten Bericht sehen, haben Sie mich verstanden? Und nach der traditionellen Methode, auch wenn das Ihrer Inspiration unwürdig ist. Ist mir egal, wenn Sie heute keine Nachtruhe finden.«

»Selbstverständlich, Señor, selbstverständlich werde ich das tun.«

In der Calle de la Princesa erwarteten mich ein paar Polizisten und der Subinspector. Yolanda war in die nächste Notaufnahme gebracht worden. Offensichtlich war sie von zwei Männern mit Motorradhelmen überrumpelt und auf den Kopf geschlagen worden, bis sie bewusstlos war. Sie hatte sich nicht verteidigen können. Die Wohnungstür stand offen.

»Wie geht's dem Mädchen?«
»Sie ist mitgenommen, aber sonst gut. Sie hat uns alles problemlos erzählen können.«
Wir betraten die Wohnung, die beiden Polizisten blieben unten stehen. Auf der Treppe standen neugierige Nachbarn herum. Garzón schickte sie in ihre Wohnungen zurück. Die Wohnung war komplett ausgeräumt worden, es gab nichts, absolut nichts, nicht mal einen Stuhl, kein Gegenstand, kein Fitzelchen Papier.
»Ich glaube, die ist nicht nur ausgeräumt, sondern auch geputzt worden. Es riecht nach Ammoniak, riechen Sie das?«
»Ja. Offensichtlich waren die Typen die ganze Zeit über unsere Schritte auf dem Laufenden, wir befragen einen Obdachlosen und sie bringen ihn um, wir finden die Wohnung und sie räumen sie aus.«
»Immer mit leichtem Vorsprung. Aber wenn sie eh schon leer war, warum haben die es riskiert, zurückzukommen?«
»Sie haben wohl was vergessen, oder sie wollten sichergehen, dass sie nichts vergessen haben ...«
»Muss bestimmt wichtig gewesen sein, wenn sie sogar eine Polizistin angreifen.«
»Alles ist wichtig, wenn man schleunigst Spuren verwischen will.«
»Wir haben es mit einem dicken Fisch zu tun, Inspectora, daran gibt's keinen Zweifel.«
»Stimmt, Fermín. Die Wohnung soll versiegelt werden, rufen Sie die Spurensicherung, obwohl ich bezweifle, dass die was findet.«
Wir sahen uns die Wohnung genau an. Es war, als wäre eine Umzugsfirma da gewesen und hätte alles blitzblank für den Einzug des neuen Mieters hinterlassen.

»Befragen Sie die Nachbarn, jemand muss doch gesehen haben, wann die Möbel abgeholt wurden.«

»Gut möglich, dass es gar keine Möbel gab. Die alte Frau nebenan hat doch gesagt, es war eine Art Lager. Es ist ganz einfach, nachts in aller Stille und unbemerkt Kartons wegzuschaffen.«

»Kann sein. Fragen wir die Bewohner der Nachbarhäuser.«

Damit verbrachten wir ungefähr drei Stunden. Unglücklicherweise gab es keine Geschäfte oder Werkstätten in der Straße. Wenn es Läden gibt, schauen die Angestellten öfter mal auf die Straße. Es war sinnlos, in diesem Wohngebiet hatte niemand Männer Kartons wegschaffen sehen. Wir kehrten in die Wohnung zurück. Dort erwarteten uns die Streifenpolizisten mit einem Angestellten der städtischen Müllabfuhr. Vor ein paar Stunden hatte er zwei Männer aus dem Haus laufen sehen. Sie hatten eine Mülltüte bei sich. Er war darauf aufmerksam geworden, weil er dachte, sie würden sie in einen Abfallcontainer werfen, aber sie hatten sie mitgenommen. Obwohl beide Motorradhelme trugen, die ihre Gesichter vollständig verdeckten, waren sie zu Fuß davongerannt. Sie waren groß und kräftig, und wegen ihrer Behändigkeit war sich der Müllmann fast sicher, dass es junge Männer gewesen sein müssen.

»Mist!«, rief Garzón. »Das war es, was sie geholt haben, einen einfachen Müllbeutel, den sie nach der Großputzerei vergessen hatten. Darin können Papiere oder irgendwelche Dinge mit Fingerabdrücken gewesen sein ... Wahrscheinlich ein wichtiges Beweismittel, wenn man keine Spuren hinterlassen will. Ich bin im Augenblick so frustriert, Inspectora, dass ich mich umbringen könnte.«

»Halten Sie sich zurück. Ich muss Ihnen im Auto was erzählen. Ich habe eine interessante Unterhaltung mit Juan de Dios Llorens geführt.«

»Wo fahren wir hin?«

»Zuerst ins Krankenhaus. Ich will Yolanda sehen. Dann fahren wir zu einem Restaurant, das ›La Gàbia‹ heißt.«

»Es wird schon zu spät sein.«

»Dann eben morgen, das Restaurant wird auch morgen noch da sein. Ich fühle mich verantwortlich für das, was diesem Mädchen passiert ist.«

Als wir die Wohnung verließen, ging die Tür gegenüber auf. Die zarte Gestalt der alten Dame tauchte im Türrahmen auf. Sie lächelte, als sie Garzón erblickte.

»Subinspector, sagen Sie bloß, Sie haben meine Vase schon repariert!«

»Welche Vase?«

Mein Kollege erinnerte sich plötzlich und griff an seine Brusttasche. Er holte den Durchsuchungsbeschluss heraus, und dabei regnete es winzige Keramikteilchen, sehr viel kleinere als die Scherben vorher.

»Ich fürchte nein, Señora, aber ich werde sie reparieren. Und wenn es das Letzte ist, was ich in meinem Leben tue. Ich verspreche es Ihnen.«

Yolanda war nicht mehr im Krankenhaus, man hatte sie entlassen, und sie war nach Hause gegangen. Nach traditioneller Manier lebte sie noch bei ihren Eltern. Das würde sie bis zu ihrer Heirat tun. In ihrer Personalakte stand, dass ihr Vater Taxifahrer war und ihre Mutter in einer Reinigung arbeitete. Eine einfache Familie ohne Geldsorgen. Ich hoffte, dass sie uns freundlich empfangen würden, meinte aber eine gewisse Feindseligkeit zu spüren. Bei der Guardia Urbana zu arbeiten war nicht so gefährlich wie in der Mordkommission der Policía Nacional. Wahrscheinlich fragte sich ihre Familie, was das Mädchen bei uns verloren hatte. Es stimmt, dass man größere Risiken eingeht, und ich muss einräumen, dass ich egoistisch war, denn aus diesem Blickwinkel hatte ich das Ganze nicht betrachtet. Wir gingen in Yolandas Zimmer, die Eltern zogen sich zurück. Es überraschte mich, dass alles voller Puppen und Teddybären war. Wie alt war Yolanda, fünfundzwanzig? Was zum Teufel machte diese infantile Dekoration in ihrem Schlafzimmer?

Sie hatte mehrere Pflaster im Gesicht, aber am Hinterkopf war sie offenbar am schwersten verletzt.

»Wie geht es Ihnen?«

»Ich konnte ihre Gesichter nicht sehen, Inspectora. Sie kamen aus dem Fahrstuhl, und noch bevor ich reagieren konnte, hatten sie mich überrumpelt. Sie trugen Motorradhelme und stürzten sich auf mich …«

»Ich weiß, machen Sie sich keine Sorgen, ich will nur wissen, wie es Ihnen geht.«

»Mir geht's gut. Ich glaube, es waren zwei junge Männer, weil …«

»Hören Sie, Yolanda, Sie lassen sich jetzt krankschreiben und kurieren sich aus und denken nicht an die Arbeit. Ruhen Sie sich aus.«

»Inspectora, das können Sie mir nicht antun. Sie können mich jetzt nicht von dem Fall ausschließen, ich habe von Anfang an mitgearbeitet und will bis zum Ende dabei sein. Was war in der Wohnung? Haben Sie was entdeckt? Erzählen Sie es mir, bitte.«

»Ist ja gut, beruhigen Sie sich.«

Ich erzählte ihr die Neuigkeiten. Sie seufzte tief und streckte sich auf den Kissen aus.

»Wir sind kurz davor, die Mörder zu schnappen, ich spüre es, ich weiß es. Haben Sie nicht das gleiche Gefühl?«

»Wir kommen ihnen näher, das schon«, sagte Garzón eher aus Freundlichkeit denn aus Überzeugung.

Es klopfte an der Tür, und einen Augenblick später trat ein junger Mann ein. Er war groß und kräftig, er wirkte etwas roh, hatte volle Lippen und riesige grüne Augen, eine ungemein sinnliche Ausstrahlung. Grußlos stürzte er auf das Bett zu.

»Was ist passiert?«

»Nichts, Sergio, beruhige dich.«

»Beruhigen? Wieso beruhigen? Schau nur, wie die dich zugerichtet haben!«

»Das ist mein Freund«, wandte sich Yolanda an uns. Aber der Junge schien jetzt keinen Sinn für höfliche Vorstellungsrituale zu haben.

»Warum haben Sie sie da reingezogen? Ich fand es schon nicht witzig, dass sie bei der Guardia Urbana angefangen hat, und jetzt spielt sie auch noch Inspectora bei der Policía Nacional.«

»Sergio, sei still!«

»Sag mir nicht, dass ich still sein soll, denn ich habe Recht. Die haben doch ihre eigenen Leute, oder? Sollen sie doch mit denen auskommen.«

Yolanda war untröstlich und kurz vorm Weinen. Ich dachte, es wäre am klügsten, zu verschwinden.

»Kinder, streitet euch nicht. Wir gehen jetzt. Schonen Sie sich, Yolanda, wir sehen uns. Ich werde anrufen, um zu hören, wie es Ihnen geht.«

»Inspectora, einen Augenblick, warten Sie!«

Wir gingen in den Flur und sahen, dass ihre Mutter im Esszimmer weinte und von ihrem Mann getröstet wurde. Im

Zimmer des Mädchens ging der Streit weiter. Ich suchte eiligst die Wohnungstür und rief ein ›Adiós, die Herrschaften‹, was dummerweise sehr unangebracht klang.
Die frische Luft tat mir gut.
»Verflixt, das ist ja eine Art griechische Tragödie!«
Garzóns Lächeln drückte Allwissenheit aus. Er sagte selbstzufrieden:
»Das ist normal.«
»Das ist übertrieben. Haben Sie gesehen, wie dieses Monster gefaucht hat? Und die Mutter heult, als kämpfe ihre Tochter um ihr Leben.«
»Dass Sie das so empfinden, liegt daran, dass Sie zur Oberschicht gehören, Inspectora.«
»Na, das hat mir jetzt gerade noch gefehlt!«
»Es stimmt aber. Sie haben studiert, sie sind ein anderes Milieu gewöhnt.«
»Natürlich, wir beide bewegen uns andauernd im Jetset.«
»Nein, bei der Arbeit kommen Sie mit den Randgruppen dieser Gesellschaft in Berührung, aber wenn der Tag zu Ende geht, kehren Sie in Ihre feine Welt der Bücher und Chopin-CDs zurück. Sie taumeln von einem Extrem ins andere, aber Sie kennen das Fußvolk nicht.«
»Verarschen Sie mich nicht, Garzón!«
»So ist es aber. Das Fußvolk hat keinen anderen Schatz als seine Kinder und kein anderes Bestreben, als in Ruhe zu leben.«
»Sie klingen wie ein billiger Fernsehpfarrer.«
Statt beleidigt zu reagieren, zeigte er sich sanft und selbstgefällig. Und er lächelte mit unterschwelliger Überheblichkeit.
»Ich weiß, wovon ich rede, Inspectora.«
»Ist ja gut, Sie kennen sich aus. Sie sind ein Ausgestoßener

auf dieser Erde und haben Ihre Nische in der ausgehungerten Legion. Ich verschwinde, Subinspector, ich hab das alles satt.«

»Wo wollen Sie hin? Es ist schon spät.«

»Ins Kommissariat, eine unwichtige Arbeit erledigen. Da ich ein Mitglied der müßigen Oligarchie bin, werde ich Coronas ein paar Berichte verfassen, zu denen er mich heute genötigt hat. Nichts weiter, nur die Laune eines reichen Mädchens.«

Ich marschierte davon und hörte ihn noch lachen. Er hatte sogar noch den Nerv, seine fleischige Hand zu heben und zu rufen:

»Kommen Sie nicht so spät, ich erwarte Sie zu Hause!«

Ich ging die Berichte durch, die ich bisher über den Fall geschrieben hatte. Sie waren wirr und unverständlich. Ich versuchte, ihnen mehr Zusammenhang zu geben, aber das war gar nicht so einfach. Es stimmte, was der Comisario kritisiert hatte, es gab zu viele lose Fäden. Trotzdem ist ein Bericht keine Fiktion, und die Ereignisse waren, wie sie waren, sie ließen sich nicht einfach so ändern. Alle unsere Spuren führten in eine Richtung, aber dieses Ziel erlaubte nur schwache Hypothesen, ganz anders als sonst. Es ist offensichtlich, dass man ohne Hypothese nur im Verlauf der Ereignisse vorgehen kann, und diese Ereignisse traten auf seltsame Weise immer unvorhergesehen ein. Sie waren vor allem übertrieben. Wenn wir von einfachen Betrügern ausgingen, warum hatten wir dann schon zwei Tote? Zwei miteinander in Verbindung stehende Morde sind sonst nicht üblich. Für einen Mord gibt es viele Erklärungen: ein zu hartes Zulangen beim Begleichen einer Rechnung, ein Ausbruch, den man hinterher vertuschen oder anderen anhängen will … Aber zwei Morde werden nur begangen, wenn das Motiv schwer wiegend ist. Wer ermordet zwei Männer, um die Spur eines kleinen Betrügers zu verwischen, der für eine nicht existente Organisation Schlüsselanhänger verkauft? Welcher kleine Gauner ist im Stande, die Polizei so raffiniert auszutricksen wie mit der Nummer der Skins, die den bereits toten Tomás den Weisen auf eine Parkbank legen und auf ihn einschlagen? Ganz zu schweigen von den beiden »Motorradfahrern«, die es riskieren, eine Polizistin zusammenzuschlagen. Der Verdacht, dass hinter dieser zusammenhanglosen Geschichte etwas Wichtigeres steckte, war nichts weiter als eben das, ein Verdacht. Und wie konnte etwas Großes hinter einem Fall stecken, bei dem die Opfer Obdachlose waren, die keinen Cent besaßen? Nein, ich sah keine Möglichkeit, meine Berichte logischer abzufassen und ihnen eine Methodik zu verpassen. Ich würde einen Absatz über den Angriff auf Yolanda hinzufügen und gut. Gerade wollte ich damit anfangen, als das Telefon klingelte.

»Inspectora, brauchen Sie noch lange?«

»Sie klingen wie ein Ehemann, Fermín.«

»Nein, Sie haben Besuch. Ihr Freund Ricard ist hier.«

»Geben Sie ihm ein Bier, ich bin gleich da.«

Verdammt, das hatte mir gerade noch gefehlt, Ricard und seine Angewohnheit, überraschend aufzutauchen! Offensichtlich hatte eine Polizistin nur zwei Optionen in ihrem Leben: Entweder hatte sie eine gut organisierte Familie, wo alles in geordneten Bahnen verlief, oder gar keine Familie. Ich hatte mich immer der zweiten Option gerühmt, aber wenn ich in meinem Haus weiter Männer aufnahm, hatte das was von einem männlichen Harem. Ich schaltete überstürzt den Computer aus und fuhr nach Hause, wobei ich mich fragte, was mich erwartete.

Das Bild war weder sonderlich anregend noch originell, aber auch nicht beunruhigend. Ricard Crespo und Fermín Garzón verfolgten gelangweilt ein Fußballspiel im Fernsehen. Auf dem Couchtisch standen zwei halb ausgetrunkene Flaschen Bier. Ich begrüßte sie erfreuter, als ich war.

»Hallo, die Herren, wie geht's?«

Sie antworteten eher einsilbig. Dann erbot sich Garzón, ganz Hausherr, mir ein Bier zu holen. Aber zu meiner Verblüffung warf Ricard ein:

»Besser einen Tee, oder? Ich glaube, um diese Uhrzeit trinkt Petra lieber Tee.«

»Tee vor dem Abendessen? Finde ich eher unpassend.«

»Na ja, vielleicht ist es theoretisch so, aber wenn Petra müde ist, trinkt sie lieber einen Tee.«

»Lieber Freund Ricard! Die Inspectora und ich arbeiten schon sehr lange zusammen. Und wir haben alles Mögliche schon zusammen getrunken: Tee, Kaffee, Bier, alle möglichen Getränke! Ich kann Ihnen versichern, dass ...«

Ich hob die Stimme und versuchte, so locker wie möglich zu klingen.

»Nein, eigentlich würde ich viel lieber einen Orangensaft trinken, den ich mir selbst machen werde.«

»Darum geht es nicht«, sagte Ricard. »Es ärgert mich nur, dass du dir wegen der Hartnäckigkeit unseres Freundes Garzón jetzt selbst etwas zubereiten musst, wenn du müde heimkommst.«

»Also, Ricard, wenn das das Problem ist, gehe ich jetzt sofort in die Küche und mache ...«

Ich stand abrupt auf und schnappte mir Mantel und Tasche.

Dann ging ich rasch zur Haustür. Ich drehte mich um und sah, wie mir die beiden verdattert hinterherschauten.
»Freunde, ich hab's mir anders überlegt. Ich trinke lieber einen doppelten Whisky in einer Bar und selbstverständlich ganz allein. Gute Nacht, fühlen Sie sich wie zu Hause.«
Ich lächelte und schloss die Tür hinter mir, ohne sie zuzuschlagen.
Während ich auf die Villa Olímpica zuschlenderte, bekam ich einen Lachanfall. Ja, ihre Gesichter hatten Bände gesprochen. Zum Glück war die Nacht noch jung. Ich trank keinen Whisky, aber ich aß einen leckeren, fast rohen Hamburger und ging dann in die Icaria-Kinos und sah einen Dokumentarfilm über die Wanderungen der Zugvögel in aller Welt. Unter den stummen Vögelformationen sah man weite, einsame Steppen in Russland, riesige, vereinsamte Berge in Amerika, eisige Landschaften in Norwegen, ebenfalls verlassen. Mich begeisterte diese Fülle an Verlassenheit.
Um ein Uhr morgens kehrte ich heim, versöhnt mit der Welt, die sich nicht auf mein enges Wohnzimmer beschränkte. Es war still und finster. Ich dankte Gott für dieses Geschenk des Friedens. Trotzdem hing der Geruch von Ricards Zigaretten noch stark im Raum. Er musste erst vor Kurzem gegangen sein. Ich ging in die Küche und schenkte mir ein Glas Milch ein. Da tauchte plötzlich Garzón auf und erschreckte mich fast zu Tode. Er trug einen Schlafanzug mit kleinen Wappenmotiven und einen eleganten, neuen Morgenmantel aus blauer Seide, den er sich bestimmt erst für seinen Aufenthalt bei mir gekauft hatte.
»Mensch, Subinspector, warum sind Sie noch auf?«
»Ich habe Sie kommen hören, und Ricard ist erst vor Kurzem gegangen.«
»Na fein! Haben Sie noch geboxt?«

»Ich glaube, ich muss mich bei Ihnen entschuldigen. Er hat auch gesagt, dass er Ihnen eine Entschuldigung schuldet.«

»Na wunderbar! Es ist nämlich wichtig, dass sich jeder für sich selbst entschuldigt, denn sonst kriegen sie sich noch in die Haare darüber, welche Entschuldigung mir nun besser gefällt.«

»Nein, keineswegs, jetzt sind wir Freunde! Außerdem hat die spanische Nationalmannschaft gewonnen. War sehr gut. Wir beide haben uns wie Idioten aufgeführt. Na ja, ich noch mehr.«

»Er hat Ihnen in nichts nachgestanden, glauben Sie mir.«

»Ja, wir haben gemerkt, dass wir in unserem Versuch, Ihnen zu helfen, nur erreicht haben, Sie zu vergraulen.«

»Dacht ich's mir doch, dass meine subtile Reaktion Sie darauf aufmerksam machen würde.«

»Ich wiederhole, es war meine Schuld, Sie nehmen mich hier auf, und mir fällt nichts Besseres ein, als mich unverschämt zu Ihren Gästen zu verhalten. Ich glaube, Sie haben Recht, Petra, ich verwandle mich langsam in ein altes Fossil.«

»Ich habe gesagt Dinosaurier.«

»Ist dasselbe.«

»Das können Sie nicht vergleichen!«

»Na schön, ich gehe schlafen. Übrigens, Inspectora, die Seifen und Schaumbäder in Ihrem Bad riechen wie die meiner Frau, das weckt viele Erinnerungen. Ich weiß nicht, ob gute oder schlechte.«

»Soll ich sie weglegen?«

»Nein, es ist schon in Ordnung so. Gute Nacht.«

In dem Augenblick rief Ricard an. Er wollte sich entschuldigen, er fühlte sich wie der lächerlichste, erbärmlichste und absurdeste Mensch der Schöpfung. Wie Adam nur mit Strümpfen bekleidet, wie Freud mit einem Nasenpiercing. Ich lachte herzlich, und wir verabredeten uns für den nächsten Tag.

Dann trank ich endlich meine Milch. ›Männer sind schon seltsam‹, dachte ich, ›mit einem Territorial- und Spürsinn wie Tiere, aber fähig zu einer großen Zärtlichkeit und Zuwendung. Manchmal verhalten sie sich wie junge Cockerspaniels und andere Male wie rasende Wölfe.‹ Aber es war sinnlos, eine negative Bilanz zu ziehen, denn eigentlich fand ich sie faszinierender als jedes andere Lebewesen, mit Ausnahme des Kolibris.

Neun

Um acht Uhr morgens hatte ich schon eine Liebesnachricht auf dem Handy. Ricard ließ keine Sekunde locker. Es wäre lächerlich zu behaupten, dass mir das nicht gefiel, ich kam langsam in das Alter, in dem diese Art der Aufmerksamkeiten schmeichelt. Aber just mit dem Alter war ich auch sehr misstrauisch geworden. Warum bestand dieser erfahrene Don Juan und Psychiater so hartnäckig darauf, dass wir zusammenzogen? Keiner von uns beiden schien ein Opfer unkontrollierbarer Leidenschaft zu sein, war es also nur so etwas wie Torschlusspanik meines Verehrers? Fühlte er sich plötzlich allein und wurde sich bewusst, dass eine rechtzeitige Veränderung manchmal Aussicht auf Erfolg hatte? Genau, und in dem Moment bin ich aufgetaucht, Ricard hat mich gesehen, er dachte, ich sei nicht übel, und beschloss, mich für den neuen Lebensabschnitt anzuwerben. Na schön, war das etwa schlecht? Für mich war es eigentlich wenig tröstlich. Obwohl Älterwerden auch bedeutet, den Narzissmus zu mäßigen, war mir weiterhin wichtig, wie ich auf andere wirkte. Warum konzentrierte ich mich nicht darauf, was ich fühlte und wollte? Noch schlimmer, wenn ich daran dachte, stand das Problem wie ein Berg vor mir. Ich war kein Teenager mehr, der Herzen ins Schulheft malte. Ich hätte die romantische Liebe längst von meiner Prioritätenliste streichen können. Aber ich weigerte mich, es zu tun. Selbst diejenigen, die entschieden haben, ohne Liebe zu leben, geben es nicht so offen zu, weil es schrecklich ist. Es ist, als ob man die einzige Hauptrolle, die einem das Leben überhaupt bieten kann, verschmäht. Aber der viel gepriesene Realismus, der nichts anderes ist, als die hässlichen Seiten des Lebens zu akzeptieren, zwang mich auch zu bedenken, dass es angenehm wäre, wieder mit einem Mann zusammenzuleben. Würde ich jetzt noch nachgeben? Würde ich meine geschätzte Einsamkeit gegen einen gemeinsamen Teller Linsen eintauschen? Was war vorrangig, die Erleichterung, einem Partner erzählen zu können, was schief gegangen war, oder das Gefühl von Zufriedenheit, wenn man die kleinen alltäglichen Gewitter allein bewältigt hat? Mein Gott, wann ist man denn endlich frei von den Schatten und Zweifeln, die das andere Geschlecht in uns hervorruft, mit achtzig, nach einer schlechten Erfahrung, nach dem Überleben einer Naturkatastrophe? Nie, vermute ich. Weder das Alter noch das Scheitern, auch kein verheerendes Erdbeben schaffen es, dass dem Teufel der verführerischste Apfel der Welt aus der Hand fällt.

Darüber grübelte ich zu früher Morgenstunde vor meinen Computer, obwohl ich mich eigentlich schon konzentriert mit der Planung unserer nächsten Schritte befassen sollte. Deshalb fühlte ich mich ertappt, als hätte ich mir im Internet eine Pornoseite angeschaut, als der Comisario den Kopf zur Tür hereinstreckte. Ich versuchte, mich schnell zusammenzureißen, vielleicht zu schnell, denn Coronas knallte mir an den Kopf:

»Ich weiß nicht, ob ich Ihnen einen Guten Morgen wünschen sollte.«

Und ich erwiderte:

»Ja, ich weiß, Comisario, die Presse nervt, und wir sind

noch immer auf dem gleichen Stand, alles geht zu schleppend voran, und jetzt wurde auch noch Yolanda verprügelt, und ihre Eltern haben eine Beschwerde gegen mich eingereicht. Na schön, was soll ich Ihnen sagen? All das weiß ich schon.«

Er kniff die Augen zusammen, bis sie nur noch boshaft funkelnde Schlitze waren, und lächelte zufrieden.

»Ganz richtig, Inspectora! Angriff ist die beste Verteidigung! Wie Augustina de Aragón, ein Franzose sagt zu Ihnen ›Bonjour‹, und schon fahren Sie schwere Geschütze auf, nur für den Fall der Fälle. Es stimmt zwar, dass die Presse nervt und der Fall noch in den Kinderschuhen steckt, aber von elterlichen Beschwerden kann keine Rede sein. Im Gegenteil, denn eben hat Yolandas Chef von der Guardia Urbana angerufen. Das Mädchen hat einen Antrag auf Versetzung zur Policía Nacional eingereicht, mit dem Ziel, in die Mordkommission zu kommen. Wie finden Sie denn das?«

Er war so zufrieden, als berichte er vom erfolgreichen Magisterabschluss eines geliebten Sohnes. Ich verstand nicht ganz, worauf diese Unterhaltung hinauslaufen sollte.

»Ist doch gut, oder?«

»Ich gebe es nicht gerne zu, aber ich bin stolz auf Sie. Ich denke, dieses Mädchen hat Sie zum Vorbild erkoren, und wenn junge Leute zu uns wollen, erhöht das unser Prestige und zeigt die Zukunftsperspektiven der Polizei auf. Das ist sehr gut.«

»Armes Mädchen! Und das, wenn man bedenkt, dass sie an einem Fall mitarbeitet, den wir nicht gelöst kriegen.«

»Das werden Sie schon, Inspectora, das werden Sie schon. Ich setze alle meine Hoffnungen auf Sie. Wie Sie sehen, bin ich heute nicht gekommen, um Ihnen eine Standpauke zu halten. In diesem Kommissariat sind wir gut eingespielt, wirklich! Machen Sie weiter und verlieren Sie nicht den Mut.«

Er drehte sich beschwingt um und verschwand mit federndem Schritt. Ich kam aus dem Staunen nicht heraus. Glaubte er wirklich an all das mit unserer Zukunftsperspektive und unserem Prestige bei der Jugend? Und dieser Tonfall eines Politikers im Wahlkampf, eines zufriedenen Vaters am sonntäglichen Mittagstisch? Mir schoss durch den Kopf, wie unvorteilhaft es wirkte, seinen Stolz so offen zu zeigen, eigentlich jedes Gefühl, was auch immer es sein mochte. Plötzlich tauchte er noch einmal in der Tür auf.

»Da Sie das meistens nicht mitkriegen, erinnere ich Sie daran, dass heute Abend das jährliche Essen zu Ehren unseres Schutzpatrons in Kommissariat stattfindet.«

»Und wer ist unser Schutzpatron?«

Er lachte amüsiert auf.

»Ihr Stil gefällt mir, Petra, aber es stimmt trotzdem, dass Sie nie was mitkriegen. Bis später.«

Ich wurde mir bewusst, dass ich meinen Chef lieber mochte, wenn er aggressiv herumbellte. Meine Güte, dieses Fest hatte mir gerade noch gefehlt. Ich vergaß es jedes Jahr, und jedes Jahr erinnerte mich jemand überraschend an diese Hommage an unseren Schutzheiligen. Bestimmt war das einer der Gründe für Coronas patriarchische Euphorie. Er übte für die abendliche Rede, um höchstpersönlich als sichtbares Haupt unserer Polizeigemeinschaft aufzutreten. Noch eine Ablenkung von der Arbeit, als hätte ich nicht schon genug mit meinen emotionalen Zweifeln bezüglich Ricard zu tun. In dem Moment fiel mir ein, dass ich die Verabredung für den Abend absagen musste. Ich griff zum Telefon, aber da trat Garzón ein, wie üblich ohne zuvor anzuklopfen.

»Was tun Sie hier, Inspectora? Ich warte auf Sie. Hatten Sie es nicht eilig, in dieses Restaurant zu fahren?«
Ich zog mir den Mantel über und setzte mich in Bewegung. Immer musste ich Puzzles lösen, persönliche, berufliche ... Und das, obwohl es mir als Mädchen gar nicht gefallen hatte, etwas zu rekonstruieren, das es vorher schon gegeben hatte, ich hielt es für Zeitverschwendung. Klar, ich hatte ja auch den Ruf eines praktischen, selbstsicheren Mädchens, Vorzüge, die ich mit den Jahren verloren habe.

›La Gàbia‹ war ein riesiges Lokal, eines dieser billigen Restaurants, die vor vielen Jahren eröffnet worden waren und in dem jeden Tag viele Arbeiter zu Mittag aßen. Ein langer Tresen, der sich in den Proportionen den Räumlichkeiten anpasste, zog sich an einer Seite des Restaurants entlang. Und zu meinem Schreck entdeckte ich, dass zumindest drei Frauen hier arbeiteten. Welche von ihnen wusste, was wir wissen wollten? Ich war voreilig gewesen, die Frau, die uns interessierte, war die älteste, vermutlich die Gattin des Inhabers, eine kräftige, energische Frau, die uns an einen Tisch bat. Sie hatte ihr Haar zu einem Knoten hochgesteckt, und noch immer konnte man in ihrem Gesicht die Züge ihrer früheren Schönheit erkennen. Sie trocknete sich die Hände an ihrer Schürze ab und sah uns offen an. Auf ihrem Mund war keine Spur eines Lächelns zu sehen.
»Sie sind also von der Polizei. Wollen Sie einen Kaffee? Clara, bring uns drei Tassen Kaffee!«
Fragen waren unnötig, sie redete von selbst, trocken und energisch.
»Ich will Ihnen gleich vorweg sagen, dass das hier ein ganz normales Lokal ist. Ich habe es von meinen Eltern geerbt, und mein Mann und ich betreiben es schon zwanzig Jahre

lang. Sie werden verstehen, dass ein Restaurant, an dem irgendetwas illegal ist oder in dem seltsame Dinge geschehen, nicht so lange funktioniert. Habe ich mich klar ausgedrückt?«

»Sie drücken sich sehr klar aus.«

»Was nicht heißt, dass hier nicht viele Leute herkommen, und unter denen kann immer auch ein Gauner sein.«

»Ist völlig klar. Wir sind hier, weil Juan de Dios Llorens …«

Sie ließ mich nicht ausreden, verstummte aber kurz, als uns der Kaffee serviert wurde. Dann fuhr sie mit einer Energie und einem Talent zum Befehlen fort, die mir auch gefallen hätten.

»Ich sage es Ihnen gleich, ich kenne diesen Spinner Juan de Dios, weil er vor ein paar Jahren mit meiner Schwester befreundet war. Zum Glück hat sie ihn verlassen, weil er ein Niemand und ein Pechvogel ist. Aber kein schlechter Kerl. Eine Zeit lang hat er sich wie ein Esel verhalten, aber er eignet sich nicht zum professionellen Betrüger. Schon beim ersten Mal wurde er erwischt. Jetzt hat er eine anständige Arbeit, einen Scheißjob, aber zumindest ist er in nichts verwickelt.«

»Hat er Sie darum gebeten, uns das zu sagen?«

Sie strich sich eine Strähne zurück und machte mit ihrer abgearbeiteten Hand eine verneinende Geste.

»Sie irren sich, Inspectora. Mich interessiert Juan de Dios nicht, ebenso wenig wie alles, was nichts mit diesem Restaurant und meiner Familie zu tun hat. Er kommt hierher, isst, zahlt und damit Schluss. Manchmal trinkt er einen Kaffee am Tresen und wir plaudern fünf Minuten, mehr nicht. Da ich wusste, dass er was mit dieser Sache mit der Caritas zu tun hatte, habe ich ihm das von diesem Kerl erzählt, aber …«

»Eigentlich ist uns Llorens überhaupt nicht wichtig. Erzählen Sie uns von diesem Kerl.«

»Na ja, das mit diesem Kerl ist es vielleicht gar nicht wert, aber es kam dieser Mann hierher, so um die Mitte vierzig, gut gekleidet, mit viel Pomade im Haar. Manchmal war er in Begleitung von einem anderen Typen, einem armen Schwein. Wenn ich ihn bediente, schnappte ich manchmal was auf. Einmal hörte ich ihn sagen: ›Ich sage dir, das mit der Wohltätigkeit ist lukrativer als Tankstellen, Kreditkarten oder so was.‹ Das stank. Zu allem Überfluss habe ich den anderen einmal auf dem Weg zum Markt an der Ecke in einem Sträßchen mit einem Bettler stehen sehen. Er hat ihm Geld gegeben. Zuerst dachte ich, es sollte ein Almosen sein, aber nein, der Kerl zählte das Geld, und man zählt nicht die Almosen vor der Person, die sie einem gibt. Ich bin mir sicher, dass der Dreck am Stecken hatte. Und um Juan de Dios Angst zu machen, habe ich es ihm erzählt und behauptet, der Kerl sei von der Mafia, er solle die Betrügereien an Wohlfahrtsvereinen sein lassen, das Feld sei vermint. Ich glaube, es hat funktioniert.«

»Erinnern Sie sich an den Bettler auf der Straße?«, fragte der Subinspector.

»Ja, groß, mit Bart, wie ein Stadtstreicher.«

»War es der hier?« Er legte ihr das Foto von Tomás dem Weisen vor.

»Mein Gott, ja, das ist er! Was ist mit ihm passiert?«

»Er wurde ermordet.«

»Hören Sie, ich hoffe, es ist nicht gefährlich für mich, wenn ich mit Ihnen rede. Das wäre noch was, bei dem bisschen, was ich weiß …«

»Ist dieser Mann noch einmal hier gewesen?«

»Ich habe ihn seit Monaten nicht gesehen.«

»Hat er mal seinen Namen erwähnt?«
»Nein.«
»Hat er vielleicht irgendwann mit Kreditkarte bezahlt?«
»Kreditkarten akzeptieren wir nicht, Vorschrift des Hauses.«
»Würden Sie ihn wieder erkennen?«
»Vielleicht sollte ich besser Nein sagen, aber was soll's! Wir schimpfen unser ganzes Leben darüber, dass so viele Gauner herumlaufen, und in der Stunde der Wahrheit, wenn wir mithelfen könnten, einen zu erwischen, zucken wir nur die Schultern. Ja, ich würde ihn wieder erkennen, ganz bestimmt! Ich habe gleich gemerkt, dass das Nieten sind, trotz Anzug und Krawatte, er hat mit den Zahnstochern in den Zähnen gebohrt... Außerdem käme ein Mann von Welt nicht zum Essen hierher, höchstens inkognito natürlich.«
»Sie werden zu uns ins Archiv kommen und ihn identifizieren müssen, Señora.«
»Ach, das hat mir gerade noch gefehlt! Aber nicht donnerstags, da gibt's immer Paella, und die muss frisch gemacht werden.«
Sie ging energisch davon und gab schon die ersten Arbeitsanweisungen, bevor sie am Tresen angelangt war. Garzón stieß einen Pfiff aus.
»Donnerwetter, die Señora beherrscht ihr Geschäft!«
»Sie wird den Laden alleine schmeißen. Das gibt's oft, dass die Frau die Aktivere ist, aber der Mann ist als soziales Polster unentbehrlich.«
»Ich weiß nicht, warum ich nicht den Mund gehalten habe!«
»Entspannen Sie sich, Fermín, in unserem Fall bin ich das Polster, denn ich bin völlig hinüber, ich meine es ernst.«
»Das scheint mir auch so. Lassen Sie uns mal schauen, In-

spectora, ich glaube, dass die ganze Sache langsam Gestalt annimmt.«

»Ach ja? Erklären Sie das genauer.«

»Besagte Person hat einen Laden aufgebaut, um mit der Wohltätigkeit Geld abzuzocken. Fragen Sie mich nicht, wie dieses Geschäft aussieht, keine Ahnung. Aber irgendwie haben sie gutgläubigen Leuten von einer Organisation erzählt, die es gar nicht gibt, oder ihnen irgendwelche Tees angedreht und sie so um ihr Geld betrogen. Tomás der Weise gehörte zu dieser Organisation und hat aus irgendeinem Grund versagt. Es gab eine Abrechnung. Eine perfekte Verkettung der Ereignisse.«

»Zu einfach. Wie kann ein so heruntergekommener Kerl, wie die Señora ihn beschreibt, es wagen zu morden, und das gleich zweimal? Sie wissen, dass diese stümperhaften Betrüger keine Risiken eingehen, die ein Mord aber mit sich bringt.«

»Das Ganze ist ihnen aus den Händen geglitten, Inspectora, und wenn es einmal passiert ist, kann man nichts mehr machen, dann kann man nur weitermorden, im verzweifelten Versuch, die Fehler auszubügeln.«

»Halt, halt, es gibt zwei gut trainierte junge Schläger, das ist doch alles eiskalt ausgeklügelt.«

»Jedes noch so ausgeklügelte Vorhaben scheitert an der Wirklichkeit des Lebens, meine liebe Inspectora.«

»Verflucht! Das nenne ich Philosophie!«

»Ich wollte Ihnen nur beweisen, dass ich auch nicht nur ein einfaches Polster bin.«

Das Fotoarchiv, das alle Betrüger aufweisen kann, die durch die Polizei von Barcelona erfasst wurden, ist, wie sich jeder vorstellen kann, enorm. Wir mussten eine sorgfältige Auswahl treffen, bevor wir der Restaurantbesitzerin unsere Liste vorlegten. Andernfalls würde ihre Paella bestimmt misslingen. Wir sortierten zunächst nach Alter, dann nach Art des Verbrechens, des Ablebens, Haftzeit … Ich begriff schnell, dass uns das wertvolle Zeit kosten würde, und vermisste Yolanda. Das sagte ich auch dem Subinspector. Seine Antwort überraschte mich.

»Ja, ich vermisse sie auch. Und außerdem tut sie mir Leid, wenn ich daran denke, dass sie dieses Tier heiraten will. Das Leben ist falsch organisiert. Wissen Sie, was ich heute vorhabe? Ich werde vor dem Fest unseres Schutzpatrons bei ihr vorbeifahren und ihr ein paar Blümchen bringen.«

»Garzón, das ist ja mal eine gute Idee!«

»Ich muss eingestehen, dass ich immer sehr unwirsch mit ihr umgesprungen bin, eigentlich ohne Grund. Außerdem hat sich das Mädchen wirklich profiliert mit ihrem Wunsch, zur Policía Nacional zu wechseln.«

Die Geheimnisse der menschlichen Seele sind unergründlich, aber die der Seele des Subinspectors gehörten zu den großen Rätseln des Universums. Ich könnte mein restliches Leben mit ihm zusammenarbeiten, aber ich würde nie ganz verstehen, was in seinem kleingeistigen Schädel vorging. Jedenfalls war das eine Initiative, die ich mir zu Nutzen machen würde.

»Genau bedacht, könnte ich ein paar Besorgungen erledigen, während Sie diesen Besuch machen. Wir machen morgen weiter mit diesen elendigen Fotos.«

»Einverstanden, wir sehen uns heute Abend beim Essen.«

Ich lief hinaus und suchte einen ruhigen Ort, um Ricard anzurufen.

»Ricard, was hältst du davon, alles stehen und liegen zu lassen und zu mir zu kommen? Ich habe nur ein paar Stunden, und heute Abend können wir uns nicht treffen.«

»Ich habe gerade einen Patienten, aber … Ich glaube, ich kann es einrichten. Ich fahre gleich los.«

Na, wenn ein Mann alles für dich liegen lässt, als wäre er ein glühender Jünger von Jesus Christus, ist das so schmeichelhaft, dass sich deine Wangen mit leichter Röte überziehen. Das stellte ich mit Genuss fest.

Ich kam nach Hause und zog mich in einem Anfall von kurzfristigem Wahnsinn um, ich warf die Hose in den Schrank und zog einen leichten Rock an. Dann kämmte ich mich so hektisch, als wollte ich mir das Haar ausreißen. Ein bisschen Parfüm hinter die Ohren vervollständigte die Vorbereitung zur Verführung. Viel zu auffällig, denn als Ricard eintraf, schnupperte er wie ein Hund, der eine Spur aufgenommen hat.

»Ah, du hast dich parfümiert!«

Ich fand diese Begrüßung so unpassend und ernüchternd, dass ich ihn auf den Mund küsste, damit er nicht mehr reden konnte. Ich glaube, das gefiel ihm, denn er stürzte sich wie ein hungriger Löwe auf mich. Bei jedem Schritt Richtung Schlafzimmer suchten sich unsere Münder, unsere Hände, und wir rissen uns hektisch sämtliche Kleidungsstücke vom Leib. Ich vermute, wir gelangten zum Bett, aber ich bin mir nicht sicher, denn als ich seine glühende Haut auf meiner spürte, verlor ich das Gefühl für Zeit und Raum, nur noch mein eigener Körpermittelpunkt erwies sich mir als Orientierung.

Lachend kehrten wir wieder in die Wirklichkeit zurück. Wir lachten so ausgelassen, wie man eben nach großer Erfüllung lacht, nach dem befriedigenden Gefühl, sich beim Sex lebendig zu fühlen, diese Freude über die phantastische Reise, die das Vögeln bedeutet, ein Ausblenden der Traurigkeit und des Todes. Ich betrachtete Ricard und fand ihn attraktiv mit seinem zerstrubbelten Haar und den leuchtenden Augen.

»Was ist denn mit dir los, Inspectora? Was ist denn das für ein Empfang?«

»Fandest du ihn schlimm?«

Er lachte wieder und schüttelte den Kopf. Dann legte er mir eine Hand auf die Schulter.

»Lass uns zusammenziehen, Petra, es ist eine gute Idee.«

Ich lächelte ihn an, setzte mich auf und zog die Beine an.

»Findest du das so wichtig?«

»Ja.«

»Und wäre es nicht nötig, dass uns mehr Zuneigung, ich weiß nicht, wie ich es ausdrücken soll, mehr echte Liebe verbinden sollte?«

»In unserem Alter sind die Dinge nicht mehr so förmlich wie mit zwanzig. Aber das ist egal.«

»Ich habe Angst davor, etwas zu tun, was wir nicht wirklich wollen.«

»Das klingt nach Theorie.«

»Alles wird zur Theorie, wenn du es im Stillen überdenkst.«

»Besonders, wenn du zu viel an dich selbst denkst.«

»Ich habe es nie geschafft, nicht an mein eigenes Leben zu denken. Ich hätte sonst was dafür gegeben, so zu sein wie eine dieser Wissenschaftlerinnen, die ihre ganze Zeit in die Forschung stecken. Ich glaube, deshalb habe ich meinen Beruf als Anwältin aufgegeben und bin zur Polizei gegangen. Ich glaubte, die Arbeit würde meinen Verstand vollständig absorbieren, aber du siehst ja, dass dem nicht so ist.«

»Ich könnte verhindern, dass du dich so sehr mit dir selbst beschäftigst.«

»Das macht mir auch Angst. Wenn ich so viel nachdenke, dann auch deshalb, weil ich gerne mein Leben begreifen würde, verstehst du? Die Gründe für das, was ich bis jetzt gemacht habe.«

»Dann ist nichts besser als ein Psychiater.«

Ich warf ihm das nächstbeste Kleidungsstück an den Kopf, das ich erwischte, ich glaube, es war mein BH, und lief davon.

»Ich habe noch nie einen so unernsten Menschen wie dich kennen gelernt, Ricard.«

»Man darf das Leben nicht allzu ernst nehmen, das ist alles, was man verstehen muss. Ich sehe täglich großes Leid und kann dir versichern, dass unser Leben nichts Dramatisches hat.«

»Alles, was du mir sagst, ist sehr interessant, aber ich muss jetzt gehen.«

»Eine gefährliche Mission?«

»Das knauserige Abendessen zu Ehren unseres Schutzpatrons.«

»Pass auf, dass kein Mafioso mit gezogenem Maschinengewehr aus der Torte springt und alle umlegt.«

»Keine schlechte Idee. Bleib hier, wenn du magst. Im Kühlschrank ist was zu essen.«

»Um mich hinterher mit deiner Schildwache im Bestatteranzug zu treffen? Nein, kommt nicht in Frage! Der ist im Stande und verpasst mir eine.«

»Hab Geduld, es dauert nicht mehr lange, am Montag zieht er wieder aus. Übrigens, wir machen ein Abschiedsfest für seinen Sohn, ich hoffe, du kommst auch.«

»Wenn der Bauerntölpel auszieht, ist das das beste Abschiedsfest, an dem ich je teilgenommen habe.«

»Gut.«

Fertig angezogen, warf ich ihm eine Kusshand zu. Da erlosch sein Lächeln, er zog die Augenbrauen hoch und sagte leise:
»Denk diesmal ernsthaft darüber nach, Petra, einverstanden?«
Ich zog das gleiche Gesicht und antwortete:
»Ja, ich verspreche es dir.«
Und ich log nicht.

Das Essen zu Ehren besagten Schutzpatrons der Bullen fand im großen Saal im Untergeschoss des Kommissariats statt. Früher gingen wir in ein Restaurant, aber Coronas hatte das aus Sicherheitsgründen geändert. An Ricards Scherz war etwas Wahres dran, denn es war sicherlich eine gute Gelegenheit, sich auf einen Schlag einer Menge Bullen zu entledigen, aber wir glaubten alle, dass es auch wirtschaftliche Gründe hatte. Auf diese Weise sparte das Kommissariat viel Geld. Lange Tische mit weißen Papiertischdecken, Plastikbecher und Pappteller dienten als Geschirr für das bescheidene Catering, das Coronas aus einem bekannten Restaurant bestellt hatte. Das typische Angebot eben: Tortillas, Calamares, Chorizo und Schinken, eiskalte Kroketten und Brotscheiben, die mit Olivenöl und ein wenig Tomaten bestrichen waren. Armselig, aber ich fand die Kommentare der Kollegen über die schlechte Qualität und die armselige Quantität des Essens weitaus unverdaulicher. Sie waren ein wunderbares Beispiel für die neue Krankheit der spanischen Mittelschicht: Alle Welt kennt sich mit Weinen aus und weiß ganz genau zwischen einem Foie entier und einem Micuit zu unterscheiden. Nun denn, wirklich beschämend für ein Land, in dem bis vor wenigen Jahren noch alle ihren Hunger mit Linsen gestillt hatten. Meine Kollegen waren da keine Ausnahme. Beim Aperitif waren überall witzelnde Bemerkungen darüber zu vernehmen. Ich schlenderte mit meinem lauwarmen, wirklich schrecklichen Sekt zwischen den Leuten umher und suchte vergeblich Garzón. Wo war er bloß? Bei diesen Gelegenheiten brauchte ich ihn wirklich. Meine Beziehungen zu den anderen Inspectoren waren rein beruflich, und mir fiel es immer schwer, höfliche Konversation zu machen. Aber der verdammte Subinspector tauchte nicht auf. Und als wären die Aussichten nicht schon schlecht genug, steuerte auch noch Fernández Bernal auf mich zu.

»Hallo, Petra, wie geht's dir?«

»Siehst du ja, ich ehre den Heiligen.«

»Glaub nicht, dass mir solche Veranstaltungen besonders gefallen.«

»Ich weiß nicht, was du meinst, ich amüsiere mich köstlich.«

»Ach, hör doch auf, Petra, du stehst doch über allem! Du isst bestimmt jeden Abend Kaviar.«

»Es reicht, Fernández. Ich toleriere keine weitere Anspielung darüber, ob ich elitär oder ein Mädchen aus gutem Hause bin oder ob ich einen Majordomus in Livree habe. Ich bin hier zum Arbeiten und du auch, nicht wahr? Dann lassen wir es dabei und verschwenden nicht unsere Zeit.« Ich drehte mich um und ließ ihn wortwörtlich mit offenem Mund stehen. Wahrscheinlich war ich zu weit gegangen, aber ich hatte die Nase voll von den Anspielungen dieses Blödmannes. Also sprach ich mich innerlich frei von Schuld, wie ich es immer zu tun pflege, wenn ich ausgesprochen unangenehm zu jemandem gewesen war. Warum immer lächeln? Warum immer und ewig bei der sozialen Farce mitspielen? Ist es so falsch, hin und wieder das zu sagen, was man denkt? Ist es wirklich nötig, dass deine Mitmenschen einen guten Eindruck von dir haben, auch wenn dieser Eindruck auf Heuchelei basiert? Nach dieser Salve rhetorischer Fragen, mit denen ich mich besser zu fühlen versuchte, beruhigte ich mich langsam wieder. Um mir selbst zu beweisen, dass ich kein Monster war, gesellte ich mich zu Eva und Begoña, zwei Kolleginnen und Inspectoras, die jünger waren als ich. Mit den Frauen ist es einfacher. Mit ihnen kann man immer über das Haarefärben oder eine neue Bluse plaudern. Als ich schon mitten in dem reizenden und frivolen Gespräch steckte, entdeckte ich plötzlich Garzón. Ich musste die Augen weit aufreißen, weil ich es nicht glauben konnte. Er war wie zu einer Bauernhochzeit gekleidet, und an seinem Arm hing die artige Braut mit grünblauem Gesicht: Yolanda.

Ohne mich zu sehen, gingen sie direkt an mir vorbei und auf Comisario Coronas zu. Der begrüßte das Mädchen überschwänglich. Um sie herum bildete sich ein Grüppchen. Auch ich ging näher und zog den Subinspector am Arm beiseite.

»Hat Coronas Ihnen befohlen, Yolanda herzubringen?«

»Nein, das ist mir selbst eingefallen. Wie finden Sie es?«

»Ungewöhnlich für Sie.«

»Das ist noch nicht alles. Ich habe Sie darum gebeten, nicht auf unsere Feier zu verzichten, nur weil sie noch ein wenig angeschlagen ist.«

»Ich komme aus dem Staunen nicht heraus.«

»Das Mädchen hat es verdient, Inspectora.«

»Sicher, sie hat es wirklich verdient.«

Ich begriff diesen plötzlichen Sinneswandel meines Kollegen nicht ganz, aber ich wollte ihn nicht weiter in Frage stellen, er war immerhin zum Guten.

Das Essen zog sich unerträglich lange hin, es war verkrampft, konventionell und verlief haargenau wie im Vorjahr. Auch wurden die altbekannten Scherze über eine Gehaltserhöhung gemacht, doppeldeutige Witze und spaßige Dienstanekdoten erzählt, und natürlich fehlten nicht die emotionsgeladenen Augenblicke, wenn wir derer gedachten, die nicht mehr unter uns weilten. Meiner Sensibilität wurde keine Demütigung erspart.

Beim Nachtisch, als ein paar kitschige Torten in der Größe von Hüten auf die Tische gestellt wurden, klopfte der Comisario mit seiner Gabel gegen sein Glas und bat um Ruhe. Die Rede schien unvermeidlich.

»Herrschaften, ich weiß schon, was Sie denken: Erst wird uns ein widerliches Essen serviert, und dann hält uns der Chef auch noch eine langweilige Rede.«

Alle lachten wohlwollend, womit er natürlich schon gerechnet hatte.

»Aber ich muss Ihnen sagen, dass Sie sich diesmal irren … Und nicht was das widerliche Essen betrifft, das sehe ich ganz genauso …«

Diesmal lachte sogar ich, ich musste dem Comisario ein gewisses Talent zur Improvisation zugestehen.

»… sondern darin, dass ich Ihnen etwas Vorbereitetes vortragen werde wie letztes Jahr. Nichts dergleichen, Herrschaften! Heute werde ich nicht viel sagen, aber was ich sage, wird originell sein, und nicht wegen meines Rednertalents, sondern wegen des Themas.«

Es war erwartungsvolles Gemurmel zu vernehmen.

»Ich möchte allen Kollegen, die sie noch nicht kennen, Yolanda Santos vorstellen, die junge Frau hier neben mir. Inspectora Petra Delicado hat diese Polizistin von der Guardia Urbana rekrutiert, um in einem komplizierten Fall mit uns zusammenzuarbeiten. Ja, sie arbeitet noch nicht lange für uns. Dennoch hat sie großen Mut bewiesen, dessen Folgen Sie unglücklicherweise noch in ihrem Gesicht ablesen können. An sich wäre das nicht so überraschend, weil wir alle den Mut und die Erfahrung der Kollegen der Policía Municipal kennen. Was ich aber hervorheben und heute Abend feiern möchte, ist Yolandas Entscheidung, trotz des Risikos zur Policía Nacional zu wechseln und mit uns zusammenzuarbeiten. Herrschaften, es ist nicht unbedeutend, dass die Jugend so denkt, dass sie ein so hartes Pflaster wie das unsere wählt. Besonders dann, wenn sie weiß, dass der Weg weder von Rosen gesäumt noch zu idealisieren ist. Obwohl unsere Arbeit manchmal von der Gesellschaft missverstanden wird, hat sie einen tiefen Sinn. Und darauf sollten wir stolz sein, das ist unser wahrer Geist. Das war's, schönen Abend noch.«

Die gesamte Zuhörerschaft stand auf, klatschte, schrie, war gerührt und wirklich überrascht. Ich stand klugerweise auch auf und klatschte mit. Unfassbar, niemand heuchelte, der Applaus war aufrichtig. Ich verstand gar nichts mehr. Wie sehr hätte ich gewünscht, so an etwas glauben zu können, mich auch so ohne Vorbehalte in die Sentimentalität, den Beruf und die heilige Pflicht stürzen zu können! Stattdessen war ich einfach nur sehr überrascht darüber, wie einfach es war, eine Gruppe von Leuten zu entflammen, die nicht einmal guten Alkohol getrunken hatte.

Jemand bat Yolanda, ein paar Worte zu sagen, und kurz darauf wurde die Bitte zur lauten Forderung einer begeisterten Masse. Das Mädchen stand schüchtern auf, plötzlich war sie zur Heldin geworden. Sie räusperte sich.

»Um ehrlich zu sein, hat mich Inspectora Delicado bei unserem ersten Zusammentreffen gleich zum Teufel gejagt …«

Lachen, Tischeklopfen und höhnische Blicke, die mich fast erröten ließen. »Aber dann war sie sehr geduldig mit mir und hat mir die Chance gegeben, meine wahre Berufung zu finden. Vielen Dank, Inspectora.«

Plötzlich im Mittelpunkt dieser Selbstbeweihräucherungs-Orgie und üblen Euphorie zu stehen, war ein Alptraum für mich. Irgendein arglistiger Kollege rief: »Eine Rede von Petra!«, und die Polizistenmeute schrie: »Eine Rede von Petra! Eine Rede!« Es erschien mir besser nachzugeben. Ich stand auf.

»Liebe Kollegen, was soll ich sagen? Jemanden gleich beim ersten Mal zum Teufel zu schicken, ist nicht unbedingt üblich. Das ist wahrscheinlich eher zum Ende der Zusammenarbeit der Fall. Und das will ich auch nicht ausschließen, sollte die Kollegin Santos weiter mit Garzón und mir an diesem Fall arbeiten. Sie wird hart arbeiten müssen wie wir alle, und am Ende ist es gut möglich, dass nicht ich sie zum Teufel schicke, zumindest wird sie nicht alleine das Vergnügen haben, denn viel wahrscheinlicher ist, dass der Comisario uns alle drei dorthin schickt.«

War gar nicht schlecht, ich hatte auch meinen Applaus. Da stand jemand auf, und es gingen Whiskyflaschen herum, alle erhoben sich vom Tisch, und es erklang Musik. Ich nutzte den Trubel und stahl mich davon. Auf der Straße atmete ich mehrmals tief durch und marschierte los. Wie wäre es wohl, auf einer einsamen Insel zu leben, in einem Kloster, in einem Nuklearbunker oder auf einem Leuchtturm? Bestimmt sehr gut.

Ich nahm ein duftendes Bad mit diesem Badeschaum, der Garzón so verwirrte. Eine herkömmliche Methode, um zumindest die oberste Hautschicht dessen, was wir in Wirklichkeit sind, abzustreifen. Eine harmlose Gewohnheit, die mir sehr gut tat. Zum Abschluss dieser wohltuenden Entspannungszeremonie schlüpfte ich in den marokkanischen Pyjama und schlief nach drei Zeilen Lektüre ein. Aber es war gleich, selbst im Schutzanzug hätte ich mein Leben und meine momentanen Umstände nicht vergessen können. Zu einem unbestimmten Zeitpunkt weckte mich ein entsetzlicher Krach aus dem Wohnzimmer. Ich sprang aus dem Bett und beugte mich über das Treppengeländer. Es war natürlich mein Gast, der im Halbdunkel damit kämpfte, die Lampe wieder aufzustellen, die er umgeworfen hatte. Ich schaltete das Licht ein, und da stand er in das Kabel verheddert.

»Mein Gott, Inspectora, entschuldigen Sie, ich wollte das Licht nicht einschalten … Aber Sie sehen ja, so war es schlimmer. Wir waren hinterher noch was trinken, und es ist etwas spät geworden.«

Da mein gutes Benehmen auch noch einem Schreck mitten in der Nacht standhielt, schüttelte ich den Kopf und sagte:

»Macht nichts, Fermín.«

Innerlich aber dachte ich, dass ich es hasste, mich höflich zu verhalten. Zum Glück war dieses widernatürliche Zusammenleben bald zu Ende. Das Abschiedsfest für Garzóns Sohn würde eines der größten werden, die ich je ausgerichtet hatte.

Die Arbeit, die sich das Fotoarchiv gemacht hatte, um uns beim Fortgang der Ermittlungen zu helfen, war peinlich genau und sehr gründlich durchgeführt worden. Sie hatten eine Liste mit etwa dreißig Männern zusammengestellt, die von 1998 bis zum jetzigen Zeitpunkt als Betrüger aktenkundig geworden waren. Alle erfüllten die Altersbedingungen nach der Beschreibung der Restaurantbesitzerin.

»Übrigens, Garzón, haben Sie daran gedacht, die Señora nach ihrem Namen zu fragen? Ich habe es ganz vergessen.«

Garzón hatte einen Kater, war aber Punkt sieben aufgestanden und griff zu seinem Notizbuch.

»Genoveva Pardo.«

»Guter Name! Bestellen Sie sie her. Ist heute Donnerstag?«

»Nein, warum?«

»Haben Sie es vergessen? Am Donnerstag gibt's Paella.«

Bis unsere Zeugin auftauchte, sah ich mir die Fotos im Computer an. Was gegen all diese Männer vorlag, hatte nichts mit Wohltätigkeit zu tun. Die meisten von ihnen waren wegen betrügerischem Verkauf von Immobilien, Nutzung einer falschen Identität, Ausweisfälschung, Ausstellung ungedeckter Schecks, Einkäufen mit gestohlenen Kreditkarten festgenommen worden ... Alle Delikte hatten nur mit Geldangelegenheiten zu tun. Trotzdem, warum sollte sich eine Bande, die Züge von organisierter Kriminalität aufwies, auf das Gebiet der Wohltätigkeit einlassen? War die Mildtätigkeit der Spanier so groß? War das wirklich ein Terrain, das man noch ausnutzen konnte? Dafür sprach, dass es schon immer eine wesentliche Charakteristik der Verbrecher gewesen ist, sich Neues auszudenken, auf das die Gesellschaft nicht vorbereitet ist. Vielleicht hatten wir es jetzt, wo so solidarische Zeiten herrschten, mit Betrügereien im großen Stile zu tun.

Kurz darauf traf Genoveva ein. Sie war unzufrieden. An dem Tag gab es zwar keine Paella, aber wir hatten sie bei der Zubereitung eines reichhaltigen galicischen Eintopfs gestört. Ich vertraute dieser Frau hundertprozentig. Tatsächlich war ich davon überzeugt, dass sie den Mörder erkennen würde, so sehr er sich auch verändert haben mochte. Genoveva war so etwas wie die Personifizierung des gesunden weiblichen Menschenverstandes. Um sie herrschte dieser barmherzige Realismus, der nur Matronen vorbehalten ist. Selbst der tiefsinnigste und versierteste Philosoph würde sich mit einer wie ihr ohne viel Worte verstehen. Deshalb vertraute ich ihrer Aussage, die ich sonst vielleicht nur als einen instinktiven Verdacht beurteilt hätte.

Aufgeweckt, wortkarg und mit einer faszinierend straffen und reinen Haut, die man sonst nur bei jüngeren Frauen sieht, setzte sie sich an den Computer und sagte: »Es kann losgehen.« Die ersten Gaunergesichter zogen an ihren Augen vorüber. Garzón schlug ihr vor:

»Wenn Sie sich jedes Gesicht genau angesehen haben, sagen Sie es mir, und ich gehe zum nächsten.«

Sie sah ihn an, als wäre er ein Insekt, das vom Baum gefallen ist.

»Hören Sie, ich bin nicht blöd. Sagen Sie mir, welche Taste ich drücken soll, und ich mache das alleine.«

Garzón zeigte sie ihr und sah mich seufzend an. Wahrscheinlich dachte er gerade über das Wesen der Frau im Allgemeinen nach. Genoveva murmelte überzeugt:

»Dieser nicht, nein. Dieser auch nicht, der wirkt wie ein Hungerleider, und der Mann, von dem ich spreche, war gut angezogen, keiner von denen, die betteln gehen.«

Nach ihren Kommentaren zu urteilen war mir klar, dass eine sehr viel detailliertere Identifikation von ihr zu erwarten war als im Restaurant. Ich flüsterte es Garzón zu, damit er Notizen machte. Da klingelte mein Telefon. Es war Domínguez.

»Inspectora Delicado, hier ist eine Señora, die sehr darauf drängt, Sie sofort zu sprechen.«

»Wie heißt sie?«
»Lassen Sie mich nachsehen ... Magdalena Prieto de Latour oder so ähnlich, klingt französisch.«
»Worüber ...«
Plötzlich wusste ich, wer das war, und ich sagte:
»Sagen Sie ihr, ich bin gleich da, Domínguez. Sie soll auf jeden Fall warten, verstanden?«
Manchmal hatte ich den Eindruck, dass jeder geistig Behinderte besser den Polizisten spielen könnte als die, die wirklich welche waren.

Ich lief schnell in mein Büro, im Begriff, meine Fassung zu verlieren, die ich gegenüber der Welt immer aufrecht hielt. Dieser Besuch war mit großen Erwartungen verbunden. Zwar hatten wir ausgeschlossen, die Exfrau von Tomás dem Weisen anzurufen und zur Aussage herzubitten, aber jetzt war sie da, sie war weit gereist, um mich zu sprechen. Das tut niemand, wenn er nur Banales beizusteuern hat. Außerdem verspürte ich, abgesehen von meinem beruflichen Wissensdurst, unleugbar auch eine gewisse Neugier, die Exfrau dieses einmaligen Mannes kennen zu lernen.
Sie saß auf einem der Stühle vor meinem Schreibtisch und drehte sich bei meinem Eintreten nicht gleich um. Ich sah zuerst ihr grau meliertes Haar und roch ihr Parfüm, einen Blumenduft.
»Hallo, Señora De Latour, ich bin Petra Delicado.«
Zur Begrüßung reichte sie mir eine zarte, schöne Hand mit dezenten Ringen.
»Guten Tag, Inspectora. Sie wissen vielleicht nicht, wer ich bin.«
»Ich denke schon, Sie sind die Exfrau von Tomás Calatrava, oder irre ich mich?«

»Exfrau? Na ja, das ist ein altmodischer Begriff für uns. Ja, wir waren verheiratet und haben uns offiziell getrennt, aber …«

Trotz ihres Alters hatte sie ein harmonisches, klares Gesicht, das einmal sehr schön gewesen sein musste. Ihre strahlenden blauen Augen stachen hervor, wirkten aber melancholisch. Sie war gut und elegant angezogen, wie es nur Französinnen vermögen. Sie holte Luft.

»Was ich Ihnen zeigen wollte, hätte ich Ihnen auch aus Frankreich zuschicken können, aber ich wollte es persönlich erklären. Ich wollte, dass die spanische Polizei richtig versteht, warum ich anfangs nichts sagen wollte und dennoch meine Meinung geändert habe. Wie Sie wohl wissen, gehen die Gründe des Herzens vor denen des Verstands.«

»Ja, ich weiß.«

»Als meine Schwägerin mich über seinen Tod informierte, wollte ich erst nicht nach Spanien kommen, denn Tomás war nach all den Jahren nur noch ein Schatten der Vergangenheit für mich. Die Nachricht hat mich nicht überrascht, auch nicht die Tatsache, dass er ermordet worden ist. Was kann man erwarten von einem Mann, der auf der Straße lebt, ohne Wohnung, ohne Familie, ohne Verstand? Es hat mich sogar gewundert, dass er nicht früher ermordet wurde, ein Besäufnis, eine Streiterei unter Obdachlosen … Aber meine Schwägerin sagte mir, dass es eine Ermittlung gibt, denn es gäbe keine Spur von seinem Mörder. Da rief ich Ihren Comisario an und fragte ihn, ob ich aussagen müsste. Ich war nicht sehr höflich, muss ich zugeben. Ich fand es unverschämt, nach so langer Zeit in solch eine Geschichte verwickelt zu werden, aber … dann habe ich nachgedacht, meinem jetzigen Mann den Brief gezeigt. Wir haben zusammen beschlossen, dass es tatsächlich bequemer ist zu schweigen. Wir fragten uns sogar, ob dieser Brief irgendeine Bedeutung hätte, weil er gerade von ihm war, aber …«

»Von welchem Brief reden Sie, Señora De Latour?«

»Von diesem Brief, ich erhielt ihn etwa einen Monat vor Tomás Ermordung.«

Sie holte einen Umschlag aus ihrer Tasche und reichte ihn mir. Ich zog ihn mit angehaltenem Atem heraus. Er war mit der unsicheren Handschrift eines kaputten Mannes geschrieben.

Meine Liebe,
ich tauche für einen Moment aus dem Müll auf, um mich dir zu nähern. Ich möchte dich wissen lassen, dass ich dich nie vergessen habe und dass ich weiß, wie sehr du meinetwegen gelitten hast. Es tut mir Leid, wirklich. Ich war deiner nie wert. Ich bin verrückt, und mein Ort ist der menschliche Abschaum, wo ich gelandet bin. Aber ich möchte dir mitteilen, dass ich etwas Wichtiges tun werde. Ich bin an einer großen Sache beteiligt und werde jetzt gleich mit sehr wichtigen Leuten sprechen, die stürzen werden. Davon wirst du bis nach Frankreich hören. Ich möchte, dass du weißt, all das tue ich nur, damit du stolz auf mich sein kannst, damit du siehst, dass ich nicht ganz unnütz bin. Ich werde dich nicht wieder belästigen. Sei glücklich. Viva Argentona!
Tomás

»Viva Argentona?«

»Sein Großvater stammte von dort. Sie sehen ja, das war Tomás! Er war nicht bei Trost, der Arme.«

»Er hatte Ihre Adresse?«

»Ich dachte, nein, aber er muss sie von seiner Schwester haben, oder er hat sie aus dem Notizbuch in ihrer Handtasche, was weiß ich.«

»Hat er Ihnen öfter geschrieben?«

»Nein, nie. Deshalb hat mich dieser Brief so beeindruckt, und deshalb habe ich ihn aufgehoben. Ich hätte nie gedacht, dass das ein Abschiedsbrief sein könnte.«

»Was haben Sie gedacht, als Sie das lasen?«

»Nichts, was sollte ich schon denken! Dass der arme Tomás nun völlig übergeschnappt ist. Erst jetzt habe ich geargwöhnt, dass es mit seiner Ermordung zu tun haben könnte. Glauben Sie das nicht auch, Inspectora?«

»Möglicherweise ja. Ich danke Ihnen, dass Sie sich herbemüht haben.«

»Ich habe mir gesagt: ›Mein Gott, so wenig interessiert dich jetzt dieser Mann, dass du nicht mithilfst, seinen Mörder zu bestrafen?‹ Er ist erbärmlicher als ein Hund gestorben. Und glauben Sie mir, Inspectora, bevor er verrückt wurde, war er brillant und intelligent.«

»Wundert mich nicht. Wissen Sie, wie ihn seine Obdachlosenfreunde nannten? Tomás den Weisen, so war er bekannt.«

Das hätte ich mir sparen sollen, denn das rührte diese Dame so sehr, dass sie in Tränen ausbrach. Ich verfluchte mich tausendmal. Dann reichte ich ihr eines der Papiertaschentücher, die ich für solche Fälle immer parat habe, und klopfte ihr tröstend auf die Schulter.

»Beruhigen Sie sich, Señora, beruhigen Sie sich.«

»Ach, meine liebe Inspectora, *la vie en rose*! Wenn wir auf die Welt kommen, erzählt uns niemand, wie das Leben wirklich ist, und dann ... Welch Enttäuschung!«

»Und dennoch wollen wir alle weiterleben, finden Sie nicht auch?«

Sie sah mich mit ihren kristallblauen Augen an, die vor Tränen schimmerten, und sagte:
»*Oui.*«
Zum Abschied informierte ich sie darüber, dass sie vor dem Richter aussagen und bereit sein müsste, für eine mögliche Befragung noch einmal nach Spanien zu kommen.
Gut, der Brief war wichtig. Er eröffnete keine neuen Perspektiven, aber er bestätigte die bereits eingeschlagenen Wege. Und er formulierte ein klares Motiv: Tomás wurde ermordet, weil er reden wollte. Er erwähnte wichtige Leute. War das bei einem schizophrenen und alkoholkranken Mann wie ihm zuverlässig? Außer dem unangebrachten Ausruf »Viva Argentona!« klang alles andere ziemlich vernünftig. Wer sagt denn, dass Verrückte ständig verrückt sein müssen? Wer sagt denn, dass wir angeblich vernünftigen Menschen nicht auch unsere verrückten Momente haben?
Ich machte mich erneut auf die Suche nach Garzón. Er saß neben Genoveva, die wie hypnotisiert auf den Bildschirm starrte und mich gar nicht eintreten hörte. Egal, ob sie eine Paella zubereitete oder jemanden identifizieren sollte, sie gab sich mit Leib und Seele ihrer Aufgabe hin. Ich setzte mich neben den Subinspector und flüsterte ihm die Neuigkeiten zu. Nur so gelang es mir, ihn zu wecken.

Zehn

Nach ewigen anderthalb Stunden, als ich schon aufgeben und die Köchin bitten wollte, am nächsten Tag weiterzumachen, rief sie endlich:

»Das ist er!«

Garzón und ich stürzten ungeduldig zu ihr. Wir sahen nur irgendein Gesicht, mehr nicht, aber vielleicht betrachteten wir denjenigen, der uns zum Ende führen würde. Der Mann auf dem Foto war ungefähr vierzig Jahre alt, hatte helle Augen und schütteres Haar, er sah ganz gewöhnlich aus.

»Das ist der Mann. Dieser neunmalkluge Gesichtsausdruck ist mir schon in meinem Lokal aufgefallen.«

Sie hatte Recht, sogar auf dem offiziellen Polizeifoto spielte ein leichtes selbstgefälliges Lächeln um seine Lippen.

»Von der Sorte gibt es viele, einer von denen, der anderen gnädig verzeiht, dass sie auch leben. Ich weiß nicht, in was der verwickelt ist, aber meiner Meinung nach hat der niemanden umgebracht, und ich sage das nicht, weil er mein Gast war, aber ich bin davon überzeugt, dass Mörder nicht so aussehen.«

Bevor sie weitermachen konnte, dankte ich Genoveva und schob ihren Stuhl vorsichtig zurück. Aber sie war eine Kämpfernatur.

»Sie wollen mich doch nicht wegschicken, ohne mir wenigstens den Namen dieses Mannes gesagt zu haben. Nicht, dass es mir so wichtig wäre, aber erst benutzen Sie mich, und dann schicken Sie mich ohne die geringste Erklärung einfach weg … Ich bin auch nur ein Mensch, es interessiert mich eben.«

Garzón und ich sahen uns angesichts dieser unerwarteten Reaktion verblüfft an. War etwas dagegen einzuwenden, dass sie den Namen erfuhr? Eigentlich nichts. Der Subinspector setzte sich an den Computer und öffnete die Akte. Dann verkündete er ernst:

»Er heißt Arcadio Flores Aragón.«

Ich fürchtete, Genoveva wollte womöglich mehr Einzelheiten wissen, aber dem war nicht so. Sie nickte zustimmend, als würde ihr der Name des Mannes alles erklären, und machte dann Anstalten zu gehen.

Wir verabschiedeten sie in allen Ehren. Als sie weg war, sah ich Garzón an.

»Wir finden Sie denn die Señora? Ein ganzer Charakter, nicht wahr?«

»Ja, die kann richtig anpacken, der können wir vertrauen. Schauen wir mal, was wir hier haben.«

Er öffnete die Akte von Arcadio ganz und begann interessiert zu lesen.

»Er ist wegen eines Betrugsdelikts in die Kartei aufgenommen worden. Er hat eine Wohnung an zwei Personen gleichzeitig verkauft. Natürlich war das nicht mal seine eigene Wohnung, sondern die seiner Schwester, die dann auch noch Anzeige gegen ihn erstattet hat. Er wurde wegen Betrugs und Urkundenfälschung verurteilt, war aber nur ein paar Monate im Gefängnis.«

»Wann war das?«

»1999.«

»Ist das alles?«

»Ja. Er ist weder vorher noch nachher verhaftet worden.«

»Verdammt!«

»Das ist ein passender Ausruf. Fahren wir zu diesem Arcadio?«

»Ja, rufen Sie den zuständigen Richter an, er soll die Akte heraussuchen.«

»Zu Befehl, Inspectora.«

»Was soll diese übertriebene Förmlichkeit?«

»Ich bin zufrieden, Inspectora, ich glaube, wir sind auf der richtigen Spur, und wenn ich zufrieden bin, werde ich förmlich.«

»Ja, ich bin auch zufrieden, aber vergessen Sie nicht, dass sich eine Spur manchmal ganz schön in die Länge ziehen kann.«

»Sie werden immer zur Spielverderberin, wenn Sie zufrieden sind, nicht wahr? Was tun Sie, wenn Sie deprimiert sind, sagen Sie dann den Weltuntergang voraus?«

»Ich bin vorsichtig, Fermín, und die Vorsicht ist die Mutter der Porzellankiste.«

»Verdammt!«

»Das ist ein guter Kommentar. Fahren wir?«

Die Adresse, die in der Akte verzeichnet war, führte uns in die Calle Padilla, in ein nichts sagendes Viertel der unteren Mittelschicht. Die Nummer 39 war ein reizloses Gebäude und natürlich wohnte Arcadio Flores dort gar nicht mehr. Wir mussten zu der Hausverwaltung fahren, die ihm damals die Wohnung vermietet hatte, erhielten aber auch dort keine erhellenden Auskünfte. Er war ein anständiger Mieter gewesen, hatte immer pünktlich seine Miete bezahlt, hatte aber bei seinem Auszug keine Adresse hinterlassen. Aufenthaltsort unbekannt, das war unser Ausgangspunkt, das war zu erwarten gewesen, aber deshalb nicht weniger entmutigend.

Am nächsten Tag erläuterte uns eine Assistentin des Amtsgerichts Nummer 11 ausgesprochen freundlich die Akte Flores.

»Dieser Mann hat seiner Schwester María Flores Aragón den Grundbuchauszug über die Wohnung gestohlen und gefälscht, indem er seinen eigenen Namen einsetzte. Dann kassierte er die Anzahlung von siebenhunderttausend Peseten von zwei verschiedenen Käufern. Sie haben ihn angezeigt und seine Schwester auch. Dafür bekam er sechs Monate Gefängnis, aber da er zum ersten Mal straffällig geworden war und die Strafe unter einem Jahr blieb, ließ ihn der Richter nach drei Monaten Haft frei, unter der Bedingung, dass er innerhalb einer Frist von dreißig Tagen den Betrogenen das Geld zurückzahlt und seiner Schwester darüber hinaus eine Entschädigung von fünfhunderttausend Peseten für den erlittenen Schaden leistet.«

»Hat er bezahlt?«

»Ja, er hat fristgerecht bezahlt ... Stellen Sie sich vor, nur eine Woche nach dem Richterspruch, er muss das ergaunerte Geld versteckt gehabt haben.«

»Steht in der Akte die Adresse seiner Schwester?«

»Ja, und die der beiden betrogenen Käufer auch. Soll ich sie Ihnen geben?«

»Bitte.«

Auf der Straße sah mich Garzón ernst wie der Tod an.

»Glauben Sie das mit dem versteckten Geld?«

»Es ist kein typisches Verhalten für das Profil eines Betrügers.«

»Und die Entschädigung, wo hatte er die halbe Million her?«

»Ich weiß es nicht, Garzón, er hatte sie wohl auf der Bank.«

»Bah! Ein Mann, der so verzweifelt ist, dass er sich durch

Betrug Geld beschafft, und dann hat er nicht nur Geld auf der Bank, sondern gibt noch nicht mal aus, was er ergaunert hat? Das passt nicht zusammen.«

»Finde ich auch. Wir müssen alle Betroffenen befragen. Ich glaube, hier trennen sich unsere Wege: Sie befragen die beiden Käufer und ich die Schwester. Sie wissen schon, was Sie fragen müssen, woher sie sich kannten, unter welchen Umständen, ob er allein agierte oder ob es noch jemanden gab, und natürlich, ob sie eine Ahnung haben, wo er ist.«

»Ich bin kein Anfänger, Petra. Aber ... jetzt ist Mittagszeit.«

»Umso besser, dann treffen wir die Leute wenigstens zu Hause an.«

»Heutzutage isst fast alle Welt außer Haus, wäre es nicht besser, vorher was zu essen und dann ...?«

»Subinspector, ich verspreche Ihnen ein Luxusmenü im ›La Jarra de Oro‹, aber ...«

»Ist ja gut, ist ja gut, stellen Sie mich nicht als Vielfraß hin, nur weil ich ein bisschen organisiert leben möchte.«

»Vielfraß? Das käme mir niemals in den Sinn!«

Ich erwartete zwar nicht gerade ein Feuerwerk zum Empfang, aber auch nicht unbedingt den Funkenflug einer Bombe, und das war es praktisch, was ich vorfand. Arcadios Schwester und ihr Mann aßen gerade zu Mittag, als ich klingelte. Sie öffnete mir. Ich stellte mich vor und sah, wie mich die Frau ängstlich anblickte. Gleich darauf tauchte ihr Mann auf.

»Was ist hier los?«

»Die Señora ist eine Inspectora von der Polizei.«

»Ich wollte kurz mit Ihnen über Arcadio Flores Aragón reden. Er ist Ihr Bruder, nicht wahr?«

Ich hatte kaum meine Frage gestellt, da sagte der Mann:

»Müssen Sie uns unbedingt beim Mittagessen stören? Ich bin Taxifahrer und den ganzen Tag unterwegs, ich …«
Ich unterbrach ihn energisch: »Ich mache keinen Höflichkeitsbesuch bei Ihnen und bin auch keine Interviewerin. Das ist eine offizielle Angelegenheit.«
Sie ließen mich nur ungern eintreten. Im Esszimmer war der Tisch gedeckt, und der Fernseher lief. In zwei Tellern dampfte eine Suppe. Ich wandte mich an María.
»Señora, Ihr Bruder …«
Sie unterbrach mich ängstlich.
»Ist ihm was passiert?«
Der Verdruss des Ehemannes hatte nicht nachgelassen.
»Was soll dem schon passieren? Der hat wieder was angestellt, oder glaubst du etwa, er ist plötzlich ein Engel? Was hat er denn diesmal gemacht?«, fragte er mich.
»Ich wollte Sie fragen, ob Sie wissen, wo er sich aufhält.«
»Wir? Was sollen wir schon wissen! Wissen Sie eigentlich, was er uns angetan hat? Er hat meiner Frau die Besitzurkunde der Wohnung gestohlen und sie gefälscht, um sie zu verkaufen. Dieser Scheißkerl! Danach wollten wir nichts mehr mit ihm zu tun haben. Wenn er also was angestellt hat, sind Sie hier an der falschen Adresse.«
Ich warf ihm einen eisigen Blick zu und fragte seine Frau noch einmal:
»Und Sie, María, haben Sie etwas von ihm gehört?«
Sie war zu erschrocken und weinte fast.
»Wir wissen nicht, wo er ist.«
»Habe ich es Ihnen nicht gesagt? Glauben Sie etwa, dass wir uns nach dem bösen Streich, den er uns gespielt hat, um das Brüderchen kümmern? Nein, mein Gott! Und es ist nicht in Ordnung, dass uns die Polizei belästigt, wenn er schon wieder was gemacht hat.«

»Hat er etwas angestellt?«, fragte seine Schwester mit dünner Stimme.
»Kann sein, aber wir wissen es nicht genau, deshalb müssen wir mit ihm reden.«
»Bestimmt hat er wieder was gefälscht oder jemanden betrogen ... Ich war mir sicher, dass der weitermacht. Deshalb habe ich zu meiner Frau gesagt: ›Du wirst nie wieder mit ihm reden, hörst du, nie wieder, und wenn er eines Tages hier auftauchen sollte, wirf ihn hinaus.‹«
»Hat er Ihnen keine Telefonnummer oder Adresse hinterlassen, als Sie ihn das letzte Mal sahen?«
»Glauben Sie wirklich, dass der sich hier hätte blicken lassen? Nein, ganz bestimmt nicht, das ist ein Feigling, der weiß schon, wo er nicht mehr auftauchen sollte.«
»Ist gut, ich lasse Sie jetzt in Ruhe weiteressen, aber wenn Sie was hören ...«
Die Schwester stand auf, um mich zu begleiten, während ihr Mann mich mit einem Grunzen verabschiedete. Schon in der Tür drehte ich mich unvermittelt um und sah sie fest an.
»Señora, wenn Sie etwas wissen ...«
Aus dem Esszimmer war gebieterisch zu vernehmen:
»María, kommst du essen oder was?«
»Adiós«, sagte sie hektisch und schloss die Tür hinter mir.
Auf der gegenüberliegenden Straßenseite war eine heruntergekommene Bar. Ich bestellte ein Bier und setzte mich ans Fenster. Eine halbe Stunde später sah ich den Taxifahrer das Haus verlassen, er stocherte sich in den Zähnen herum. Ich sah ihn die Straße hinuntergehen, wartete noch einen Augenblick und ging in das Haus zurück. Als María Flores mich erblickte, brach sie in Tränen aus.
»Kommen Sie herein.«

»María, ich will Ihnen keine Scherereien machen, aber ich hatte den Eindruck, dass Sie nicht offen sprechen konnten.«
Sie trocknete sich traurig die Augen. Dann bat sie mich ins Esszimmer, wo der Tisch schon abgeräumt war. Wir setzten uns auf eine grell gemusterte Polstergarnitur.
»Mein Mann ist nicht schlecht, nur manchmal ein bisschen grob. Wenn es um meinen Bruder geht … Ich verstehe ihn ja, wirklich, es war sehr schäbig, was er getan hat. Mein Bruder ist auch nicht schlecht, er hatte nur Pech, das ist alles. Unsere Eltern haben uns zwei kleine Wohnungen vererbt, für jeden eine. Er hat seine sofort verkauft und ist dann in schlechte Gesellschaft geraten, Freunde, die über ihre Verhältnisse lebten, und weil er es ihnen gleichtun wollte … Aber er ist nicht schlecht. Ich wollte ihn nicht anzeigen, damit alles unter uns bleibt, aber mein Mann hat sich durchgesetzt …«
»Haben Sie wieder von ihm gehört?«
Sie sah sich um, als fürchte sie, dass ihr Mann sie aus einem Winkel beobachten könnte.
»Ich …«
»Niemand wird erfahren, dass Sie mit mir gesprochen haben.«
»Was werden Sie ihm tun?«
»Nichts, María, es gibt noch nichts Konkretes, aber wenn Sie etwas wissen, müssen Sie mir das sagen, zum Besten Ihres Bruders.«
»Er hat mich vor fast einem Jahr mal angerufen. Ich habe mich mit ihm in einer Bar getroffen. Wenn Manolo das erfährt, bringt er mich um! Aber er ist doch mein Bruder, ich musste ihn treffen, ich musste wissen, was er nach so langer Zeit macht. Der Arme wollte mich nur um Verzeihung bitten. Er holte zweihunderttausend Peseten aus der

Jackentasche und bestand darauf, dass ich sie einsteckte. Ich lehnte ab, ich hätte dieses Geld vor Manolo nicht rechtfertigen können. Und ich fragte ihn, wo er es herhätte. Er meinte, es wäre alles legal, dass er jetzt sehr gut verdiene, er arbeite bei einem Mann, der eine … Einrichtung habe.«

»Eine Einrichtung? Welche Art Einrichtung?«

»Ich weiß nicht, hören Sie nicht auf mich, vielleicht hat er gar nicht Einrichtung gesagt, aber ich meine mich so zu erinnern. Jedenfalls war ich sehr nervös und weinte. Sie können es sich ja vorstellen.«

»Hat er Ihnen seine Adresse gegeben, seine Telefonnummer?«

»Nein.«

»Hat er erwähnt, wo diese Einrichtung ist oder wie der Chef heißt?«

»Nein, Inspectora, er hat nichts weiter gesagt. Ich musste ihn bitten, mich nicht mehr anzurufen, wenn er nicht wollte, dass ich Krach mit Manolo kriege. Es ist sehr traurig für eine Frau, wenn sie sich zwischen ihrem Mann und ihrem einzigen Bruder entscheiden muss. Manchmal denke ich, dass ich froh bin, dass unsere Eltern tot sind, so erleben sie nicht mehr, was aus unserer Familie geworden ist.«

»War das ein endgültiger Abschied?«

»Er hat nie wieder angerufen, ich schwöre es bei Gott. Er bestand darauf, dass ich das Geld behalte. Ich habe es unseren Kindern gegeben, wir haben zwei Kinder, die nicht mehr zu Hause leben. Jedem hunderttausend Peseten, und ich habe sie gebeten, es nicht ihrem Vater zu erzählen.«

»Ist gut, Señora, aber sollte sich Ihr Bruder zufällig wieder mit Ihnen in Verbindung setzen … Hier haben Sie meine Karte. Ich werde Ihre Information vertraulich behandeln.«

»Dann rufe ich Sie an, ich möchte nicht, dass mein Bruder

auf die schiefe Bahn gerät und dass ihm wirklich was passiert.«
Ich machte mich auf den Weg ins ›La Jarra de Oro‹ und rief von dort aus Garzón an. Er sagte, er treffe in knapp einer halben Stunde ein. Ich trank noch ein Bier. Was zum Teufel war das für eine Einrichtung? Hatte diese Frau das richtig verstanden? War es nur eine Ausrede von Flores gewesen, um das Geld zu rechtfertigen? Woher hatte der Vogel so viel Kohle?
Garzón begrüßte mich kaum.
»Haben Sie schon gegessen, Inspectora?«
»Ich habe auf Sie gewartet.«
»Ich begreife nicht, wie Sie das mit leerem Magen aushalten. Machen Sie Yoga oder so was? Ich kann mich kaum noch auf den Beinen halten, mir ist sogar leicht übel.«
Wir setzten uns an einen Tisch und wollten das Menü bestellen, aber es war schon zu spät.
»Dann zwei Spiegeleier mit Schinken und Pommes, und ein paar Oliven, ich muss was in den Magen kriegen.«
»Haben Sie mit beiden Geschädigten reden können?«
»Ja, aber das war verschwendete Zeit. Können Sie sich ja vorstellen, einfache Leute, die von nichts eine Ahnung haben und darüber hinaus noch geizig sind, wie es ja häufig bei Betrogenen vorkommt. Flores hat ihnen die Wohnung zu einem Spottpreis angeboten. Und sie haben angebissen, klar, sie haben ihm die Anzahlung gegeben. Keinem der beiden ist in den Sinn gekommen, die Daten im Grundbuch zu überprüfen oder einen Anwalt zu Rate zu ziehen ... Nichts, nur die Gelegenheit nutzen und billig einkaufen, das war's! Bis das Ganze aufflog.«
»Haben sie wieder was von Flores gehört?«
»Stellen Sie sich vor, obwohl er denen ihr Geld zurückgegeben hat, sagt einer, sollte der ihm noch mal über den Weg

laufen, mache er ihn fertig. Der andere war noch erbarmungsloser, also … Ich glaube nicht, dass Flores noch mal mit denen Kontakt aufnimmt.«

Die Spiegeleier wurden gebracht, und Garzón machte sich über sie her, als wäre er Robinson Crusoe beim ersten, bescheidenen Mahl nach dem Schiffbruch.

»Was erzählen die beiden über ihn?«

»Dass er ein eleganter Mann war, gebildet, glaubten sie natürlich. Gut gekleidet und mit einer teuren Uhr am Handgelenk, goldenem Kugelschreiber, einem neuen Taschenrechner …«

»Das vervollständigt ein bisschen das Bild, das wir uns von ihm gemacht haben.«

»Nur wenig. Wie war es bei Ihnen?«

Ich erzählte ihm die Geschichte mit der Einrichtung. Einen Augenblick hob er den Blick vom Teller, um die Information richtig zu werten.

»Ist diese María eine gebildete Frau?«

»Nicht sehr.«

»Dann kann das mit der Einrichtung sonst was sein, eine Versicherungsagentur, eine Bank … Und dann sagt sie auch noch, sie ist sich nicht ganz sicher … Kann sein, dass sie das Wort zufällig gewählt hat, weil es respektabel klingt.«

»Wir brauchen einen Suchbefehl, Garzón, kann sein, dass das hilft.«

»Wir müssen auch wieder bei den Wohlfahrtseinrichtungen vorbeischauen, damit man nicht sagen kann, wir hätten das außer Acht gelassen. Wissen Sie, was ich jetzt gern bestellen würde, Petra?«

»Noch zwei Spiegeleier?«

»Sie haben's erraten. Aber weil wir keine Zeit dafür haben, bestelle ich einen Flan mit viel Sahne, und Sie?«

»Mir reichen die zwei Eier, nur Kaffee.«

Er rief gebieterisch nach dem Kellner und sah mich nach der Bestellung irgendwie verwirrt an.
»Inspectora, ich will ja nicht nerven, aber … morgen ist Samstag.«
»Und?«
»Mein Sohn fliegt am Sonntagmorgen wieder.«
»Verdammt! Verzeihen Sie, Fermín, das habe ich ganz vergessen. Morgen Abend machen wir die große Party.«
»Sagen Sie mir, was ich einkaufen soll.«
»Keine Sorge, wir gehen zusammen einkaufen. Wir machen auch zusammen die Gästeliste.«
»Eine Liste?«
»Es wird doch eine große Party, oder?«

Stimmt, ich hatte das Abschiedsfest völlig vergessen. Und eigentlich hatte ich wenig Lust auf diese Party, aber ich hatte es meinem Kollegen versprochen. Vermutlich hätte er dasselbe für mich gemacht, das redete ich mir zumindest ein, da mir kein guter Grund einfiel, ihm abzusagen. Wie auch immer, seit Jahren hatte ich nichts in meinem Haus veranstaltet, und diesmal hatte auch ich einen wichtigen Gast: Ricard. Wenn wir wirklich irgendwann zusammenziehen sollten, war es gar nicht so unwichtig, herauszufinden, wie er sich in meinem Freundeskreis bewegte. Aber konnte man von meinem Freundeskreis reden bei dieser Gästeliste? Die Schwestern Enárquez, Richter García Mouriños, Garzóns Sohn und sein ausländischer Freund, die arme Yolanda und der Subinspector. Es gab seltsame Feste, aber dieses versprach eines der besonderen Art zu werden. Auch wenn es sich gerade darum handelte, einer unpassenden Situation einen normalen Anstrich zu verleihen.
Am Samstagmorgen war ich mit Garzón verabredet. Der

Such- und Haftbefehl war in Arbeit, also widmeten wir uns den Vorbereitungen für die Party. Wir hatten beschlossen, eine üppige Auswahl an Kanapees und kalten Platten zu bestellen. Die Salate machten wir selbst. Mein Angebot, alles zu bezahlen, lehnte Garzón ab, er wollte die Hälfte tragen. Wir wollten uns deswegen nicht streiten, und so blieb es dabei, es schien gerecht.

Mein Kollege und ich waren ein gutes Beispiel für die Außergewöhnlichkeit des Festes, und wir gingen wie ein eingespieltes Paar einkaufen. Natürlich wollte der Subinspector an dem Morgen nicht einfach so in Freizeitkleidung auftauchen. Ganz im Gegenteil, er trug einen seiner besten Nadelstreifenanzüge, als wollte er sich mit allem Pomp und Trara als Leiche herrichten lassen.

Die Sonne schien, und die Rambla de Cataluña war voller Menschen, die an ihrem freien Tag einkaufen gingen. Wir wurden natürlich angestarrt, und wahrscheinlich stellte mehr als einer Vermutungen über unsere Art der Beziehung an. Plötzlich blieb der Subinspector bei einem Paar mit drei kleinen Kindern stehen.

»Was für eine hübsche Familie!«, sagte er in einem Anfall von Sentimentalität.

»Lassen Sie sich nicht täuschen, die Kinder nerven nur, und die Eltern sind völlig gestresst. Familien sind nicht für die Stadt gemacht.«

»Glauben Sie? Ich habe immer gedacht, es sei wünschenswert, eine Familie zu haben.«

»Es ist das geringere Übel. Die Leute haben Angst, und wenn man lebt wie alle anderen, fühlt man sich geborgen.«

»Schon, aber ich wäre gerne Großvater geworden, stellen Sie sich vor.«

»Garzón, bitte, diese Bemerkung ist Ihrer nicht würdig.«

»Wirklich? Ich sehe keinen Grund dazu, das ist der Lauf des Lebens, und wenn du drinsteckst, hat das was Beruhigendes.«

»Lügen, alles Lügen. Die Menschen versuchen, mit aller Gewalt zu vergessen, dass sie zum Reich der Tiere gehören, und mystifizieren einfache biologische Entwicklungen: die Liebe, die Elternschaft, die Familie. Erhabene Begriffe für die Paarung, die Reproduktion, die Sippe.«

»Das bestätigt mich noch mehr. Und wenn ich Ihnen sage, dass ich nur Tierisches anstrebe?«

»Löwen haben keine Enkel.«

»Verdammt, Inspectora! Warum sind Sie so ätzend? Gibt es etwas auf der Welt, das Sie gut finden?«

»Manches, ja. Aber ich verabscheue Lügen, die alle Welt kennt und akzeptiert.«

Er lachte auf, wobei sich seine Weste aufblähte, sie wirkte wie ein Petticoat.

»Im Grunde finde ich Sie witzig, Petra, immer im Zwist mit dem Leben, mit der Realität ... Das zeigt, dass Sie Optimistin sind, eine Pessimistin wäre nicht im Stande, die Dinge so zu analysieren, sie würde an Verzweiflung sterben.«

»Die Verzweiflung verbraucht zu viel Energie. Außerdem muss man sehr mutig sein, um sie wirklich völlig auszukosten, und das bin ich nicht. Wissen Sie, was ich denke? Dass ich immer feiger werde.«

»Warum sagen Sie das?«

»Ich weiß nicht, Einschätzungen, aber es ist so. Denken Sie, kürzlich habe ich mir ausgemalt, mit jemandem zusammenzuleben und mein geschätztes Alleinsein aufzugeben.«

Er schwieg, verdaute seine Überraschung im Stillen und fragte dann wie beiläufig:

»Mit wem, dem Psychiater?«

»Ich habe gesagt mit jemandem, ohne Namensnennung.«
»Aha!«
Ich bereute es augenblicklich, ihm dieses Geständnis gemacht zu haben, und bevor er noch mehr Fragen stellen konnte, machte ich eine Vollbremsung und kehrte in die Wirklichkeit zurück.
»Also, Fermín, ich habe keine Lust mehr, ziellos herumzulaufen. Ich schlage Folgendes vor: Wir haben das Catering bereits bestellt, jetzt gehen wir zum Markt, in die Boquería, und kaufen das Gemüse für die Salate. Danach lade ich Sie auf ein Bier ins ›Plaza Real‹ ein. Was halten Sie davon?«
»Nichts dagegen einzuwenden.«
Die Boquería strahlte in ihrer ganzen Pracht, und es fiel mir schwer, Garzón aus seinem begeisterten Staunen beim Anblick der exotischen Waren herauszureißen: Pilze, tropische Früchte, Gemüsesorten … Er war wie ein Tourist auf Entdeckungsreise. Ganz zu schweigen davon, was sein Anzug bei den scharfzüngigen Marktfrauen auslöste, die ihn ›Was für ein Kerl!‹, ›So ein eleganter, stattlicher Mann!‹ und sogar ›Dandy‹ nannten. Ich atmete erleichtert auf, als wir endlich den Markt verließen, und nachdem wir unser Bier auf der Terrasse der ›Plaza Real‹ bestellt hatten und ich mein Gesicht in die Sonne hielt, verflüchtigte sich mein düsterer analytischer Optimismus, wie es mein Kollege genannt hatte. Aber jedes Glück ist per definitionem flüchtig. Ich hatte die Augen noch genüsslich geschlossen, als ich vernahm:
»Sind Sie in ihn verliebt?«
»Wie?«
»Sie wissen schon, in den Psychiater, Ricard.«
»Weiß ich nicht, habe ich mich nicht gefragt.«
»Sie haben sich das nicht gefragt, denken aber daran, mit ihm zusammenzuziehen? Das verstehe ich nicht.«

»Da gibt's nichts zu verstehen. Er ist ein kultivierter und attraktiver Mann, dem ich sehr gefalle. Es wäre ein einfaches Zusammenleben. Wenn ich zum Beispiel mal schlecht gelaunt nach Hause komme, fühle ich mich vielleicht besser, wenn ich mit ihm reden kann.«

»Oder das Gegenteil. Ich glaube, dass so rationale Zukunftspläne nicht funktionieren.«

»Funktionieren die irrationalen besser?«

»Ohne die Liebe geht es nicht.«

»Waren Sie in Ihre Frau verliebt?«

»Nein.«

»Und haben dreißig Jahre mit ihr zusammengelebt.«

»Das ist was anderes. Zu meiner Zeit hieß es, die Sitten zu respektieren. Wenn du fast schon fünfundzwanzig warst und ein anständiges Mädchen gefunden hattest, musstest du heiraten, so war das.«

»Sie scheinen immer noch so zu denken und machen Dinge, um die Sitten zu respektieren.«

»Was wollen Sie damit sagen?«

»Sie haben einen wunderbaren Sohn, intelligent und brillant in seinem Beruf, aber die Sitten schreiben vor, dass er heiraten muss und Ihnen viele Enkel schenkt. Sie sind unfähig, seine Homosexualität zu akzeptieren.«

Er wurde ernst.

»Das war ein Schlag unter die Gürtellinie, Petra.«

»Unter die Gürtellinie?«

»Wir sprachen von Ihnen, außerdem ist das ein heikles und sehr persönliches Thema, das mir sehr zu schaffen macht.«

»Glauben Sie, dass meine Überlegungen, mit jemandem zusammenzuleben, um den schwierigen Momenten der Einsamkeit zu entrinnen, nur eine Lappalie für mich ist? Glauben Sie, ich habe keine Panik vor einem dritten Scheitern?«

»Tut mir Leid, ich hätte dieses Gespräch nicht anfangen sollen.«
Grollendes Schweigen machte sich zwischen uns breit. Der Kellner kam und fragte belanglos:
»Noch ein Bierchen, die Herrschaften?«
»Nein danke«, erwiderte der Subinspector höflich. Ich legte ihm meine Hand auf den Arm.
»Wollen wir das so stehen lassen, Fermín? Tut mir Leid, Sie verletzt zu haben.«
»Nein, entschuldigen Sie. Ich bin nicht verletzt, Sie haben ja Recht.«
»Warum vergessen wir das verdammte Privatleben nicht einfach? Merken Sie das nicht? Diese verdammte Gesellschaft hat so viel Einfluss auf uns, dass uns nur noch unsere verfluchten persönlichen Gefühle interessieren. Wir sollten uns um andere Dinge kümmern.«
»Um was zum Beispiel?«
»Um etwas, das uns alle betrifft! Die Umweltverschmutzung, die nukleare Gefahr, der Welthunger ...«
Garzón sah sich skeptisch um, die Leute tranken heiter und unbekümmert ihren Aperitif.
»Wir drehen uns nur deshalb ständig um uns selbst, weil wir nicht wissen, was Hunger bedeutet. Unsere Großeltern mussten von früh bis spät auf dem Feld ackern, um einen schlechten Eintopf auf dem Tisch zu haben. Und, dachten sie etwa an ihre Traumata, hatten sie gar welche? Übrigens, Inspectora, das mit dem Hunger erinnert mich daran, dass wir was essen müssen, bevor wir uns ans Kochen machen.«
»Essen? Aber heute Abend werden wir uns den Bauch voll schlagen! Einen Happen höchstens!«
»Verdammt, Sie verlangen von mir eine Abstinenz, die der eines Gandhi alle Ehre gemacht hätte!«

Obwohl wir lachend aufstanden, verspürten wir beide einen Kloß im Hals, der sich nur langsam lösen würde. Zu viele Privatgeschichten oder zu wenig Hunger, wie Garzón gesagt hätte.

Den Nachmittag über stellte ich fest, dass der Subinspector, seit wir uns kannten, große Fortschritte in Hinblick auf seine Kochkünste gemacht hatte. Er wusste ganz genau, wie lange die Eier kochen mussten, bis sie hart waren, und er schnitt die Zwiebeln gekonnt mit einer mechanischen Bewegung aus dem Handgelenk. Es war außerdem zu merken, dass er seine neuen Fähigkeiten sehr genoss und sich sogar traute, Abwandlungen vorzuschlagen, die nicht wie Ketzerei klangen, wie Kapern in die Majonäse zu geben oder Sesam in den Salat. Nicht zu vergleichen mit dem ersten Essen, das wir vor ewigen Zeiten gemeinsam zubereitet hatten, als er noch in der Pension wohnte. Ich sagte es ihm, und er war so stolz, dass ich fürchtete, er würde gleich platzen vor Freude.
»Alles hat sich verändert, Petra! Wir beide arbeiten jetzt mindestens sieben Jahre zusammen. Wir kennen uns gut.«
»Deshalb können wir uns auch mit unseren Bemerkungen verletzen, stimmt's?«
»Ich glaube nicht, dass Sie oder ich das beabsichtigen …«
»Davon können Sie überzeugt sein.«
Er nahm die Schürze ab und drehte eine begeisterte Pirouette auf den Zehenspitzen.
»Na schön, um die guten Sitten nicht verkommen zu lassen, um so schöne Dinge zu feiern und um das Vertrauen zu genießen, wo wir schon bei Ihnen zu Hause sind … Finden Sie nicht auch, dass es Zeit ist, uns ein Gläschen zu gönnen? Es ist nicht alles *ora et labora*, oder?«

»Ihre Worte sind vernünftiger als die von San Augustín. Sie wissen ja, wo die Minibar ist.«
Wir tranken auf mehrere Heilige und auch auf ein paar Märtyrer. Ich dachte, dass Garzón sich einen hinter die Binde gießen musste, um so angeregt wie möglich zu wirken auf dieser seltsamen Abschiedsfeier für seinen Sohn, aber vielleicht waren meine psychologischen Antennen zu weit ausgefahren. Wir machten die Salate fertig und stellten sie in den Kühlschrank. Sie sahen köstlich aus. Der Subinspector sah auf seine Uhr.
»Glauben Sie, dass alles gut gehen wird, Petra?«
»Natürlich. Gleich werden die vom Catering da sein, keine Sorge, die sind zuverlässig.«
»Ich meinte den Fall. Sie wissen doch, dass ein Such- und Haftbefehl manchmal Monate ohne Ergebnis bleiben kann, wenn sie ihn überhaupt finden.«
»Inzwischen wird uns ein anderer Fall übertragen.«
»Das fürchte ich auch, und wenn wir einen anderen Fall haben, bleibt dieser ungelöst ... Wo wir so nahe am Ziel sind! Und Ihre Bettlerkönige bleiben ungerächt.«
»Nun mal nicht direkt die Flinte ins Korn werfen. Wir werden noch einmal alle Leute aufsuchen, die Arcadio Flores mal gesehen haben, wir werden die Gäste von Genovevas Lokal befragen, noch einmal zur Caritas gehen, andere Wohlfahrtseinrichtungen abklappern, wo wir nun wissen, dass es eine Einrichtung war. Außerdem haben wir sein Foto, das ist auch was. Wir haben noch nicht alle Kugeln verschossen.«
Er hob seufzend die Augen zur Decke, dann trank er seinen Martini aus und sah mich an.
»Dann können wir also hoffen, dass die Geschichte ein gutes Ende nehmen wird.«

»Früher oder später erwischen wir ihn, ich gebe Ihnen mein Ehrenwort.«
»Ich meinte die Geschichte mit meinem Sohn und seinem Freund.«
»Also, Fermín, können Sie sich nicht ein bisschen konzentrieren, vor allem, um nicht abzulenken.«
»Entschuldigen Sie, ich bin nervös und durcheinander. Das mit dem Abschiedsfest, ich weiß nicht …«
»Kommen Sie mit, wir werden das Geschirr herausstellen. Dann machen wir uns ein bisschen frisch.«
Er gehorchte wie ein kleiner Junge, der Anleitung braucht. Wir stellten die Gläser und Teller an das Ende der langen Tafel, auf der das Buffet aufgebaut werden würde. Ich stellte die Blumen in die Vasen und verteilte sie an strategischen Punkten, und zum Schluss zündete ich ein paar riesige Kerzen an.
»Wie finden Sie es?«
»Es ist sehr hübsch, aber machen Sie sich bitte nicht zu viele Umstände.«
»Machen Sie sich darum keine Gedanken, ich bin eine Frau von Welt und daran gewöhnt, in meinem Haus zu empfangen.«
»Das stimmt.«
»Ich ziehe mich jetzt um und richte mich ein wenig her. Sie können schon mal die CDs heraussuchen, die Sie gerne beim Essen hören möchten.«
»Klassische Musik, oder?«
»Nein, heute besser Jazz.«
Ich ging in mein Schlafzimmer, und beim Schminken hörte ich, dass das Essen geliefert wurde und wie Garzón aufmachte und, ganz Hausherr und Gastgeber, Anweisungen gab, wo alles hinzustellen war. Es war ein merkwürdiges

Gefühl, das mich amüsierte, denn im Grunde war es höchst angenehm: Jemand macht die Tür auf, während du mit was anderem beschäftigt bist, und übernimmt im entsprechenden Augenblick die Regie. Ja, das Zusammenleben hatte auch seine Vorteile, wer wollte es leugnen?

Ich ging in einem schlichten dunkelroten Kleid und mit hochgestecktem Haar nach unten, ohne Schmuck, aber gut geschminkt. Garzón stieß einen Pfiff aus.

»Sie machen eine tolle Figur!«

»Das ist ein altmodisches Kompliment.«

»Dann eben: Sie sehen ja toll aus!«

Ich lächelt ihn geschmeichelt an und betrachtete sein Outfit. Beim Arbeiten in der Küche hatte er die Hemdsärmel aufgekrempelt, aber jetzt trug er wieder Sakko, Weste und Krawatte, womit das Gespenst von Lucky Luciano wieder Gestalt angenommen hatte. Ich wagte es, ihm einen ästhetischen Tipp zu geben.

»Warum bleiben Sie nicht nur im Hemd wie vorher?«

»Ist es so nicht gut?«

»Zu steif.«

»Aber Sie sind sehr elegant.«

»So ist das immer auf Privatfesten, wir Frauen sind elegant und die Männer leger.«

»Wusste ich nicht. Dann nehme ich die Krawatte ab und Schluss.«

»Warten Sie, ziehen Sie auch das Jackett aus und behalten Sie nur die Weste an. Ich werde Ihnen ein Halstuch leihen. Nein, besser einen leichten Schal, ich hab einen aus Cheviotwolle, der wird Ihnen blendend stehen. Sie werden damit aussehen wie Georges Brassens.«

»Sind Sie sicher? Wirke ich nicht wie ein Flamencosänger?«

»Nein, keineswegs! Sie werden ... modisch aussehen, das ist das richtige Wort.«

»Na schön, was tut man nicht alles, um modisch auszusehen.«

Mit dem Schal, der leger zu beiden Seiten auf seiner Brust lag, wirkte er eher wie ein Kabarett-Chansonier als ein Flamencosänger, aber da ich mir nicht sicher war, ob ihm der Vergleich gefallen hätte, sagte ich nur, dass er blendend aussehe.

»Ich habe Hunger, Inspectora! Kann ich mir ein Kanapee nehmen?«

»Kommt nicht in Frage!«

Punkt neun klingelte es. Ich bat im Geiste, dass es nicht Ricard sein möge, ich hätte die Spannung nicht ertragen, die beim Zusammentreffen unseres seltsamen Trios immer entstand. Mein Flehen wurde erhört, denn es war Richter García Mouriños. Seine dröhnende Stimme erfüllte das ganze Haus.

»Petra Delicado, der Berg, zu dem Mohammed gehen muss!«

»Mohammed ist in letzter Zeit nicht oft zu sehen gewesen.«

»Es war einfach zu viel zu tun. Aber es ist eine Schande, dass wir uns nur bei Dienstangelegenheiten sehen.«

»Da haben Sie völlig Recht. Jetzt lädt mich niemand mehr ins Kino ein oder bittet mich, ihn zu heiraten ...«

»Selbst Mohammed hätte es aufgegeben nach so vielen Körben! Gibt's was zu trinken?«

»Es gibt alles. Sie brauchen nur zu bestellen und werden sofort bedient.«

Der Subinspector hatte seinen Auftritt. Der Richter platzte heraus:

»Aber hallo, Fermín, wie elegant! Heute siehst du aus wie Maurice Chevalier, steht dir sehr gut!«

»Mein Gott, Chevalier ist aber schon ein bisschen aus der Mode!«

»Überhaupt nicht, er ist ein Klassiker. Wenn einer stirbt, aber nicht vergessen wird, ist er ein Klassiker, du weiß doch, wie das läuft.«

»Um ein Klassiker zu sein, hätte ich mich lieber als Römer verkleidet.«

García Mouriños lachte so dröhnend auf, dass es im Raum widerhallte.

»Ach, dieser Mann muss immer protestieren! Kennen Sie jemand, der mehr protestiert, Inspectora?«

»Nicht dass ich wüsste.«

»Wunderbar, Richter, gib bitte meiner Chefin noch Futter.«

»Alle Empfänge im Stil von *Welcome Mister Marshall* sind ja schön und gut, aber will mir denn niemand ein Gläschen Whisky anbieten?«

Aus der vertraulichen Art und Weise, wie sie miteinander umgingen, schloss ich, dass sie sich noch immer regelmäßig zu viert mit den Schwestern Enárquez trafen. Als ich den Whisky einschenkte, klingelte es wieder. Es waren die Schwestern Enárquez, die ich wirklich freudig empfing. Wir umarmten uns, wir küssten uns herzlich auf die Wangen, und ich konnte begeistert feststellen, dass sie keinen Funken ihres Glanzes verloren hatten. Prächtig, exaltiert und bis ins kleinste Detail sorgfältig zurechtgemacht, waren sie ein Beispiel dafür, wie man das Leben immer genießen konnte. Concepción drehte eine anerkennende Runde durch das Wohnzimmer.

»Was für ein hübsches Haus, Petra. Ich wusste ja, dass deine Aschenbecher nicht überquellen und nicht überall

Zeitschriften herumliegen wie bei den Polizisten im Film, aber so ein exquisiter Geschmack ist doch außergewöhnlich.«
Ich bedauerte, dass Ricard diese Bemerkung nicht hören konnte.
»Täusch dich nicht, das Bild von uns im Krimi stimmt, aber da ich euch erwartet habe, sind alle Zeitschriften unter dem Bett verschwunden, und die Kippen habe ich zum Fenster hinausgeworfen.«
Emilia sah Garzón an.
»Fermín, als was gehst du heute?«
Der Subinspector sah mich hasserfüllt an und sagte resigniert:
»Die Absicht war, etwas legerer zu wirken.«
»Und das ist dir gelungen! Statt leger würde ich sagen, es ist ein ganz eigener …« Sie suchte vergeblich nach dem passenden Wort. García Mouriños half ihr begeistert aus der Patsche.
»Kugellook?«
Der arme Subinspector musste allgemeines Gelächter über sich ergehen lassen, auch wenn ich versuchte, es abzuschwächen, denn ich fühlte mich langsam schuldig. Zum Glück traf in dem Moment Ricard ein. Ich werde nie seinen Gesichtsausdruck vergessen, als er meine schillernden Gäste erblickte. Sofort warf er mir einen ironischen Blick zu. Ich stellte alle einander vor und merkte, dass sie sich bestens verstanden. Ihr Sinn für Humor sorgte für viel Gelächter, auch wenn unser Anblick eher pittoresk sein musste und das Alter etwas über dem Durchschnitt lag. Als ich ganz Gastgeberin die Getränke zubereitete, kam er zu mir und flüsterte mir ins Ohr:
»Wo hast du denn die alle aufgegabelt? Das ist ja spitze!«

Ich hieß ihn schweigen und die Getränke servieren, damit er beschäftigt war. Wir setzten uns und tranken und plauderten in kleinen Grüppchen. Garzón flüsterte mir ins Ohr:
»Und mein verdammter Sohn, kann der nicht auch wie alle anderen pünktlich sein?«
»Könnten Sie etwas weniger nervös sein? Das ist ein Fest, kein Prozess, es ist nicht nötig, pünktlich zu sein, selbst der Distinguierteste lässt gerne ein wenig auf sich warten.«
»Sie und Ihre Gesellschaftskonventionen! Sie haben mir diesen lächerlichen Aufzug aufgeschwatzt, und jetzt machen sich alle auf meine Kosten lustig.«
»Fermín, bitte, niemand macht sich über Sie lustig. Sie sehen einfach anders aus als sonst, und das fällt auf. Ist normal.«
Er grummelte noch halblaut vor sich hin. Sah er wirklich so schlecht aus? Ich fand ihn so viel schicker als in seinem Bestatteranzug, aber all diese Kommentare hatten bewirkt, dass ich mich verantwortlich fühlte. Und darüber hinaus begann ich mich auch wegen der Verspätung seines Sohnes zu sorgen. Natürlich war diese Sorge unbegründet. Zehn Minuten später standen Garzóns Sohn und sein Freund mit allen möglichen Entschuldigungen vor der Tür. Ich sah mir den Freund genau an. Er war groß, gut aussehend und elegant gekleidet. Der Ohrring war eher irrelevant bei seinem wenig auffälligen, aber sehr korrekten Auftreten. Es stimmte jedoch, dass er ständig lachte, aber diese Heiterkeit im sozialen Umgang war typischer für sein Heimatland als für eine Neigung zur Banalität. Garzón hatte wirklich keinen Grund zum Klagen, dieser Mann war weit davon entfernt, eine Tunte zu sein. Wie schon zu erwarten gewesen war, machte Alfonso Garzón auch eine Bemerkung über das Aussehen seines Vaters.

»Donnerwetter, Papa! Ich finde dich verändert.«
Garzón biss die Zähne zusammen, und ich bat Gott, dass die Antwort gnädig ausfallen möge.
»Du siehst ...«
»... lächerlich aus.«
»Im Gegenteil, ich finde dich moderner. Schick wollte ich sagen.«
Ich warf meinem Kollegen einen triumphierenden Blick zu und verschwand ebenfalls triumphierend auf der Suche nach zwei Gläsern.
Wenn die Schwestern Enárquez zu den Gästen zählten, bestand keinerlei Gefahr, dass das Fest misslingen würde. Beide halfen mir schon bald bei meiner Aufgabe als Gastgeberin, boten Kanapees an und kümmerten sich darum, dass die Gläser immer voll waren. Und nicht nur das, etwas, das viel wichtiger war: Sie sorgten dafür, dass die Unterhaltung nie schleppend verlief. Ich wusste schon bald, dass es nichts zu fürchten gab, das Abschiedsfest würde ein Erfolg werden. Mich beunruhigte nur dieser Blödmann von Garzón, der ernst und schweigsam wie ein Büßer dasaß und hin und wieder seinem Sohn und dessen Begleitung vorwurfsvolle Blicke zuwarf.
Nach einer Weile klingelte es wieder.
»Erwarten wir noch jemanden?«, fragte ich erstaunt, ohne witzig wirken zu wollen. Garzón sah mich alarmiert an.
»Das wird Yolanda sein, Inspectora. Sie wollen doch nicht behaupten, dass Sie vergessen haben, dass sie auch eingeladen ist? Ich gehe aufmachen.«
Ich lachte albern auf, was diesmal sehr wohl witzig sein sollte. Es stimmte, ich hatte sie völlig vergessen.
»Ich bin zwar öfter zerstreut, aber so sehr ...«
Ich würde lügen, wenn ich behaupten würde, dass Yolan-

das Auftritt mich nicht beeindruckte. Ohne Uniform oder Jeans, mit ihrem kleinen Schwarzen, Seidenstrümpfen, langen Ohrringen, offenem Haar und leicht geschminkt, sah sie hinreißend aus. Da wurde mir bewusst, dass sie eigentlich eine verführerische, schöne junge Frau war. Ich lächelte sie an und ging zu ihr.

»Yolanda, wie geht's dir?«

»Viel besser, Inspectora. Sogar die Blutergüsse im Gesicht sind etwas verblasst.«

»Sag bitte Petra zu mir, heute sind wir nicht im Dienst.«

Im Raum herrschte bewunderndes Schweigen. Hinter Yolanda stand Garzón und führte sich wie ein stolzer Vater auf.

»Ist Ihnen aufgefallen, Inspectora, was für einen neuen Look wir heute zu sehen kriegen?«

»Selbstverständlich, sie ist wunderschön.«

Der Subinspector ließ das Mädchen nicht einmal Guten Abend wünschen. Er erzählte sofort ihre Heldentat. Dass eine junge Frau wie sie der Gefahr trotzte und um Versetzung in die Policía Nacional gebeten hatte, obwohl sie gerade eine so schlechte Erfahrung gemacht hatte. Er redete so euphorisch und wiederholte sich ständig, dass er mir jetzt eher wie ein Sklavenhändler als ein stolzer Vater vorkam, der versuchte, das Schmuckstück seiner Karawane zu verkaufen. Und er schaffte es, Yolanda verlegen zu machen.

»Hören Sie, Garzón, warum lassen Sie sie nicht erst mal einen Schluck trinken?«

Das Mädchen sah mich erleichtert an. Ich ergriff ihren Arm und stellte sie den Gästen vor, aber Garzón war uns ständig auf den Fersen, als wollte er sie beschützen. Alle waren entzückt von dem neuen Gast, sie war das Tüpfelchen auf dem i, das uns zur Krönung des Festes gefehlt hatte, und als wir vor Ricard ankamen, fing ich seinen Blick auf. Es war kein bewundernder Blick, auch nicht lasziv, er war schlicht fasziniert von so viel Schönheit und Jugend. Er lächelte abwesend, als würde er gerade erkennen, dass Gott noch existierte, und brauchte einen Augenblick, bis er ihr die Hand gab und aus seiner Benommenheit herausfand. Dann wurde sein Lächeln breit und offen. Es war zu spüren, dass es aus einer inneren Quelle des Genusses entsprang. Während er Yolanda betrachtete, beobachtete ich ihn und war wie erstarrt von den vielen subtilen, aber eindeutigen Nuancen seines Gesichtsausdrucks. Meine Stimmung verdüsterte sich. Es war, als würde ich die Zeichen, die das Alter an mir hinterlassen hatte, immer stärker erkennen, während er sich ihres Glanzes bewusst wurde. Einen Augenblick lang sah ich mich, wie ich in Wirklichkeit war: Falten um die Augen, glanzlose Haut, einen bitteren Zug um den Mund. Ich fühlte mich noch schlechter, nicht wegen Ricards Reaktion, sondern wegen dieser Selbsterkenntnis. Garzón half mir aus diesem schmerzlichen Moment heraus. Er ergriff Yolandas Hand und stellte sie seinem Sohn vor. Ich stürzte einen Whisky hinunter in der Absicht, mit dem Alkohol den schlechten Geschmack im Mund zu vertreiben. Er tat seine Wirkung, und das zweite Glas verhalf mir zu einem akzeptablen, fast normalen Stimmungsniveau.

Das Fest war auf seinem Höhepunkt, meine Gäste aßen, plauderten, lachten und befanden sich in bester Stimmung. Alle außer dem Subinspector amüsierten sich prächtig. Er aber stand steif und angespannt in der Ecke und sorgte hin und wieder für merkwürdige Unterbrechungen der Unterhaltungen, deren Absicht ich nicht sofort verstand. Was beabsichtigte er damit, Yolanda ständig zu Alfonso zu schleppen oder Alfonso zu Yolanda? Er vergewisserte sich dauernd, dass sie zusammenstanden, er unterhielt sie ... Es wirkte wie eine Szene aus einem Bauernschwank, aber es war real, es war sein verzweifelter Versuch, seinen von der Schönheit der jungen Frau überwältigten Sohn wieder auf den rechten Weg der Heterosexualität zurückzuführen. Ich konnte es nicht glauben, aber als Garzón zu aufdringlich wurde, begriff ich, dass er nie akzeptieren würde, einen schwulen Sohn zu haben, und bemerkte den Schmerz, den die Neigung seines Sohnes in ihm hervorrief. Zum Glück bekam niemand mit, was da vor sich ging, niemand außer Alfonso selbst natürlich und vielleicht auch Emilia, Garzóns Geliebte, die ein paarmal versuchte, Yolanda zu retten. Ich fand, sie war eine Frau mit großer Sensibilität, aber nach dem, was später passierte, erkannte ich, dass sie auch sehr geschickt und mutig war.

Concepción Enárquez schlug vor zu tanzen, sie war eine unermüdliche Tänzerin. Inmitten der ausgelassenen Stimmung zögerten wir alle ein wenig bei der Paarbildung, Garzón ging sofort auf seinen Sohn zu.

»Yolanda tanzt sehr gut, wird dir gefallen.«

Alfonso wurde ernst, spannte die Kiefermuskulatur an und sah seinen Vater wütend an. Dann lächelte er gezwungen, aber fest entschlossen, ging zu Alfred und ergriff ihn um die Taille.

»Ich tanze besser mit Alfred, da hab ich mehr Übung.«

Nach einem ungemütlichen Schweigen stieß Emilia Enárquez einen amüsierten Schrei aus und trennte das tanzende Paar.

»Keine Macht den Gewohnheiten. Heute ist ein besonderer Tag, und mit diesem hübschen Jungen tanze ich.«

Alfred lachte auf und war entzückt. Ich unterstützte Emilias spontane Aktion und schnappte mir den etwas verdatterten Alfonso.

»Und ich tanze mit dem hier.«

Mitten im allgemeinen Durcheinander wählte Concepción Enárquez Garzón zum Tanzpartner, und García Mouriños, der sich nicht von einer Frau auffordern lassen wollte, bat höflich Yolanda zum Tanz. Ricard blieb übrig, war aber einfallsreich genug, er ging in die Küche, kehrte gleich darauf mit dem Besen zurück und tanzte mit dem. Eine Einlage, die mit schallendem Gelächter quittiert wurde.

Und so tanzten wir glücklich, als wäre es die restliche Welt, die verrückt spielte. Wir wechselten häufig die Tanzpartner, wir klatschten einander ab, und der Langsamste kriegte den Besen, und die Rhythmen wurden immer wilder. Alles war Teil einer Katharsis, einer Art Ritual, bei dem am wichtigsten war, sich zu vergnügen, zu lachen, zu trinken und ein bisschen den Sinn für die langweilige Realität zu verlieren. Doch obwohl ich voller Freude und Begeisterung war, konnte ich nicht umhin, Ricards Blicke zu überwachen, wenn er auf Yolanda zuging. Als mir meine abscheuliche Kontrolle bewusst wurde, wandte ich den Blick ab.

Plötzlich kam Emilia mit besorgtem Gesicht zu mir.

»Petra, ich glaube, Ihr Handy klingelt.«

»Ja, Sie haben Recht. Was haben Sie für ein gutes Gehör.«

Ich griff zum Handy und ging in die Küche, wo immer mehr leere Weinflaschen die Ablage füllten. Ganz in der Euphorie des Festes sagte ich mit markantem französischem Akzent »*allô*«.

»Inspectora Petra Delicado?«

»Wer ist da?«, fragte ich widerwillig in die Realität zurückkehrend.

»Aber, Petra, wie fein! Ich dachte, ich spreche mit der Haushälterin.«
Jetzt erkannte ich Fernández Bernals verhasste Stimme. Was konnte er wollen?
»Na ja, wenn ich festlich gestimmt bin, vergesse ich, dass ich Polizistin bin, und spreche französisch. Und heute ist so ein Tag, ich weiß nicht, ob du das weißt.«
»Ja, ich weiß schon, aber es gibt was, das dich interessieren könnte.«
»Habt ihr einen ausgerissenen Hund gefunden?«
»Nein, eine Leiche. Und ich glaube, die könnte dich interessieren, denn sie hatte den gleichen Anhänger am Schlüsselbund wie du auch.«
»Den von der Wohlfahrt?«
»Ja, dieser Kitsch.«
»Wo bist du?«
»Im Leichenschauhaus.«
»Ich bin gleich da.«
Keine Ahnung, ob jemand meine Abwesenheit bemerkt hatte. Im Wohnzimmer herrschte Hochstimmung. Ich suchte nach einer Möglichkeit, wie ich unauffällig verschwinden konnte. Garzón legte gerade unter den Zurufen meiner anderen Gäste eine Flamenco-Einlage der besonderen Art hin. Besonders Alfred schien vor Freude ganz aus dem Häuschen zu sein. Ich stellte mich zu Garzón und steppte ebenfalls wie bekloppt à la Ginger Rogers. Dann rief ich:
»Und jetzt alle!«
Das Getöse der Absätze klang wie das Defilee einer Armee, aber ohne jede Koordination. Ich nutzte den Rummel, um Garzón ins Ohr zu flüstern:
»Kein Wort zu den anderen, Fermín, ich werde einen Au-

genblick verschwinden. Es wurde ein Toter gefunden, der unser Mann sein könnte, er hatte einen Schlüsselanhänger von Tomás dem Weisen.«

»Ich komme mit!«

»Kommt nicht in Frage, und steppen Sie weiter, ich will nicht, dass die Party versaut wird. Sie bleiben als Gastgeber hier, es ist das Abschiedsfest für Ihren Sohn. Holen Sie den Kuchen und den Sekt, erklären Sie den Gästen, dass ich aus dienstlichen Gründen wegmusste und bald zurück bin. Lassen sie das Fest nicht platzen.«

»Aber …«

»Tanzen Sie weiter, verdammt, sonst merken sie was.«

Ich sprang zur Seite und verschwand in einer Art lächerlicher Polka Richtung Haustür. Dort ergriff ich meine Tasche und meinen Mantel und verließ das Haus. Die Luft erfrischte mich. Von drinnen erklang ein Dröhnen, wie es Legionen von Riesenameisen in zweitklassigen Science-Fiction-Filmen veranstalten. Gut möglich, dass die Guardia Urbana demnächst auftauchte.

Das Leichenschauhaus ist immer deprimierend, aber noch viel mehr, wenn du gerade von einer Feier kommst. Dort traf ich Fernández Bernal und Subinspector Sabater, die auf dem Gang rauchten.

»Guten Abend.«

»Bonsoir, Madame!«, antwortete mein Kollege ironisch. Ich wollte keinen Streit.

»Ich danke dir, dass du mich angerufen hast, Bernal. Ich gebe gerade eine Party und habe mich davongeschlichen.«

»Und die Gäste?«

»Sind dort geblieben.«

»Dann wird dein Haus ja hinterher schlimm aussehen.«

»Glaube ich nicht, weniger Whiskyvorrat vielleicht. Erzählt mir, was passiert ist. Wo wurde er gefunden?«

»›Gefunden‹ ist nicht der richtige Ausdruck. Wir haben einen Zeugen im Kommissariat. Wenn du willst, kannst du nachher mit ihm reden, der Typ arbeitet als Wächter in einem Parkhaus. Um Mitternacht war seine Schicht zu Ende. Er ging die Calle Balmes hinunter zu seinem Motorrad, das er auf der Plaza Molina geparkt hatte. Plötzlich sah er zwei Typen, die einen anderen mitschleiften, als wäre er betrunken. Frag mich nicht warum, wahrscheinlich dachte er, dass er als Parkhauswächter so was wie ein Detektiv ist, jedenfalls schrie er denen zu: ›He, wo wollt ihr hin?‹, und zu seiner Überraschung liefen die beiden Typen los in die Calle Sanjuanistas, eine Querstraße. Dieser Idiot rannte ihnen hinterher, und die beiden liefen noch schneller. Dann ließen die den Dritten fallen, er war wohl zu schwer, er weiß es nicht genau. Jedenfalls blieb der regungslos auf der Straße liegen. Der Wächter kniete sich neben ihn, während die anderen beiden davonliefen.«

»Ich wette, es waren zwei junge, kräftige Männer.«

»Genau.«

»Hat er ihre Gesichter gesehen?«

»Nein, und der Tote hatte keine Papiere bei sich, aber zwei andere Dinge: den sorgfältig zusammengefalteten Abholschein einer Reinigung in der inneren Manteltasche, der euch bestimmt gelegen kommt, und deinen Schlüsselanhänger.«

»Wie ist er gestorben?«

»Er hat ein Loch in der Brust, aus nächster Nähe abgefeuert. Man hat ihm die Kugel entfernt, es ist eine Neunmillimeter. Sie ist schon auf dem Weg ins Labor.«

»Habt ihr seine Fingerabdrücke genommen?«

»Ist schon alles erledigt. Der Dienst habende Pathologe macht gerade den ersten Check, wird schon was dabei herauskommen. Wenn du zu deiner Party zurückwillst, halte ich dich auf dem Laufenden. Heute Nacht können wir nicht mehr viel tun.«

»Nein, ich will einen Blick auf den Toten werfen und mit dem Wächter reden.«

»Glaubst du, es ist euer Mann?«

»Weist alles darauf hin, aber ich habe jemanden, der ihn identifizieren kann. Außerdem haben wir die Fingerabdrücke des Toten, und unser Mann war registriert.«

»Klasse. Dann war es ja gut, dass ich dich angerufen habe.«

»Du hättest nichts Besseres tun können, Bernal. Ich danke dir.«

Wäre Konfuzius Polizist gewesen, hätte er bestimmt aufgeschrieben: Sag nie einem Kollegen, dass er ein Scheißkerl ist, denn du wirst ihm am Ende aus der Hand fressen.

Der Gerichtsmediziner ließ noch auf sich warten. Er konnte den Informationen, die er schon Bernal gegeben hatte, nicht mehr viel hinzufügen. Der Mann war mit einem Schuss aus nächster Nähe in die Brust getötet worden. Er war sofort tot gewesen, um Mitternacht in etwa. Es gab keine Anzeichen von Gewaltanwendung, nur die leichten Druckstellen unter den Armen durch das Schleifen des Körpers.

»Willst du ihn sehen?«, fragte Bernal.

Er war schon starr, das Gesicht war wächsern, aber seine Züge waren nicht entstellt. Es war der Mann aus unserer Polizeiakte. Wenn es derselbe war, den Genoveva in ihrem Restaurant bedient hatte, würde sie ihn problemlos wiedererkennen.

»Fahren wir ins Kommissariat?«

»Willst du nicht zu deiner Party zurück?«
»Ich habe jemand, der mich in Ehren vertritt.«
Ich ging die wenigen persönlichen Gegenstände des Opfers durch, die in Bernals Büro lagen: der Abholschein einer Reinigung in Gracia und der Schlüsselbund mit dem Anhänger, den mein Kollege sofort erkannt hatte. Wir mussten auch so schnell wie möglich feststellen, ob einer der Schlüssel zu der Wohnung in der Calle Princesa passte, die so überstürzt ausgeräumt worden war. Das Auffinden dieser Leiche könnte uns weiterhelfen. Das klang zwar viel versprechend, aber ausgerechnet dieser Mann war unser Hauptverdächtiger gewesen. Und was macht man, wenn der Hauptverdächtige aus dem Weg geräumt wird, wieder von vorne anfangen? Mir wurde schwindelig. Der Tod eines Mordverdächtigen ist nie zufällig, also, wer steckte hinter alldem? Sollten wir unseren Weg weitergehen, oder führte diese Tat in eine andere Richtung? Mir war schlecht, der Wunsch und die Notwendigkeit zu wissen lösten unkontrollierbare Ungeduld in mir aus. Diese Gefühle kannte ich nur zu gut: Es ist ganz anders, wenn es zu Beginn eines Falles Komplikationen gibt, als wenn du plötzlich mit einem Kuddelmuddel von Beweisen konfrontiert bist, die du theoretisch schon geordnet hattest. Von dieser rasenden Neugier zur völligen Demoralisierung ist es nur ein kleiner Schritt, und an dem Punkt befand ich mich. Subinspector Sabater holte mich aus meinen Gedanken.
»Inspectora, wollen Sie den Zeugen befragen? Dann können wir ihn heimschicken. Der Arme ist auf dem Stuhl eingeschlafen.«
»Lass sie in Ruhe, Sabater, die Inspectora denkt nach. Der Zeuge soll warten«, rief Bernal.
»Nein, lassen Sie nur. Nichts wäre mir lieber als ein paar

klare Gedanken, über die ich nachdenken kann. Gehen wir zu ihm.«

Der Parkwächter war hässlich und ausgesprochen dick, eine Art Freak. Als ich ihn sah, fragte ich mich, wie er fähig gewesen war, hinter den beiden Männern herzulaufen, ob er es gar wirklich versucht hatte. Er musste großes Selbstvertrauen haben, ein hohe Selbsteinschätzung. Er war jung, um die dreißig, aber seine Art zu reden zeugte von der Intelligenz eines zehnjährigen Jungen. Ich hatte keine Lust, ihn zu befragen, ich wusste, er würde nur wenig Neues beisteuern, aber es nicht zu tun, wäre Bernal und Sabater gegenüber unhöflich gewesen, also bemühte ich mich, keinen Funken Müdigkeit durchscheinen zu lassen.

»Du hast sie also erwischt, he?«

»Ja«, sagte er stolz.

»Du hast gleich gemerkt, dass da was nicht stimmt.«

»Ja, die schleiften ihn hinter sich her, aber du musst schon sehr betrunken sein, wenn deine Beine so baumeln. Betrunkene gehen wenigstens ein bisschen, wenn sie so geschleppt werden.«

»Aha. Wusstest du, dass er tot ist?«

»Nein, ich dachte, sie hätten ihn verprügelt. Die Typen waren sehr unruhig, schauten sich ständig um. Als sie merkten, dass ich ihnen folgte, rannten sie los, ich hinterher, und auch wenn es Ihnen unglaublich erscheint, ich kann gut rennen. Als sie ihn losließen und der Arme wie ein Kartoffelsack zu Boden fiel, wurde mir klar, dass er tot ist.«

»Hast du sie gesehen, hast du ihre Gesichter erkannt?«

»Sie waren zu weit weg.«

»Waren sie groß, kräftig, athletisch, ziemlich jung?«

»Ich glaube ja, größer als ich, ein bisschen älter und ein bisschen dünner als ich.«

Dass er die Kerle mit sich verglich, machte es schwierig, aber zumindest schien seine Aussage zu stimmen.

»Hat einer von ihnen einen Motorradhelm getragen, vielleicht nicht auf dem Kopf, sondern am Arm?«

Er dachte eine Minute lang nach und sagte dann bestimmt: »Nein.«

»Ist gut, du kannst nach Hause gehen. Vielen Dank für alles, deine Mitarbeit war sehr wichtig.«

Er ging so zufrieden mit sich selbst, wie ein Held nur sein kann. Fernández Bernal sah mich ironisch an.

»Vielleicht will ihn Coronas einstellen, was meinst du?«

»Armer Kerl, er tut einem fast Leid.«

»Aber er hat uns geholfen. Warum gehst du nicht schlafen? Ich glaube nicht, dass deine Gäste noch feiern.«

»Ich hoffe nicht. Wenn sie noch da sind, schmeiß ich sie raus.«

»Nimm's gelassen, Petra.«

»Danke, Bernal, ich danke euch, dass ihr mich angerufen habt.«

»Es war uns ein Vergnügen, ein Toter weniger für uns.«

Und ein Toter mehr für mich. Coronas würde bestimmt begeistert sein, wenn er es erfuhr.

Ich fuhr nach Hause und sah zu meinem Entsetzen, dass im Wohnzimmer noch Licht brannte. Es war fünf Uhr früh. Ich konnte nicht glauben, dass meine Gäste noch immer feierten. Ich schloss auf und erblickte Garzón, der allein auf dem Sofa lag. Selbst aus dieser Distanz konnte ich seinen Alkoholatem riechen, er hatte das Whiskyglas noch in der Hand, und nur seiner Trinkfestigkeit hatte er es zu verdanken, dass seine Stimme und seine Art zu reden völlig normal klangen.

»Ah, ich sehe, die Gesellschaft hat sich aufgelöst!«

»Hallo Inspectora.«
»Und, wie ist das Fest zu Ende gegangen?«
»Wissen Sie, was ein schlechtes Ende ist?
»Eine Katastrophe.«
»Genau, oder schlimmer.«
Ich setzte mich ihm gegenüber und schenkte mir einen Schluck Whisky ein. Er war eingefallen, und sein Gesicht drückte Traurigkeit aus.
»Was ist passiert?«
»Die Guardia Urbana war da.«
»Machen Sie keinen Scheiß!«
»Ehrlich. Ihre hochnäsigen Nachbarn haben sie gerufen. Man muss sich ja nicht gleich so aufführen, wenn einmal eine Party gefeiert wird! Denn ich glaube nicht, dass Sie jeden Samstag eine Party veranstalten, oder?«
»Und was haben die gesagt?«
»Dass wir aufhören sollen, solchen Krach zu machen. Aber Yolanda hat sich als Kollegin ausgewiesen, da wurden sie gleich freundlicher. Wir haben sie zu einem Stück Torte eingeladen, und sie sind eine Weile geblieben. Sie haben sich entschuldigt. Aber als sie wieder gingen, war es nicht mehr wie vorher, die Stimmung war irgendwie hin.«
»Na, dann ist ja nichts Schreckliches passiert.«
»Nein, das mit dem schlechten Ende bezog sich eher auf mich.«
»Auf Sie?«
»Mein Sohn hat mich beiseite genommen, um mit mir zu reden und … Na ja, was soll ich Ihnen sagen? Er hat mir nichts erspart. Er hat mich zur Sau gemacht.«
»Können Sie sich genauer erklären?«
»Er sagte, dass ich ihn nicht verstünde, dass ich ihn in seiner Homosexualität und seinen Gefühlen nicht akzeptie-

ren würde. Er meinte, ich würde mich für ihn schämen und wäre nicht in der Lage, meine Vorurteile zu überwinden.«
»Und was haben Sie geantwortet?«
»Nichts, er hat ja Recht. Er sagte auch, dass unser Verhältnis immer oberflächlich bleiben würde.«
»Verdammt, Fermín, das verschlägt mir die Sprache!«
»Ja, aber was soll ich machen? Die Dinge sind, wie sie sind. Er hat mich gebeten, sie heute nicht zum Flughafen zu begleiten.«
»Haben Sie nicht versucht, das Ganze etwas abzuschwächen?«
Er trank seinen Whisky aus und sah mich mit einem so klaren Blick an, wie ich ihn noch nie an ihm gesehen hatte. Er war keineswegs betrunken, er musste einen dieser Tage haben, an dem dir der Alkohol absolute Klarsicht verschafft.
»Petra, wissen Sie was? Einen guten Willen zu haben ist schön und gut, aber was soll das eigentlich? Wenn ich alleine bin, kann ich nicht aufhören, daran zu denken, wie ich denke. Sich zu verstellen ist möglich, aber wer mich gut kennt, merkt sofort, dass ich lüge. Ich kann versuchen, meine Meinung zu ändern, und ich habe es versucht, ich versichere es Ihnen, aber es gelingt mir nicht. Das höchste der Gefühle ist, dass ich versprechen kann, es weiter zu versuchen.«
»Warum haben Sie nicht genau das Ihrem Sohn gesagt?«
»Es war nicht der richtige Augenblick. Außerdem war ich wütend, was mein Sohn getan hat, war eine Provokation. Gut, er ist homosexuell, gut, er lebt in New York sein Leben, aber war es nötig, hier mit diesem Grinskopf aufzutauchen? Er hätte etwas mehr Feingefühl zeigen können.«
»Ich werde nichts dazu sagen. Wann geht ihr Flugzeug?«
»Um zehn, glaube ich.«

»Wir werden jetzt duschen, uns umziehen und frühstücken. Dann fahren wir zum Flughafen und verabschieden uns dort.«

»Ohne eine Erklärung?«

»Genau.«

»Und ohne zu schlafen?«

»Wir haben den ganzen Tag zum Schlafen, es ist Sonntag.«

»Einverstanden, aber Sie erzählen mir, warum Sie ins Kommissariat gefahren sind.«

»Das war auch meine Absicht.«

»Gut, aber vorher trinken wir noch diesen Whisky aus.«

Ich mochte keinen Whisky mehr, aber ich trank ihn in großen Schlucken, während Garzón seinen langsam austrank. Die ganze Zeit über war ich versucht, ihn zu fragen, ob Ricard und Yolanda zusammen die Party verlassen hatten, aber ich konnte mich beherrschen, damit meine Würde einigermaßen intakt blieb.

Wir setzten den Plan um, und nach der erfrischenden Dusche und einem Kaffee, der einen fast ins Jenseits beförderte, sahen wir einigermaßen menschlich aus und konnten unserem Sonntag entgegentreten. Auf dem Weg zum Flughafen berichtete ich Garzón die wichtigen Neuigkeiten in unserem Fall, was den Vorteil hatte, ihn abzulenken, und ihn an nichts anderes mehr denken ließ. Wunderbar, so würde der Abschied von seinem Sohn nicht so spannungsgeladen verlaufen.

Alfonso Garzón erstarrte, als er uns erblickte, aber, gepriesen sei der Himmel, er lächelte. Wir hatten noch Zeit, zusammen einen Kaffee zu trinken und zu plaudern, im Besonderen über die Party, über die amüsanten Gäste, über die gute Stimmung. Die Zeit verging wie im Flug, und es kam der Moment des Abschiednehmens. Vater und Sohn umarmten sich, wie es Männer zu tun pflegen, mit einer gewissen Distanz und ziemlich steif. Dann musste der Subinspector ertragen, dass »der Grinskopf« ihm wie einem liebevollen Schwiegervater zwei schmatzende Küsse auf beide Wangen verpasste. Er bestand die Probe ziemlich gut. Schließlich sagten wir Adiós.

Auf dem Heimweg fuhr ich, und der Subinspector hüllte sich in Schweigen. Schließlich hörte ich ihn ganz leise sagen:

»Danke, Petra. Dieser Abschied war viel leichter als der letzte.«

»Es war mir ein Vergnügen.«

»Jetzt packe ich meine Sachen und lasse Sie endlich wieder in Frieden.«

»Das wird auch mir ein Vergnügen sein«, erwiderte ich lachend.

Und so geschah es. Wir beseitigten gemeinsam die Spuren der Party, und er packte seinen Koffer. Zum Abschied stand er mit höchst bedeutungsvollem Gesicht im Wohnzimmer.

»Inspectora, ich weiß nicht, wie ich Ihnen danken soll ...«

»Hören Sie, Garzón, am Montag möchte ich Sie taufrisch um acht Uhr morgens im Kommissariat sehen. Dort wartet viel Arbeit auf uns. Wir stecken ganz schön im Schlamassel, und Coronas wird nicht sehr erfreut sein.«

»Keine Sorge. Ich wollte Ihnen nur sagen, dass ich mich sehr wohl bei Ihnen gefühlt habe und Ihre tuntigen Seifen und Lotionen vermissen werde.«

»Ich werde Ihnen ein paar zum nächsten Geburtstag schenken.«

Als ich allein war, drehte ich eine Runde durch das Haus. So viel Ruhe konnte nicht wahr sein. Ich hatte mehrere Nach-

richten von Ricard auf dem Anrufbeantworter und rief ihn an.
»Ist dein Kollege endlich ausgezogen?«
»Vor einer Weile, ja.«
»Wurde auch Zeit! Sehen wir uns heute Abend?«
»Ich war noch nicht im Bett, ich muss schlafen.«
»Dann rufe ich dich später an. Wo du jetzt wieder allein bist, können wir endlich konkrete Pläne machen.«
»Worüber?«
»Darüber, dass du deine Einsamkeit für immer verlierst.«
»Ach ja, wir reden später.«
»Du klingst nicht sehr begeistert.«
»Ich bin so müde!«
»Ist wahr, mein Schatz, entschuldige. Ich rufe später wieder an.«
Es ist merkwürdig, aber ich mag es nicht, wenn mich jemand ›mein Schatz‹ nennt. Ich weiß nicht, warum. Ich assoziiere damit eine gemütliche Häuslichkeit, bei einer heißen Tasse Tee, aber auch absurde Routine, kleine Streitereien, tägliche Verpflichtungen.
Ich hätte sofort ins Bett gehen sollen, aber ich wollte noch ein wenig den Frieden genießen, der sich endlich wieder in meinem Haus ausbreitete. Es war ein frischer, sonniger Morgen. Ich machte mir noch einen Kaffee und hörte dabei *Nocturnes* von Chopin. Ich dachte nicht an den Fall, nicht an Garzón, nicht einmal an Ricard, auch nicht an mich selbst und meine Wünsche und Bedürfnisse. Ich ließ mich treiben von dieser seltsam inspirierenden Musik voller wilder Schönheit.

Elf

Die Arbeit türmte sich, also teilten wir sie gerecht untereinander auf. Yolanda war wieder einsatzfähig und wurde losgeschickt, um auszuprobieren, ob einer der Schlüssel zu der gespenstischen Wohnung in der Calle de la Princesa passte. Garzón brachte Genoveva, die, wie ich später erfuhr, an diesem Tag Linsen kochen wollte, zur Identifizierung ins Leichenschauhaus, und ich ging mit dem Abholschein des Toten in die Reinigung.

Um Missverständnissen vorzubeugen, wies ich mich der Angestellten gleich als Polizistin aus. Das gelang mir zwar, wirkte aber auch einschüchternd und handelte mir verstohlene Blicke ein. Nervös sah die Frau im Computer nach – selbst in Bäckereien wird dir heutzutage kein Brot mehr verkauft, ohne nicht vorher den Bestand im Computer zu prüfen – und kehrte gleich darauf mit einem perfekt gebügelten Jackett in einer Plastikfolie zurück.

»Sagen Sie mir den Namen des Herrn.«

»Arcadio Flores, den Namen hat er angegeben.«

»Haben Sie auch seine Adresse?«

»Nur die Telefonnummer.«

»Ist gut, geben Sie mir die.«

»Hat er was angestellt?«

»Warum fragen Sie das?«

»Weil Sie von der Polizei sind ...«

»Sie hätten auch fragen können, ob ihm was passiert ist.«
Sie wurde so bleich wie die Kleidungsstücke hinter ihr, und ich wusste sofort, dass ich mir diesen Kommentar hätte verkneifen sollen, denn damit verwirrte ich sie noch mehr, was ich eigentlich hatte vermeiden wollen.
»Ich … ich habe das nur gesagt … ich weiß nicht.«
»Dieser Mann wurde ermordet.«
Jetzt färbte sich ihr Gesicht tiefrot, und ihr schossen die Tränen in die Augen. Eine Kollegin kam angelaufen, um sie zu trösten. Sie hatten kein Wort gewechselt, aber sie wusste schon, wer ich war.
»Eulalia, beruhige dich, bitte.«
Ich verfluchte tausendfach die Situation, die ich dämlicherweise heraufbeschworen hatte, aber es war schon zu spät. Besagte Eulalia heulte inzwischen Rotz und Wasser.
»Eulalia, ich bitte Sie, beruhigen Sie sich. Kam dieser Señor öfter?«
»Ja, gelegentlich«, konnte sie stammeln. »Er brachte immer Jacketts von guter Qualität und im Winter den einen oder anderen Mantel.«
»Hat er sich mit Ihnen unterhalten?«
Sie schnäuzte sich geräuschvoll. Ihre Kollegin klopfte ihr beruhigend auf den Rücken, als hätte sie ein geliebtes Wesen verloren.
»Einmal sagte er zu mir, dass ich sehr hübsch sei. Ich war beim Friseur gewesen, und er hatte es bemerkt, aber abgesehen davon …«
»Haben Sie ihn einmal in Begleitung gesehen?«
»Nein, er war immer allein.«
Plötzlich zögerte sie und sah mich durch den Vorhang aus Tränen an.
»Ich habe Sie gefragt, ob er etwas angestellt hätte, weil er

uns einmal ein Jackett mit hundert Euro in der Tasche gebracht hat und es nicht mal merkte. Wir haben sie ihm zurückgegeben, und er hat uns zwanzig Euro für unsere Ehrlichkeit geschenkt, um etwas trinken zu gehen, wie er sagte. Damals dachte ich, wenn einem das Geld nicht so wichtig ist, dann verdient er es auch leicht, finden Sie nicht auch?«

»Das klingt logisch, ja.«

Ich bedankte mich bei ihr und wollte schon mit dem Jackett über dem Arm gehen, da rief mir die sensible Eulalia mit schmerzlicher Stimme nach:

»Inspectora, die Trockenreinigung kostet sechs Euro vierzig. Ich muss sie kassieren, sonst wird mich mein Chef zur Verantwortung ziehen.«

Ich machte kehrt und bezahlte, wobei ich dachte, wie wahr ihre Feststellung war über die Wichtigkeit des Geldes und die Schwierigkeiten, es zu verdienen. Arcadio Flores musste größere Geldsummen bewegt haben, wenn er die Scheine lose in den Jackentaschen herumtrug und diese nicht mal leerte, bevor er die Jacken in die Reinigung brachte.

Im Kommissariat erwarteten mich Yolanda und Garzón, sie waren überrascht, dass ich so lange gebraucht hatte. Ich reichte die Telefonnummer an die zuständige Dienststelle weiter, und wir warteten bei einem Kaffee auf das Resultat.

»Gab's Probleme, Inspectora?«

»Nur solche, die in Verbindung mit der menschlichen Seele stehen. Und Sie?«

»Einer der Schlüssel des Verstorbenen passte ins Schloss der Wohnung«, antwortete Yolanda.

»Nenn ihn nicht ›den Verstorbenen‹, wir sagen ›das Opfer‹ oder ›der Tote‹, auch ›der Kadaver‹, wenn wir gut gelaunt sind. Gut, ich hoffe, dass uns ein anderer Schlüssel die Tür zu der Adresse öffnet, die wir gleich von der Telefongesellschaft erhalten. So sparen wir uns das Aufbrechen der Tür. Und Sie, Fermín?«

»Diese Genoveva ist wirklich ein ganzer Charakter.«

»Kann ich mir vorstellen, sie sorgte sich die ganze Zeit um ihre Linsen.«

»Nicht nur das, sondern der Anblick des Kadavers – heute bin ich gut gelaunt – hat sie kein bisschen erschüttert, wie es sonst geschieht. Sie sah ihn sich gelassen an und sagte: ›Das ist er, Gott hab ihn selig, wenn es denn die Seligkeit wirklich gibt.‹«

»Frauen vom Land lassen sich von nichts erschüttern, besonders wenn sie ein Lokal führen. Ist der Bericht aus der Ballistik schon da?«

»Noch nicht.«

»Und, was halten Sie davon? Wenn ein mutmaßlicher Mörder ermordet auftaucht, ist das nicht gerade ein Anlass zur Freude.«

»Nein. Wenn wir nur diese Typen erwischen würden, die immer an den Tatorten auftauchen …«

»Ich habe das Gefühl, die sind nichts weiter als das ausführende Organ. Vergessen Sie nicht, hier zielen wir weiter nach oben.«

»Ich fühle mich, als würde ich an einer Schießbude stehen, wo es viele Zielscheiben auf einmal gibt.«

»Nur keine Panik, Garzón! Die Wohnung des Opfers – Sie sehen, ich bin nicht ganz so gut gelaunt – muss uns entscheidende Hinweise liefern, sonst …«

»Sonst was?«, fragte Yolanda neugierig, die der Unterhaltung folgte wie einem Hitchcockfilm.

»Sonst wird uns der Comisario den Fall entziehen und das wäre etwas zu früh für dich, nicht wahr, Yolanda? Wo du doch gerade erst bei uns angefangen hast … Hören Sie, Fermín, warum fragen Sie nicht mal nach, wo diese Adresse bleibt?«

»Das mache ich«, erbot sich die frisch gebackene Polizistin.

»Nein, besser geht der Subinspector, der weiß, wie man denen Dampf macht.«

Wir tranken unseren Kaffee. Ich beobachtete sie unauffällig. Selbst in normaler Kleidung war sie noch sehr hübsch, ohne Falten, mit glänzendem Haar und Augen frei von Boshaftigkeit, Erfahrung oder Enttäuschung. Ich erinnerte mich daran, in meinen Jugendfotos gestöbert und entdeckt zu haben, dass der größte Unterschied zu heute im Blick lag. In ihm ließen sich die wahren Altersabschnitte der Ernüchterung, der gewonnenen und verlorenen Schlachten ablesen. Dagegen hilft keine Kosmetik, auch keine chirurgischen Eingriffe.

»Es war lustig am Samstag, nicht wahr?«

»Inspectora, was für eine Party! Ihre Freunde sind wirklich spitze. Schlecht war nur, dass ich gestern so einen Kater hatte, dass ich nicht aus dem Haus konnte. Mein Freund war ziemlich sauer.«

»Lass nicht zu, dass er sauer reagiert auf das, was du tust oder lässt. Gewöhn ihn frühzeitig daran.«

»Männer können oft ziemlich nervig sein, ist ja bekannt. Aber mein Freund ist schon in Ordnung.«

»Umso besser. Habt ihr nach der Party noch irgendwo ein letztes Glas getrunken?«

»Nein, ach was, war gar nicht nötig, wir hatten alle schon ganz schön einen sitzen. Ihr Freund, der Psychiater, hat mich nach Hause gebracht.«

»Wunderbar. Um diese Uhrzeit ist das auch besser so.«

»Ich hätte auch allein gehen können, ich bin Polizistin.«

Garzóns plötzliches Zurückkehren löschte das reizende Lä-

cheln aus ihrem Gesicht. Der gute Subinspector kam forsch herein und schlüpfte in seinen Mantel.
»Los geht's, Señoras, die Toten werden noch kälter, als sie schon sind. Zu der Telefonnummer gibt's eine Anschrift, und wir haben die richterliche Genehmigung, die Wohnung zu durchsuchen.«

Flores' Wohnung lag fast am Ende der kilometerlangen Calle Valencia, nahe beim Markt Els Encants. Einer der Schlüssel passte tatsächlich. Intensiver Sandelholzduft stieg uns in die Nase. Ich begann die Expedition im Flur, aber nichts, was ich sah, schien mir auffällig, eine ganz gewöhnliche Wohnung, sie wirkte weder vermögend noch ärmlich, weder schön noch hässlich. Nur das etwa vierzig Quadratmeter große Wohnzimmer verriet ein Faible für Antiquitäten. An der Wand hing eine mittelalterliche Schreibtafel, auf einem Tischchen stand eine romanische Figur der Mutter Gottes ... Anfangs dachte ich, dass es sich um Reproduktionen handelte, aber auch ohne Expertin zu sein erkannte ich, dass es Originale waren. Garzón war genauso überrascht wie ich.
»Schauen Sie mal, alte Gemälde! Hatten wir nicht gesagt, dass er ein geschmackloser Schnösel war?«
»Früher gab es keinen Schnösel ohne Transistorradio, aber heutzutage ist das anders, sie kaufen Antiquitäten, trinken nur Maltwhisky ... aber sie bleiben trotzdem Schnösel.«
Im Übrigen war die Wohnung wirklich ziemlich kitschig: große, farbige Sofas und ein Fernseher mit Panoramabildschirm. Wir zogen uns die Latexhandschuhe über und begannen die Räume, die Küche zu durchsuchen ... Alles war ordentlich und wies keine Besonderheiten auf. Nur am Ende des Korridors fanden wir eine Kammer, in der ein

Schreibtisch mit einem Computer stand. Zu unserer größten Zufriedenheit entdeckten wir in den Regalen mehrere Buchhaltungsbücher.

»Das sieht ja gut aus. Arbeit für Inspector Sangüesa.«

In den Regalen standen weitere Antiquitäten von geringem Wert, schreckliche Blumenvasen aus dem letzten Jahrhundert, eine alte Kaffeemühle ... Yolanda öffnete eine alte Schachtel.

»Schauen Sie, Inspectora, das ist Munition.«

Tatsächlich, es war eine unangebrochene Schachtel voller Neunmillimeterkugeln.

»Das ist ja interessant. Garzón, stellen Sie fest, ob dieser Vogel einen Waffenschein hatte.«

»Glaube ich nicht. Diese alte Munition kriegt man problemlos auf dem Schwarzmarkt, dort gibt's sogar noch welche aus dem Bürgerkrieg, aber ich werde es überprüfen.«

»Es kann auch ein weiteres Schnäppchen vom Trödel sein.«

»Munition als Sammlerobjekt? Kann sein.«

Ich warf einen Blick in die Rechnungsbücher, ohne viel zu verstehen. Ich sah nur, dass einige Bücher ein großes S auf dem Titel stehen hatten.

»Was kann das bedeuten?«

»Weiß ich nicht. Vielleicht ergibt das für Sangüesa und seine Leute einen Sinn. Die sollen sich auch die Steuererklärungen des Typen anschauen. Man muss die Zahlen ganz genau überprüfen.«

»Wollen Sie den Computer anschalten?«

»Das wird mir nicht viel nützen. Wir konfiszieren ihn, das ist noch eine Aufgabe für die Spezialisten.«

»Wie amüsant!«, rief Yolanda. »An Ende machen alles die Spezialisten, und dem Ermittler bleibt nichts mehr zu ermitteln.«

Garzón strafte sie mit einem zornigen Blick.
»Das wirkt vielleicht so, aber ein Haufen loser Fakten, die nicht in einen Zusammenhang gebracht werden, dienen zu gar nichts.«
»Ärgern Sie sich nicht, Subinspector, ich wollte nur sagen, dass ...«
»Herrschaften, bitte! Haben Sie den Anrufbeantworter abgehört? Haben Sie alle Jackentaschen durchsucht? Haben Sie nachgesehen, ob es Adressbücher oder Kalender gibt? Lassen wir das mit den Kompetenzen für ein andermal.«
Ich arbeitete mit derselben Sorgfalt, die ich verlangte, und statt in Zahlen herumzuschnüffeln, die mir nichts sagten, öffnete ich Schubladen. Ich fand Gas- und Stromrechnungen, Restaurantquittungen, Werbezettel für Antiquitätenmessen, die Visitenkarte eines Trödelhändlers und mehrere Echtheitszertifikate über dort gekaufte Objekte. Plötzlich stach mir eine handschriftliche Notiz ins Auge: »Arcadio, ich bin heute nicht fertig geworden. Morgen ist auch noch ein Tag, wenn Gott uns Gesundheit und Alkohol schenkt.« Sie war nicht unterschrieben, aber ich war mir fast sicher, dass es die Handschrift von Tomás dem Weisen war. Ich sah mir noch einmal die Rechnungsbücher an. Ich konnte mich irren, aber beide Handschriften waren vom selben Mann. War Tomás der Weise Arcadio Flores' Buchhalter gewesen? War das die ›große Sache‹, von der er gesprochen hatte? Und was war die große und zweifelsohne schmutzige Sache von Arcadio Flores? War es einfach nur die betrügerische Wohlfahrtsorganisation? Mein Gott! Etwas war da, was noch nicht hundertprozentig passte. Wie auch immer, Yolanda hatte Recht, meine Entdeckung der übereinstimmenden Handschrift war nicht viel wert, wenn sie nicht von Experten bestätigt wurde. Wir würden eine ganze Kompanie an

Experten benötigen: Informatiker, Buchhaltungsfachleute, Ballistiker und Graphologen, ganz zu schweigen von der Spurensicherung. Ja, ganz richtig. Ein Ermittler taugte zu nichts, wenn er nicht in der Lage war, aus den verschiedenen Farben ein harmonisches Bild zu malen.

Ich erinnere mich, dass ich an dem Abend keine große Lust hatte, nach Hause zu fahren. Das passiert mir öfter, wenn ein Fall in der Hauptphase steckt und ich Daten von Spezialisten abwarten muss. Alles braucht seine Zeit, aber wenn es sich um eine wichtige Information handelte, zog sich diese Zeit unendlich in die Länge. Unter diesen Umständen könnte das Verlassen des Kommissariats den Eindruck erwecken, dass man die Ermittlungen schleifen lässt und sich nicht im Zentrum des brodelnden Polizeialltags befindet. Aber das stimmt nicht, auch Experten essen und schlafen, fahren nach Hause und haben Aufgaben, denen sie den Vorrang geben müssen. Ich dachte daran, Coronas am nächsten Tag zu bitten, meinem Fall die höchste Dringlichkeitsstufe zu gewähren, um die Wartezeit abzukürzen. Das beruhigte mich, wenn auch nur teilweise, in mir rumorte noch etwas, was verhinderte, dass ich mich mit einem Buch ins Wohnzimmer setzen und zur Ruhe kommen konnte. Ich musste ehrlich zu mir selbst sein, ich wollte nicht allein sein und nachdenken, denn ich war davon überzeugt, dass mir das in meinem Kopf, was von den Ereignissen in unserem Fall momentan verdrängt war, nicht gefallen würde. Aber ich tat es, ich bin mutig, und es war auch nicht empfehlenswert, von einer Bar zur nächsten zu ziehen, bis ich vernebelt und unfähig zum Denken war. Nein, ich fuhr nach Hause, duschte, bereitete mir ein Sandwich zu und setzte mich mit einem Buch aufs Sofa. Natürlich stieg das gefürchtete

Bild auf, jetzt war sein Moment gekommen. Auf diesem Bild, eigentlich in dieser Vorstellung, versuchte ich, mit Yolanda allein zu sein und sie geschickt auszuhorchen, ob sie an dem Abend der Party mit Ricard geschlafen hatte. Es war geschehen, davon war ich überzeugt. Dann schweiften meine Gedanken ins Abstrakte ab. Ricard und sein bewundernder Blick auf die junge Frau. War das etwas Beleidigendes für mich, anormal, außerhalb des erlaubten Verhaltens? Nein, keineswegs. Ricard hatte Yolanda genauso angesehen, wie ich es getan hatte, wir hatten ihre Schönheit und Jugend bewundert. Das Problem steckte in mir. Ich war es, die ein ziemlich erbärmliches Bild abgab. Ich sah mich als eine eifersüchtige Frau, die sich ihres Aussehens unsicher war und Angst hatte, dass man ihr den Mann wegschnappte, einen Mann mit dem Ruf eines Don Juan. Ganz ehrlich, sogar das Bild, das ich montagmorgens abgab, wenn ich mich mit meinem zerknitterten Mantel auf dem Weg in das Kommissariat machte, war besser. Ich schenkte mir einen Whisky ein. Und wenn ich solche Angst hatte, dann deshalb, weil ich davon überzeugt war, dass Ricard mich nicht liebte und nicht verrückt nach mir war. Wie sollte ich ihn dann lieben? Ich weiß, all diese Gedanken sind Teil eines schäbigen Narzissmus aber das war meine wahre Persönlichkeit: Ich musste einen guten Eindruck von mir selbst haben, und ich musste geliebt werden, um zu lieben. Nein, ich war um nichts in der Welt bereit, mich mein Leben lang um das Älterwerden zu sorgen und mit dem Zweifel zu leben, dass der geliebte Mann nur mit mir zusammen war, um nicht einsam zu sein.

Ganz unerwartet hatte ich eine Entscheidung getroffen. Wenn ich die Probleme, die das Alleinleben mit sich brachte, in die eine Waagschale warf und alle vorherigen Gedanken in die andere, neigte sie sich eindeutig zu meinem derzeitigen Alleinsein. Und was noch wichtiger war, wenn ich im Stande war, meine Gefühle für Ricard wie ein Kilo Fisch abzuwiegen, dann waren sie nicht so stark.

Ich trank den Whisky in einem Zug aus. Man trägt in seinem Inneren alle Lösungen für das, was man tun möchte, aber oft fehlt es an Zeit für die Auseinandersetzung mit dem eigenen Gewissen. Ich wusste, dass ich meine Entscheidung irgendwann bereuen würde: Wenn ich Kummer hätte, den ich nicht teilen konnte, oder einen Zweifel, über den ich reden wollte, oder eine große Freude, die ich teilen wollte, aber dann könnte ich immer noch einen Freund anrufen, einen Psychiater aufsuchen oder mir einen Hund zulegen. Schließlich blieb mir noch, Chopin zu hören, ein gutes Buch zu lesen und mich mit erlesenem Wein abzufüllen. Nicht zu vergessen meine geliebten Opfer, diese Toten, deren Ermordung ich aufklären musste und die mich immer begleiten würden, solange es Egoismus, Hass, Wahnsinn und Bösartigkeit gab, mit anderen Worten, das ganze Leben lang. Anselmo und Tomás der Weise, sie hatten nicht mit Narzissmus kämpfen oder sich für das Alleinleben entscheiden müssen, sie lebten allein in einer perversen Welt. Bald würden sie, wenn sie es nicht schon waren, namenlose Leichen sein, flüchtige Schatten, die wie ein Hauch vorbeizogen an einer Gesellschaft, die ihre Existenz erst gar nicht wahrgenommen hat. Der Gedanke, dass es meine Aufgabe war, sie ernst zu nehmen, war ein guter Grund zum Weitermachen.

»Zum Teufel mit den Ängsten, Petra!«, sagte ich mir zum Abschluss meiner Grübeleien. Und dieser so beliebte, gewöhnliche und philosophische Ausruf hob meine Stimmung ungemein.

Der erste Bericht kam aus der Ballistik. So erfuhren wir, dass das Projektil, das Arcadio Flores getötet hatte, aus derselben Pistole stammte wie das von Tomás dem Weisen und Anselmo. Die Kugel wies identische Merkmale auf: der Pistolenlauf war geweitet, und die Sprengkapsel war nach hinten gerutscht. Auch wies das Metall Kerben und Kratzer auf. Es bestand kein Zweifel. Der Bericht schloss mit einer Anmerkung über die Munitionsschachtel aus Arcadios Wohnung. Es waren Neunmillimeterkugeln für eine Maschinenpistole, die in der Zeit des spanischen Bürgerkriegs hergestellt wurde. Man konnte sie noch auf dem Schwarzmarkt finden. Die Schlussfolgerung führte zu folgender Hypothese: »Es ist nicht auszuschließen, dass die Kugel, die man in der Leiche gefunden hatte, zu einer langen Neunmillimeter-Handfeuerwaffe gehört und dass sie letztlich so präpariert wurde, dass sie auch aus einer kurzen Neunmillimeter abgefeuert werden konnte. Dabei ist ein Überdruck im Patronenlager entstanden, der zur Ausdehnung des Pistolenlaufs und zur Verlagerung der Sprengkapsel geführt hat.«
Das hatten wir alles schon einmal gelesen. Garzón sah mich mit Eulenaugen an und stellte in Windeseile Vermutungen an.
»Die Tatsache, dass man den Typen mit derselben Pistole umgelegt hat wie die anderen beiden, heißt noch nicht ...«
»Dass es nicht Arcadio selbst war, der die beiden Obdachlosen ermordet hat. Das würde bedeuten, dass ...«
»Dass er mit seiner eigenen Pistole umgelegt wurde.«
»Die sich jetzt in den Händen seines Mörders befindet.«
»Das ist eine gute Hypothese, aber nicht hieb- und stichfest. Dieser Mörder kann auch Tomás und Anselmo ermordet haben. Frage ist, warum? Im Falle Anselmos ist das Motiv

klar, wer auch immer der Mörder war, er wurde mit uns zusammen gesehen, und man fürchtete, er könnte plaudern. Tomás der Weise schien bereit zu plaudern, also musste er zum Schweigen gebracht werden. Aber warum wurde dieser Arcadio ermordet?«

»Vielleicht aus demselben Grund, um ihn zum Schweigen zu bringen.«

»Dann gibt es noch einen dritten Mann.«

»Und der ist nicht unbedingt unbedeutend.«

»Nein, er ist immerhin noch am Leben.«

»Immer in der Annahme, dass wir keine weiteren Toten mehr finden und die Kette nicht weitergeführt wird.«

»So ist es.«

Wir sahen uns zufrieden über unsere deduktiven Fähigkeiten an. Ich legte die Hand auf Garzóns Schulter.

»Subinspector, ich rieche das baldige Ende.«

»Und riecht dieses Ende gut?«

»Das wird eine brenzlige Angelegenheit, glauben Sie mir.«

»Nichts, was Sie nicht mit ihren Seifen und Lotionen übertünchen könnten.«

»Dazu braucht es etwas mehr. Ich schlage einen Besuch vor.«

»Bei wem?«

»Bei Inspector Sangüesa.«

»Es ist noch zu früh. Ich glaube nicht, dass er den Bericht schon fertig hat.«

»Dieser Besuch soll ein bisschen Druck machen.«

»Er wird uns zur Hölle schicken.«

»Jede Hölle ist besser als der Zweifel.«

Sangüesas erster Blick sprach Bände, und das machte er uns auch sofort deutlich:

»Ihr seid schon da? Du bist wirklich eine Schmeißfliege, Petra!«

»Von jemandem, der sich mit so etwas Erhabenem wie Wirtschaftsdelikten beschäftigt, erwarte ich ein gewählteres Vokabular.«

»Einverstanden, dann nenne ich dich ›dickköpfiger Zweiflügler‹, wenn du das feiner findest, ändert aber nichts: Der Bericht ist noch nicht fertig. Meine Leute arbeiten auf Volldampf.«

Garzón konnte sich ein Grinsen nicht verkneifen, worauf ich ihm einen vorwurfsvollen Blick zuwarf. Ich sah Sangüesa in die Augen.

»Sangüesa, sei kein Scheißkerl, ich verlange keinen vollständigen Bericht, aber du kennst dich in der Materie aus und ich möchte, dass du uns was sagst, einen kleinen Vorschuss sozusagen.«

»Scheißkerl ist auch nicht das ideale Vokabular für eine Anwältin und Dame.«

»Ist gut, ich werde dich ›majestätischer iberischer Ziegenbock‹ nennen, wenn dir das besser gefällt.«

Er schüttelte lachend den Kopf.

»Verdammt, Petra, es ist zum Verrücktwerden mit dir! Ich habe ja schon so manch dickköpfige Frau kennen gelernt, aber so dickköpfig wie du war keine, das kannst du mir glauben. Los, kommt mit, ihr kriegt sogar einen Kaffee.«

Die Abteilung, in der Sangüesa und sein Team arbeiteten, war extrem verqualmt. Ihre Arbeit verlangte, dass sie stundenlang vor dem Computer saßen und fast immer komplexe Aufgaben lösen mussten, was zu exzessivem Rauchen führte. Der Mangel an Beweglichkeit und die große Konzentration hatten dazu geführt, dass sie bei den anderen Polizisten im Ruf standen, schwierig zu sein. Aber ich kam mit Sangüesa gut zurecht und wusste, wenn ich mit ihm scherzte, konnte ich seinen anfänglichen Widerstand immer brechen. Er führte uns in einen kleinen Raum, der von den Büroräumen mit Glaswänden abgetrennt war, und brachte für uns alle Kaffee.

»Wollen wir mal sehen, was ich euch sagen kann, bevor ich es bereue und euch zum Teufel schicke.«

Er holte einen Stapel Papiere aus einem Hefter und ordnete sie mit prüfendem Blick. In Hemdsärmeln und mit der Brille auf der Nasenspitze wirkte er älter und müder, aber er war berühmt dafür, der Beste auf seinem Gebiet zu sein. Blitzschnell gewann er den Überblick über diesen Wust an Notizen und mathematischen Formeln, murmelte Zahlen vor sich hin, als würde er beten, dann hob er endlich den Kopf und sagte:

»Gut, jetzt weiß ich in etwa, wo ich bin. Dass aber eines klar ist, es fehlen noch Verifizierungen, die in Arbeit sind, das heißt, das ist nur provisorisch. Wenn ihr diese Fakten offiziell benutzt, werde ich abstreiten, dass sie von mir stammen.«

»Ist ja gut, Sangüesa, sei nicht so nervig! Wir brauchen sie nur für den Fortgang unserer Ermittlungen, und sie werden nicht veröffentlicht, bis der Bericht vorliegt. Was willst du, soll ich vor dir niederknien und auf die Bibel schwören?«

»Du hast Glück, dass ich keine Bibel zur Hand habe, ansonsten … Aber schauen wir uns die Buchhaltung dieses Vogels an. Er hatte ein richtiges Geschäft, und die Buchhaltung wurde von einem Fachmann gemacht. Es gibt sie sogar für das nächste Jahr.«

»Tomás der Weise!«, entfuhr es Garzón.

»Habt ihr den Täter schon?«

»Machen Sie ruhig weiter, Inspector Sangüesa, das war nur ein Einwurf.«

»Es sind Rechnungen über verschiedene Materialkäufe gebucht, so komische Sachen wie Heiligenbildchen, Schlüsselanhänger der Wohlfahrt, Fähnchen der Solidarität. Dann sind die Einkünfte aufgelistet, die aus dem Verkauf dieser Objekte erfolgten. Das stimmt alles. Weiter hinten finden wir andere Sparten: Bettlertum, Sammlungen in Kirchen, Spenden, Abholung und Verkauf von Altkleidern usw. Hier gibt es keine Investitionen, alles ist Reingewinn, von dem ein flexibler Prozentsatz zwischen zehn und zwanzig Prozent abgezogen wurde, ich schließe daraus, um die Leute zu bezahlen, die diese Arbeiten erledigt haben.«

»Erstaunlich.«

»Das ist es, besonders angesichts der Tatsache, dass kein einziges Mal Mehrwertsteuer abgeführt wurde, was zu dem Schluss führt, dass dieses Geschäft illegal war.«

»Du kannst es auch Betrug nennen.«

»Das hätte ich nicht gewagt, aber ich sehe schon, dass es darauf hinausläuft. Es überrascht mich, dass ein Betrüger so perfekt organisiert ist. Ich vermute mal, es handelt sich um ein ganzes Netz.«

»Ich glaube, wir haben Arcadio Flores unterschätzt.«

»Der Kopf des Ganzen heißt Arcadio Flores? Ein sehr bukolischer Name für solch einen Scheißkerl. Wenn die Presse davon Wind kriegt, dass es einen Betrug im großen Stil auf Kosten der Wohltätigkeit gab, wird vielleicht was los sein, ein gefundenes Fressen für die.«

»Ich bitte dich um Diskretion.«

»Verdammt, Petra, ich bin doch kein Anfänger! Aber haltet euch fest, ich bin noch nicht fertig. Als ihr hier hereingestürmt seid und alle Regeln gebrochen habt, waren wir gerade bei den Büchern, die ein ›S‹ tragen. Das ist was ganz anderes. Es gibt Summen, die ›S‹ an Arcadio Flores zahlt unter Begriffen wie: Subvention der Kampagne ›An Weihnachten Turrón für alle!‹, Bonus für die Kampagne ›Immigranten ohne Papiere‹ oder ›Schlafzimmerzubehör für alte Obdachlose‹. Das sind sporadische Eingänge und nicht sehr hoch, aber sie laufen über drei Jahre lang. Ihr Endzweck bleibt im Dunkeln, es sind Summen, über die keine Belege existieren, ob sie zum Beispiel als Löhne gezahlt wurden. Trotzdem enthalten diese Summen tatsächlich Mehrwertsteuer.«

Schweigen breitete sich zwischen uns aus.

»Und, ist das eine Spur für euch?«

»Nein.«

»Wer ist ›S‹?«

»Keine Ahnung.«

»Also gab der rätselhafte Menschenfreund Señor ›S‹ Arcadio Flores Geld für humanitäre Kampagnen, die nie durchgeführt wurden.«

»Dann war er auch ein Opfer des Betrügers. Vielleicht hat er ihn sich vorgenommen.«

»Glaubst du, ein Menschenfreund läuft herum und schießt Leute nieder?«

»Und wenn das ›S‹ von Flores' zweitem Familiennamen herrührt?«

»Nein, der lautete ›Aragón‹. Hör mal, Sangüesa, was ist mit der Steuererklärung des Typen?«

»Also, Kinder, wenn ich mich mit dem Finanzamt auseinander setzen muss, brauche ich einen richterlichen Beschluss, und den zu beschaffen, ist eure Aufgabe.«

»Geht in Ordnung. Ich weiß nicht, was ich dir sagen soll, Sangüesa, du bist ein Crack, oder wie sagen wir auf dem Land, du bist der tollste Hecht von ganz Spanien.«

»Danke, Petra, von dir habe ich auch kein geistreicheres

Kompliment erwartet. Das bedeutet aber nicht, dass du dich das nächste Mal nicht auch wie alle anderen anstellen wirst und auf den Bericht wartest und uns in Ruhe arbeiten lässt.«

»Ich verspreche es dir bei meinem Allerheiligsten.«

Ich gab ihm einen schmatzenden Kuss auf die Glatze, was Garzón beim Hinausgehen zu folgendem Kommentar animierte:

»Wenn Sie was wollen, sind Sie zu allem fähig.«

»Sind Sie eifersüchtig, Fermín? Wollen Sie auch einen Kuss aufs Haupt?«

Ich schnappte ihn am Arm und machte Anstalten, ihn zu küssen. Er entwand sich mir lachend.

»Lassen Sie mich los! Sind Sie verrückt geworden?«

Bei diesem kleinen Gerangel erwischte uns Coronas. Ich verfluchte tausendmal meinen Anfall von Ausgelassenheit.

»Na sowas, so ausgelassen heute! Wie, Herrschaften, hauen Sie ordentlich auf die Pauke, oder ist das regelrecht sexuelle Nötigung?«

Garzón sagte ohne einen Funken Würde:

»Wir sind fast am Ende des Falles, Señor.«

»Am Ende Ihrer Karriere, das sind Sie. Sie haben seit zwei Tagen keinen einzigen offiziellen Bericht abgeliefert.«

»Es waren zwei harte Tage. Wirklich, Señor, ich wollte ihn gerade schreiben, als ein Notfall eintrat.«

»Aha. Und Sie, Petra, Sie haben nichts zu sagen?«

»Hm, wenn Sie mich so fragen … Wir benötigen eine schriftliche Genehmigung von Ihnen, damit uns der Richter eine Überprüfung im Finanzamt genehmigt, und zwar dringend.«

»Der Richter, der den Fall betreut? Na, der ist nicht gerade zufrieden mit Ihnen! Er hat mich kürzlich angerufen und mir gesagt, dass Sie ihm schon lange keine schlechte Nachricht mehr geschickt haben.«

»Es war ziemlich viel los, wie der Subinspector schon sagte, aber ich versichere Ihnen, dass wir auf das Ende des Falles zusteuern und der Beschluss unentbehrlich ist, Señor.«

»In diesem Kommissariat bin ich der Einzige, der entbehrlich zu sein scheint. Ich werde Ihnen nicht helfen, diesen Beschluss zu kriegen. Von jetzt an werde ich ausgesprochen streng mit Ihnen sein, das verspreche ich Ihnen. Man kann hier nicht so einfach frei vor sich hinwursteln.«

Er verschwand ohne ein Wort des Abschieds. Garzón sah ernsthaft besorgt drein, er wirkte ehrlich erschrocken.

»Haben Sie gehört, Inspectora? Das hat er ernst gemeint, ich halte ihn wirklich für fähig, uns fertig zu machen. Eigentlich ist er ja in Ordnung, aber wenn er einen Anfall kriegt ...«

»Bah, das ist schlicht eine theatralische Frechheit á la Lawrence Olivier.«

»Ich erinnere Sie daran, dass er unser Chef ist, er kann uns den Fall entziehen und uns damit einen Prestigeverlust im Kommissariat bescheren, er kann uns die Prämien und Zulagen streichen und uns nur noch das Grundgehalt zahlen.«

»Wird er schon nicht. Erstens arbeiten wir hart, und das ist das Wichtigste. Die Tatsache, dass wir zwei Tage mehr oder weniger in Anarchie gelebt haben, ist ihm völlig schnuppe. Außerdem ist der Druck seitens der Presse ganz schnell wieder verflogen, war auch zu erwarten. Wen interessiert schon, dass ein paar Obdachlose umgelegt werden, wenn es kein Serienmörder oder sonst was Spektakuläres ist? Und niemand weiß, dass der letzte Mord damit zu tun hat. Also gibt es keine Eile.«

»Dann hat der gute Comisario also nur Witze gemacht.«
»Nein, es ist seine Pflicht, uns zur Ordnung zu rufen. Wenn wir ein wenig übermütig werden, muss er dafür sorgen, dass alles seinen gewohnten Gang geht. Er will, dass wir um seine Unterstützung flehen, damit wir begreifen, dass die hierarchische Ordnung unentbehrlich ist, und genau das werden wir tun.«
Er sah mich an, als fürchte er das Schlimmste.
»Was ist Ihnen denn jetzt wieder eingefallen? Ich hoffe, es ist nichts Ausgefallenes.«
»Keine Sorge, es handelt sich um die älteste Methode der Welt. Wir schicken Yolanda zu ihm, damit sie ihn um den richterlichen Beschluss bittet. Sie ist doch jetzt sein Augenstern, ihr wird er das nicht abschlagen.«
Er schnaubte und murmelte sich in den Bart:
»Gott bewahre uns vor den Tricks der Frauen!«
»Ich protestiere, Garzón! Wenn die Kunst der Diplomatie und Politik von Frauen ausgeübt wird, sind das plötzlich Tricks?«
»Warum habe ich nicht meinen Mund gehalten! Ich suche Yolanda und gebe den Auftrag weiter.«
»Sagen Sie ihr, sie soll freundlich sein, aber nicht einschmeichelnd, sie soll ihm zu verstehen geben, dass sie zwar auf dem Laufenden ist, aber sie soll behaupten, dass sie keine Einzelheiten weiß, dass sie sich etwas ausgegrenzt von uns fühlt. Das wird den Comisario nötigen, sie zu belehren, und es gibt nichts, was ihr Männer lieber tut als eine Frau zu belehren, und wenn sie jung und hübsch ist, umso besser.«
Er verschwand grummelnd und kopfschüttelnd. Ich konnte nur verstehen:
»Verfluchte weibliche Diplomatie!«
»Ach, Garzón, und wenn Sie mit unserer Mata Hari gespro-

chen haben, kommen Sie ins ›La Jarra de Oro‹, ich lade Sie zu einem Kaffee ein.«

»Ich hoffe, er enthält kein Zyankali.«

Ich sah ihn amüsiert davontraben. Was wären meine kritisch-theoretischen Ausführungen ohne den treuen Subinspector. In einer Zeit, in der es immer schwieriger wird, Anstoß zu erregen, war seine Fähigkeit zur Entrüstung ein Geschenk des Himmels.

Eine Weile später tranken wir gemeinsam einen starken Kaffee. Er lächelte triumphierend.

»Mein Sohn hat aus New York angerufen. Er sagte, er und sein Freund hätten sich bei mir sehr wohl gefühlt. Er lässt Ihnen herzliche Grüße ausrichten.«

»Ich denke, damit will er zum Ausdruck bringen, dass zwischen Ihnen beiden alles in Ordnung ist.«

»Ja, das denke ich auch.«

Nachdenklich riss er ein Stück von seinem Croissant. Wir schwiegen. Als er das Croissant in den Kaffee tunkte, sagte er ganz natürlich:

»Das heißt aber nicht, dass ich meine Meinung geändert habe. Ich akzeptiere ihn, aber ich verstehe ihn nicht.«

»Da gibt's nichts zu verstehen, er ist homosexuell und basta.«

»Ja, aber er muss sich ja nicht so mit diesem Amerikaner zur Schau stellen.«

Ich sah ihn müde an.

»Es ist schwierig, Sie zum Umdenken zu bringen, stimmt's?«

»In meinem Alter …«

»Auf jeden Fall ist es nicht notwendig, dass Sie es verstehen. Wir benutzen das Telefon und verstehen auch nicht, wie es funktioniert, oder?«

»Da bin ich ganz Ihrer Meinung. Außerdem, warum können wir uns nicht weigern, bestimmte Dinge verstehen zu wollen? Das ist auch eine Form, Freiheit anzuwenden. Ich habe mein Leben lang nicht meine Freiheit gelebt. Und jetzt wird es Zeit. Wir werden gezwungen, unter bestimmten Konventionen zu leben: Verständnis, die Verschiedenheit akzeptieren … alles nur Klischees!«

»Seine Freiheit leben zu können, ist auch eins.«

»Ja, das ist es. Früher hieß es DIE Freiheit, heute scheint jeder seine eigene zu haben.«

Wir sahen uns an, etwas verwundert darüber, dass wir ausnahmsweise einer Meinung waren.

»Machen wir uns wieder an die Arbeit, Inspectora?«

»Bleibt uns ja nichts weiter übrig.«

»Ich erinnere Sie an den verärgerten Comisario.«

»Mein Gott, Garzón, seien Sie nicht so grausam! Haben Sie nichts Netteres, an das Sie mich erinnern könnten?«

»Ihren Wunsch, die zwei Stadtstreicher zu rächen. Oder haben Sie keine Lust mehr dazu, seit Sie wissen, dass sie mit einem Verbrechen zu tun hatten?«

»Es gibt keine unschuldigen Menschen, Fermín, nur Tiere sind unschuldig.«

»Denken Sie nicht mehr, dass Stadtstreicher die wahren Aristokraten der Gesellschaft sind?«

»Wir sind alle nur Volk, ohne Unterschiede.«

»Übrigens, wissen Sie, was ich kürzlich gemacht habe? Ich habe die schreckliche Blumenvase dieser alten Frau zusammengeklebt und sie ihr zurückgebracht.«

»Im Ernst? Ich glaub's nicht! Und wie war's?«

»Sie hatten völlig Recht, sie hat mich zugequatscht und drauf bestanden, dass ich wiederkomme und einen Tee mit ihr trinke.«

»Werden Sie es tun?«
»Ich habe den großen Fehler gemacht, ihr meine Adresse und Telefonnummer zu geben.«
»Dann sind Sie dran.«
»Das glaube ich auch. Alles aus Großmütigkeit. Wir werden auch mal alt sein, und es wird uns gefallen, wenn uns jemand unsere kaputten Vasen repariert. Außerdem ...«
»Außerdem?«
»Kann ich mich immer noch verziehen, wenn sie zu lästig wird.«

Yolanda erfüllte ihre Mission als Mittlerin perfekt. Coronas schrieb die eilige Genehmigung und dürfte sich sehr geschmeichelt gefühlt haben. Dass man als Schwachpunkt eine hübsche Polizistin hatte, die erst kürzlich unter fast heroischen Umständen dem Polizeikorps beigetreten war, lag keineswegs unter seiner Würde. Die Sache war klar, der Richter erteilte uns die Erlaubnis, dass Sangüesa so schnell wie möglich die Überprüfung machte, und der zog, natürlich wieder einmal von mir überredet, unseren Fall allen anderen vor und streckte seine Fühler bei der Finanzbehörde vor. Ein wesentlicher Schritt zur Überwindung unseres schwerfälligen Beamtenapparats.

Auf meinem Anrufbeantworter häuften sich die Nachrichten von Ricard. Ich konnte ein Treffen mit ihm nicht länger hinausschieben. Schlecht war nur, dass ich nicht wusste, was ich ihm sagen sollte. Einen sofortigen Bruch herbeizuführen war keineswegs gerechtfertigt. Ich musste abwarten, wie er sich verhielt, um zu wissen, wie ich da rauskam. Dieser Mann gefiel mir, aber wir könnten auch gut so weitermachen wie bisher. Ich rief ihn an.

»Na endlich! Ich habe viel zu tun gehabt und du vermutlich auch, aber ich war schon drauf und dran, im Kommissariat aufzukreuzen und dich zu entführen.«

»Die hätten dich festgenommen. Essen wir heute Abend zusammen?«

»Ich hole dich in einer halben Stunde ab.«

»Besser in einer. Ich möchte mich schön machen.«

Er war pünktlich, aber ich hatte gerade genug Zeit, mich zu duschen und zu frisieren. Damit wir nicht der Versuchung erlagen, zu Hause zu bleiben, hatte ich in einem libanesischen Restaurant einen Tisch reserviert. Ich wollte nicht mit ihm allein sein.

Ricard war zufrieden und so verrückt wie immer, zerstreut, herzlich und verführerisch. Er bestellte einen Haufen verschiedener kleiner Spezialitäten, und wir machten uns darüber her, wobei wir versuchten zu erraten, was sie im Einzelnen enthielten. Ich redete zu viel, das merkte ich gleich, und zögerte so lange ich konnte ein tief schürfendes Gespräch hinaus. Als er mich nach dem Vorankommen des Falls fragte, erzählte ich ihm sogar Details, über die ich absolute Schweigepflicht hätte halten müssen, und erzählte ihm auch mehr, als ihn in Wirklichkeit interessierte.

»Heute Abend sollten wir zu mir nach Hause gehen«, sagte er plötzlich. »Du wirst überrascht sein. Alles ist sauber und aufgeräumt, du wirst schon sehen. Ich glaube, du wirst mich noch verändern.«

»Das hatte ich nie vor.«

»Na schön, das Zusammenleben ist eine Frage der Kompromissbereitschaft, wenn man in einem bestimmten Alter ist und seine Erfahrungen gemacht hat. Lass uns einen Kompromiss vereinbaren: Ich werde ordentlicher, und du erzählst mir nichts von blutigen Verbrechen, wenn wir ein Beefsteak essen.«

»Tut mir Leid.«

»Das war ein Scherz, Petra!«

»Ich weiß, ich habe auch gescherzt. Hast du dich neulich amüsiert?«

»Es war eine wunderbare Party, mit all dieser anthropologischen Mischung: Polizisten, Richter, respektable Damen, Schwule aus Manhattan … hat mir gefallen! Ich hätte ein paar meiner Patienten mitbringen sollen, um den Kreis abzurunden.«

»Du redest, als handle es sich um einen Zoo.«

»Ist was mit dir? Du bist so empfindlich.«

»Nichts Besonderes, achte nicht darauf, ich bin nur ein bisschen erschöpft.«

»Du schläfst bei mir, ich werde dich wie eine Königin behandeln, mit morgendlichem Frühstück am Bett.«

Ich lächelte ihn wirklich müde an. Wir kannten uns kaum und hatten bisher kein weiteres Intimleben geteilt, außer dem rein sexuellen natürlich, aber er bemühte sich weiter, eine Vertrautheit heraufzubeschwören, die Paare erst nach langen Jahren des Zusammenseins entwickeln. Er war unfähig wahrzunehmen, dass es diese nicht gab. Er wünschte sich wahrscheinlich sehnlichst, ein paar Etappen zu überspringen, um schnell auf dem Gipfel anzukommen, und verpasste dabei eine der interessantesten Phasen in jeder viel versprechenden Beziehung: die Spielchen am Anfang, das gegenseitige Erforschen, das Entdecken der anderen Persönlichkeit. Fühlte er sich so allein? Brauchte er so dringend eine feste Beziehung? Wer war ich für ihn?

Seine Wohnung hatte tatsächlich eine winzige Veränderung erfahren. Die Zeitschriftenstapel waren verschwunden, und in den Aschenbechern lagen keine Kippen. Der Rest war gleich geblieben: Arbeitsmaterial beherrschte das Ambiente. Berichte, Medizinbücher, Patientenkarteien …

»Was sagst du?«

»Alles so ordentlich wie in einer Wohnzeitschrift.«

»Die Putzfrau hat gestern einen gehörigen Schrecken gekriegt, sie dachte, sie hätte sich in der Wohnung geirrt. Warte, warte, du wirst schon sehen.«

Er zog mich ins Schlafzimmer. Auf dem Bett lag eine neu wirkende Tagesdecke und am Kopfende ein Spitzenkissen, von dem ich mir nicht vorstellen konnte, wo er das herhatte.

»Gefällt es dir? Das macht doch einen heimeligen Eindruck, oder?«

»Sehr heimelig.«

»Ich weiß nicht, ob du mich auf den Arm nimmst oder es ehrlich meinst. Du wirkst nicht unbedingt sehr begeistert …«

Ich spürte zunehmend Erbitterung.

»Also, Ricard, du beschließt, deine Wohnung zu entrümpeln, kaufst neue Wäsche und sogar ein Kissen, was soll ich denn tun, vor Freude herumhüpfen, mich niederlassen und wie ein Kätzchen schnurren?«

»Petra, ich habe das für dich getan.«

»Ich habe dich nicht darum gebeten.«

Er wurde ärgerlich.

»Ihr Frauen habt eine Fähigkeit, alles Angenehme in etwas Ärgerliches zu verwandeln. Ich habe dich nicht darum gebeten, mir eine Eins in Raumausstattung zu geben, ich will nur, dass du merkst, dass dahinter der Wille zur Veränderung steckt, dass meine Persönlichkeit sich an ein Zusammenleben nach deinem Geschmack anpassen möchte.«

»Willst du damit andeuten, dass wir hier zusammenleben?«

»Nein! Wir wohnen, wo du willst, aber hier kann man wenigstens ein wenig Ruhe und Frieden finden. In deinem Haus klingelt immer das Telefon, jemand, der dich für die Aufklärung eines neuen Falles braucht. Und das, wenn nicht gerade dein dicker Detektiv da ist und auf den Wecker fällt.«

»Er ist kein dicker Detektiv!«

»Ach nein? Was ist er dann? Der typische Straßenjunge, der mit Kartoffeln und Chorizo aufgewachsen ist?«

Ich ging ins Wohnzimmer zurück. Ich hatte auch die Nerven verloren. Ricard folgte mir streitlustig.

»Ich hab's satt. Glaubst du, dass sich ein Liebhaber so verhält wie du? Ich dachte, ich bin hier für eine vergnügliche Nacht, und was finde ich vor? Einen Mann, der mich wie eine Jugendfreundin behandelt und mir sein kitschiges Kissen zeigt, das er im Schlussverkauf erstanden hat. Das ist das Letzte!«

»Kitschiges Kissen?«

»Ja! Kann sein, dass Garzón eine Art fetter Gorilla ist, aber dieses Kissen ist kitschig, kitschig, kitschig bis zum Abwinken! All das ist absurd. Ich gehe.«

Ich griff nach meinem Mantel und meiner Tasche und steuerte auf die Wohnungstür zu, aber ich hatte meinem Groll noch nicht abschließend Luft gemacht, also drehte ich mich um und fügte hinzu:

»Vielleicht gibt es andere Polizistinnen, die dir besser gefallen, zum Beispiel Yolanda. Ich habe gesehen, wie du sie neulich auf der Party angestarrt hast.«

»Ich? Ich habe sie angestarrt? Ist es das, was dich schon den ganzen Abend umtreibt, ganz gewöhnliche Eifersucht?«
Der Satz knallte in meine Ohren wie ein Peitschenhieb. Ich riss die Augen auf und war mir bewusst, dass sie Feuer spien. Ich sagte leise und mit lang gezogenen Silben:
»An dem Tag, an dem ich deinetwegen Eifersucht verspüre, werde ich mir lieber die Haut abziehen lassen, als dir das zu sagen.«
Wie nach einem Ehestreit schlug ich die Tür hinter mir zu und lief die Treppe hinunter. Ich war wütend, auch auf mich selbst. Als ich schon im dritten Stockwerk dieses alten, herrschaftlichen Treppenhauses angelangt war, hörte ich einen Schrei, der fast wie der Schrei eines Offiziers klang:
»Petra Delicado!!!«
Ich blieb zur Säule erstarrt stehen, dieser Mann führte sich wie ein Wahnsinniger auf. Ich hörte ihn rasch die Treppe herunterlaufen. Keuchend stand er vor mir. Wir starrten uns in die Augen wie zwei Tiere, die sich herausfordern, in dem Moment ging das Treppenhauslicht aus. Ich spürte seinen Körper, seinen heißen Mund an meinem Hals. Sein erregter Atem stieß gegen meine Brust. Ich verging vor Lust, und es existierte nichts weiter auf der Welt als sein Rasierwasser und sein heißer Körper.

Zwölf

Sangüesa wollte uns dringend sprechen. Uns wuchsen Flügel. Garzón wirkte damit wie ein voluminöser Cupido im Zeitalter der Vernunft.

»Verflixt, Chefin, so wie der Inspector geklungen hat, muss er beim Finanzamt was Wichtiges entdeckt haben.«

»Sie wissen, dass ich es nicht mag, wenn Sie mich Chefin nennen.«

»Warum?«

»Ich mag es einfach nicht.«

»Wir sind dabei, einen dreifachen Mordfall abzuschließen, und Ihnen fällt nichts Besseres ein.«

»Man darf nie die Formalitäten vergessen. Ich tue das nie«, log ich. »Und dass wir kurz davor sind, den Fall abzuschließen, das glauben nur Sie! Wir bewegen uns in einem Sumpf von Zahlen, die hoffentlich die Glückszahlen sind ...«

»Die Zahlen sprechen für sich, heißt es doch. Vertrauen Sie Inspector Sangüesa, er ist ein Ass.«

Ich verzog den Mund, vor Wirtschaftsverbrechen fürchtete ich mich, kann sein, dass die Zahlen dort für sich sprechen, aber es ist ausgesprochen schwierig, bei solchen Verbrechen anhand von Beweisen einen definitiven Schlusspunkt zu setzen.

Sangüesas Bericht war so schlüssig wie einfach zu verstehen: Arcadio Flores hatte seine Steuererklärung mit der Angabe abgegeben, sein Gehalt als Geschäftsführer bei der Stiftung ›Gleichheit und Frieden‹ zu verdienen. Alles völlig legal. In seinen Kontoauszügen war nichts zu finden, was in Zusammenhang mit den Summen in den Rechnungsbüchern stand, die wir bei ihm zu Hause gefunden hatten. Das ›S‹ auf den Ordnern war offensichtlich der erste Buchstabe von dem Wort ›Stiftung‹.

»Verflucht noch mal!«, rief der Subinspector. »Und was zum Teufel ist diese Stiftung ›Gleichheit und Frieden‹?«

Sangüesa schob uns ein Papier rüber.

»Hier habt ihr die Adresse vom Hauptsitz und die Steuernummer, um alles Weitere kümmert ihr euch selbst. Ich möchte euch aber darauf aufmerksam machen, dass die Tatsache, dass dieser Typ bei einer Stiftung gearbeitet hat, sehr viel versprechend ist.«

»Was meinst du damit?«

»Stiftungen sind steuerrechtlich undurchsichtig und bringen einen Haufen finanzieller Vorteile mit sich: Steuerbefreiung, vorausgesetzte gute Absichten, keine Partner, manchmal nur Nominalsitze, Verantwortliche, die nicht kontrollierbar sind, sie sind staatlich geschützt, der Staat hat praktisch keinerlei Zugriff auf sie … Na ja, ein Ausgebuffter kann eine Stiftung wunderbar als Tarnung nutzen, um buchungstechnische Transaktionen, zurückgehaltene Sozialabgaben oder illegale Geschäfte zu verschleiern.«

»Unglaublich.«

»Glaub es nur, Petra, denn es stimmt. Je nach Stiftung müssen die nur Listen über ihre Investitionen in kulturelle oder soziale Angelegenheiten vorlegen, und normalerweise steckt da niemand seine Nase rein. Wir sind davon überzeugt, dass es in vielen Stiftungen jede Menge illegale Vorgänge gibt, aber da wir von Rechts wegen keine Handhabe haben, können wir wenig ausrichten.«

»Glaubst du, dass diese Stiftung unter ihrem Deckmäntelchen betrügt?«

»Die Rechnungen von diesem Arcadio Flores könnten persönlicher Natur sein. Ich meine damit, dass der Typ seinen Posten als Geschäftsführer ausnutzte und sich sein eigenes Geschäft aufgebaut hat.«

»Das war auch unsere Hypothese, aber wer stellt einen Mann mit Vorstrafe wegen Betrugs als Geschäftsführer ein?«

»Da gibt's drei Möglichkeiten. Erstens, der Vertragspartner weiß nichts von seiner Vergangenheit. Zweitens, der Vertragspartner will ihm eine Chance zur Wiedereingliederung geben, schließlich handelt es sich mit größter Wahrscheinlichkeit um eine karitative Stiftung.«

»Und drittens, der Vertragspartner hat selbst was zu verbergen, deshalb kam ihm jemand mit einer nicht ganz blütenreinen Vergangenheit ganz gelegen, der würde ihn nie anzeigen.«

»Du sagst es, liebe Kollegin. Bleibt mir nur noch, euch Glück zu wünschen. Wenn es sich um einen Stiftungsfall mit illegalem Hintergrund handelt, wird es euch schwer fallen, das zu beweisen.«

»Danke, Sangüesa, du bist wirklich die absolute *number one.*«

»Vergiss es, Petra. Wie würde ein Blödmann sagen? Ich erfülle meine Pflicht.«

Er ließ uns irritiert zurück.

»Wie finden Sie das, Inspectora?«

»Das klingt vernünftig. Die Stiftung stellt Arcadio Flores

ein, und er baut dieses Netz betrügerischer Wohltätigkeitsaktionen auf.«

»Und nebenbei steckt er ein paar Spenden der Stiftung, die den Armen zufließen sollten, in die eigene Tasche.«

»Genau, aber da er kein besonders helles Köpfchen ist, braucht er jemanden, der ihm die Spielhölle betreut und die Buchhaltung macht.«

»Und dieser jemand ist unser erster Toter, der berühmte Tomás der Weise. Ein intelligenter, vernünftiger Mann, der viel von Wirtschaft versteht.«

»Dessen einziger Fehler war, verrückt zu sein und als Obdachloser zu leben. Später hat er gegen Arcadio aufbegehrt und gedroht, das Ganze auffliegen zu lassen.«

»Das kostete ihm das Leben. Dann bezahlte der arme Señor Anselmo auch mit seinem Leben, weil er dabei beobachtet wurde, wie er mit uns sprach, und man fürchten musste, er wüsste was. Passt alles zusammen.«

»Das würde es, wenn Arcadio Flores noch leben würde, aber ich erinnere Sie daran, dass er tot ist. Da steckt noch jemand dahinter.«

»Es wird nötig sein, etwas mehr über diese Stiftung herauszufinden.«

Garzón las endlich das Papier, das uns Sangüesa gegeben hatte.

»Schauen Sie, Inspectora, der Hauptsitz ist in der Calle de Balmes. Kann Zufall sein, aber wenn ich mich nicht irre, ist diese Hausnummer nahe bei der Kreuzung zu der Calle Sanjuanistas, wo die beiden Kerle mit der Leiche von Flores erwischt wurden.«

»Ich glaube schon lange nicht mehr an Zufälle, Sie?«

Die Stiftung ›Gleichheit und Frieden‹ war unter dem Namen von Adolfo Ayguals Escudero eingetragen, einem erfolgreichen Textilunternehmer der Stadt. Er persönlich hatte diese Stiftung gegründet, um etwas für die Armen und Obdachlosen zu tun. Auf der Gehaltsliste der Angestellten standen nur drei Namen: die von zwei Sekretärinnen und Arcadio Flores.

Wir brauchten genau zwei Minuten, bis wir im Empfangsbüro der Stiftung standen, wo uns eine der Sekretärinnen erklärte, dass Señor Ayguals nicht oft dort auftauchte. Sie gab uns die Adresse der Firma ›Textiles Ayguals‹, S.A., die in einem Bürokomplex in der Avenida Diagonal untergebracht war. Da wir schon mal da waren, stellten wir ein paar Fragen. Die erste lautete: Hatte man Señor Arcadio Flores nicht vermisst? Die jüngere Sekretärin, die etwa um die fünfzig war, zerstreut wirkte und altmodisch angezogen war, antwortete:

»Natürlich. Er ist seit Tagen nicht aufgetaucht. Wir haben es Don Alfonso gesagt, und er bat uns, ihn zu Hause anzurufen, aber da war er auch nicht. Einmal sind wir sogar vorbeigegangen. Er hat nicht aufgemacht. Da er keine Familie hat, haben wir gedacht, er sei auf Reisen und hätte vergessen, uns Bescheid zu sagen. Don Alfonso sagte uns, wenn er in vier Tagen noch immer nicht aufgetaucht ist, sollten wir die Polizei benachrichtigen, aber er hat das nur so dahingesagt, wir glauben nicht, dass ihm etwas passiert ist.«

»Was für Bürozeiten hatte er?«

»Hatte er?«

»Arcadio Flores ist tot aufgefunden worden, Señorita. Wir sind von der Polizei.«

Sie rollte auf ihrem Schreibtischstuhl zurück und hob die

Hände zum Hals. Dann fing sie an zu zittern. Die andere Sekretärin, die schon fast im Rentenalter sein musste, kam ihr sofort zu Hilfe.

»Virtudes, Kind, mein Gott!«

Sie fächelte ihr hektisch mit einem Block Luft zu. Garzón, immer bereit, schenkte ein Glas Wasser ein.

»Sie ist sehr sensibel, die Arme, und da Sie uns so eine Nachricht so unvermittelt an den Kopf werfen, eine kleine Vorbereitung wäre gut gewesen.«

Ich sah Garzón an.

»Kümmern Sie sich einen Augenblick um sie, Subinspector.«

Ich zog die Sekretärin in eine Ecke des Büros.

»Machen Sie sich keine Sorgen um Ihre Kollegin, sie ist in guten Händen, der Subinspector hat ein Diplom in erster Hilfe. Beantworten Sie mir bitte meine Fragen.«

»Ich bin auch ganz schön durcheinander.«

»Sie werden es überstehen. Können Sie mir sagen, wie die Bürozeiten von Arcadio Flores waren?«

»Señor Arcadio hatte keine festen Bürozeiten. Manchmal kam er und manchmal nicht. Er hat viel Straßenarbeit gemacht. Deshalb haben wir uns auch nicht gleich Sorgen gemacht, wenn er mal ein paar Tage nicht auftauchte.«

»Was verstehen Sie unter Straßenarbeit?«

»Die Arbeit unserer Stiftung natürlich! Er suchte die Bedürftigen auf, ging zu karitativen Einrichtungen, verteilte Geld und entwarf Kampagnen.«

»Wie heißen Sie?«

»Manuela Manzano.«

»Gut, Manuela, mir wäre lieb, wenn Sie begreifen würden, dass eine polizeiliche Befragung keine schlichte Plauderei ist. Sagen Sie mir nicht, wozu Sie sich aus Respekt gegenüber Ihren Chefs oder der Stiftung verpflichtet fühlen. Sie müssen die Wahrheit sagen.«

»Aber ich sage doch die Wahrheit!«

»In Ordnung, glauben Sie, dass Señor Flores seinen Verpflichtungen nicht korrekt nachgegangen ist oder dass er sich verdächtig verhalten hat, sagen wir, ungewöhnlich?«

Sie dachte kurz nach. Ohne Zweifel war ihr die Situation nicht angenehm.

»Also, ich habe nicht das Recht, über meine Mitmenschen zu urteilen, und Señor Arcadio war immer verantwortungsbewusst und hat uns freundlich behandelt. Natürlich ...«

»Was?«

»... hatte er manchmal seine Angewohnheiten und ein paar Freunde, die ...«

»Erzählen Sie mir von diesen Freunden.«

»Nein, ich weiß nichts, aber eines Tages kamen ihn zwei junge, blonde Männer abholen, die aussahen wie ... ich weiß nicht, wenig vertrauenswürdig, und die konnten kaum Spanisch. Sie meinten, sie wollten ihn sprechen, und als sie eintraten, wurde Señor Arcadio rot wie eine Tomate und reagierte ziemlich verärgert. Er verließ mit ihnen das Büro, und wir konnten noch hören, wie er ihnen verbot, je wieder hier aufzutauchen. Es war seltsam.«

»Wie lange ist das her?«

»Vielleicht ein paar Monate. Sie sind nie wieder hier gewesen.«

»Haben Sie das Señor Ayguals erzählt?«

»Don Adolfo? Natürlich nicht, ich werde ihn doch nicht mit solchem Kleinkram belästigen!«

»Kommt Señor Ayguals oft in dieses Büro?«

»Nein, nie, er ist viel zu sehr mit seinem Unternehmen beschäftigt.«

»Hat er sich nie mit Arcadio Flores getroffen?«

»Hier jedenfalls nicht. Ich vermute, das haben sie im Büro der Firma getan, aber ich weiß es nicht.«

»Was können Sie mir über Adolfo Ayguals sagen?«

Sie verspannte sich sichtlich und nahm eine würdevolle, stolze Haltung an.

»Don Adolfo ist ein Heiliger, ein wirklicher Heiliger. Ein Mann mit seinem Vermögen und seiner Stellung kümmert sich normalerweise nicht um seine Mitmenschen, und er hat diese Stiftung gegründet, in der wir ein großes Werk tun. Sie sollten nur mal sehen, wie er Virtudes und mich behandelt. Virtudes ist allein stehend, und ich bin Witwe. Wir sind schon älter und haben unser Leben lang bei ›Textiles Ayguals‹ gearbeitet. Aber statt uns bei einer dieser Neuaufstellungen im Personalbereich in Frühpension zu schicken, lässt er uns hier arbeiten. Nur wenige Männer tun so etwas.«

»Darüber bin ich mir im Klaren. Wir haben einen Durchsuchungsbeschluss für das Büro und auch eine richterliche Genehmigung, eine Kopie der Buchhaltungsunterlagen mitzunehmen. Seien Sie unbesorgt, das ist simple Routine.«

»Weiß Don Adolfo davon?«

»Wir gehen jetzt gleich zu ihm und reden mit ihm, machen Sie sich wirklich keine Sorgen.«

»Wenn Don Adolfo das nicht erlaubt ...«

»Auch ein Don Adolfo untersteht dem Gesetz, Señora.«

Ich machte Garzón, der noch immer die sensible Frau betreute, Zeichen zum Gehen. Er versäumte auch nicht, mir meine Bemerkung über seine Kenntnisse vorzuwerfen.

»Von wegen Diplom in erster Hilfe, eh? Das hätten Sie wirklich nicht zu sagen brauchen.«

»Sie haben das bestimmt sehr gut gemacht.«

»Ja, ich habe ihr zweihundertmal auf den Rücken geklopft und bei jedem Mal ›Beruhigen Sie sich‹ gesagt.«

»Ich glaube nicht, dass Sie viel mehr hätten tun können.«

»Wo hat der bloß diese Sekretärinnen her? Sie wirken, als stammten sie aus einer Kampagne für die Reintegration von Senioren in den Berufsalltag.«

»Sie sind bestimmt ideal für die Arbeit bei einer Wohltätigkeitsorganisation, außerdem sind sie treue Seelen. Ich würde sagen, sie sind sorgfältig ausgewählt worden.«

»Denken Sie, dass dieser Ayguals …?«

»Sehen wir ihn uns an. Vielleicht hat er ja ein ganz unschuldiges Gesicht.«

»Glauben Sie, irgendein Unternehmer hat so ein Gesicht?«

»Weiß nicht, aber wir müssen vorsichtig vorgehen, Schritt für Schritt. Wir können von Wirtschaftdelikten reden, aber in unserer Zuständigkeit liegen zwei, vielleicht drei Morde.«

»Das ist für jeden Unternehmer eine zu heikle Angelegenheit.«

»Das ist sogar für einen unqualifizierten Arbeiter zu viel, Subinspector.«

Wir inspizierten flüchtig das Büro, und obwohl schon mehrere Tage vergangen waren, baten wir die Spurensicherung, die Räume der Stiftung gründlich zu durchsuchen. Die Sekretärinnen mussten unseren Forderungen nachgeben.

Die Büroräume von ›Textiles Ayguals‹ nahmen das ganze Stockwerk eines großen Gebäudes in der Avenida Diagonal ein. Sie waren modern und funktionell eingerichtet, da war nichts, was sie von Tausenden ähnlicher Büroräume in Barcelona unterschied. Die Empfangsdame sah uns verwundert an, als wir uns als Polizisten auswiesen und nach Adolfo Ayguals fragten.

»Vater oder Sohn?«, fragte sie nur und stürzte uns ebenfalls in Verwirrung.

»Den Vater, nehme ich an. Der die Stiftung ›Gleichheit und Frieden‹ leitet.«

»Dann Don Adolfo. Warten Sie hier, ich gebe ihm Bescheid.«

Sie bat uns in eine Sesselecke, und wir sahen, wie sie uns diskret über das Haustelefon anmeldete. Danach kam sie zu uns.

»Er ist in einer Sitzung, sagt aber, er empfängt Sie gleich. Kommen Sie mit.«

Sie führte uns in einen Büroraum, der wenig mit den anderen gemein hatte. Er war pompös und beeindruckend, mit antiken Möbeln aus der Zeit Isabellas und Ledersesseln ausgestattet. Die Wände waren übersät mit alten Bildern von Landschaften, vom Meer, ein Porträt. Garzón setzte sich, aber ich ging neugierig an den Wänden entlang und sah mich um. Auf einem kleinen Tisch lag neben Fachzeitschriften aus der Finanz- und Wirtschaftswelt ein Stapel Visitenkarten. Ich sah sie rasch durch. Eine davon stammte von Anticart, ich erinnerte mich daran, eine von demselben Antiquitätenhändler unter den Papieren in Flores' Wohnung gesehen zu haben. Näher kommende Schritte ließen mich die Karten etwas überstürzt zurücklegen. Adolfo Ayguals stand lächelnd in der Tür.

»Guten Tag, die Herrschaften. Entschuldigen Sie, dass ich Sie habe warten lassen.«

Er war um die sechzig, wirkte distinguiert und lächelte höflich. Und er wirkte erschöpft. Dann setzte er sich und sah uns neugierig an.

»Ich habe Ihre Gemälde bewundert.«
»Ich habe eine gewisse Schwäche für Antiquitäten, Sie auch?«
»Sie gefallen mir, aber ich kann mir diese Schwäche leider nicht leisten.«
»Manchmal ist es eine Frage des Suchens. Gute Stücke sind nicht immer teuer.«
»Vielleicht. Aber wir wollen Ihnen nicht Ihre Zeit stehlen, wir sind in einer nicht sehr angenehmen Mission hier. Kennen Sie Arcadio Flores?«
»Selbstverständlich, er arbeitet in meiner Stiftung. Ist ihm was passiert?«
»Ja, er ist tot aufgefunden worden.«
»Wie?«
»Er ist erschossen worden.«
Er bedeckte sich mit beiden Händen das Gesicht. Das war schlecht für uns, so konnten wir seine Reaktion nicht erforschen. Wir schwiegen respektvoll. Nach einer Weile ließ er die Hände wieder sinken. Seine Erschöpfung war noch offensichtlicher.
»Ich kann es nicht glauben. Wissen Sie, wer es war?«
»Wir haben ein paar Spuren.«
»Seine Arbeit brachte es mit sich, dass er häufig mit Randgruppen zu tun hatte.«
»Das wissen wir. Können wir Ihnen ein paar Fragen stellen?«
»Ja, selbstverständlich. Fragen Sie.«
»Wo haben Sie Arcadio Flores kennen gelernt?«
»Lassen Sie mich nachdenken ... Ich meine, das war ganz zufällig, in einer Bar, in einem Restaurant ... nein, auf der Antiquitätenmesse! Genau, ich weiß aber nicht mehr, wann das war. Er ist ... war auch ein Sammler.«

»Wussten Sie, dass Flores Vorstrafen hatte?«

»Ja, ich wusste, dass er vor Jahren Probleme mit dem Gesetz hatte. Schwierigkeiten von geringerer Bedeutung.«

»Und Sie haben ihn trotzdem angestellt?«

»Sagen wir, ich habe ihn gerade deswegen angestellt. Na ja, vielleicht ist es nicht ganz richtig, das so auszudrücken ... Wir lernten uns kennen, ich meine, wir interessierten uns für dasselbe antike Objekt und kamen ins Gespräch. Wir verstanden uns. Flores war ein sehr sympathischer Mann. Ich erzählte ihm von den ersten Schritten, die die Stiftung gerade machte. Das Projekt gefiel ihm, er sagte, das würde sich lohnen. Da fiel mir ein, dass die Stelle des Geschäftsführers noch frei war, und schlug ihm vor, uns wieder zu treffen und weiterzureden.«

»Wissen Sie, was er zu dem Zeitpunkt gerade machte?«

»Ja, er sagte mir, er arbeite freiberuflich und kaufe Antiquitäten, die er an verschiedene Läden weiterverkaufte. Was ich ihm anzubieten hatte, war natürlich viel sicherer, mal abgesehen davon, dass es gut zu seinem sozialen Verantwortungsgefühl passte.«

»Darauf wette ich, dass er ein ausgeprägtes soziales Verantwortungsgefühl hatte«, spottete Garzón, aber Ayguals meinte es wirklich ernst.

»Daran gibt's keinen Zweifel. Er hat mir erzählt, dass er aus einer sehr armen Familie stamme und dass ihn das für immer geprägt habe. Als wir später ernsthaft über den Posten sprachen, den ich ihm anbot, war er so ehrlich und gestand mir, dass er einmal Schwierigkeiten mit dem Gesetz gehabt habe.«

»Und Sie?«

»Ich fand, dass in einer Stiftung, die dem sozialen Wohlergehen dienen soll, das Wichtigste ist, nicht die Philosophie

des Projekts aus den Augen zu verlieren. Das heißt, ich unterstützte ihn und vertraute ihm.«
»Hatten Sie nie Probleme?«
»Nein, nie. Wir haben fast zwei Jahre zusammengearbeitet und waren gut eingespielt.«
»Haben Sie die Buchhaltung überprüft?«
Er dachte einen Augenblick nach.
»Die Buchhaltung? Er hat sie mir immer pünktlich vorgelegt, und ich hatte wirklich keinen Grund zur Klage.«
»Haben Sie sie überprüft?«
»Na ja, es mag Ihnen vielleicht leichtfertig vorkommen, aber ich habe sie nicht gründlich überprüft, ich habe so viel zu tun … Aber sie stimmte immer, sie war in Ordnung.«
»Haben Sie sich vergewissert, dass die soziale Arbeit auch wirklich bis ins letzte Detail umgesetzt wurde?«
»Inspectora, bitte, ich vertraue meinen Angestellten. Alles funktionierte perfekt. Wollen Sie mit Ihren Fragen andeuten, dass es einen Verdacht gegen Flores gibt?«
»Alles weist darauf hin, dass es unter dem Schutzmantel der Stiftung ein sorgfältig gewebtes Netz von Betrügereien gab.«
»Das ist unmöglich!«
»Wir sind uns sicher. Abgesehen davon, was er auf eigene Rechnung gemacht hat, glauben wir, dass er sich auch das Geld aus Ihrem Unternehmen, das der Stiftung zufließen sollte, in die eigene Tasche gesteckt hat.«
»Er hat in der ganzen Zeit kein einziges gutes Werk getan?«
»Das eine oder andere wohl schon, wenn auch wenig, wir überprüfen das gerade.«
»Mein Gott! Ist das die Möglichkeit? Er wirkte wirklich wie ein vernünftiger Mann.«

»Solche Menschen gibt's, Señor Ayguals, aber das müssten Sie doch wissen nach so vielen Jahren als Unternehmer.«

»Ja, wahrscheinlich hätte ich in meinem Alter schon jeden Glauben an das Gute im Menschen verloren haben müssen, aber unglücklicherweise ist dem nicht so, und jetzt kann ich mich nicht mehr ändern, so enttäuschend das auch sein mag.«

»Besser für Sie. Wo haben Sie sich mit Flores getroffen?«

»Wir haben uns nur selten getroffen, wir telefonierten meist.«

»Wo waren Sie am Donnerstag, den fünfundzwanzigsten, um Mitternacht?«

»Um Mitternacht? Zu Hause natürlich. In meinem Alter gehe ich so wenig wie möglich aus. Eigentlich gehe ich nur freitags ins ›Liceo‹ oder in den ›Palau de la Música‹. Warum?«

»Reine Formalität. Wir glauben, dass Flores im Büro der Stiftung umgebracht wurde, und wir müssen alle ausschließen, die öfter im Büro waren.«

»Glauben Sie ernsthaft, dass ich ihn umgebracht habe?«

»Keineswegs. Señor Ayguals, welchen Posten hat Ihr Sohn im Unternehmen?«

»Mein Sohn? Im Augenblick ist er Supervisor, damit er eine allgemeine Vorstellung vom Geschäft bekommt, um meine Nachfolge anzutreten.«

»Wie alt ist Ihr Sohn?«

»Vierzig. Ja, ich weiß schon, was Sie jetzt denken, es gibt viele Unternehmer, die nicht in den Ruhestand gehen wollen. Wie auch immer, ich glaube nicht, dass ich noch lange dabeibleibe. Ich werde mich fügen müssen und den jungen Leuten den Weg frei machen.«

»Lebt Ihr Sohn bei Ihnen?«

»Ja, ich bin Witwer, und er ist geschieden. Wir dachten, es

wäre eine gute Lösung, den Familiensitz wieder gemeinsam zu bewohnen.«

»Verstehe. Dann wird es Ihnen nichts ausmachen, wenn er uns bestätigt, dass Sie an besagtem Tag beide zu Hause waren, vorausgesetzt natürlich, dass er nicht ausgegangen ist.«

»Ich kann mich nicht daran erinnern, ehrlich.«

»Können Sie ihn einen Augenblick herrufen?«

»Jetzt? Ich habe keine Ahnung, wo er gerade ist, vielleicht in einer Besprechung. Wenn Sie wollen, kommen Sie ein andermal wieder.«

»Es sind nur fünf Minuten.«

»Na gut, obwohl ich Ihnen versichere, dass er von der Stiftung keine Ahnung hat. Er kannte nicht mal Arcadio Flores.«

»Sie sind sich nie über den Weg gelaufen?«

»Glaube ich nicht. Warten Sie.«

Er rief eine Sekretärin an und bat sie, Juan Ayguals herzuschicken.

»Solange wir warten, schlage ich vor, dass wir eine Zigarette rauchen. Ich habe das Laster nie aufgeben können, obwohl es mir schadet.«

»Das geht vielen so.«

Sowohl Garzón als auch ich nahmen die Zigarette an.

»Filterlos, das ist noch schädlicher!«, sagte mein Kollege.

»Ich weiß. Kann ich Ihnen auch einen Kaffee anbieten?«

In dem Moment trat sein Sohn ein. Er war ein Riese von fast eins neunzig, mit weniger Haar als sein Vater und mit weitaus weniger Charme.

»Du hast mich rufen lassen?«

»Diese Herrschaften sind von der Polizei und wollen dir ein paar Fragen stellen, Juan.«

»Ist was passiert?«

»Wir wollen nur wissen, ob Sie und Ihr Vater am fünfundzwanzigsten um Mitternacht zu Hause waren.«
Er reagierte unmutig und sah seinen Vater an, als wäre das ein schlechter Scherz.
»Hören Sie, was soll denn das? Am fünfundzwanzigsten zu Hause? Was weiß denn ich!«
Ayguals senior wurde sichtlich unruhig und sagte trocken: »Juan, es ist ...«
Ich unterbrach ihn mit einer Handbewegung.
»Es ist wichtig, dass Sie uns unsere Frage beantworten, bitte.«
Er holte seinen Kalender heraus und suchte mit hochgezogenen Augenbrauen das Datum.
»Ich verstehe gar nichts. Also ... am fünfundzwanzigsten ... Donnerstag ... ja, ich denke, ich war zu Hause. Am nächsten Morgen bin ich ganz früh nach Madrid geflogen. Nein, ich war nicht aus.«
»Und Ihr Vater war auch zu Hause?«
»Na ja, ich glaube schon. Wo soll er denn gewesen sein, beim Pilzesammeln?«
»Juan, bitte!«
»Erklärt mir mal jemand, was los ist?«
»Ihr Vater wird es Ihnen erklären, wir gehen jetzt. Vielen Dank für alles, die Herren. Und danke für die Zigarette, Señor Ayguals. Ach, ich habe noch eine kleine Bitte: Haben Sie etwas dagegen, wenn unsere Spezialisten die Buchhaltungsunterlagen überprüfen, die das Unternehmen mit der Stiftung verbindet? Ich vermute, Sie haben Kopien von den Rechnungsbüchern der Stiftung.«
»Diese Verbindung gibt es nicht.«
»Dann wollen wir das nur bestätigt wissen, haben Sie die Kopien hier?«

»Ja, natürlich, und es macht mir nichts aus, wenn Sie die überprüfen, aber ich muss Ihnen gestehen, dass es mir nicht gefallen würde, wenn das Unternehmen in diese Sache hineingezogen wird. Es hat wirklich nichts mit der Stiftung zu tun.«

»Keine Sorge, wir werden alles vertraulich behandeln.«

»Ist gut, wie Sie wollen.«

Wir waren noch nicht beim Auto angelangt, als Garzón schon den ersten Pfeil abschoss.

»Hier stinkt was. Glauben Sie etwa das Märchen von dem Mann, der so vertrauenerweckend war, dass er nie Rechenschaft ablegen musste, und den er zufällig kennen gelernt hat?«

»Kein Wort.«

»Na, dann sind wir schon zwei.«

»Entweder haben beide Dreck am Stecken, oder der Vater deckt den Sohn.«

»Es war unübersehbar, dass es ihm nicht gefallen hat, ihn zu rufen.«

»Nein, überhaupt nicht.«

»Ob die Überprüfung der Buchhaltung was erbringt?«

»Ich nehme an, da ist alles sauber. Sagen Sie Sangüesa trotzdem, dass er einen gründlichen Prüfungsbericht erstellen soll. Und wenn er drei Monate dafür braucht.«

»Und wir?«

»Wir werden herumschnüffeln wie zwei alte, räudige Hunde.«

»Was für ein schönes Bild!«

»Laden Sie die beiden Sekretärinnen der Stiftung zum Tee ins Kommissariat ein.«

»Hören Sie, Inspectora, bevor wir sonst wen zum Tee einladen, sollten wir uns unterhalten.«

»Worüber«
»Um Mutmaßungen darüber anzustellen, wer von den beiden Ayguals Flores auf dem Gewissen hat.«
»Darüber werde ich kein Wort verlieren.«
»Warum?«
»Weil ich es nicht weiß.«
»Sie sind wirklich einfallsreich.«
»Soweit es die Situation zulässt. Was meinen Sie, wollen wir dem Antiquitätengeschäft nicht auch einen Besuch abstatten?«
»Ich würde behaupten, Sie wissen was, das ich nicht weiß.«
»Es ist nur ein Gefühl, Fermín, aber es könnte funktionieren.«
»Das gefällt mir, Inspectora! Sie wissen doch, mir ist eine Ihrer Vorahnungen mehr wert als zwölf Stunden Ermittlungsarbeit von Scotland Yard.«

Es war nicht das erste Mal, dass wir aus Dienstgründen ein Antiquitätengeschäft aufsuchten, aber für Garzón war das eine Art Geschäft, in dem er freiwillig keinen Cent ausgegeben hätte.
»Ich begreife nicht, wie die Leute etwas schätzen können, nur weil es alt ist. Wenn es Kunst ist, in Ordnung, aber diese alten Waschschüsseln, diese Garderoben, die ich schon als Kind in den Mülleimer habe wandern sehen …«
»Stellen Sie sich vor, es sind alte Menschen. Sie geben doch der Erfahrung immer den Vorzug gegenüber der Jugend.«
»Eben! Denn wir Menschen sind zu etwas nutz, aber eine angeschlagene Waschschüssel hat keinen anderen Wert als den, dass man sie in eine Ecke stellen kann.«
»Es denken nur wenige wie Sie, Antiquitätenhändler sind oft sehr reich. Sie haben Stammkunden, denen sie ihre

Ware anbieten. Schließlich bilden die Liebhaber von Antiquitäten ebenso ihre Zirkel wie andere auch. Na ja, zumindest hoffe ich, dass es in diesem Falle so ist.«

»Überhaupt, was suchen wir eigentlich in dem Laden?«

Ich sah ihn geheuchelt liebevoll an, bevor ich ihm eine Spitze versetzen wollte, aber da klingelte mein Telefon. Ich sah auf das Display, es war Ricard. Ich schaltete es aus. Mein Kollege, dessen Antennen sensibler als die des Geheimdienstes waren, fragte sofort:

»Wie läuft's denn mit dem Psychiater?«

»Ich brauche noch keinen Psychiater, aber ich schließe es nicht aus.«

»Sie wissen ganz genau, was ich meine. Werden Sie ihn heiraten?«

»Einen Psychiater zu heiraten dürfte sein wie den Atlantik in Begleitung eines Schwimmlehrers zu überqueren, kann immer nützlich sein.«

»Einverstanden, nehmen Sie mich ruhig auf den Arm. Aber ich würde es nicht gerne von Dritten erfahren, wenn Sie heiraten.«

»Keine Sorge, Sie erfahren es, bevor ich es der Regenbogenpresse stecke.«

›Anticart‹ war ein Antiquitätengeschäft, das im Gotischen Viertel der Stadt lag. Es wurde von einem Paar mittleren Alters geführt, den Salvats. Als sie erfuhren, dass wir von der Polizei waren, legten sie einen Enthusiasmus an den Tag, uns zu helfen, der mich argwöhnisch machte. Den Grund unseres Besuches nannten wir ihnen nicht, aber sie zeigten uns die Räumlichkeiten und erklärten, wie das Geschäft funktionierte. Wahrscheinlich dachten sie, dass wir an einem Diebstahl antiker Stücke dran waren, denn es waren bestimmt schon mal Kollegen von uns hier aufgetaucht.

Als wir ihnen sagten, dass wir von der Mordkommission waren, ließ der anfängliche Elan nach. Statt beunruhigt zu reagieren, beruhigten sie sich sichtlich.

»Kannten Sie einen Mann namens Arcadio Flores?«

Die Frau kam ihrem Mann zuvor und verneinte unsere Frage. Er schwieg. Ich begriff, dass er der Schwächere war. Ich sagte ihnen ganz direkt:

»Er ist tot aufgefunden worden, bei seinen Sachen haben wir eine Visitenkarte Ihres Ladens gefunden.«

Die Frau antwortete schnell:

»Und daraus schließen Sie, dass wir uns kannten? Mein Gott, Inspectora! Wir führen diesen Laden seit zwanzig Jahren, jeder kann eine Visitenkarte von uns haben, jeder.«

»Haben Sie sie als Werbemittel verteilt?«

»Nein, aber sie liegen an jedem Messestand aus, wenn wir an Messen teilnehmen, und hier liegen sie auch, jeder Kunde kann sich eine mitnehmen, aber ...«

»In dem Fall kann ich Ihnen ein Foto zeigen, und Sie sagen mir, ob Sie den Mann wiedererkennen oder nicht. Es sei denn, sie erinnern sich nicht an ihn.«

Señora Salvat presste nervös die Hände aneinander. Ich zeigte ihnen das Foto von Arcadio, und beide sahen es sich aufmerksam an.

»Erinnerst du dich an ihn?«, fragte die Antiquitätenhändlerin ihren Mann, der den Kopf schüttelte.

»Nein, Sie sehen ja, hier kommen viele Leute her.«

»Trotzdem, ich glaube, dass dieser Mann ein paar Stücke bei Ihnen gekauft hat. Sie haben doch eine Kundenliste, nicht wahr?«

»Ja, aber ...«

»Kann ich sie sehen?«

Der Mann machte mir ein Zeichen, ihm zu folgen.

»Hier entlang.«
Er führte uns in einen riesigen Hinterraum, in dem ein Schreibtisch mit einem Computer stand. Er setzte sich und schaltete ihn ein. Als er das Programm öffnete, bat ihn Subinspector Garzón, sich selbst an den Computer setzen zu dürfen.
»Sie erlauben? Ich mache das selbst.«
Die Frau regte sich auf.
»Hören Sie, diese Informationen sind vertraulich.«
»Wir ermitteln in einem Mordfall, Señora.«
»Das gibt Ihnen nicht das Recht. Unsere Kunden sind wichtige Leute, die vielleicht ...«
»Wenn es Ihnen lieber ist, kommen wir mit einem richterlichen Beschluss wieder, und inzwischen wird der Laden als Vorsichtsmaßnahme geschlossen. Sie können nichts von hier wegschaffen.«
Der Mann ergriff zum zweiten Mal die Initiative.
»Schauen Sie sich an, was sie wollen.«
Garzón machte sich an die Arbeit, und inzwischen breitete sich in dem Raum eine unerträgliche Spannung aus.
»Da ist er«, sagte er schließlich. »Arcadio Flores steht in Ihrer Kundenliste. Er hat in zwei Jahren drei Käufe getätigt: eine mittelalterliche Tafel und mehrere modernistische Objekte.«
»Ja und?«, fauchte die Frau.
»Ich dachte, Sie kennen ihn nicht.«
»Und das stimmt auch. Glauben Sie, wir kennen alle unsere Kunden per Namen oder persönlich?«
»Señora Salvat, ich verstehe nicht, warum Sie sich so aufregen.«
»Inspectora, Sie kommen hier hereingeschneit und fragen nach einem Mann, den wir nicht kennen, und als Nächstes

stecken Sie Ihre Nase in unsere vertrauliche Kundenliste. Wie würden Sie reagieren?«

»Bringen wir das zu Ende, Señora, verkaufen Sie Waffen?«

Sie antwortete laut und hysterisch:

»Wir? Aber was glauben Sie eigentlich? Das hier ist ein anständiges Geschäft, glauben Sie, das ist ein Animierlokal?«

»Ich präzisiere die Frage: Haben Sie irgendwelche Waffen aus dem Bürgerkrieg, für die sich Sammler interessieren könnten?«

Die Frau wollte schon wieder losschreien, aber ihr Mann nahm sie am Arm und versuchte sie zu beruhigen.

»Hin und wieder haben wir welche, aber diese Waffen funktionieren nicht mehr und es gibt auch keine Munition mehr dafür. Wie auch immer, wir verkaufen sie nur, wenn der Käufer einen Waffenschein vorlegen kann.«

»Sind Sie sicher?«

»Ja.«

»Haben Sie Arcadio Flores eine Neunmillimeter Astra verkauft?«

»Nein, auf keinen Fall.«

»Kennen Sie Adolfo Ayguals Escudero?«

Sie waren verblüfft. Ich beobachtete ihre Reaktionen aufmerksam.

»Natürlich kennen wir ihn, er ist einer unserer besten Kunden. Aber was hat das mit ...«

»Nichts, es hat nichts damit zu tun. Der Mann, nach dem wir gefragt haben, hat nur für ihn gearbeitet. Sie sind sich also sicher, dass Sie Arcadio Flores keine Waffe verkauft haben.«

»Sie können unsere Liste durchsehen, es ist alles völlig legal.«

»Ja, ich wette, dass alles völlig legal ist.«

Aus dieser Befragung würden wir keine einzige Information mehr herausholen. Wir verließen den Laden, und draußen angekommen, sah ich mich um. Es war ein herrlicher Tag. Garzón lächelte höchst zufrieden und sagte:
»Ich habe noch nie jemanden so schlecht lügen sehen.«
»Stimmt, ein perfektes Lügnerpaar. Erkundigen Sie sich, ob es stimmt, dass sie eine Genehmigung zum Verkauf von Waffen haben.«
»Ist gebongt. Ich bin fest davon überzeugt, dass die Arcadio Flores eine Astra verkauft haben, ob mit oder ohne Genehmigung.«
»Die Pistole, die ihn selbst getötet hat.«
»Die Frage ist nur, wer hat sie jetzt?«
»Wir riechen das Ende und haben keinen verdammten Beweis. Ich hasse das.«
»Wissen Sie, was in solchen Situationen am besten hilft? Essen zu gehen! Ich lade Sie zum Menü ins ›La Jarra de Oro‹ ein.«
Garzóns Methode, um sowohl im Dienst als auch privat Durststrecken zu überwinden, bestand aus einem gefüllten Teller. Bei ihm schien das gut zu funktionieren. Ich beobachtete ihn beim Genießen eines asturianischen Bohneneintopfs und fragte mich, wie er es schaffte, sich so wieder flottzumachen. Als er sich gerade ein Stück geräucherte Blutwurst in den Mund geschoben hatte, fragte ich ihn:
»Sind Sie glücklich, Fermín?«
Er hielt im Kauen inne und heftete seine gelblichen Augen auf mich.
»Meinen Sie das ernst, oder muss ich mich auf eine ironische Bemerkung einstellen?«
»Können Sie nie entspannen?«
»Mit Ihnen nicht.«

»Ich bitte um eine ehrliche Antwort.«

Er tauchte den Löffel in die Bohnen und aß dann ein Stückchen Brot, wobei er angestrengt nachdachte.

»Na ja, mir geht's nicht schlecht. Ich bin gesund, ich habe einen guten Appetit, eine abwechslungsreiche Arbeit, eine Geliebte, eine gemütliche Wohnung ... Klar, ich könnte jünger sein, hübscher, könnte mehr Geld haben ... Aber zu diesem Zeitpunkt meines Lebens werde ich dem, was ich nicht habe, auch nicht mehr nachtrauern. Ich glaube, ich bin ziemlich glücklich, aber ich frage mich das gar nicht mehr.«

»Uns Frauen wurde eingeimpft, entweder hast du eine große Liebe oder dir fehlt etwas.«

»Ja, und uns allen, Frauen wie Männern, wurde eingeimpft, dass es wichtig ist, glücklich zu sein. Als meine Eltern jung waren, war das mit dem Glück nicht so wichtig. Sie hatten zu essen, ein Heim, es war ihnen kein Kind gestorben ... alles wunderbar! Niemand strebte nach mehr. Ich glaube, das mit dem Glück ist eine moderne Erfindung.«

»Eine Erfindung für diejenigen, die keinen Hunger leiden.«

»So was in der Art! Und Sie? Müssen Sie Hunger leiden?

»Kein Stück! Ich bin bei allen modernen Erfindungen dabei, außer dem Fernsehen.«

Er verbarg sein Lachen hinter der Serviette. Ich sah ihn liebevoll an.

»Glauben Sie, Subinspector, dass ich wieder mit jemandem zusammenleben sollte?«

»Mit einer Freundin?«

»Wenn Sie nicht ernst reden wollen, lassen wir es.«

»Seien Sie nicht beleidigt, Petra, aber wenn Sie mir das so hinwerfen ... Wenn Sie sich so viele Gedanken darüber machen, sehe ich keine Notwendigkeit. Sie selbst haben mir so oft gesagt, dass es besser sei, dass jeder in seiner eigenen Wohnung lebt, wenn die Liebe nicht so groß ist.«

»Der Mann, mit dem ich zusammen bin, will auf Biegen und Brechen, dass wir zusammenziehen.«

»Dann ist er sehr verliebt in Sie.«

»Das glaube ich nicht, aber er möchte mit jemandem zusammenleben.«

»Aha. Das kommt davon, dass man uns Männern eingeimpft hat, dass Alleinleben eine Art Versagen ist.«

»Schöner Scheiß, nicht wahr, Garzón?«

»Was?«

»Dass wir alle tun, was uns eingeimpft wurde.«

»Ja, eine große Scheiße. Deshalb muss man den Bedürfnissen des eigenen Körpers folgen, ist am besten.«

»Ich frage mich, was die Bedürfnisse meines Körpers sind.«

»Er braucht einen Hauptgang, ein gutes Essen, und höchstwahrscheinlich, dass Sie so weitermachen wie bisher. Außerdem, wie wollen Sie mich unterbringen, wenn mein Sohn wieder mit seinem Freund auftaucht?«

»Das stimmt. Aber eines Tages werde auch ich alt, Garzón.«

»Ja, aber Sie werden so oder so alt, ob allein oder in Gesellschaft.«

Ich betrachtete ihn aufmerksam. Man hätte meinen können, dass ihm das alles egal war, aber dem war nicht so. Garzón wollte nicht, dass ich eine feste Beziehung mit jemandem eingehe, und das nicht aus einem Besitzerstolz heraus, den alle Männer für ihre Umgebung entwickeln, sondern weil er nicht wollte, dass sich etwas änderte. Es ist unglaublich, bis zu welchem Grad wir uns an die Ordnung um uns herum klammern. Vermutlich bedeutete, keine Veränderung zuzulassen, auch das Altwerden zu verhindern, oder vielleicht war es nur Faulheit. Wie auch immer,

mein Kollege war nicht besonders beeindruckt von meinen Problemen. Er bestellte als zweiten Gang ein Beefsteak und verschlang es zusammen mit den Pommes frites.
»Sie sollten nicht so viel essen, Fermín.«
»Es stört mich nicht, dick zu sein.«
»Das meine ich nicht. Heute Nachmittag gehen wir Kaffee trinken und Kuchen essen.«
»Ach ja?«
»Mit den beiden vorsintflutlichen Sekretärinnen der Stiftung ›Gleichheit und Frieden‹. Ich will, dass sie uns ganz viel über Ayguals junior erzählen.«
»Die wissen bestimmt einiges, aber werden sie es ausspucken?«
»Deshalb zähle ich auf Sie. Sie können doch so gut mit älteren Damen.«
»Verarschen Sie mich nicht, Inspectora, das hat mir gerade noch gefehlt.«

Die Verabredung mit den beiden Sekretärinnen in einem Café schien mir aus strategischer Perspektive ein Meisterstreich. Wir würden plaudern, uns entspannen, und im Gespräch über die Heiligkeit des Arbeitgebers würde die Gestalt des Sohnes auftauchen. Ich irrte mich nicht, außer, dass die Ältere der beiden anmerkte, sie hätte mit Vergnügen einmal ein Kommissariat von innen kennen gelernt.
»Der Subinspector wird sie einmal hinführen, nicht wahr, Garzón?«
Mein Untergebener warf mir einen tödlichen Blick zu und stammelte lustlos:
»Selbstverständlich, wird mir ein Vergnügen sein.«
»Sie müssen ein abenteuerliches Leben führen und haben so viel gesehen ... Virtudes und ich haben unser Leben lang

im selben Unternehmen gearbeitet, wir haben ziemlich wenig erlebt.«

»Jeder Ort ist geeignet, um Dinge zu sehen und zu erleben. Es heißt, ein großes Unternehmen sei ein ganz eigener Kosmos.«

»Es stimmt, wenn du die Geschehnisse intensiv miterlebst, dann sammelst du viel Erfahrung.«

»Sagen Sie mir, war das Unternehmen immer so erfolgreich?«

»Na ja, es gab Aufs und Abs, aber es hat sich gut entwickelt.«

»Der zukünftige Erbe wird es doch nicht verkaufen, wenn Señor Ayguals ausscheidet, oder?«

Sie sahen sich beunruhigt an. Vielleicht waren sie unerfahren, aber nicht dumm. Die Jüngere fragte mich:

»Haben Sie uns deshalb eingeladen, um über Juan Ayguals zu sprechen?«

Ich begriff, dass mein sorgfältig ausgearbeiteter Plan leicht scheitern könnte. Deshalb sagte ich übertrieben ernst:

»Schauen Sie, weder Señor Ayguals noch sein Sohn sind direkt in das Verbrechen verwickelt, in dem wir ermitteln, das sage ich Ihnen ganz offen. Trotzdem könnten die Leute um sie herum interessante Dinge wissen, die uns Arcadio Flores' Beziehung zur Stiftung erklären.«

»Señor Ayguals hat nur mit anständigen Leuten zu tun. Der Arme, seine Freunde im Club, die paar Leute, die er auf Antiquitätenversteigerungen trifft, und kaum mehr! Seit seine Frau gestorben ist …«

»Und sein Sohn?«

»Wir wissen nicht, welche Beziehungen sein Sohn hat.«

»Kann ich mir vorstellen, aber Sie werden doch wissen, wie er ist.«

»Er ist anders als Señor Ayguals.«
»Ist er ein schlechterer Mensch?«
»Wir kennen ihn nicht persönlich, na ja, wenig, aber ich finde es nicht richtig, schlecht über ihn zu sprechen.«
Ich fiel ihr fast ins Wort und wurde extrem vorsichtig.
»Selbstverständlich! Wir sprechen nur auf beruflicher Ebene.«
Die Blicke, die sie austauschten, verrieten mir, dass dieser Weg auch nicht ohne Stolpersteine war.
»Na ja, Señor Juan ist vor drei Jahren in das Unternehmen eingestiegen … Und man merkte, dass es nicht so funktionierte, wie es sollte. Es gab einschneidende Verluste, und Don Adolfo musste die Leitung wieder übernehmen.«
Diesmal tauschten Garzón und ich einen viel sagenden Blick aus.
»Es ist nicht einfach, ein Unternehmen zu leiten«, sagte Fermín.
»Das können Sie laut sagen!«
»Der arme Señor Ayguals konnte nicht in den Ruhestand gehen.«
Die Ältere sprang sofort auf diese Bemerkung an.
»Der Arme hat kein Glück mit diesem Sohn gehabt.« Sie sah ihre Kollegin an und zog ein strenges Gesicht, sie hatte beschlossen zu reden, wer auch immer dabei den Nachteil hatte. Ich segnete im Geiste diese Initiative.
»Juan Ayguals ist kein schlechter Mensch, aber er wurde zu sehr verwöhnt. Ein Einzelkind … Er hat immer seine Launen gehabt, schlimmer noch wurde es nach dem Tod seiner Mutter. Er hat eine hübsche junge Frau aus einer der besten Familien geheiratet, und wozu? Nach drei Jahren haben sie sich getrennt. Sie haben Don Adolfo nicht einmal Enkel geschenkt. Und natürlich taugte er für das Unternehmen

auch nicht. Ein Unternehmen zu leiten bedeutet große Opfer. Das wollen die jungen Leute nicht einsehen!«

Ihre Kollegin sah sie an, als wäre sie nicht bei Trost. Aber plötzlich schien sie sich dieser verbalen Rebellion, diesem Anfall von Aufrichtigkeit anschließen zu wollen und sagte:

»Margarita hat ihm aber auch nicht geholfen, sie war eine verwöhnte Göre.«

»Wer ist Margarita?«, konnte Garzón gerade noch fragen.

»Seine Exfrau. Sie haben bestimmt aus Liebe geheiratet, denn sie ist zehn Jahre jünger als er, aber dann wollte sie sich nur noch amüsieren, Klamotten kaufen, einfach das Leben genießen.«

»Das Mädchen konnte nicht wissen, was da mit diesem trinkenden, faulen Mann auf sie zukam ... Ihr gebe ich wirklich nicht die Schuld!«

Dieses Gespräch hatten sie bestimmt schon öfter geführt. Sie verhielten sich, als wüssten sie genau, was die andere sagen würde.

»Na, das hätte sie sich aber vor der Heirat klar machen müssen und sich nicht blenden lassen!«

Die Heftigkeit, mit der diese Fünfzigjährige das aussprach, ließ mich vermuten, dass sie sich mal Hoffnungen auf Ayguals Erben gemacht hatte.

»Wäre interessant, mal mit ihr zu sprechen. Haben Sie ihre Adresse?«

»Natürlich haben wir die, die Telefonnummer auch! Sie hat die wunderbare Wohnung behalten, die das Paar in der Hanglage der Stadt gekauft hatte. Etwas hat sie zumindest herausgeschlagen.«

»Das und den Unterhalt, den ihr Señor Ayguals monatlich überweist.«

»Und den sie weiterhin kassieren wird, solange sie nicht wieder heiratet, und das wird sie nicht. Würde ich auch nicht, warum einen Mann ertragen, wenn du alles hast und wie eine Marschallin leben kannst?«
Das mit der Marschallin war der klare Beweis dafür, dass diese Frau einen gewissen Groll gegen die Exfrau hegte. Es gibt nichts Besseres, als die Irrungen des Lebens anderer genau zu kennen, um einen Grund zu haben, darüber zu reden. Garzón war begeistert, als wir das Café verließen, und ich ebenso. Wir hatten Adresse und Telefonnummer von Margarita Llopart in der Tasche, und sie würde vielleicht auch Gründe haben, über ihren Exmann zu sprechen. Trotzdem hatte der Subinspector seine Zweifel an dem Nutzen unserer Ermittlungen.
»Das ist ja alles schön und gut, aber was bringen uns die Tratschereien dieser beiden und alles, was die Exfrau noch hinzufügen könnte?«
»Mensch, Fermín, jetzt haben wir ein Motiv!«
»Lassen Sie mich nachdenken: Ayguals Sohn platzt in das Unternehmen wie ein Elefant in den Porzellanladen und kurz darauf sind die Zahlen noch röter als das sowjetische Heer.«
»Schon ganz gut.«
»Und um die Schulden aufzufangen, kommt er auf die Idee mit der Stiftung. Keine Steuern, er kann unkontrolliert schmutzige Geschäfte machen, zahlt keine Sozialabgaben mehr ...«
»Bis sein Vater es merkt und alles stoppt.«
»Aber der Vater hat die Stiftung nicht aufgelöst.«
»Das konnte er nicht, sonst hätte man Verdacht geschöpft.«
»Nein, er weiß ganz bestimmt, was da gelaufen ist, aber es gibt zwei Möglichkeiten: Dass er nicht alles über Arcadio

Flores' dubiose Geschäfte weiß oder, genau das Gegenteil, dass er es sehr wohl weiß. Im ersten Fall ist er Komplize bei einem Wirtschaftsdelikt, im zweiten eines Mordes.«

»Dann ist er so oder so schuldig.«

»Es ist nicht dasselbe, einen Mord zu begehen oder seinen Sohn zu decken.«

»Verdammt, Inspectora, zum Teufel mit den Kindern! Sie machen nichts als Scherereien!«

»Sie sprechen doch nicht etwa aus Erfahrung?«

»Nein, ganz allgemein.«

»Nur die Philosophen widmen sich dem Allgemeinen.«

»Die Philosophen und ich. Fahren wir jetzt zu der Marschallin?«

»Morgen, Garzón, morgen. Heute ist es schon zu spät. Außerdem habe ich was Wichtiges zu erledigen. In meinem Privatleben, meine ich.«

»Diese Präzisierung war nicht nötig, alles, was beruflich wichtig ist, erledigen Sie nicht ohne mich.«

»Sie haben ja so Recht. Und da ich es höchst wichtig finde, was Coronas über unser Vorgehen denkt, glaube ich, dass es angemessen ist, wenn Sie heute den Bericht schreiben, bevor Sie nach Hause gehen.«

»Das habe ich nun davon, dass ich nicht den Mund gehalten habe. Jetzt muss ich die Suppe auslöffeln.«

»Ja, und wenn ich könnte, würde ich sofort mit Ihnen tauschen.«

Er sah mich an und platzte fast vor Neugier, aber er war umsichtig genug, also hielt er sich zurück und verabschiedete sich höflich.

Ich beschloss, Ricard von zu Hause aus anzurufen. Bevor ich zum Hörer griff, betrachtete ich mich im Spiegel und fragte mich: Willst du das wirklich? Ja, es gab keinen Zweifel. Und ganz nebenbei stellte ich fest, dass ich schrecklich aussah, mit wirrem Haar und ungeschminktem Gesicht. Ich konnte mir keinesfalls erlauben, so zu einer wichtigen Verabredung zu gehen.

»Ricard?«

»Endlich! Es fühlt sich immer wie ein Sechser im Lotto an, wenn du mich endlich anrufst.«

»Ich denke, wir sollten miteinander reden. Ich lade dich in ein Restaurant deiner Wahl ein.«

»Wäre es nicht besser, wir würden zu Hause essen? Ich habe was da.«

»Ich ziehe neutrales Terrain vor.«

Ich hatte ihm genügend Hinweise gegeben, damit er ahnen konnte, wovon unser Gespräch handeln würde. Es war besser so, ich mochte ihn nicht wie einen Verdächtigen behandeln, den ich überrumpeln musste.

Ich duschte, zog mein bestes Kleid an und schminkte mich sorgfältig. Wie oft würde ich das noch tun, bis ich diese Koketterie endlich aufgebe? Immer, ich würde es immer tun, bis zu meinem Todestag. Es war ein wichtiges Kulturerbe, das ich nicht ablegen wollte. Wie die regelmäßige Zeitungslektüre, einen guten Wein trinken, einen Freund grüßen. Angewohnheiten, die dich im System halten und bewirken, dass du dich einigermaßen sicher fühlst. Man stellt diese Gewohnheiten nicht in Frage, sie werden einfach gelebt. Ich richtete mich nicht für Ricard her, oder doch?

Ricard sah an jenem Abend sehr gut aus. Er zeigte sich von seiner amüsanten Seite des zerstreuten und ein wenig spöttischen Psychiaters. Ich war neugierig darauf, wie er sich verhalten würde, wenn er so von mir abserviert wurde. Würde er vorgeben, nichts gemerkt zu haben? Würde er sich verführerisch zeigen, abweisend oder gewalttätig? Nein, gewalttätig nicht, dazu war er nicht fähig. Ein Psychiater hat sich im Griff. Tatsächlich machte mich der Gedanke, ihn nicht mehr zu sehen, traurig, aber auch das änderte nichts an meiner Entscheidung. Wir hatten keine Zukunft, und er akzeptierte nicht, dass wir einfach nur Geliebte waren.

Wir bestellten das Essen, der Wein wurde serviert, und da breitete er die Arme weit aus und lächelte wie ein schelmischer Junge.

»Also, Sie haben das Wort.«

»Sagst du das auch zu deinen Patienten bei der ersten Sprechstunde?«

»So in etwa.«

»Und du weißt auch schon, wo das hinführt?«

»Ich komme den Tatsachen nie zuvor. Ich warte, bis der Patient sich genau erklärt hat.«

»Wunderbar. Also, wo soll ich anfangen?«

»Ich erinnere dich daran, dass du nicht meine Patientin bist. Du erträgst mich, aber ich bin eher deine Krankheit denn dein Arzt.«

Ich lachte auf.

»Du machst es mir sehr einfach.«

»Glaub ja nicht, kann sein, dass ich die Krankheit bin, aber keine unheilbare.«

»Ricard, ich ...«

Der Kellner kam und servierte den ersten Gang. Ricard ließ die Augen nicht von mir und lächelte ununterbrochen.

»Ich ...«

»Du hast dir überlegt, dass wir besser nicht zusammenziehen.«

»Nicht ganz. Ich habe beschlossen, dass wir uns nicht mehr sehen.«

Er war sprachlos angesichts meiner Kaltblütigkeit. Ich ebenfalls, es ihm so direkt an den Kopf zu knallen, hatte ich nicht geplant, aber ich wusste, dass man in dieser Situation mit vagen Andeutungen nicht weiterkam. Er begann zu essen. Dann sah er mich an.

»Iss, es wird kalt.«

»Ricard, du hast beschlossen, dass sich dein Leben ändern soll, und ich …«

»Ja, und da bist du mir gerade über den Weg gelaufen, ist es nicht so? Also habe ich dich ausgewählt.«

»Wir lieben uns nicht, es gibt nicht mal echte Leidenschaft.«

»Vielleicht sollten wir das Konzept ›Liebe‹ mal überdenken.«

»Dafür fehlt uns die Zeit, besser überprüfen wir das Konzept ›Leidenschaft‹.«

»Das lässt sich nicht überprüfen, man verspürt sie oder nicht.«

»Da hast du Recht. Ich weiß, dass ich narzisstisch bin, dass du davon überzeugt bist, dass ich von meiner eigenen Unreife angetrieben werde, aber du musst mir glauben, es würde nicht funktionieren.«

»Du willst nicht riskieren, dass es funktioniert.«

»Ich will nicht riskieren, dass es nicht funktioniert. Ich habe zwei Ehen hinter mir, ein dritter Fehlschlag wäre …«

»Wäre was? Wer bestimmt, wo die Toleranzschwelle ist? Was hast du zu verlieren?«

»Meine Ruhe.«

»Jetzt verarscht du mich wirklich, Petra. Seitdem ich dich kenne, rennst du wie eine Verrückte von einem Ort zum anderen. Nennst du das Ruhe?«

»Du hast mich mitten in einem Fall kennen gelernt.«

»Und wenn du nicht in einem Fall steckst?«
»Es gibt schwierige und nicht so schwierige Fälle.«
»Ja, und wenn du nicht in einem komplizierten Fall steckst, löst du die Probleme des dicken Polizisten, der dir auf Schritt und Tritt folgt.«
»Ich mag es nicht, wenn du über Garzón herziehst, er ist ein Freund! Und überhaupt, warum reden wir eigentlich von meinem Leben, was interessiert dich schon mein Leben?«
»Ich denke daran, es mit dir zu teilen, es interessiert mich sehr wohl!«
»Dann lass es sein, ich habe dir ja schon gesagt, dass das nicht geht. Was ist, kannst du es nicht glauben? Soll ich vor dir in die Knie gehen und dir danken, dass du mir diese wundervolle Möglichkeit gegeben hast, glücklich zu sein?«
»Du bist brutal, ungerecht, egoistisch, oberflächlich, du bist ...«
»Und du bist ein Psychiater, der sich nicht mal selbst beherrschen kann, ich begreife nicht, wir dir jemand seine geistige Gesundheit anvertrauen kann!«
Wir waren laut geworden und verstummten. Der Kellner räumte die Teller ab. Ricard sah mich an, jetzt war er wirklich verletzt.
»Fangen wir noch einmal von vorne an, als hätten wir uns gerade getroffen?«
»Einverstanden. Hallo Ricard, wie geht es dir? Übrigens, ich habe beschlossen, dass wir uns nicht mehr wiedersehen.«
Sein geduldiger Blick wurde wütend.
»Also gut, Petra, also gut. Wenn du mich nicht mehr sehen willst, wirst du mich nicht mehr sehen. Ich denke, ich gehe jetzt, es ist absurd, dass wir weiteressen, als wäre nichts passiert. Ich werde dich nicht mehr durch ganz Barcelona verfolgen, dir auch nicht zu jeder Stunde Nachrichten hin-

terlassen, auch nicht heute bei dir und morgen zu Hause schlafen. Ich werde nicht weiter zusehen, wie du vor mir davonläufst, weil dein Ego von einer leidenschaftlichen Liebe nicht absolut zufrieden gestellt wird. Vielleicht hast du Recht, es wäre ein Fehler, zusammenzuziehen.«

Er stand auf und ging. Das hatte mir noch nie jemand angetan. Der Kellner kam mit dem zweiten Gang und fragte ganz förmlich:

»Der Señor bleibt nicht zum Essen?«

»Der Señor musste gehen. Lassen Sie den Teller da, ich werde ihn auch essen.«

Und das tat ich, mit ungewohnter Wildheit, wie ein hungriger Straßenköter, als hätte ich schon lange nichts mehr zu essen gekriegt. Ich war wütend, ausgesprochen wütend bis ins Mark. War ich narzisstisch? Und was ließ sich von einem Mann sagen, der die Entscheidung, nicht mit ihm zusammenzuleben, als unverzeihlichen Fehler ansah? Aber am meisten empörte mich der Streit an sich. Ich hatte nie mit Ricard reden können, ohne dass wir nicht irgendwann im Streit endeten. Ich mag Streitereien nicht, vor allem die im klassischen Rollenverhalten: zwischen Mann und Frau, Freund und Freundin, Mutter und Tochter ... Mein Gott! Wie kann man erwachsen werden, wenn man sich ständig ärgern muss, schreien, vorsichtig sein und angreifen muss?

Ich bestrafte mich, indem ich mir keinen Nachtisch gönnte, und verlangte die Rechnung. Der Kellner lächelte und sagte dann:

»Der Señor hat schon bezahlt.«

»Wie bitte? Und woher wusste er die Summe?«

»Er hat seine Kreditkartennummer hinterlassen.«

»Ich bestehe darauf zu zahlen.«

»Das ist nicht möglich, Señora, tut mir Leid. Der Señor ist Stammgast, und wir befolgen seine Anweisungen.«
»Und ich bin Polizistin und bestehe darauf zu zahlen, was ich gegessen habe, wie jeder normale Bürger.«
»Ich werde die Chefin fragen.«
»Sie werden niemanden befragen, Sie kassieren die Hälfte und basta! Einverstanden?«
Er ging mit meiner Kreditkarte davon und wirkte beleidigt. Ich beschloss, zu Fuß nach Hause zu gehen, vielleicht würde mich die frische Luft beruhigen. Ärger, nichts als Ärger ... Das mit dem Kellner war auch wieder typisch, wie der Fahrgast im Taxi und der Klempner, der nie die Wasserhähne repariert und den du nach einem Monat anmahnen musst. Ärger, nichts als Ärger ... Das normale Leben ist gespickt mit Ärger. Wie Recht hatte ich doch mit meiner Bewunderung für die Obdachlosen, die über all diesen Dingen standen. Hochmütig, aristokratisch, sie nehmen keinen Bus, sie zahlen keine Rechnungen, sie lassen sich nicht in die enge bürgerliche Welt sperren und ihr größter Wunsch ist eine Schiffsladung Reis. Eine Schiffsladung Reis! Eine Chimäre voller Versprechungen: Paellas, Risottos, chinesische Reispfannen, Reis à la Cubana, Milchreis ... Das Absurde erhebt sich über die Vernunft, die sich dem konventionellen Leben auch nicht unterordnen will.

Dreizehn

Als ich aufwachte, war ich immer noch verärgert. Beim Frühstück mit einem Kaffee und einem Toastbrot verwandelte sich der Ärger in Traurigkeit. Das Zusammensein mit Ricard war gut gewesen. Er war ein Mann, an den ich mich erinnern würde, mit dem ich mich gerne unterhalten, Erfahrungen ausgetauscht und hin und wieder geschlafen hätte. Aber nein, offensichtlich bestand eine Liebesbeziehung notwendigerweise darin, zusammenzuleben und den Kühlschrank und die schlechten Stimmungen zu teilen. Wenn wir uns beide verliebt hätten, wenn die Leidenschaft so viele Gefühle in unseren Herzen geweckt hätte, dass wir uns nicht mal zum Schlafen trennen wollten, dann hätte ich das Zusammenleben nicht so schlecht gefunden, es wäre nur das kleinere Übel gewesen. Und wenn ich das Ricard genau so erklären würde … Aber nein, war auch egal, er würde mir bestimmt wieder damit kommen, dass mein Wunsch nach Einsamkeit neurotisch sei oder vielleicht würde er mir noch etwas Krankhafteres zusprechen. Verdammt noch mal! Hätte ich noch einmal die Gelegenheit, würde ich ihn mit allgemeineren Argumenten verabschieden, die weniger das Selbstbewusstsein angriffen, und wenn nicht … Auch wenn der Streit im Restaurant gar kein so schlechter Schlussstrich gewesen war, neunzig Prozent aller Beziehungen enden so.

Der dicke, aufdringliche Polizist – diese Herabwürdigung meines Kollegen würde ich Ricard nie verzeihen – erwartete mich frisch geduscht und parfümiert wie ein Geck im Kommissariat und hatte zudem ausgezeichnete Laune.
»Haben Sie gut geschlafen, Inspectora?«
»Wie ein toter Siebenschläfer.«
»Bestens! Ich habe schon mit der Marschallin gesprochen, sie erwartet uns in einer halben Stunde.«
»Sehr effizient. Was für einen Eindruck hatten Sie von ihr?«
»Ich glaube, sie ahnt nicht, dass wir es auf ihren Exmann, den kompletten Versager, abgesehen haben.«
»Wenn Sie weiter unseren Verdächtigen Spitznamen verpassen, müssen Sie mir bald ein Wörterbuch schreiben.«
»Dazu hätte ich Lust. Die Marschallin … Sagen Sie nicht, dass das nicht gut klingt. Können Sie sich nicht auch ein Leben vorstellen, wo ausschließlich das weibliche Geschlecht herrscht? Landmarschallinnen, Admiralinnen, Generalinnen, Kardinälinnen … Und die Truppen bereit zur Parade: alle martialisch in Uniform, mit geschnürtem Waffenrock über den vollen Brüsten …«
Ich sah ihn an, als wäre er verrückt geworden.
»Was hat Sie denn gebissen, Fermín?«
»Ich bin glücklich. Der Fall geht seinem Ende zu, und der Täter fällt mir einfach in den Schoß. Sie sind doch auch zufrieden, und das freut mich immer.«
Ich warf ihm einen Furcht erregenden Blick zu.
»Ja, davon bin ich überzeugt. Trotzdem möchte ich Sie daran erinnern, dass der Fall noch keine schlüssigen Beweise aufzeigt. Und ich glaube kaum, dass der Richter den Prozess so in die Wege leitet.«
»Die finden wir schon, mein Blümchen, leiden Sie nicht.

Wir finden die Beweise, damit der Richter den Fall nicht nur in die Wege leitet, sondern dass er sogar, dürstend nach Gerechtigkeit, dem Täter an die Gurgel springt und Rache für seine Verbrechen schwört.«

Ich schüttelte den Kopf angesichts dieses hoffnungslosen Falls.

»Sie haben nicht alle Tassen im Schrank, Garzón! Ich will nicht daran denken, dass ich Sie heute den ganzen lieben langen Tag aushalten muss.«

Er lachte wie ein kleiner Schelm. Es konnte Zufall sein, aber ich war mir sicher, dass Garzón ahnte, was passiert war: meine Zweifel bezüglich Ricard und schließlich mein Nein zum Zusammenleben. War ich für meinen Kollegen so leicht durchschaubar? Vielleicht schon. Der tägliche Umgang führte dazu, dass wir uns so gut kannten und es dem anderen möglich war, die geheimsten Gedanken zu erraten. Das erschreckte mich und war einer der Gründe, weswegen ich das Zusammenleben ablehnte. Bei meinen zwei Ehemännern hatte ich auch immer den Eindruck gehabt, dass sie schon im Vorfeld wussten, was ich sagen würde. Eine echte Strafe! Wo ich andere doch so gerne überraschte.

Die Wohnung von Margarita Llopart, der Marschallin, war klein, aber so luxuriös wie ein Schmuckkästchen. Designermöbel und signierte Gemälde schmückten die Räume, in denen eine Person ausgesprochen bequem leben konnte. Die Exfrau von Ayguals junior wirkte jugendlich. Sie war groß und attraktiv gemäß dem Archetypus ihrer Gesellschaftsschicht: blond gefärbtes Haar, aufgespritzte Silikonlippen, halb elegant, halb sexy gekleidet ... Sie zeigte nicht die Spur eines Lächelns. Als wir eintrafen, telefonierte sie gerade, ihre Haushälterin führte uns ins Wohnzimmer. Sie

redete näselnd und selbstgefällig wie ein Mädchen aus gutem Hause. Unsere Fragen schüchterten sie nicht ein.
»Was soll ich Ihnen über meinen Exmann erzählen? Das können Sie sich doch vorstellen! Wundert mich nicht, wenn der in Schwierigkeiten ist, das sage ich Ihnen ganz ehrlich. Ein Mann, der nicht weiß, was er will. Wir kennen uns von klein auf, unsere Familien waren befreundet, und trotzdem haben sich viele über unsere Heirat gewundert. Natürlich darüber, dass ich ihn geheiratet habe.«
»Können Sie uns sagen, warum?«
»Er hatte den Ruf, ein eingefleischter Junggeselle und Frauenheld zu sein und darüber hinaus ziemlich unfähig. Eine mittlere Schulausbildung hat ihn Jahre gekostet. Er war linkisch und ist es noch. Aber sein Vater pries ihn mir wie einen Luxusartikel an: Er würde Direktor der Firma werden, ein gestandener Mann mit Lebenserfahrung, der jetzt erwachsen würde … Na ja, eben eine Goldgrube. Aber in der Stunde der Wahrheit eine Katastrophe. Er dachte nur ans Trinken und Schlafen, nicht mal ausgehen wollte er, als wäre er ein Heiliger oder ein alter Mann! Aber von wegen Heiliger. Ich ertrug ihn, so gut ich konnte, aber eines Tages kam ich nach Hause und überraschte ihn mit einer Nutte im Bett. Aber nicht mit einer Luxusnutte, weit gefehlt, eine der billigen Straßennutten aus der Calle Robador … So weit waren wir also gekommen. Ich sagte zu meiner Mutter: ›Mamá, kann sein, dass die Ehe Opfer und Erdulden bedeutet, aber das mache ich nicht mit. Hast du etwa Papá mal mit einer drittklassigen Nutte im Bett erwischt?‹ Selbst meine Mutter hat mir Recht gegeben.«
»Und Sie trennten sich.«
»Na klar! Und ich weiß natürlich nicht, worauf er sich eingelassen hat, aber in der Nacht, nach der Sie fragen, habe

ich ihn mehrmals zu Hause angerufen, aber er war nicht da. Und ich kann Ihnen auch sagen, dass er das Handy in dieser Nacht ausgeschaltet hatte.«

»Einen Augenblick, einen Augenblick … Sie wissen, welche Nacht uns interessiert?«

»Natürlich, die Nacht, in der dieses arme Schwein aus der Stiftung umgebracht wurde! Das hat mir mein Schwiegervater erzählt. Er hat mich angerufen und mir mitgeteilt, dass Sie wahrscheinlich bei mir vorbeikommen, ich sollte unbesorgt alles erzählen, was ich zu erzählen hätte. Mein Schwiegervater ist ein Caballero, wir haben Kontakt zueinander … Na ja, in gewisser Weise, er ruft mich ab und zu an, um zu fragen, wie es mir geht, und kümmert sich darum, dass ich pünktlich meinen Unterhalt bekomme, denn wenn nicht …«

»In besagter Nacht haben Sie Ihren Exmann mehrmals angerufen, sagen Sie?«

»Ja, mein Schwiegervater sagte, er sei ausgegangen und er wüsste nicht wohin, ich sollte es auf seinem Handy versuchen. Etwas später habe ich noch einmal angerufen. Mein Schwiegervater meinte, er ginge jetzt zu Bett und würde den Anrufbeantworter einschalten, ich solle so oft anrufen, wie ich wollte, er würde es in seinem Zimmer sowieso nicht hören.«

»Verstehe. Erinnern Sie sich daran, warum Sie Ihren Exmann sprechen wollten?«

»Nein. Ach doch, ich wollte mit ihm über den Verkauf unseres letzten gemeinsamen Besitzes reden, eines Sportwagens. Ich habe ein gutes Angebot bekommen, das mir natürlich entgangen ist.«

»Hat Ihr Mann während Ihrer Ehe mit undurchsichtigen Leuten zu tun gehabt, oder war er in dubiose Geschäfte verwickelt?«

»Ach was! Mit den Señoritas aus den Puffs hatte er schon genug zu tun, wie es scheint. Er war unfähig, vor Mittag aufzustehen. Heute noch fragt er mich: Willst du nicht wieder heiraten? Er hofft, nicht mehr zahlen zu müssen. Aber ich werde nicht mehr heiraten, kommt ja nicht in Frage, wo es mir so ausgezeichnet geht!«

»Sie werden Ihre Aussage vor dem Richter wiederholen müssen, Margarita.«

»Das werde ich, vor wem auch immer. Ich bin über all das hinweg, und wenn es Publicity gibt, umso besser. Sie finden den Weg zum Ausgang, nicht wahr? Entschuldigen Sie, wenn ich Sie nicht begleite, aber ich muss ein paar Anrufe erledigen ...«

Auf der Straße stieß der Subinspector einen kräftigen Pfiff aus.

»Verdammt, diese Marschallin!«

»Was wetten wir, dass sie in einer Woche für Telefonate so viel ausgibt, wie wir in einem Monat verdienen?«

»Ein ruinöses Geschäft für jeden Ehemann!«

»Ein Grund mehr, warum Juan mit allen Mitteln aus der finanziellen Patsche herausmusste.«

»Inspectora, merken Sie was? Der Vater hat bestätigt, dass sein Sohn zu Hause war. Er hat versucht, seinen Kleinen zu schützen. Dieser Scheißkerl wird die nächsten dreißig Jahre seines Lebens im Kittchen verbringen, so sehr ihn sein Papá auch zu schützen versucht. Und Sie haben Ihre Stadtstreicher gerächt.«

»Wer denkt jetzt schon daran, Fermín! Die Wut und der Wunsch nach Gerechtigkeit lassen in Fällen, die sich lange hinziehen, langsam nach.«

»Wie es mit der Liebe in langjährigen Ehen geschieht.«

»Meine haben nicht lange gehalten, was soll ich Ihnen sagen. Übrigens, Garzón, haben Sie den Bericht der Spurensicherung aus der Überprüfung der Stiftung inzwischen?«

»Ja, seit drei Tagen. Sie haben das Übliche gefunden: Staub und ein Büschel Haare. Im Augenblick machen sie die DNA-Analyse, aber vor nächster Woche haben wir kein Ergebnis.«

»Dann rufen Sie dort an und machen Druck, jetzt haben wir Haare zum Vergleich.«

»Die von Señorito Ayguals junior.«

»Ich finde es nicht gut, dass Sie Ihren Spaß treiben bei unserer Suche nach einem Tatverdächtigen.«

»Sie haben Recht, nachdem ich die Marschallin kennen gelernt habe, bedaure ich ihn fast. Man soll nie über einen Mann urteilen, bevor man nicht die Frau an seiner Seite kennt.«

»Sehr witzig. Soll ich jetzt lachen?«

»Sie könnten wenigstens eine Grimasse ziehen.«

Ich schürzte die Lippen, und Garzón lachte kindisch auf. Er würde nie aufhören, in Sachen Geschlechterkampf mit mir zu scherzen, dieses Spiel fand er am tollsten.

»Und jetzt auf die Jagd nach dem jungen Erben!«

»Es ist wichtig, dass er sich bedrängt fühlt, aber wir müssen das vorsichtig anstellen. Ich will nicht, dass er sich in die Schweiz absetzt oder so was Ähnliches.«

»Befragen wir ihn in der Firma?«

»Kommt nicht in Frage, bestellen Sie ihn aufs Kommissariat, wir werden es ihm doch nicht leicht machen.«

Ich ging davon aus, dass wir es bei Juan Ayguals mit dem typischen Sohn eines mächtigen Vaters zu tun hatten, der nach und nach seine Persönlichkeit verleugnete, auch wenn uns das wenig bei den Ermittlungen nutzen würde. Wir konnten es nur einsetzen, um aus psychologischem Blickwinkel ein Motiv mehr zu haben: Der Sohn will beweisen, dass er zu etwas taugt, und um aus der Patsche zu finden, in die er sich selbst manövriert hat, entwirft er einen Plan. Der Plan scheitert natürlich.

Nachdem ich erfahren hatte, wie wenig Lebenserfahrung Juan Ayguals hatte, bekamen seine Gesichtszüge eine andere Bedeutung für mich, alles schien mir bezeichnend: die vollen Lippen mit nach unten zeigenden Mundwinkeln, die schweren Augenlider, die müden Augen, das strähnige, glanzlose Haar ... Ja, sein Aussehen war bedauerlich. Auch sein Benehmen war nicht das beste. Er erwartete uns in meinem Büro und knallte uns an den Kopf:

»Ich dachte schon, Sie würden nie auftauchen.«

»So ist das Leben, Juan, unvorhersehbar.«

Garzón schlug sein Notizbuch auf und leitete die Befragung ein.

»Wir wollen Ihnen ein paar Fragen stellen.«

»Fragen Sie, was Sie wollen, aber ich habe nichts mit Flores' Tod zu tun.«

»Erinnern Sie sich daran, wo Sie waren, als er ermordet wurde?«

»Zu Hause, das hab ich doch schon gesagt.«

»Wir fangen schlecht an, Señor Ayguals. Es gibt jemanden, der behauptet, Sie in der Nacht mehrmals angerufen zu haben, aber Sie haben nicht abgenommen.«

»Wer?«

»Ein Zeuge, im Augenblick ist es nicht so wichtig, wer es war.«

»Das hat er gesagt? Na schön, dann wird's schon stimmen. Das Haus ist groß, und mein Schlafzimmer ist nicht in der Nähe des Telefons. Ich glaube, das habe ich Ihnen kürzlich schon gesagt, oder?«

»Wenn es Ihnen nichts ausmacht, wiederholen Sie es ruhig, wir konnten kürzlich ja kaum reden. Kannten Sie Señor Flores?«

»Ach, ich glaube, ich habe ihn einmal gesehen.«

»Wo?«

»Als er in die Firma kam, um mit meinem Vater zu reden.«

»Das hat er nicht oft getan, stimmt's?«

»Keine Ahnung, ich glaube nicht.«

»Sie waren nie in der Stiftung?«

»Nein. Ich war nie dort.«

»Warum?«

»Hat mich nicht interessiert.«

Während ich ihnen schweigend zuhörte, bekam ich Lust, Ayguals an die Gurgel zu springen. Man musste ihm jedes Wort aus der Nase ziehen, als wäre es zu viel verlangt, dass er von selbst was erzählte.

»Die Stiftung hat Sie also nicht interessiert.«

»Nein.«

»Könnten Sie bitte etwas deutlicher werden in Ihren Erklärungen?«, fuhr ich genervt dazwischen. Er sah mich verächtlich an.

»Hören Sie, alles das mit der Stiftung ist eine Angelegenheit meines Vaters. Unternehmen sind nicht dazu da, wohltätig zu sein. Kann sein, dass er ein Heiliger ist und all das, was die Leute sagen, aber ich bin es nicht. Von mir aus können alle Armen der Welt zusehen, wie sie klarkommen.«

»Aber Sie wissen, dass Stiftungen Steuererleichterungen mit sich bringen, die einem Unternehmen zugute kommen.«

»Ich habe keine Ahnung von Stiftungen. Ich war zwei Jahre lang der Geschäftsführer des Unternehmens, und jetzt bin ich im Verwaltungsrat. Fragen Sie mich nach meiner Arbeit, wenn Sie wollen.«

»Gab es wirtschaftlichen Erfolg in Ihrer Zeit als Geschäftsführer?«

»Ich habe keine Unterlagen hier.«

»Geben Sie uns einen Richtwert. Stimmt es, dass es empfindliche Verluste gab?«

Zum ersten Mal schien sich sein missmutiges Gebaren, das ihm wohl zu eigen war, noch zu steigern, und er zeigte Anzeichen von unterdrückter Wut.

»Zwei Jahre reichen nicht aus, um Einschätzungen abzugeben. Unternehmen haben ihre Aufs und Abs, und mich traf eben eine Flaute.«

»Aber Ihr Vater hat Sie aus dem Posten entlassen.«

»Mein Vater wurde nervös, er ist alt und ist manchmal überängstlich, obwohl es keinen Grund dazu gibt.«

Garzón war auf der Hut, er hatte die Situation sehr selbstsicher im Griff.

»Ihr Ausscheiden als Geschäftsführer fiel mit der Stiftungsgründung zusammen?«

»Ja, kann sein, ich weiß es nicht genau. Ich habe Ihnen ja schon gesagt, dass die verdammte Stiftung mich wenig interessiert hat. Mein Vater hat sie gegründet.«

»Aus welchem Grund?«

»Fragen Sie doch ihn.«

»Wo waren Sie am fünfundzwanzigsten in der Nacht zum Donnerstag, Señor Ayguals?«

Er hob die Stimme.

»Noch einmal? Ich kann es nicht glauben. Ich war zu Hause und habe geschlafen und mein Vater auch. Wie oft muss ich Ihnen das noch wiederholen? Wenn das Telefon geklingelt hat, habe ich es nicht gehört.«

»Und Ihr Handy?«

»War ausgeschaltet.«

»Kannten Sie einen Mann namens Tomás Calatrava Villalba?«
»Nein, ich weiß nicht, wer das ist.«
»Haben Sie außerhalb des Unternehmens Personal engagiert, Bodyguards oder so was?«
»Nein, wozu? Glauben Sie, das ist nötig?«
»Können Sie uns die Personalliste der Firma und der Stiftung zukommen lassen?«
»Was die Stiftung betrifft, da hat nur mein Vater Zugriff. Wen suchen Sie?«
»Zwei Ausländer, möglicherweise Osteuropäer, jung, groß und kräftig.«
Er lächelte ironisch.
»Das ist nicht das Profil der Leute, die wir einstellen, das kann ich Ihnen versichern.«
»Ist gut, Señor Ayguals, Sie können gehen.«
»Ich hoffe, Sie bestellen mich nicht noch einmal her, ich bin ein viel beschäftigter Mann.«
»Wir werden uns bemühen.«
Garzón gab an mich weiter. Ich bereitete genussvoll den Todesstoß vor und war erfreut, ihm den verpassen zu können. Er war schon auf dem Weg zur Tür.
»Ach Juan, würden Sie uns ein paar Haare dalassen?«
Er drehte sich abrupt um, und sein Gesicht war grotesk verzogen.
»Was haben Sie gesagt?«
»Ein Haar oder eine Speichelprobe, wenn Ihnen das lieber ist. Für eine DNA-Analyse, wir haben im Büro der Stiftung, wo Flores umgebracht wurde, Haare gefunden.«
»Ich habe Ihnen doch schon hundertmal gesagt, dass ich nie in diesem Büro war.«
»Ja, es handelt sich nur um eine Beweisprüfung. Wenn Sie

nie dort waren, können die Haare auch nicht von Ihnen stammen.«

»Ist das verfassungsmäßig, von den Leuten Haare zu verlangen?«

»Sie können sich natürlich weigern, aber diese Weigerung steht in dem Bericht, den wir später an den Richter weiterleiten.«

»Lassen Sie es, ich will keinen Stress. Hier haben Sie Ihr Haar.« Er riss sich heftig ein Haar aus. »Sind Sie jetzt zufrieden? Machen Sie so viele Analysen, wie Sie wollen, auch die der Vaterschaft. Ich nehme an, dass die Zeit, die Sie auf so eine Art und Weise verschwenden, auch Teil des Gehaltes ist, das Sie bekommen.«

»Und das ist nicht sehr hoch, glauben Sie mir.«

Ich nahm ihm das Haar mit einer Pinzette ab und steckte es in ein Plastiktütchen. Dann lächelte ich ihn zynisch an.

»Das war's, Sie können gehen.«

Er knallte die Tür so fest zu, dass es wie ein Keulenschlag im Raum widerhallte. Garzón rieb sich die Hände.

»Jetzt ist das Gift ausgestreut.«

»Sie haben das göttlich gemacht, Fermín, direkt und ohne die Kontrolle zu verlieren. Ich war versucht, ihn zwanzigmal anzuschnauzen.«

»Das ist ein unangenehmer Zeitgenosse, nicht wahr? Und ich würde sagen, er lügt.«

»Zumindest ist er ausgesprochen bemüht, nicht mit der Stiftung in Verbindung gebracht zu werden. Nur in einem Moment hatte ich den Eindruck, dass er aufrichtig war, und das war, als er fragte, ob es notwendig sei, einen Bodyguard anzustellen. Er wirkte ehrich erschrocken.«

»Bah, jetzt wird er erst richtig erschrocken sein. Wollen wir ihn beschatten lassen?«

»Bitten Sie Coronas um zwei Männer. Ist Coronas inzwischen einverstanden mit unserem Vorgehen?«

»Da ich pünktlich die Berichte schreibe …«

»Sie sind ein Engel, Fermín.«

»Er ist auch deshalb einverstanden, weil ich ihm versprochen habe, dass wir ihm bis zum Ende der Woche den Täter auf dem Silbertablett servieren.«

»Verdammt, da waren Sie aber voreilig.«

»Das hätten Sie auch getan, wenn Sie einen fuchsteufelswild schreienden Coronas vor sich gehabt hätten.«

»Ich sehe schon, wie einverstanden er ist.«

»Der Chef kriegt seinen Täter, machen Sie sich keine Sorgen.«

Mir wurde mitgeteilt, dass Yolanda nach mir gefragt hatte. Ich erinnerte mich nicht daran, sie mit etwas bezüglich des Falles beauftragt zu haben, deshalb nahm ich diese Nachricht nicht so wichtig. Doch zwei Stunden später rief sie mich an.

»Inspectora, ich würde gerne mit Ihnen reden.«

»Ist was passiert?«

»Es ist eher persönlich.«

»Komm doch noch im Kommissariat vorbei, ich bin noch ein paar Stunden da.«

Sie tauchte in Uniform auf, war aber nicht forsch und locker wie sonst, sondern eher besorgt. Sie setzte sich, ich bot ihr einen Kaffee an, und während wir ihn tranken, redete sie so um den heißen Brei herum, dass ich immer weniger begriff, warum sie mich sprechen wollte.

»Also, Yolanda, wäre es nicht besser, wenn du mir endlich sagst, was mit dir los ist?«

Sie holte tief Luft.

»Inspectora, Doktor Crespo, ich meine, Ricard, der Psychiater, den Sie mir auf der Party vorgestellt haben, will mit mir ausgehen.«

Das kam so unerwartet, so überraschend für mich, dass ich keinerlei Reaktion zeigte. Sie fuhr fort.

»Er sagt, wir könnten gute Freunde sein, zusammen essen gehen und ... Na ja, ich glaube, er will was von mir.«

Ich schluckte und lächelte albern. Damit versuchte ich lediglich, Zeit zu gewinnen, bis ich wusste, wie ich darauf reagieren sollte.

»Ist doch schön, oder?«

»Inspectora, ich will mich nicht in andere Beziehungen drängen. Ich wollte nur wissen, ob dieser Mann Ihr Freund ist oder so was, ich wollte wissen, ob Sie irgendein Interesse an ihm haben.«

Ich wusste, dass Männer manchmal das tun, was Yolanda jetzt mit mir machte: die kumpelhafte Ankündigung ihres Interesses für eine Frau, für die sich der andere auch interessierte, aber unter Frauen hatte ich so was noch nie erlebt. Im Versuch, so normal wie möglich zu wirken, zündete ich mir eine Zigarette an.

»Soll das heißen, du willst auf sein Angebot eingehen ...«

»Ich habe mit meinem Freund Schluss gemacht, Inspectora. Sie hatten Recht, er ist zu Besitz ergreifend und zu ungehobelt. Ich habe ihm gesagt, dass jetzt endgültig Schluss ist. Er hat es nicht ganz geschluckt, aber er wird schon merken, dass es kein Zurück gibt. Und weil ich auch etwas angeschlagen bin, dachte ich, dass es mir vielleicht gut täte, etwas mit einem anderen Mann anzufangen. Und nicht mit einem jungen Kerl, der nur seine kleine Welt kennt, sondern mit einem reifen Mann mit Erfahrung und Klasse.«

»Verstehe.«

»Wenn Sie mir aber sagen, dass Sie mit ihm zusammen sind oder auch nur Interesse haben …«

Ich lachte ziemlich theatralisch auf.

»Natürlich nicht! Ricard und ich hatten eine kurze Affäre, aber die habe ich selbst beendet.«

»Mir fällt ein Stein vom Herzen, Inspectora.«

»Ist Ricard nicht ein bisschen zu alt für dich?«

»Ich will ihn ja nicht heiraten.«

»Sei dir dessen nicht so sicher.«

»Das wüsste ich aber, aber es stimmt schon, man sollte niemals nie sagen.«

Sie stand leichtfüßig auf, lächelte mich strahlend an und verabschiedete sich halb freundschaftlich, halb offiziell. Ich machte eine lächerliche Abschiedsgeste.

Als ich wieder allein war, zündete ich mir mit zittriger Hand die nächste Zigarette an. Ich fühlte mich entsetzlich, gedemütigt und wütend. Beabsichtigte Ricard, mich eifersüchtig zu machen? Wollte er mich dazu bringen, meinen Schlussstrich zu bedauern und es mir noch mal zu überlegen? Unwahrscheinlich. Er konnte nicht wissen, dass Yolanda mir das brühwarm erzählen würde. Er glaubte bestimmt, dass ich erst gar nichts von seinen Techtelmechteln erfahren würde. Nein, das war der Beweis dafür, dass ich mit meiner Entscheidung, ihn zur Hölle zu schicken, Recht gehabt hatte. Welche Frau war ihm reichlich egal. Das war etwas, das ich von vornherein gespürt hatte, aber ich hatte nicht mit solch einem Schlag gegen mein Ego gerechnet. Aber was hatte ich denn nach unserem letzten Abend im Restaurant erwartet, dass er sich verzweifelt aus dem fünften Stock stürzen würde, dass er ins Kloster gehen oder keine Frau mehr anschauen würde, nachdem er meine wunderbaren Umarmungen kennen gelernt hatte? Mein Gott, es war wirklich Zeit, dass ich aufhörte, mich zu verhalten, als hielte ich alle Trümpfe in der Hand, wie die Königin von Ägypten, wie eine Venus, die bewundert werden will, bis sie selber entscheidet, dass es genug ist. Und wie absurd ich gegenüber Yolanda reagiert hatte! Eine kurze Affäre, wo hatte ich bloß dieses Vokabular her? ›Na schön, Petra‹, sagte ich mir, ›du hast wohl geglaubt, du seist unwiderstehlich!‹ Obwohl das nicht der schlimmste Vorwurf war, den ich mir machen musste. Schlimmer war, mit dem Gedanken gespielt zu haben, einen festen Geliebten zu haben. Wenn ich nicht mit jemandem zusammenleben wollte, ist es am vernünftigsten, es auf die Sexualität zu beschränken und keine bequemen Pläne zu machen. Das Abenteuer nicht wirklich als Abenteuer zu begreifen war, als ob man eine Trekkingtour im Auto macht oder einen Cuba Libre ohne Alkohol trinkt: Selbstbetrug und reiner Widerspruch.

Alle diese geistigen Erwägungen beruhigten mich einigermaßen. Trotzdem ging ich ins ›La Jarra de Oro‹ und bestellte einen Cognac. Es heißt, das tut gut, wenn du unerwartet einen Schlag einstecken musstest.

Als ich zurückkehrte, wies mich der Schutzpolizist darauf hin, dass ich Besuch hätte. Und wer wollte jetzt noch was von mir, verdammt noch mal, und mit welchem Recht?

»Irgendein Señor Ayguals.«

»Vater oder Sohn?«

»Muss der Vater sein, denn er ist schon älter.«

Er war es, und da Domínguez ihn auf Grund seines Alters und seiner würdevollen Erscheinung schon in mein Büro gebeten hatte, blieb mir keine Zeit, mich geistig auf das Zusammentreffen vorzubereiten und mir zu überlegen, wie ich ihm gegenübertreten sollte.

»Entschuldigen Sie, Inspectora, ich weiß, Sie haben viel zu tun, aber …«
Ich bat ihn, sich wieder zu setzen, denn er war höflich aufgestanden bei meinem Eintreten.
»Ich denke, Sie wissen, was Sie tun, Sie haben Ihr System für Ihre Ermittlungen und … Verzeihen Sie, Inspectora, aber ich glaube, Sie machen einen Fehler.«
»Einen Fehler?«
»Ja, wenn Sie bei meinem Sohn eine DNA-Analyse machen wollen.«
»Und das nennen Sie einen Fehler?«
»Sehen Sie, Inspectora, mein Sohn ist bestimmt kein brillanter Mann, es ist sogar möglich, dass er sich tölpelhaft und wenig geneigt zur Mitarbeit gezeigt hat, aber ich versichere Ihnen, dass er auf keinen Fall ein Mörder ist.«
»Niemand hat das behauptet.«
»Alle Welt weiß, dass eine DNA-Analyse nur bei jemandem gemacht wird, der ernsthaft unter Verdacht steht.«
»Sehen Sie es als einen Beweis für seine Unschuld.«
»Ach Inspectora, ich bin doch nicht von gestern!«
»Señor Ayguals, warum wollten Sie mich sprechen?«
»Ich kenne meinen Sohn. Er hat in letzter Zeit seine eigenen Ideen … aber er hätte nie einen Mord begangen, um damit Probleme zu lösen, dazu fehlt ihm der Mut. Er fällt schon in Ohnmacht, wenn er Blut sieht, glauben Sie mir.«
»Alle Eltern glauben, ihre Kinder zu kennen, Señor Ayguals, und nur wenige von ihnen können je glauben, dass sie Mörder sind, selbst wenn es einen Haufen Beweise dafür gibt. Wie dem auch sei, ich finde, wir greifen den Ereignissen vor, es sei denn … Es sei denn, dass Sie etwas über Ihren Sohn wissen und es klüger finden, dass wir es erfahren: Vielleicht tun sie ihm damit sogar einen Gefallen.«

»Wollen Sie andeuten, dass ich ihn denunzieren soll?«
»Gibt es einen Grund dafür?«
»Das ist nur so eine Redensart. Seien Sie nicht beleidigt, Inspectora, ich wollte Sie nur darum bitten, gerecht zu sein und nichts zu überstürzen, aber ich habe von Ihnen als Frau ein wenig mehr Nachsicht und Verständnis erwartet. Ich kann nur wiederholen, dass Sie einen Fehler machen, meinen Sohn ohne ausreichende Beweise zu beschuldigen, ich werde Sie so weit belangen, wie es mir die Rechtsprechung erlaubt.«
Er hatte so nachdrücklich und entschlossen wie ein mächtiger Mann gesprochen. Natürlich, konnte sein, dass Ayguals alt geworden war, aber man durfte nicht vergessen, dass er ein Geschäftsmann war, der ein eigenes Unternehmen aufgebaut und es jahrelang gegen sämtliche Widrigkeiten der Wirtschaftswelt verteidigt hatte. Ein harter, entschlossener Mann, der sich trotz der Umstände wie ein Vater verhielt. Er ging mit einem höflichen, stolzen Gruß. In der Tür begegnete er Garzón.
»Haben Sie ihn herbestellt?«, fragte mein Kollege.
»Nein, er war hier wegen seines Sohnes, bat um Erbarmen und schwor, dass er kein Mörder sei.«
»Dann sieht's schlecht aus.«
»Der Sohn hat ihm das mit der DNA-Analyse erzählt.«
»Ich bin davon überzeugt, dass der Alte Dinge über sein Engelchen weiß, die uns sehr interessieren würden.«
»Sollte es so sein, wird er sie uns nie sagen.«
»Nicht mal, wenn wir an seine Ehre appellierten?«
Ich sah den Subinspector spöttisch an.
»Würden Sie so was für Ihre Ehre tun?«
»Ich? Nicht im Traum! Die Ehre ist Sache der Mafiosi, aber Ayguals ist ein Caballero der alten Schule ... Caballeros der alten Schule sind ein Sonderfall.«

»Theoretisch. In der Praxis kommt er angelaufen, um ein gutes Wort für seinen Sohn einzulegen.«
»Das mit den Kindern hat Gewicht, besonders, wenn es was zu vererben gibt. Wenn du sie beschützt, beschützt du auch deinen Besitz.«
Er sah mich herausfordernd an.
»Würden Sie Ihrem Sohn nichts vererben?«
»Verdammt, nicht mal meine Pistole kann ich ihm vererben, weil sie nicht mir gehört. Ich hinterlasse ihm die Hülle. Als Pechvogel sollte man keine Kinder haben.«
»Sie sind kein Pechvogel! Sie hinterlassen ihm die Erinnerung an Ihre guten Taten.«
»Ja, tolles Vorbild!«
Wir lachten, weil wir albern, müde und am Ende eines Falles waren, der sich nicht vollständig auflösen wollte. Wir lachten, weil zwischen uns die Komplizenschaft von Pechvögeln herrschte, die miteinander über so heilige Dinge wie Besitztümer, Erbschaften, Vorbilder und die Ehre spotten konnten.
»Was hat der ›Bub‹ Ayguals eigentlich gemacht, seit er hier weg ist, Fermín?«
»Sie werden es nicht glauben, er hat seine Exfrau aufgesucht.«
»Finden Sie das verdächtig?«
»Nicht sehr. Ich vermute, er hat gemerkt, dass sich die Schlinge um ihn herum zuzieht, und macht jetzt überstürzte Schritte in alle Richtungen. Typisch für jemand, der sich bedrängt fühlt.«
»Haben Sie nach den Ergebnissen der DNA-Analyse gefragt?«
»Zehnmal in den letzten beiden Tagen.«
»Ein Dutzend Mal wäre besser gewesen.«

»Die Kollegen liegen mir andauernd in den Ohren, dass Sie eine zu ungeduldige Frau sind, dass Sie nicht warten können, bis Sie dran sind, und immer eine Sonderbehandlung verlangen.«

»Glauben Sie, das stimmt?«

»Ja.«

»Na wenigstens zeigt das, dass ich die Dinge bewusst tue. Es gibt nichts Besseres als eine negative Kritik, um unsere Vorstellungen zu bestätigen.«

Sangüesa hatte keine weiteren interessanten Daten für mich, zumindest nicht die, die ich mir gewünscht hätte. Offensichtlich war die Buchhaltung von ›Textiles Ayguals‹ in Ordnung.

»Es gibt allerdings seit zwei Jahren Kapitaleinlagen, die nicht dokumentiert sind. Wenn du willst, kann ich das recherchieren, aber es wird nicht einfach sein, die Geldquelle aufzuspüren. Normalerweise gibt es Tochterunternehmen, die demselben Inhaber gehören, und die sind schwer ausfindig zu machen. In anderen Fällen gibt es Strohmänner. Aber diese detaillierte Untersuchung wird dauern.«

»Verdammt! So viele Schweinereien kann man legal machen?«

»Darauf kannst du wetten.«

»Und dann …«

»Nein, Petra, bitte, komm mir jetzt nicht damit, dass ein armes Schwein für ein Jahr ins Gefängnis wandert, nur weil es einen Apfel geklaut hat.«

»Klingt vielleicht abgedroschen, aber du musst zugeben, dass was Wahres dran ist.«

»Wenig. Heutzutage klaut man sogar Äpfel über hoch technisierte Informationskanäle.«

»Das kann ich dir sagen! Schau dir diesen Arcadio an, der auf Kosten der Wohlfahrt die Leute um ihr Geld betrügt.«

»Das ist ein gutes Beispiel. Früher hätte er einem Blinden die Almosen geklaut, heute macht man das unter dem Deckmantel einer Stiftung. Was soll ich tun, soll ich weiterermitteln?«

»Wir brauchen schnell was, aber mach erst mal weiter. Früher oder später wird deine Arbeit uns schon nützen. Hat der alte Ayguals Schwierigkeiten gemacht?«

»Er fand es natürlich überhaupt nicht witzig, dass wir in seinen Büchern herumschnüffeln, aber es blieb ihm nichts weiter übrig.«

»Ist gut, Sangüesa, schreib den Bericht.«

Ich hatte mir schon gedacht, dass wir mit Hilfe der Bücher unsere Beute nicht erwischen würden. Alles war sehr sorgfältig ausgetüftelt, und wenn Flores nicht noch Nebengeschäfte gemacht hätte, wären die Verwicklungen der Stiftung möglicherweise nie aufgeflogen.

Von meinem Computer aus rief ich den Generalbericht zu diesem Fall auf. Jemand hatte an einigen Stellen Fragezeichen gemacht. Bestimmt Coronas. Wenn er beabsichtigte, meine Moral zu untergraben, hatte er sich geirrt, ich hatte seit einer Woche keine einzige Zeile geschrieben. Ich las die Berichte des Subinspectors, dessen blumiger Stil sich vom sachlichen Polizeiton abhob. Es war keine schlechte Idee, Garzón die Berichte verfassen zu lassen, er benutzte Begriffe wie »zur Tatzeit«, »ein nicht identifiziertes Individuum« und »Inaugenscheinnahme« ganz natürlich, Wendungen, die mir immer schwer aus der Feder flossen.

Plötzlich klopfte Domínguez an die Tür und streckte dienstbeflissen seinen Kopf herein.

»Inspectora, Señor Ayguals möchte Sie sprechen.«

»Schon wieder?«
»Ich glaube, diesmal ist es der Junior, er ist nicht so alt wie der andere Señor Ayguals.«
»Sagen Sie das doch gleich, Sie müssen es nicht so spannend machen, Domínguez. Lassen Sie ihn herein.«
War das Engelchen bereit zu gestehen, waren unsere Ermittlungen hier zu Ende? So nervös, wie er beim Eintreten wirkte, glaubte ich es fast.
»Inspectora, ich muss mit Ihnen reden.«
»Setzen Sie sich, Ayguals.«
Er redete schon, bevor er sich überhaupt gesetzt hatte. Es war, als hätte er eine Lektion auswendig gelernt.
»Schauen Sie, ich habe viel beobachtet, habe gewisse Dinge halb erfahren und ...«
Ich riss die Augen auf, als er verstummte.
»Es fällt mir schwer, das zu sagen, aber ich glaube, dass es stimmt, dass mein Vater in miese Geschäfte verwickelt ist. Ich weiß nicht genau, um was es sich handelt, aber ich habe so meine Ahnungen. Ich habe seltsame Dinge gesehen.«
»Sie sehen seltsame Dinge und wissen nicht, was es ist?«
»Ja, aber ich will Sie wissen lassen, was auch immer mein Vater gemacht hat, ich habe nichts damit zu tun. In meiner Zeit, in der ich die Firma geleitet habe, habe ich mich an das Gesetz gehalten, ohne Konzessionen, ohne Heimlichkeiten. Wenn es etwas Schmutziges in dem Unternehmen gibt, gehöre ich nicht zu den Schuldigen.«
Ich sah ihn fest an.
»Ihr Vater war auch hier, aber zu Ihrer Verteidigung. Das ist eine ganz andere Haltung.«
»Meiner Verteidigung, wozu? Mich muss niemand verteidigen, weil ich nichts getan habe.«
»Warum sagen Sie das nicht ihm selbst?«

»Ich respektiere ihn.«
»Und Sie fürchten vielleicht, dass er ärgerlich reagiert und Sie aus dem Unternehmen rausschmeißt, oder?«
»Das alles hat nichts damit zu tun, weshalb ich hier bin. Ich habe nichts getan, Inspectora, und wenn die Firma in etwas verwickelt ist, wurde das hinter meinem Rücken ausgeheckt.«
»Sie haben der Firma Verluste eingehandelt.«
»Das ist kein Verbrechen.«
»Nein, ist es nicht, aber Sie könnten verzweifelt versucht haben, sie zu beheben ...«
»Ich schwöre Ihnen, dass das nicht stimmt, ich schwöre es. Ich habe die Firma satt, Inspectora! Sie hat nur dazu beigetragen, dass ich mir die Verachtung der anderen eingehandelt habe. Verglichen mit meinem Vater war ich nie gut genug!«
»Juan, hören Sie mir gut zu. Wir erwarten jeden Moment das Resultat der DNA-Analyse, das ist Ihre Chance, mir zu erzählen, was wirklich passiert ist. Bleiben Sie dabei, dass Sie nie das Büro der Stiftung betreten haben?«
»Ich war nie dort, nie.«
»In dem Fall glaube ich nicht, dass wir noch mehr zu besprechen haben.«
Er stand mit einem Ausdruck der Verzweiflung auf, die Gesichtsmuskeln waren angespannt und die Augen getrübt.
»Sie werden mir nie glauben, das merke ich schon. Ich hoffe nur, dass die Wahrheit herausgefunden wird.«
Als er mein Büro verließ, zeigte er eine Mischung aus verletzter Würde und Hilflosigkeit. Ich griff zum Aschenbecher und warf ihn wütend in den Papierkorb. Das Ziel hätte eigentlich der Kopf dieses pathetischen Mannes sein sollen. Wie konnte er es wagen, mir mit seinen dämlichen unge-

lösten Familienkomplexen zu kommen und indirekt seinen Vater zu beschuldigen, und darüber hinaus noch um Mitleid zu heischen? Wenn er sich so unwohl fühlte, warum hatte er sich nicht von der Familie gelöst? Verdammt noch mal! Ich hätte Vater und Sohn zu einer Art Kreuzverhör bestellen und dem alten Ayguals erzählen sollen, wie sein Sprössling alles, was er getan haben könnte, weit von sich wies. Was soll's, zum Teufel damit! Es war nicht an mir, göttliche Gerechtigkeit walten zu lassen. Ich holte den Aschenbecher wieder aus dem Papierkorb, stellte ihn an seinen Platz und machte mich fertig, um nach Hause zu gehen. Ich würde mich duschen und ein Glas trinken, – Aktivitäten, die mir halfen, mich zu beruhigen.

Auf dem Heimweg war ich geneigt, den Fall nur von der pessimistischen Warte aus zu betrachten. Alle Wege dieses Spiels führten auf der Zielgerade zu ›Textiles Ayguals‹, daran gab's keinen Zweifel. Aber wenn weder Vater noch Sohn der Schlüssel waren, sondern jemand aus ihrem Umfeld? Eine der treuen Sekretärinnen, Juans Exfrau? Sollte dem so sein, steckten wir fest, und es war gut möglich, dass es Monate dauern würde, den Fall endgültig aufzuklären. Das erschreckte mich. Es blieb bei dem Plan, aber statt einem Glas würde ich zwei trinken.

Ich parkte an der Ecke und ging schnellen Schrittes auf mein Haus zu. Da sprach mich jemand aus dem Halbdunkel an:

»Inspectora Delicado, erschrecken Sie bitte nicht.«

Beim Umdrehen tastete ich nach der Pistole in meiner Tasche. Ich hatte einen jungen Mann mit kahl geschorenem Kopf vor mir. Würde sich der Alptraum mit den Skinheads wiederholen?

»Wer sind Sie? Kommen Sie keinen Schritt näher.«

»Inspectora, erkennen Sie mich nicht mehr? Ich bin Sergio.«

»Und wer zum Teufel …«

»Sergio, Yolandas Freund.«

»Was machst du denn hier, verflixt noch mal?«

»Entschuldigen Sie, Inspectora. Ich habe Ihre Telefonnummer nicht, aber ich weiß, wo Sie wohnen, weil ich Yolanda gefolgt bin, als sie zu Ihrem Fest fuhr, deshalb habe ich hier auf Sie gewartet, ich wollte Sie nicht belästigen.«

»Warum bist du nicht aufs Kommissariat gekommen?«

»Ich wollte privat mit Ihnen sprechen.«

Halblaut vor mich hinmurrend schloss ich die Tür auf und machte das Licht an. Jetzt konnte ich ihn richtig erkennen. Ja, ich erinnerte mich flüchtig: groß, kräftig, breite Schultern und ein eng anliegender Pulli auf einem durchtrainierten Oberkörper ohne ein Gramm Fett sowie ein Gesicht, das auch kein Gramm Hirn in dem römischen Schädel erahnen ließ.

»Na schön, komm rein. Was ist los?«

»Kann ich mich nicht setzen, Inspectora? Ich bin kein Verbrecher.«

Ich sah ihn an und seufzte.

»Sergio, ich bin müde, ich habe heute einen schlechten Tag gehabt. Aber gut, setz dich, ich gebe dir eine Viertelstunde.«

Ich wusste ganz genau, worüber er mit mir reden wollte.

»Inspectora, ich weiß nicht, ob Sie es wissen, aber Yolanda hat mich verlassen.«

»Wusste ich nicht«, log ich.

»Sie ist jetzt mit einem anderen zusammen, einem Arzt.«

»Arzt?«

»Psychiater. Ein alter Knacker, na ja, ich meine, viel älter als sie.«

Ich fragte mich, wie viel er wusste, und sah ihn schweigend an.

»Ich meine, der Kerl will sie nur ausnutzen, eine Affäre und sie dann verlassen, aber sie ist ziemlich scharf auf ihn, mit Verlaub. Sie sagt, er sei ein kultivierter und sehr freundlicher Mann, nicht so ungehobelt wie ich. Ich bin nur Markisenbauer und kein Arzt, aber ich verdiene sehr gut.«

»Vielleicht ist ihr das nicht so wichtig.«

»Ach nein? Aber jetzt gibt sie damit an, dass sie einen Mann zum Freund hat, der Kohle und studiert hat.«

»Vielleicht fühlte sie sich nicht mehr wohl mit dir. Wir Frauen heutzutage sind sehr fordernd.«

»Kann sein, dass ich eine große Klappe habe, aber wenn es darauf ankam, hat sie immer gemacht, was sie wollte.«

»Tut mir Leid, was passiert ist, Sergio, ich habe damit jedenfalls nichts zu tun. Deshalb glaube ich nicht, dass es was bringt, wenn wir weiterreden.«

»Sie haben Einfluss auf Yolanda, Inspectora, sie ist wegen Ihnen zur Policía Nacional gegangen.«

»Das ist absurd.«

»Das ist die reine Wahrheit. Sie hat mir gesagt, Sie seien die Frau, die sie am meisten auf dieser Welt bewundert.«

»Sie hat sich bestimmt auf das Berufliche bezogen.«

»Nein. Sie hat gesagt, Sie seien gebildet und hätten Klasse, und dass Sie sehr schön seien.«

»Trotzdem sehe ich nicht, was das damit zu tun …«

»Natürlich hat es damit zu tun! Denn ich wollte Sie bitten, mit Yolanda zu reden und sie dazu zu bewegen nachzudenken, dass sie sich geirrt hat mit diesem Mann, der sie nicht liebt und so. Zu ihrem eigenen Besten, es soll ihr niemand wehtun, und auch wegen mir. Sagen Sie ihr, sie soll zu mir

zurückkommen, dass ich … dass ich im Stande bin, Blödsinn anzustellen, wenn ich sie verliere, dass …«
Er unterbrach sich abrupt und starrte auf den Boden, wahrscheinlich, damit ich nicht sah, wie sich seine Augen mit Tränen füllten. Ich betrachtete seine dichten schwarzen Wimpern, die gut geformte gerade Nase und die vollen Lippen. Er fuhr sich mit seiner sehnigen Hand übers Gesicht.
»Nichts ist je so schlimm, wie es scheint, weißt du? Das habe ich mit dem Älterwerden gelernt. Manchmal hält das Leben unvorhergesehene Entschädigungen bereit, oder es zeigt dir, dass es nichts Schlechtes gibt, das nicht auch sein Gutes hat. Du solltest dich beruhigen. Ich hole uns ein Bier, das wird uns gut tun.«

Das Telefonklingeln am nächsten Morgen ließ mich erschrocken auffahren.
»Inspectora Delicado?«
»Das bin ich, wer ist da?«
»Hallo, Petra, ich bin Juan Sánchez, Medizinischer Leiter bei der Spurensicherung. Mir wurde gesagt, du hättest es ziemlich eilig, einige Ergebnisse zu erfahren.«
»Das hab ich, erzähl mir, was gibt's?«
»Später schick ich dir den Bericht rüber und wir reden darüber, aber im Augenblick wollte ich dich wissen lassen, dass die Haare, die am Tatort gefunden wurden, und das eine, das du uns geschickt hast, dieselbe DNA-Struktur haben.«
Ich säuselte ein ›Danke‹ und legte auf, ohne dem Kollegen einen Abschiedsgruß zu gönnen. Beim Anziehen rief ich Garzón an.
»Garzón, besorgen Sie sofort einen Haftbefehl, wir müssen Juan Ayguals festnehmen. Sagen Sie den Männern, die ihn überwachen, sie sollen ihn nicht aus den Augen lassen.«

»Ist die DNA identisch?«

»Ja! Ich erwarte Sie im Kommissariat.«

Ich duschte nicht und trank auch keinen Kaffee, obwohl ich beides nötiger gehabt hätte als sonst. Als ich im Kommissariat eintraf, hatte Garzón schon ein paar Streifenpolizisten zusammengerufen und den richterlichen Haftbefehl erbeten, der auf dem Weg war.

»Fahren wir?«, fragte ich ohne ein Guten Morgen.

»Es gibt ein Problem«, sagte er mit bedauerndem Gesichtsausdruck. »Die Männer, die Juan Ayguals überwachen, sagen, er ist nicht zu Hause.«

»Was?!«

»Sie haben die ganze Nacht vor seinem Haus gestanden, und heute Morgen haben sie nur den alten Ayguals herauskommen sehen, wie jeden Morgen, aber seinen Sohn nicht. Als Sie mich angerufen haben, habe ich die Jungs gebeten, ins Haus zu gehen, und das Hausmädchen sagte ihnen, er sei nicht da.«

»Und wo ist er dann, verdammt noch mal?«

»Er muss sich nachts heimlich davongeschlichen haben, oder er hat das Vorbeifahren des Müllwagens genutzt, so was in der Art.«

»Sie haben ihn verloren, um es deutlich zu sagen! Das ist die Höhe, Garzón, wirklich die Höhe! Wie kann man nur so unfähig sein? Ich weiß nicht, wer den Beschattungsauftrag durchführen sollte, aber ich kann Ihnen versichern, dass ich gegen diese beiden Versager ein Disziplinarverfahren einleiten lassen werde.«

»Flippen Sie nicht gleich aus, Inspectora, so was ist selbst Scotland Yard schon passiert.«

»Nicht mal einem Wachmann von einer Bank passiert so was! Wie soll man mit solchen Eseln vernünftig arbeiten?«

»Sie wissen doch, manchmal geht was schief und …«
»Warum verteidigen Sie die auch noch, verdammt? Haben Sie die etwa selbst ausgesucht?«
»Ich? Lassen Sie mich aus dem Spiel, Inspectora, Coronas persönlich hat ihnen die Aufgabe übertragen.«
»Na, dann hat er sich ja schön blamiert, der Scheißkerl!«
»Man wird Sie hören, Inspectora.«
»Soll man doch, damit die endlich mal begreifen, dass gute Polizisten nicht auf Bäumen wachsen!«
»Gut, Inspectora, abgesehen davon, dass Sie alle Schimpfworte aussprechen, die Sie kennen, fällt Ihnen sonst etwas ein, was wir tun sollen?«
»Na, zu ›Textiles Ayguals‹ fahren natürlich! Der verdammte Alte weiß ganz bestimmt, wo sein Sohn ist.«
»Ich dachte schon, Sie sagen es nie, fahren wir!«
»Vorsicht, Garzón, unterschätzen Sie mich nicht.«
»Wie?«
»Ich weiß noch viel mehr Schimpfworte als die, die Sie eben gehört haben. Und machen Sie sich darauf gefasst, dass ich bis heute Abend mein ganzes Repertoire benutzt habe.«
Er schüttelte den Kopf und tat geduldig, dann lachte er und das löste die Spannung, die zwischen uns herrschte.

Unser Sturm auf ›Textiles Ayguals‹ war Aufsehen erregend. Wir ließen unsere Kollegen an der Rezeption zurück, und nur mein Untergebener und ich gingen ins Büro. Selbstverständlich empfing uns Adolfo Ayguals sofort, die Sache war nicht mehr witzig.
Ich stürzte wie eine Furie in sein Büro und ging zum Angriff über:
»Señor Ayguals, wir suchen Ihren Sohn. Er wird des Mordes an Arcadio Flores für schuldig befunden. Er ist aus

Ihrem Haus verschwunden, und sagen Sie mir nicht, dass Sie nicht wissen, wo er steckt, denn das glaube ich Ihnen nicht.«

Sein würdevolles Gesicht fiel ein, und er stammelte:

»Als ich heute Morgen aufgestanden bin, war mein Sohn schon weg, ich dachte, er sei in der Firma, aber als ich eintraf ...«

»Es reicht! Sehen Sie nicht, dass es keinen Ausweg gibt? Ist Ihnen nicht klar, dass die Beweise gegen Ihren Sohn sprechen? Wenn Sie sich weigern, uns zu sagen, wo er ist, sehe ich mich gezwungen, Sie als Komplizen festzunehmen.«

Garzón mischte sich ein und spielte den guten Polizisten. Ich kannte diese verständnisvolle Tour.

»Señor Ayguals, seien Sie vernünftig, wir wissen ganz genau, welche Gefühle Väter und Söhne verbinden, aber ehrlich, wenn Sie uns sagen, wo er ist, tun Sie ihm einen großen Gefallen. Kann sein, dass dies die einzige Hilfe ist. Flores' Tod kann auch ein Unfall gewesen oder gar in Notwehr passiert sein, aber wenn Ihr Sohn als flüchtig gilt, wird es keine strafmildernden Umstände geben, die zu seinen Gunsten sprechen.«

Das müde, faltige und schmerzverzerrte Gesicht des Alten entspannte sich plötzlich.

»Mein Sohn ist ein Pechvogel, das ist die einzige Wahrheit. Er hat kein Glück im Leben, er hat nie zu leben gewusst, oder seine Mutter und ich haben ihn nicht richtig erzogen.«

»Sagen Sie uns, wo er ist, ich bitte Sie«, insistierte Garzón mit weicher Stimme.

»Er ist auf dem Land, in Vallvidrera. Wir haben ein Haus dort.«

»Notieren Sie uns die Adresse.«

Mit zittriger Hand griff er zum Füller. Als ich seine Schrift

sah, wurde mir sein Alter bewusst. Danach nahm er die Brille ab und bedeckte sich mit beiden Händen das Gesicht. Garzón konnte noch sagen:
»Danke, Sie haben das Beste für Ihren Sohn getan, das Beste für alle.«
Auf der Treppe flüsterte er mir »Der arme Alte« ins Ohr.
»Begleiten Sie uns nach Vallvidrera, Inspectora?«
»Nein. Bringen Sie ihn direkt in mein Büro, ich werde das Verhör vorbereiten und die behördlichen Maßnahmen einleiten.«
»Das wird schnell gehen, wir sind nahe dran.«

Als ich die Tür zu meinem Büro öffnete, wirkte alles fremd. Ich war desorientiert, mir war schwindlig. Mir fiel ein, dass ich nicht gefrühstückt hatte. Zu viele Eindrücke und Aufregungen, ohne einen Kaffee getrunken zu haben. Ich schlüpfte wieder in meinen Mantel. Eine Viertelstunde im ›La Jarra de Oro‹ würde auch nicht weiter auffallen. Aber als ich schon gehen wollte, trat ein junger Mann um die dreißig mit angenehmem Aussehen und einer Intellektuellenbrille ein.
»Petra Delicado?«
»Ja, wer sind Sie? Wer hat Ihnen erlaubt, einfach so hier reinzukommen?«
»Ich bin Sánchez, Petra, von der Spurensicherung. Wir haben vorhin telefoniert, oder besser gesagt, du hast mitten im Telefonat aufgelegt.«
»Ach ja, tut mir Leid, ich wollte gerade einen Kaffee trinken gehen, begleitest du mich?«
»Ich kann nicht, ich habe mich nur kurz weggeschlichen, es wartet ein Haufen Arbeit auf mich. Du weißt ja, dass wir genaue Anweisungen haben, keine Daten herauszugeben,

bevor wir nicht die Berichte übergeben und sie mit dem Auftraggeber besprochen haben. Ich habe die Vorschriften verletzt, um dir einen Gefallen zu tun, und dann legst du einfach auf.«

»Ja, weil es sehr wichtig für den Fall ist, was du mir gesagt hast.«

»Aber du darfst nichts unternehmen, bevor du nicht mit mir gesprochen hast!«

»Du bist noch recht neu bei der Polizei, nicht wahr? Du wärst überrascht, wenn du wüsstest, was hier alles gemacht wird, ohne die Vorschriften zu beachten.«

»Das ändert nichts daran, dass es schlecht ist.«

»Gut, du hast Recht. Aber halt mir bitte keine Predigten, der ganze Morgen ist schon furchtbar gelaufen. Weswegen bist du hier?«

»Ich bringe dir den Bericht.«

Er schob mit ein paar Unterlagen rüber.

»Wunderbar, und jetzt, wenn es dir nichts ausmacht …«

»Lies ihn. Du musst ihn in meiner Anwesenheit lesen, kann sein, dass du Fragen hast.«

»Verdammt, ihr von der Spurensicherung stellt euch aber auch an! Na gut …«

Ich las im Stehen und bat ihm auch nicht an, sich auf einen Stuhl zu setzen.

»Weißt du, Petra? Es war etwas Sonderbares an den Haaren, die du uns zuerst gegeben hast.«

»Die vom Tatort?«

»Ja. Es fiel mir schwer, sie für die Analyse vorzubereiten, denn sie waren voll mit einer klebrigen Substanz, schmutzig. Ich untersuchte, um was es sich handelte, und es war genau umgekehrt.«

»Umgekehrt?«

»Ja, sie waren nicht schmutzig, sondern absolut sauber, denn die Substanz war Shampoo.«

Ich sah ihn verblüfft an. Er redete weiter, aber ich hörte ihm nicht zu. Ich suchte mit dem Blick meine Tasche, schnappte sie und raste davon.

»Tut mir Leid, aber ich muss gehen. Ich ruf dich dann an.«

»He, Petra, einen Augenblick! Wo willst du hin? Ist es denn die Möglichkeit!«

Ich hörte ihn noch sagen:

»Kann sein, dass wir von der Spurensicherung spinnen, aber ihr Klötze von der Mordkommission seid völlig bekloppt, wirklich.«

Don Adolfo war nicht mehr in seinem Büro bei ›Textiles Ayguals‹, als ich zurückkehrte. Seine Sekretärin sagte mir, er wäre in die Stiftung gefahren. Ich war so nervös, dass ich den Wagen stehen ließ und ein Taxi nahm. Ich hätte einen Unfall verursachen können.

Die beiden ehrwürdigen Sekretärinnen der Stiftung empfingen mich so freudig, als wäre dies ein Anstandsbesuch, der ihnen galt. Ich versuchte, sie abzuschütteln.

»Ich bin hier, um Señor Ayguals zu sprechen, ich muss ihn dringend sprechen. Wir plaudern später, einverstanden?«

»Selbstverständlich! Ich werde Don Adolfo sagen, dass Sie hier sind.«

Einen Augenblick später empfing mich Adolfo Ayguals hinter seinem imposanten Schreibtisch. Er wirkte entspannt und lächelte.

»Petra, wir sehen uns jetzt häufig, nicht wahr? Setzen Sie sich bitte. Wollen Sie einen Kaffee?«

»Ich würde gerne einen Kaffee trinken, Señor Ayguals, aber ich weiß nicht, ob das jetzt angemessen ist.«

»Wieso?«
»Weil ich hier bin, um Sie wegen Mordes an Arcadio Flores festzunehmen.«
»Allein, oder haben Sie Polizisten mitgebracht?«
»Allein.«
»Natürlich, für die Festnahme eines alten Mannes braucht es nicht viele Leute.«
»Das hoffe ich.«
»Machen Sie sich keine Sorgen, ich werde mich anständig verhalten. Trotzdem bestehe ich darauf, dass wir einen Kaffee trinken. Ich habe großen Appetit darauf, und in meinem Alter sollte man sich keine Genüsse mehr versagen.«
Er bestellte den Kaffee über die Sprechanlage und sah mich dann mit einem seligen Lächeln an.
»Darf ich fragen, warum Sie mich festnehmen wollen, was für Beweise Sie gegen mich haben?«
»Die Indizien eines Mordes zu manipulieren ist ziemlich schwierig. Sie haben versucht, Ihrem Sohn die Schuld unterzuschieben, Señor Ayguals. Die Haare, die nach dem Mord in diesem Büro gefunden wurden, waren voller Shampoo. Jemand hat sie hierher gebracht, denn niemand läuft mit eingeschäumtem Kopf herum, also muss es jemand aus dem direkten Umfeld von Juan gewesen sein, jemand, der leicht an die Haare in seinem Bad herankommt und sie hier deponiert hat, jemand, der mit ihm zusammenlebt.«
»Sehr gut, Petra, sehr gut, ausgezeichnet. Oder besser: ein summa cum laude! Sie haben eine Weile gebraucht, aber schließlich haben Sie die Lösung gefunden, und alles wegen eines dummen Fehlers.«
Die Sekretärin kam mit einem Tablett herein. Sie zwinkerte mir zu und verschwand wieder. Ayguals schenkte ganz natürlich Kaffee ein.

»Nehmen Sie Milch? Schauen Sie, sie hat uns sogar Croissants gebracht. Diese Mädels denken aber auch an alles. Sie arbeiten schon sehr lange bei mir, und ich musste sie nie auf einen Fehler hinweisen. Sie sind reines Gold wert, glauben Sie mir.«
Ich trank den Kaffee in einem Schluck aus und lächelte ihn dann gezwungen an.
»Señor Ayguals, ich glaube, wir sollten jetzt gehen.«
»Wohin?«
»Aufs Kommissariat.«
»O nein, Inspectora, vorher muss ich noch mit Ihnen reden, Ihnen alles erklären, Ihnen Namen nennen und Informationen geben …«
»Wenn Sie ein Geständnis ablegen wollen, muss ich Sie darauf hinweisen, dass Sie das Recht haben, einen Anwalt hinzuzuziehen …«
»Nein, Petra, hören Sie mir zu. Ich werde später vor dem Richter, vor dem Papst und vor Gott höchstpersönlich aussagen, wenn es notwendig ist, er wird sich meiner erbarmen. Aber vorher muss ich mit Ihnen reden, hier und jetzt.«
»Ist gut, schießen Sie los.«
»Alles ist die Schuld meines Sohnes, wie Sie sicherlich schon ahnen. Dieser Junge ist eine Katastrophe, ihn gezeugt zu haben, wird mir Gott bestimmt nicht verzeihen. Vor zwei Jahren fand ich, es sei der geeignete Zeitpunkt, dass er die Leitung der Firma übernimmt und ich den zweiten Platz einnehme, mich um neue Pläne kümmere … Aber er hat mich nie um Hilfe gebeten. Ach, und er glaubte, so schlau zu sein, so brauchbar! Seine Leitung war absolut ruinös. Damit ich es nicht erfuhr, enthielt er mir die Zahlen vor und informierte niemanden darüber. Denken Sie nicht, dass er Illegales getan hat, nein! Er braucht keinen Betrug, um ein

Unternehmen in den Ruin zu treiben, dieses Geschick ist ihm angeboren. Aber als ich es merkte, war es schon zu spät. Es gab ein großes Loch in der Buchhaltung, so ein Loch wie in der Stratosphäre. Die Mühen eines ganzen Lebens zum Fenster hinausgeworfen! Schrecklich, nicht wahr? Damit Sie verstehen, wie schrecklich das war, müssen Sie wissen, was die Firma mir bedeutet. Ein Unternehmen ist mehr als ein Kind, mehr als eine Familie, mehr als mein eigenes Leben. Das mag Ihnen übertrieben klingen, sogar monströs, aber so ist es. Was soll ich machen?
Gut, es blieb mir nichts anderes übrig, als die Zügel wieder selbst in die Hand zu nehmen und den Bastard, der unglücklicherweise keiner ist, zu entlassen. Hätte ich öffentlich gemacht, in welcher finanziellen Situation wir uns befanden, wäre das das Ende gewesen: aufgelöste Bankkredite, Verlust von Kunden … das Ende. Da kam mir die Idee mit der Stiftung. Eine gut geführte Stiftung war eine sinnvolle Methode, einen finanziellen Tiefpunkt zu überwinden. Ich bin kein Schwindler, ob Sie es glauben oder nicht, ich hatte die Absicht, den betrügerischen Charakter der Stiftung nur so lange aufrechtzuerhalten, wie es nötig war, danach sollte alles ganz legal laufen. Deshalb brauchte ich einen Strohmann, der vorgab, einige wohltätige Aktionen zu leiten, die es nicht wirklich gab, und dafür den Kopf hinhielt. Das Gesetz verlangt nicht viel mehr. Und das war der Schwachpunkt des Planes. Ich hatte Sekretärinnen, ein Büro, beratende Anwälte, aber wie einem absolut ehrenwerten Menschen eine solch schmutzige Arbeit anvertrauen? Der Zufall brachte mir die Lösung. Ich lernte bei ›Anticart‹ Arcadio Flores kennen. Er war ein komischer Kauz: schwatzhaft, ein ziemlicher Scharlatan, eine seltsame Mischung aus Mann von Welt und Bauer. Er liebte Antiquitäten, stellen Sie sich

vor, aber er konnte sich nur billigen Plunder leisten. Ich fing ein Gespräch mit ihm an, wir tranken einen Kaffee ... Es dauerte nicht lange, da erzählte er mir ganz offen, dass er im Gefängnis gewesen war. Ich wusste, ich hatte meinen Mann gefunden. Ich lud ihn zum Essen ein und legte ihm meinen Plan dar. Er war begeistert, er arbeitete schnell und hatte ein gutes Einkommen, Geschäftsführer einer Stiftung zu sein, war Musik in seinen Ohren.
Alles lief gut. Er wirkte kompetent, aufgeweckt und absolut vertrauenswürdig. Es wäre mir nie in den Sinn gekommen, das versichere ich Ihnen, nie, dass er parallel sein eigenes betrügerisches Geschäft laufen hatte. Ihm reichte nicht, was ich ihm anbot, sein schäbiger Charakter war stärker. Darüber hinaus hatte er seinen eigenen Vertrauensmann, einen Obdachlosen, der offensichtlich mal Betriebswirtschaftler war und sich um die Buchhaltung und Organisation kümmerte. Kann man sich so etwas vorstellen, Inspectora? Wie kann man so dumm sein und dabei ganz normal wirken? Aber das war Arcadio Flores' wahres Naturell, schon dieser Name hätte mich stutzig machen müssen, aber dem war nicht so, nein. Tatsächlich erfuhr ich von seinen Machenschaften erst, als er eines Tages in meinem Büro auftauchte und mich um ein Gespräch bat. Er erzählte mir Dinge, die erst einmal keinen Sinn ergaben, bis ich kapierte und begriff, dass er mir das nie erzählt hätte, wäre nicht passiert, was passiert war: Der Obdachlose, der ziemlich verrückt war, hatte aus irgendeinem Grund gedroht, zur Polizei zu gehen und den ganzen Schlamassel auffliegen zu lassen. Genau in dem Moment begriff ich, worin der Schlamassel bestand. Ich bin wütend geworden, aber Flores blieb ganz ruhig. Er brauchte Geld, um ein paar Schläger anzuheuern, illegale Einwanderer aus dem Osten ohne Skrupel oder

Aufenthaltsgenehmigung, und zum Kauf einer Pistole. Er wollte dem Stadtstreicher einen Schreck einjagen, damit er von seinem Vorhaben abließ. Ich sagte natürlich Nein, ich bin die Wände hochgegangen, ich drohte ihm damit, ihn anzuzeigen. Da sah er mich selbstgefällig an und brachte mich auf den Boden der Tatsachen zurück: Ich war in die Sache verwickelt, und wenn ich ihn anzeigen würde, würde er alles ausplaudern.«

Er schenkte mir noch einen Kaffee ein. Ich war so in seine Worte versunken, so konzentriert auf jede noch so kleine Geste, dass ich kein einziges Wort sagte.

»Warum essen Sie nicht ein Croissant, Inspectora? Meine Sekretärinnen werden beleidigt sein, wenn Sie sie nicht mal anrühren. Und ich kann Ihnen versichern, dass ich unter diesen Umständen nichts essen werde.«

Vielmehr um ihn zum Weiterreden zu animieren als aus wirklichem Hunger, griff ich nach einem Gebäckstück und aß es, als ob ich ausgehungert wäre. Ayguals lächelte mich an.

»Gut, wo war ich stehen geblieben? Ach ja, die Pistole und die Schläger. Ich habe ihm das Geld gegeben, Inspectora, was blieb mir anderes übrig? Ich klammerte mich an die absurde Hoffnung, dass er die Waffe nicht zum Töten benutzen würde. Ich habe sie selbst bei ›Anticart‹ gekauft, eine Astra aus dem Bürgerkrieg. Übrigens verkaufen die Waffen ohne Genehmigung, überprüfen Sie das mal. Es gab keine Munition für eine kurze Neunmillimeter, aber diese Typen aus dem Osten wussten ganz genau, wie man aus einer langen Neunmillimeterkugel eine kurze macht. Bevor ich es vergesse, Inspectora, ich werde Ihnen die Namen dieser Übeltäter aufschreiben und die Adresse, wo sie die finden. Im Augenblick verstecken sie sich in einem meiner Apartments in Alella und warten darauf, dass sich alles beruhigt, um fliehen zu können.«

Er griff zu einem Blatt Papier und schrieb mit zittriger Schrift, dann schob er es mir rüber.

»Ich muss einen Anruf tätigen«, sagte ich und legte das Croissant beiseite. »Wird besser sein, wenn ich diese Daten gleich durchgebe, damit sie festgenommen werden können. Wir können nicht riskieren, dass sie abhauen.«

»Gute Idee, das wäre natürlich möglich!«

Ich griff zum Handy und gab Anweisungen, sofort einen Streifenwagen an die besagte Adresse zu schicken. Adolfo Ayguals wartete gelassen und lächelte zufrieden.

»Gut, weiter. Jetzt kommt der schlimmste Teil, denn der Schreck, den Flores dem Obdachlosen einjagte, war tödlich. Als ich das in der Zeitung las, sank mir das Herz in die Hose. Ein Mann, der mit einer Waffe ermordet worden war, die ich selbst gekauft hatte, und dazu noch von den Killern, die ich bezahlte. Dieser Lump Flores hatte Anwandlungen von Größenwahn. Er wollte kein schlichter Betrüger sein, sondern ein Mafiaboss. Und diese Killer brauchte er natürlich, weil er selbst nicht zum Töten fähig war. Aber bei alldem behielt sein schmutziger Stil die Oberhand. Diese dämliche Geschichte mit den falschen Skinheads und dem Baseballschläger … Wie grässlich, er hatte mehr Ehrgeiz als Talent. Ich habe mich in ihm getäuscht, das passiert jedem einmal. Das Ausmaß, das alles angenommen hatte, begann mir Angst zu machen, aber ich konnte nichts tun. Ich glaubte, damit wäre es vorbei, aber Flores war schon ganz in seinem Element. Er glaubte, Sie seien ihm auf den Fersen und dass ein anderer Stadtstreicher namens Anselmo Ihnen jeden Augenblick stecken könnte, was er von Tomás dem Weisen wusste. Er bat mich wieder um Geld, damit die Schläger wieder einen

»Schreck einjagen« könnten. Diesmal konnte ich nicht vor meinem eigenen Gewissen vorgeben, nicht zu wissen, wie dieser Schreck aussehen würde. Es war der Moment, an dem man eine Entscheidung hätte treffen können, an dem man alles hätte auffliegen lassen können, Sie aufgesucht und die Wahrheit berichtet hätte. Nur, dass es bei diesem außer Kontrolle geratenen Spiel schon zwei Morde gab. Wie sollte ich etwas so Schreckliches zugeben, wo ich doch letzten Endes gar nicht den Abzug gedrückt hatte? Trotzdem konnte ich Flores nicht länger herumlaufen und Menschen umbringen lassen, er spazierte mit diesen beiden Typen herum und würde mich bei der geringsten Gelegenheit finanziell ausbluten lassen. Wenn er so weitermachte, war es eine Frage der Zeit, bis wir erwischt würden. Da traf ich wirklich eine Entscheidung. Ich bestellte Flores frühmorgens in dieses Büro und bat ihn, seine beiden Bodyguards mitzubringen. Er argwöhnte nichts. Er setzte sich dort hin, wo Sie jetzt sitzen. Ich bat ihn, mir die Pistole zu zeigen. Er gab sie mir ganz unbedarft. Da habe ich ohne ein weiteres Wort auf ihn geschossen. Wenn ich Ihnen sage, dass ich das nicht geplant hatte, werden Sie mir nicht glauben. Die beiden Killer stürzten herein, und ich befahl ihnen, die Leiche wegzuschaffen und irgendwo auf einem verlassenen Gelände abzulegen. Von dem Augenblick an gab ich die Befehle. Sie hatten nichts dagegen, es war ihnen egal, Chef ist, wer sie bezahlt. Ich gab ihnen Geld und die Schlüssel zu meinem Apartment. Wenn sich alles beruhigt hätte, würde ich ihnen Geld geben und ihnen helfen, das Land zu verlassen.

Doch unglücklicherweise wurden sie dabei beobachtet, wie sie die Leiche wegschleppten, ein Wahnsinn! Auch wenn man glaubt, dass in Barcelona nachts absolute Ruhe herrscht, gibt es doch immer einen Zeugen, der anderen das

Leben schwer macht. Wie auch immer, hätte ich Arcadio an einen anderen Ort bestellt, wäre er misstrauisch geworden. Ab diesem Zeitpunkt war es nur noch eine Frage des Glücks und des Vertrauens darauf, dass sich die spanische Polizei genauso tölpelhaft verhält wie alle anderen Polizeieinheiten der Welt. Aber so ist es nicht, Sie haben Ihre Zeit gebraucht, aber Sie haben Ihre Arbeit gut gemacht. Da fiel mir ein, meinen Sohn hineinzuziehen, er schien Ihr Hauptverdächtiger bei den Ermittlungen zu sein. Finden Sie das schrecklicher als das, was ich vorher erzählt habe, Inspectora?«

»Mich erschreckt nichts, Señor Ayguals. Ich beschränke mich darauf, meine Arbeit zu machen.«

»Das freut mich. Es ist nicht gut, ein Urteil zu fällen, wenn man nicht alle Motive eines Menschen kennt. Wissen Sie, was mein Motiv war? Die Firma, Inspectora, die Firma! Ich bin absolut nicht bereit, sie meinem Sohn zu überlassen. Das würde den langsamen Verfall bedeuten, den Bankrott, den Verruf, das kann ich nicht zulassen. Ich bin nicht gescheitert. Ich schenke sie lieber den Armen und lasse es alle Welt wissen. Wie ich es auch vorhabe. Ich habe mein Testament geändert, ich kann meinen Sohn nicht enterben, laut Gesetz steht ihm ein Drittel meines Vermögens zu. Und das wird er bekommen, wenn ich sterbe. Ich habe entschieden, die Firma zu verkaufen und den Erlös wohltätigen Zwecken zukommen zu lassen. Auf diese Weise bin ich dann doch noch wohltätig! Ich hoffe, dass mir Gott dann meine Sünden vergibt.«

»Um den Verdacht auf Ihren Sohn zu lenken, haben Sie die Haare aus der Dusche genommen und sie hier deponiert, nicht wahr? Sie wussten, dass er wiederholt abstreiten würde, je einen Fuß in dieses Büro gesetzt zu haben, weil es stimmt.«

»Richtig, Inspectora. Dieses verdammte Shampoo hat Sie auf meine Spur gebracht. Und in Wirklichkeit freue ich mich fast, ehrlich. Ich bin müde, mich bedrücken die Ausmaße des Vorgefallenen. Ich sehe mich außer Stande, die Verhaftung meines Sohnes und die Verhöre zu ertragen und dann weiterzumachen, weiterzumachen, wozu, Inspectora, wozu? Alles hat seinen Sinn verloren. Ich bereue es sehr und bin entsetzt über meine Fähigkeit, Schaden anzurichten.«

Er senkte den Blick und blieb so mit gesenktem Kopf sitzen. Seine ganze Lebhaftigkeit während des Erzählens war wie weggeblasen. Plötzlich hatte ich einen bedrückten, einsamen alten Mann vor mir, auf dem das Leben lastete und der nicht wusste, wo er sich hinflüchten konnte. Mühsam hob er den Kopf und sah mich mit trüben Augen an.

»Jetzt fehlt nur der Beweis, der das Geständnis vervollständigt. Die Tatwaffe, so sagen Sie doch?«

Er zog eine Schublade auf und holte die Pistole heraus. Ich griff instinktiv zu meiner.

»Legen Sie sie ganz vorsichtig auf den Tisch, Señor Ayguals.«

»Keine Angst, Inspectora, ich werde nicht auf Sie schießen. Es reicht, was geschehen ist, es reicht. Jetzt ist es zu Ende. Sie ist hübsch, nicht wahr? Eine Waffe aus dem Bürgerkrieg, als man für Ideale und nicht wegen Geld tötete. Aber auch das bleibt alles zurück, ist vorbei.«

Er steckte den Lauf in den Mund und, ohne dass ich auch nur eine Bewegung machen konnte, um es zu verhindern, drückte er ab. Es war wie ein Feuerwerk, rot, leuchtend und intensiv. Sein Blut und sein Gehirn waren über die Wände, die Möbel und mein eigenes Gesicht verspritzt. Ich saß regungslos da, betroffen von diesem Anblick, ohne Gedanken, ohne Reaktion. Ich spürte, wie mir das warme Blut die Wangen herabrann. Ein undefinierbarer Geruch breitete sich aus. Die beiden Sekretärinnen kamen hereingelaufen. Eine von ihnen heulte wie ein verwundetes Tier. Sie hörte nicht auf. Sie reihte ein Wehklagen an das andere, bis ihr Schreien wie das einer Sirene klang, ein seltsames Geheul, das eher zu einem Tier als zu einem Menschen passte. Die ältere Sekretärin ging zu Ayguals Leiche und umfasste mit beiden Händen den blutigen Fetzen, der sein Kopf gewesen war.

»Don Adolfo, mein Gott, Don Adolfo, was haben Sie getan? Warum?«

In dem Moment stürmte Garzón mit zwei Streifenpolizisten herein. Er kam direkt auf mich zu. Mit seinem massigen Körper nahm er mir die Sicht auf die Leiche. Er packte mich an den Armen.

»Kommen Sie, Inspectora, gehen wir.«

»Kümmern Sie sich um die Frauen.«

»Sie sind nur hysterisch, das erledigen schon andere.«

Er führte mich zur Toilette, öffnete den Wasserhahn, ließ mich mich vorbeugen und wusch mir das Gesicht. Das frische Wasser gab mir meine Atmung zurück.

»Geht's Ihnen gut, Inspectora, sind Sie in Ordnung?«

Plötzlich fiel ich zusammen und brach in Tränen aus. Garzón umarmte mich. Sein schwerfälliger und rundlicher Körper verströmte warmen Trost und große Sicherheit.

»Weinen Sie, so viel Sie wollen, Petra.«

»Ja, tolle Idee!«, schimpfte ich weinend.

»Tolle Idee, was?«

»Weinen.«

»Dann weinen und schimpfen Sie eben gleichzeitig. Das können Sie bestimmt.«

Ich segnete Fermín Garzón.

Epilog

Coronas beglückwünschte uns natürlich nicht. Die Aufklärung des Falles hatte sich zu lange hingezogen, ich hatte nicht pünktlich meine Berichte abgeliefert und ihn auch nicht auf Knien für die vielen Fehler um Verzeihung gebeten. Darüber hinaus hatte sich der Mörder vor meiner eigenen Nase erschossen, was in Polizeikreisen als schwer wiegender Fauxpas angesehen wird. Ziel war stets, den Schuldigen der Justiz zu übergeben, und wenn möglich unversehrt. Garzón spielte das Ganze herunter.

»Ein gelöster Fall ist ein gelöster Fall, und wenn der Mistkerl auch noch Reue zeigt, umso besser.«

»Hier sind die Beweise aber zu schlüssig, finden Sie nicht?«

»Jeder handelt nach seinem eigenen Gewissen, dagegen kann man nichts machen.«

»Ich fürchte, der Comisario ist nicht derselben Meinung.«

»Was haben Sie denn erwartet, eine Auszeichnung?«

»Nein, aber ich fühle mich schuldig.«

»Vergessen Sie's. Fälle werden gelöst, und das so gut wie nur möglich. Schließlich sind wir hier auch nicht im Film. Außerdem haben Sie Ihre Bettler gerächt, oder?«

»Ein Pyrrhussieg. Es ist keiner mehr übrig geblieben.«

»So was passiert in guten Tragödien.«

»Nicht mal William Shakespeare hat so viel Personal abgemurkst.«

»Was wollen Sie eigentlich, Inspectora? Sollen wir uns für alle Zeit kasteien? Ich habe Coronas versprochen, dass wir ihm den Täter auf dem Silbertablett servieren, und das haben wir getan, darüber hinaus noch in Häppchen!«
»Das ist ein schlechter Witz, Fermín.«
»Na schön, ich nehme es zurück. Gehen wir essen?«
»Essen?«
»Ja, das tun wir doch immer, wenn wir einen Fall abgeschlossen haben, oder?«
»Ich weiß nicht, ob mein Magen das aushält.«
»Dann bestellen Sie eben Gemüse. Was für ein Tag ist heute?«
»Freitag, warum?«
»Sollen wir in Genovevas Restaurant gehen? Diesen Monat gibt's freitags immer Gemüseeintopf.«
»Waren Sie etwa wieder dort?«
»Ich gehe gelegentlich zum Essen hin. Genoveva hat wirklich ein Händchen für die einheimische Küche. Außerdem behandelt sie mich freundlich.«
»Deshalb haben Sie auch zugenommen, ich dachte, das käme vom Stress bei den Ermittlungen.«
»Ich habe zugenommen?«
»Ich habe Sie nur auf den Arm genommen, Garzón.«
»Wie hätte es auch anders sein können.«

In Genovevas Lokal ging es ausgesprochen lebendig zu. Die Tische waren voller Gäste, und Genoveva bewegte sich zwischen ihnen so grazil wie eine Ente im Teich. Wir berichteten ihr vom Ende des Falles alles, bis auf den Selbstmord Ayguals, das war kein Thema zur Essenszeit.
»Unglaublich, nicht wahr? Menschen mit Bildung und unzähligen Möglichkeiten sind im Stande, wen auch immer

zu täuschen oder zu töten. Bis hin zu Angriffen zwischen Vater und Sohn. Im Grunde geht's mir mit meiner Familie und meinem Geschäft gut! Ich bin glücklich, ich bin wirklich glücklich!«

»Und es gibt nichts, was Sie gerne gemacht hätten und nicht konnten, Genoveva?«, fragte ich. Sie sah verblüfft zur Decke hinauf und wischte sich ihre trockenen Hände an der Schürze ab.

»Hm ... Als ich jung war, sagte meine Mutter immer zu mir: ›Ich würde es gerne sehen, wenn du eine Dame vom Roten Kreuz wirst, damit du zusammen mit anderen Damen der Gesellschaft an einem dieser Tische sitzt. Elegant gekleidet und mit Schmuck, und dann noch wohltätig mit den Armen.‹ Meine arme Mutter hatte nicht halb so viel Glück im Leben wie ich.«

»Aber das war der Traum Ihrer Mutter, nicht Ihrer. Hatten Sie nie einen?«

»Bah, Träume ... Träume sind was für Gescheiterte, aber nichts für mich.«

Sie schüttelte anmutig den Kopf und sagte dann lächelnd: »Es gibt Natillas zum Nachttisch, Herrschaften, natürlich hausgemacht. Sie werden sehen, was wirklich gut ist.«

Sie schwirrte wie eine Generalin nach einem Besuch bei ihren Truppen ab.

»Haben Sie gehört, was Sie gesagt hat?«, fragte Garzón.

»Vermutlich ist es wahr. Alle Versager haben Träume, die Erfolgreichen haben Wünsche.«

»Sie träumen nicht von Schiffsladungen Reis.«

»Nie.«

»Und Sie, Inspectora? Haben Sie irgendwo in einem Winkel Ihre Schiffsladung Reis?«

»Ich weiß nicht, ich wäre gerne Biologin geworden und

hätte im Dschungel gelebt und irgendeine Tierspezies erforscht.«

»Ach, wie langweilig!«

Ich lachte auf.

»Und Sie, Fermín? Erzählen Sie mir von Ihrer Schiffsladung Reis.«

»Ach, ich bin nicht so. Weder habe ich viele Träume noch Wünsche. Als ich klein war, träumte ich davon, dass die Stadt ausgestorben ist und ich in alle Konditoreien gehen kann. Aber das war im Schlaf, wenn ich aufwachte, wusste ich, dass mir hin und wieder am Sonntag ein Stück Torte zustand und zu Weihnachten ein bisschen Turrón. Ich habe mich damit abgefunden, was sollte ich auch anderes tun!«

»Es lohnt sich für keinen Traum, zu sehr darum zu kämpfen, denn wenn du ihn erst mal verwirklicht hast, ist sein Reiz dahin. Gut wäre, wenn das Leben ihn dir schenkt, ohne dass du dich dafür aufreiben musst.«

»Das stimmt.«

Mein Handy klingelte.

»Ja, hol mich ab. Wo sind wir hier, Garzón?«

Der Subinspector wusste die Adresse auswendig, ich gab sie durch und legte auf. Er sah mich neugierig an. Wir plauderten weiter und tranken unseren Kaffee. Kurz darauf traf Sergio ein, kam auf uns zu und küsste mich auf den Mund. Dann begrüßte er Garzón.

»Ich stehe im Halteverbot, brauchst du noch lange?«

»Ich bin gleich draußen.«

»Ich warte an der Kreuzung auf dich.«

Ich sah Garzón nicht sofort an. Als ich es tat, hatte er den Mund aufgerissen vor lauter Überraschung.

»Ist das nicht der Freund von Yolanda?«, fragte er und zeigte in die Richtung, in der Sergio verschwunden war.

»Ja, das war er.«
»Haben Sie Yolanda den Freund ausgespannt?«
»Das ist nicht so einfach, ich erzähl es Ihnen eines Tages.«
»Aber Petra, dieser Junge ist doch nichts für Sie!«
»Das ist nur vorübergehend. Wir haben vereinbart, uns zehnmal zu treffen, nur zehnmal, dann verschwinden wir aus dem Leben des anderen. Haben Sie schon mal einen solchen Handel geschlossen? Ist genial. Du hast das Gefühl, in einem dieser alten Spielfilme mitzuwirken, wo die Liebespaare wissen, dass der Krieg sie bald trennen wird, oder so was. Das ist sehr aufregend.«
»Alte Spielfilme? Ich verstehe kein Wort.«
»Manchmal muss man sich die Wirklichkeit neu schaffen, Subinspector, sie frivol und erträglich gestalten.«
»Ich verstehe noch immer nichts.«
»Kommt Ihnen der Spruch ›Sich eine Eskapade leisten‹ bekannt vor?«
»Ja.«
»Dann belassen wir es dabei. Ich gehe jetzt, dieser ungestüme Junge wird schon ungeduldig sein.«
Ich klopfte ihm zum Abschied auf die Schulter und ließ ihn mit offenem Mund zurück. Sergio reichte mir den Helm, ich stieg aufs Motorrad und schlang beide Arme um seinen muskulösen Oberkörper. Als wir an Genovevas Lokal vorbeifuhren, sah ich Garzón wie einen stämmigen, verblüfften Pfeiler in der Tür stehen. Ich winkte ihm, und Sergio hupte, dann gab er mit höllischem Lärm Gas. Der Subinspector lachte laut auf und schlug sich auf die Schenkel. Dann war es, als ob er wieder zum Leben erwachte, lief uns ein paar Meter hinterher und schrie:
»Adiós, Petra, adiós!«
Ich konnte mir gut vorstellen, was er dachte.

Danksagung

An Esther Bartlett und Comic, beide Sozialarbeiter der Asociación Acción Crítica, die mir wertvolle Informationen über sowohl bekannte als auch unbekannte soziale Phänomene gegeben haben.
An den Anwalt José María Rodríguez-Ponga, der mir so viel Beunruhigendes aus der Welt der Gesetze erklärt hat, dass er am Ende selbst ganz beunruhigt war.
An Augustín Febrer Bosch, Waffenexperte, der mich wie immer mit seinen Kenntnissen erschlagen hat und mir sein Wissen schenkte.
Ihnen allen die öffentliche Anerkennung ihrer Großzügigkeit und unschätzbaren Hilfe.

»Spaniens weibliche Antwort auf Brunetti & Co.«

BILD AM SONNTAG

Alicia Giménez-Bartlett
BOTEN DER FINSTERNIS
Petra Delicado löst ihren dritten Fall
BLT
272 Seiten
ISBN 978-3-404-92172-0

Nach zwei erfolgreich gelösten, spektakulären Kriminalfällen scheint Inspectora Petra Delicados Typ gefragt. Treffen doch eine Reihe liebevoll verpackter Präsente für sie persönlich im Kommissariat von Barcelona ein. Der Inhalt ist delikat: fachkundig abgetrennte, herrenlose Objekte weiblicher Begierde, sorgsam eingelegt in Formol. Mit tapferer Unterstützung durch Subinspector Fermín Garzón sucht Petra nach dem Absender und entdeckt tiefste menschliche Abgründe und eine noch viel düstere Motivation …

»Temporeicher Krimi mit Witz und Verstand über die Schattenseiten im Leben der Reichen und Schönen.«

FÜR SIE

Alicia Giménez-Bartlett
PIRANHAS IM PARADIES
Ein Petra-Delicado-Roman
BLT
352 Seiten
ISBN 978-3-404-92205-5

Als hätte Inspectora Petra Delicado mit einer Familienfehde unter Zigeunern und der Sicherheitsüberwachung des Papstbesuches in Barcelona nicht schon genug zu tun, wird in der eleganten Vorort-Siedlung El Paradís der erfolgreiche Anwalt Juan Luís Espinet getötet. Leblos treibt seine Leiche im eigenen Swimmingpool. Ein untadeliger Ehemann, eine intakte Familie, ein treuer Freundeskreis – ein hinterhältiger Mord. Die Tat scheint so gar nicht in die heile Welt zu passen, doch Petra und Fermín finden schnell heraus, dass auch im Paradies die Dinge längst nicht so sind, wie sie scheinen.